SUTTON
VERLAG

Der Ritter

Ralph Keim

Sutton Verlag GmbH
Hochheimer Straße 59
99094 Erfurt
http//:www.suttonverlag.de

ISBN-10: 3-86680-082-7 / ISBN-13: 978-3-86680-082-3

Gestaltung: Markus Drapatz
Druck: Oaklands Book Services Ltd., Stonehouse / GL, England

Mainz
1235

Mit gemächlichen Schritten bewegen sich die beiden Reiter durch die Gassen von Mainz. Auf einem der dunkelbraunen Pferde sitzt ein alter Mann. Sein hageres, von zahllosen Falten durchzogenes Gesicht ist gezeichnet von der Last, die ihm das Leben in vielen Jahrzehnten aufgebürdet hat. An die siebzig Jahre alt ist er, und es fällt ihm sichtlich schwer, sich aufrecht im Sattel zu halten. Und doch ist in seinen hellblauen Augen eine wilde Entschlossenheit zu erkennen. Sein Begleiter ist ein halbes Jahrhundert jünger und macht ein besorgtes Gesicht. Darin spiegelt sich die Befürchtung wider, dass der andere, für den er ganz offensichtlich die Verantwortung trägt, in den vergangenen Stunden seine Kräfte vielleicht doch überschätzt hat.

„Gleich sind wir am Rhein“, ächzt der Alte mühsam und wird von einem heftigen Hustenanfall durchgeschüttelt.

Der andere sagt nichts und schüttelt nur verständnislos den Kopf. Als sie das Stadttor passiert haben, das die Mainzer Fischtor nennen, ist auch schon das silbern in der Sonne glänzende Wasser des Flusses zu erkennen.

„Jetzt ist es nicht mehr weit“, bringt der alte Mann kaum hörbar heraus, und erneut wird er von einem Hustenanfall erschüttert.

„Ich hoffe es“, gibt sein Begleiter missmutig zurück. „Denn lange lasse ich Euch nicht mehr reiten, Meister. Ihr bedürft dringend der Schonung. Der Ritt von Trechtingshausen hierher in dieser Hitze war schon zu viel für Eure Gesundheit gewesen. Eigentlich müsstet Ihr längst im Hospiz im Bett liegen und Euch ausruhen. Ich frage mich, was Ihr jetzt noch am Rhein wollt.“

„Wir haben es bald geschafft, und dann wirst du sehen, was ich meine.“

Nach einigen Augenblicken bringt der Alte seinen Hengst zum Stehen und starrt über das tiefblaue Wasser des Rheins, der hier bei Mainz außergewöhnlich breit ist und träge dahinfließt. Ein Lastkahn muss gegen die Strömung ankämpfen, passiert langsam die Stadt und nimmt Kurs auf die nahe gelegene Mainmündung. Wahrscheinlich bringt das Schiff seine Ladung nach Frankfurt, Aschaffenburg oder sogar bis nach Würzburg. Schwatzende Waschweiber gehen am flachen Ufer ihrer täglichen Beschäftigung nach, ein bis zum Bauchnabel im Wasser stehender Fischer wirft sein Netz aus. An zahlreichen kleinen Buden, wo sich Schiffer, Flößer und Waschweiber eine kurze Pause gönnen, gibt es Gekochtes, Gesottenes und Gebratenes. Zwei Stadtknechte geraten in einen heftigen Streit, der beinahe in eine Keilerei ausgeartet wäre, hätte ein Dritter nicht beschwichtigend eingegriffen. Das geschäftige und lebhafte Treiben hier am Ufer scheint den Alten allerdings nicht zu interessieren. Er macht eine Bewegung mit dem Arm. Dabei ist ihm anzusehen, wie schwer selbst das ihm fällt.

„Siehst du den Landstrich da drüben?"

Sein Begleiter runzelt die Stirn. „Was meint Ihr? Etwa das andere Rheinufer?"

„Wenn man es genau nimmt, schaust du auf eine Insel. Denn dieses Fleckchen Erde wird von drei Wasserarmen umschlossen. Diese Insel heißt Maaraue. Du kannst dir nicht vorstellen, welche Bedeutung für mich diese einfache Insel hat, von denen es im Rhein wahrscheinlich Dutzende, wenn nicht gar Hunderte gibt."

Er schweigt eine ganze Weile, und auch sein Begleiter sagt nichts.

„Ich möchte auf die Maaraue!"

Der Jüngere starrt den Alten entgeistert an. „Was habt Ihr da gesagt?"

„Ich möchte auf die Maaraue", bekräftigt der andere, jetzt mit wesentlich mehr Nachdruck.

„Das kann ich nicht zulassen, Meister. Das ist Irrsinn. Und überhaupt, was wollt Ihr auf dieser gottverlassenen Insel? So wie ich es von hier aus erkennen kann, lebt dort keine Menschenseele, vielleicht höchstens ein Fischer oder irgendein Einsiedler, den sie aus der Stadt gejagt haben. Diese Insel ist zu nichts nutze."

Der andere wirft dem jungen Kerl einen harten Blick zu. „Du verstehst das nicht! Für dich mag die Maaraue nichts bedeuten. Deswegen bin ich dir auch überhaupt nicht böse. Denn bis jetzt hast du noch nicht einmal von ihrer Existenz gewusst. Aber für mich bedeutet sie alles. Damals gab es hier eine Fähre. Mit der komme ich schon rüber. Du kannst mich begleiten, oder du wartest hier auf mich."

Der Jüngere stößt einen leisen Fluch aus und schaut sich suchend um. Tatsächlich ist nur unweit der Stelle, wo sie jetzt am Flussufer stehen, eine Fähre zu sehen. Der Fährmann, ein riesiger Kerl mit einem gewaltigen Bart, dreht Däumchen und wartet gelangweilt auf Kundschaft, die er ans andere Rheinufer, wo die Ortschaft Kastel liegt, bringt. Mit einem tiefen Atemzug und seinem störrischen Begleiter noch einen vorwurfsvollen Blick zuwerfend, gibt der junge Reiter seinem Pferd die Sporen. Er weiß, er kann seinen Meister nicht umstimmen, also versucht er es gar nicht erst weiter. Kurze Zeit später kommt er wieder zurück.

„Der Fährmann ist bereit, uns mit den Pferden rüberzubringen. Ich habe den Preis schon ausgehandelt."

„Dann wollen wir keine Zeit verlieren."

Wenige Augenblicke später stehen die beiden Männer auf den grob behauenen Planken. Der Fährmann legt sich mit seinem Gehilfen geschickt ins Zeug und bringt sein Gefährt wie geheißen Richtung Maaraue. Die flache, recht große Insel kommt schnell näher.

Und wieder schüttelt der Jüngere den Kopf. „Als wir hierher nach Mainz ritten, ahnte ich nicht, dass es so weit kommen würde. Ich hätte es nie zulassen sollen."

„Deine Fürsorge in Ehren, aber noch stehe ich nicht mit beiden Beinen im Grab. Du wirst bald erfahren, warum mir so viel daran liegt, diese Insel noch einmal zu betreten."

Mit einem knirschenden Geräusch legt die Fähre am flachen Ufer an. Der Jüngere sieht, dass eine seltsame Unruhe den Alten ergriffen hat. Er drückt dem Fährmann hastig eine Münze in die Hand. „Wenn der Dom zur Vesper läutet, holst du uns wieder ab. Hast du verstanden? Dann bekommst du auch deinen restlichen Lohn."

Der grobschlächtige Kerl nickt wortlos und hilft den beiden Reitern, an Land zu gehen. Dort bindet der Alte sein Pferd an einem Baum fest und geht ein gutes Stück voran, ohne auf seinen Begleiter zu achten. Auch der bindet seinen Hengst nun an und folgt seinem Gefährten durch das hüfthohe Gras, das einem Meer von Blumen und wilden Kräutern gleicht. Bienen summen, Vögel zwitschern, Eidechsen huschen durch den heißen Sand. Doch der junge Mann hat keine Zeit, sich an der Vielfalt der Natur zu erfreuen. Als er seinen Begleiter endlich eingeholt hat, sieht er sofort, dass es in den Augen des Alten feucht schimmert.

„Genau an dieser Stelle ist es passiert. Ich weiß es genau, obwohl nichts mehr daran erinnert. Hier stand die Kirche, da drüben die Zelte, und dort, hinter der Baumreihe, war der Turnierplatz aufgebaut. Alles ist in den Jahrzehnten überwuchert. Nichts erinnert mehr an das Geschehene. Aber hier ist es gewesen. Ich weiß es genau."

Er schließt die Augen, als die Erinnerung ihn wie ein jäher Blitz übermannt.

„Was ist hier passiert?", fragt der Jüngere, der keine Ahnung hat, wovon der Alte redet.

„Auf der Insel Maaraue, hier an dieser Stelle, veränderte sich mein Leben."

„Wie meint Ihr das, Meister?"

„Wenn ich nur ein paar Schritte weiter weg gestanden hätte, bei meinem Freund Gunther, wäre mein Leben wahrscheinlich völlig anders verlaufen. Vielleicht hätte auch ich Jahre später mein Dasein als Raubritter beendet, aufgehängt an einem Galgen oder aufgespießt von einem redlichen Rittersmann und verscharrt in einem namenlosen Grab. Zumindest aber wäre ich mit Schimpf und Schande verjagt worden. Aber so hatte das Schicksal einen anderen Weg für mich vorgesehen."

Die Erinnerungen scheinen den Alten nun regelrecht zu übermannen. Der junge Kerl macht ein mitfühlendes Gesicht. „Ihr solltet nicht so oft an das Schicksal Eurer Familie denken, Meister. Erzählt mir lieber, was hier geschehen ist. Ich kenne Euch noch nicht so lange und weiß so wenig von Euch aus der Zeit, als Ihr noch jung wart. Jetzt wäre eine gute Gelegenheit dazu. Wir haben Zeit. So schnell kommt der Fährmann nicht zurück. Und das drohende Gewitter ist auch an Mainz vorbeigezogen. Wir können uns also hier niederlassen und ein wenig die warme Sonne genießen."

Der Alte lächelt unwillkürlich, nickt bedächtig und lässt sich ächzend auf dem dicken Stamm einer umgestürzten Eiche nieder. „Ja, ja, das Gewitter. Damals zog das Unwetter nicht an Mainz vorbei. Warum nicht? Wer weiß, wie lange mich Gott noch auf dieser Welt belässt. Ich hoffe, es wird noch einige Zeit sein, denn es ist eine lange Geschichte."

Er unterbricht sich, weil erneut ein Hustenanfall seinen alten Körper durchschüttelt. Erst nach einer Weile hat er sich wieder beruhigt.

„Gerade einmal achtzehn Jahre alt war ich, als ich zum ersten Mal in diese Gegend kam."

Ein glanzvolles Fest
1184

„Gütiger Himmel, Gunther, wohin hast du mich bloß gebracht. Lass dir eines gesagt sein! Dass ich einmal in solch einer Kaschemme meinen Wein trinken muss, hätte ich mir in meinen kühnsten Träumen nicht ausgemalt."

Es war dem jungen Kerl anzumerken, wie unwohl er sich fühlte. Immer wieder schaute er um sich und erwiderte dabei trotzig und überheblich die Blicke der drei Männer, die sich ebenfalls in der kleinen Weinschenke aufhielten. Sie musterten die beiden Fremden, die hier unvermittelt aufgetaucht waren, immer wieder argwöhnisch.

Sein Gegenüber, er war höchstens zwei Jahre älter, hob beschwichtigend die Hände. „Schon gut, mein lieber Wolfram! Ich dachte mir nur, dass auch du einmal das einfache Volk kennenlernen solltest. Deshalb habe ich den Weg hierher eingeschlagen. Vor einigen Jahren bin ich einmal mit meinem Vater hier durchgezogen und hatte danach noch lange den herzhaften Wein in Erinnerung, der hier ausgeschenkt wird. Deswegen haben wir hier haltgemacht. Wir trinken aus und kehren dann wieder zurück zur Maaraue."

Wolfram atmete tief durch und ließ demonstrativ sein Schwert klirren. „Einen guten Wein kann ich auch im Lager trinken. Dafür muss ich mich nicht erst in solch ein armseliges Nest bemühen. Wo, zum Henker, sind wir hier überhaupt?"

„Das Dorf heißt Kostheim. Hier leben rechtschaffene Leute, genau wie in Trechtingshausen und in Bacharach und den anderen Dörfern, die du kennst. Und bevor du irgendetwas erwidern kannst: Dein Vater hat mir aufgetragen, dass ich dir die Welt zeigen soll, und dazu gehört nun einmal das einfache Volk, das in den zahllosen Dörfern des Reiches lebt."

In diesem Moment erhob sich einer der drei Männer, spuckte mit einem wütenden Blick auf die beiden Fremden aus und wollte auf die Tür zugehen. Doch kaum zwei Schritte weit kam der Kerl, ganz offensichtlich ein niederer Bauer. Mit einem wütenden Schrei auf den Lippen und einer geschmeidigen Bewegung sprang Wolfram auf, zog sein Schwert und deutete damit drohend auf die Kehle des Kerls, der mit zusammengekniffenen Augen auf den blanken Stahl schaute.

„Dir werde ich es zeigen, du Bastard! Was erlaubst du …"

Es gelang Gunther, sich rechtzeitig zwischen die beiden zu stellen. Er hatte die brenzlige Situation kommen sehen und war ebenfalls von seinem Schemel aufgesprungen. Er klopfte seinem jungen Freund auf die Schulter.

„Schon gut, Wolfram, beruhig dich wieder", mahnte er seinen Schützling eindringlich. „Du darfst es diesen Menschen nicht übel nehmen. Bestimmt kommt es nicht oft vor, dass zwei Ritter in ihr Dorf kommen und in ihrer Schenke einen Wein trinken."

Es war dem jungen Heißsporn anzusehen, dass er dem Kostheimer am liebsten einen Schwerthieb verpasst hätte. Knurrend steckte er die Waffe wieder zurück in die Scheide und griff nach dem halbvollen Lederbecher, den er in einem Zug austrank und danach auf den grob gehauenen Tisch warf. Auch der Wirt entspannte sich wieder.

„Ich will ganz schnell weg von hier, zurück ins Lager", zischte Wolfram wütend. „Oder hast du einen Vorschlag, was ich mir noch alles von dieser Gegend anschauen soll?"

Gunther machte ein unbekümmertes Gesicht. „Wir könnten nach Wiesbaden reiten. Das liegt etwa eine Stunde entfernt in nördlicher Richtung. Im Vergleich zu Mainz ist es nur ein größeres Dorf. Doch die heißen Quellen dort sollen genau so wohltuend sein wie die in Aachen, sagt man."

„Heiße Quellen! Bei dieser Hitze! Du hast vielleicht Nerven."

Wolframs Gesicht drückte aus, was er in diesem Augenblick dachte. Gunther lachte herzlich und schnippte dem Wirt, der seine beiden ungewöhnlichen Gäste ebenfalls die ganze Zeit misstrauisch im Auge behalten hatte, eine Kupfermünze zu. Wenige Augenblicke später saßen die beiden Männer auf ihren Pferden.

„Ist es noch weit bis zum Lager?“ Wolfram schaute sich ein wenig hilflos um. „Ich habe völlig die Orientierung verloren.“

„Wir müssen nur dem Main flussabwärts folgen. Bis zur Maaraue ist es nicht weit. Mit Sicherheit braten dort schon die Spanferkel über dem Feuer.“

Erneut stieß der junge Ritter ein ungeduldiges Knurren aus. „Das hoffe ich. Ich habe einen Hunger, dass ich einen ausgewachsenen Hirsch verdrücken könnte.“

Schweigend machten sie sich auf den Weg, vorbei an kleinen Hütten, an der Werkstatt eines Schmieds und dem Hof eines Metzgers, in dem der Meister und zwei seiner Knechte gerade eine Sau schlachteten. Das kleine Dorf Kostheim lag direkt am Main, der bei Mainz in den Rhein mündete. Auf einer weitläufigen, im breiten Mündungsbereich des Mains gelegenen Insel, Maaraue genannt, hatte Kaiser Friedrich Barbarossa schon vor einer Woche eine gewaltige Zeltstadt aufschlagen lassen. Fürsten, Ritter und niedere Geistliche aus dem ganzen Reich waren in den vergangenen Tagen eingetroffen, um zu Pfingsten, das die Christenwelt übermorgen feierte, dabei zu sein, wenn zwei der kaiserlichen Söhne ihre Schwertleite empfingen.

Gunther von Katzenelnbogen, einundzwanzig Jahre alt und erstgeborener Sohn des Grafen von Katzenelnbogen, dessen Burg bei St. Goar am Mittelrhein stand, musterte schweigend seinen Schützling, den er schon seit vielen Jahren kannte. Wolfram von Rheinbod, anno 1166 geborener Sohn des Landvogtes Gerhard von Rheinbod, seines Zeichens Verwalter der Burg Reichenstein bei Trechtingshausen am Rhein, war ein ungeduldiger, schnell aufbrausender Heißsporn. Gunther hoffte, dass die Ereignisse der nächsten Tage dazu beitragen würden, ihn zu einem charakterstarken Manne heranreifen zu lassen.

Zusammen mit ihren Knappen waren sie vor zwei Tagen am Mittelrhein aufgebrochen. Mit ihren Pferden hielten sie sich am Lauf des Rheins, passierten Bingen und Ingelheim und erreichten schließlich Mainz. Schon eine ganze Weile vorher hatten sich immer mehr Ritter samt Gefolgschaft zu ihnen gesellt. Sie alle wollten dem mächtigen Stauferkaiser huldigen, der zu Ehren seiner beiden Söhne Heinrich und Friedrich einen prächtigen Hoftag ausrichtete. Gunther wusste, dass die nächsten Tage nicht nur mit Kirchgang und Beten verbunden sein würden. Viel interessanter waren die glanzvollen Ritterturniere, denen auch der Kaiser beiwohnen wollte. Vielleicht würde er es sich auch nicht nehmen lassen, selbst in den Sattel zu steigen.

Der wesentlich erfahrenere Ritter wusste genau, was in Wolfram vorging. Erstmals bei einem Hoftag des Kaisers dabei zu sein, stellte für den jungen Mann ein ganz besonderes Ereignis dar. Von seinem Vater Gerhard von Rheinbod geschickt, sollte er die Familie bei diesem für den Kaiser so wichtigen Pfingstfest vertreten, was für den jungen Mann eine große Ehre, aber auch gleichzeitig eine besondere Herausforderung darstellte. Gunther wusste, dass Wolfram seine Ungeduld kaum noch zügeln konnte. Der Vorfall in der Dorfschenke hatte gezeigt: Es war an der Zeit, dass sich der Jungspund mit anderen Rittern maß.

Dabei wird er sein ungestümes Mütchen schon gekühlt bekommen, dachte sich Gunther belustigt.

Mit gemächlichem Tempo ritten die beiden jungen Männer jetzt am Main entlang, vorbei an zeternden Waschweibern und fluchenden Fischern. Dabei wurden sie von einem Floß überholt, das auf dem schnellen Wasser des Mains trieb. Vier hünenhafte Flößer waren zu erkennen, die sich auf ihrem aus mächtigen Holzstämmen bestehenden Gefährt eine kleine Hütte gezimmert hatten. Wahrscheinlich kamen sie aus dem mit besonders gutem Holz gesegneten Spessart und waren auf dem Weg, um Mainz, Köln oder eine andere Stadt am Rhein damit zu versorgen. Es bedurfte ihres ganzen Könnens und Geschicks, die mächtige, mehrere Dutzend Ellen lange Konstruktion in der Flussmitte zu halten.

Die Kinder, die am Wegesrand spielten oder bettelnd die Hand ausstreckten, hielten sofort inne. Manche rannten davon, erschrocken von dem ungewohnten Anblick der beiden hochgewachsenen Männer, die darauf verzichtet hatten, ihre Rüstung anzulegen. Gunther und Wolfram trugen nur ihre dünne Lederkleidung, die sie jedoch eindeutig als Männer höheren Standes auswies. Andere Dorfbewohner winkten ihnen freundlich zu. Natürlich hatte es sich auch in Kostheim wie ein Lauffeuer herumgesprochen, dass auf der nicht weit entfernten Maaraue, einer Insel mit kleinen Wäldern und lieblichen Auewiesen, der Kaiser Hofstaat halten wollte. Dass sie jedoch zwei Ritter mit eigenen Augen sehen durften, verschlug ihnen die Sprache.

Als sie eine kleine Kirche passiert hatten, zügelte Gunther sein Pferd und deutete mit seinem rechten Arm geradeaus. „Siehst du dort drüben die Baumreihe? Das ist die dem Dorf zugewandte Seite der Maaraue. Dahinter lagern die kaiserlichen Gäste. Wir müssen nur einen schmalen Seitenarm des Mains durchqueren. Dazu brauchen wir noch nicht einmal eine Fähre. Bei dieser Hitze ist es nicht mehr als eine Schlammpfütze."

Wolfram lüftete seine Lederkappe und fuhr sich durch seine dunkelbraunen, feuchten Haare. Der Tag war wieder sehr warm, allerdings hatte sich mittlerweile eine unangenehm drückende Schwüle über das Land gelegt, die einem bei der geringsten Bewegung den Schweiß aus den Poren trieb. Er atmete tief durch. Kaum ein Augenblick verging, in dem seine Gedanken nicht um die zu erwartenden Turniere kreisten. Längst vergessen war der Abschiedsschmerz, den auch er verspürte, als es sich seine Mutter Berta nicht verkneifen konnte, ihren einzigen Sohn an sich zu drücken. Auch seine fünf Schwestern hatten ihre Tränen nicht zurückhalten können. Sie alle wussten, dass Wolfram vielleicht nie mehr auf die Burg zurückkehrte. Denn gefahrvoll war nicht nur der Weg nach Mainz. Besonders während des Pfingstturniers konnte sich der Familienerbe eine tödliche Verletzung zuziehen. Oder er kam als Krüppel zurück, mit nur noch einem Arm oder einem Bein. Der Vater hatte oft von mutigen Rittern erzählt, die die Schlachten des Kaisers wie durch ein Wunder überlebten, um beim anständigen Kräftemessen mit ihresgleichen vom Pferd zu fallen und sich das Kreuz zu brechen.

Gerhard von Rheinbod und dessen Bruder Achim von Rheinbod waren beim Abschied Stolz und Genugtuung unübersehbar ins Gesicht geschrieben gewesen. Breitbeinig standen die beiden gestandenen Ritter im großen Burghof, aus dem sie zuvor das Gesinde und die niederen Bauern verscheucht hatten.

„Dass du deiner Familie keine Schande bereitest“, hatte der Vater mit tiefer Stimme seinen einzigen Sohn eindringlich ermahnt, und in seinen Augen lag in diesem Moment etwas, das Wolfram noch einmal Unbehagen und Angst bereitete. Vor nichts und niemand fürchtete er sich, nur vor dem Vater und dem Onkel hatte er gehörigen Respekt. Wolfram wusste nur zu gut, wie Gerhard von Rheinbod, vom Kloster Kornelimünster bei Aachen hier am Mittelrhein eingesetzter Landvogt, mit seinen Untergebenen umsprang und ihnen das mühsam Ersparte abpresste. Wenn der Zehnte nicht pünktlich gezahlt wurde, was nicht gerade selten vorkam, setzte es drakonische Strafen. Wolfram war noch gut in Erinnerung, wie sein Vater einmal einem unbescholtenen Bauern die Hände am Rücken zusammenband und den Bedauernswerten stundenlang am Bergfried der Burg baumeln ließ, gleichsam als weithin sichtbares Mahnmal für alle anderen. Und das nur, weil eines der elf Hühner, die der gute Mann abzuliefern hatte, Gerhard von Rheinbod als zu mager erschien. Bis die verzweifelte Frau des Aufgeknüpften zwei weitere Hühner gebracht hatte, musste der hilflose Bauer am Bergfried hängen, verspottet und verhöhnt von den Bediensteten der Burg, mal vor Schmerzen schreiend, mal nur leise wimmernd.

„Siehst du, mein Junge“, hatte der Vater dem damals zwölfjährigen Wolfram eingeschärft, als er den Bauern endlich von seiner Qual erlösen ließ. „So ergeht es allen, die mir und deinem Onkel den Gehorsam verweigern. Und auch du, mein Sohn, wirst noch früh genug lernen, dass man nur mit einer gehörigen Portion Härte und Strenge durch das Leben kommt.“

Ein Jahr später hatte Wolfram zum ersten Mal selbst den vollen Zorn seines Vaters zu spüren bekommen. Weil er sich im Umgang mit dem Schwert zu ungeschickt angestellt hatte, sperrte Gerhard von Rheinbod seinen Sohn zur Strafe geradewegs in das dunkle und muffige Burgverlies, in das kein Sonnenstrahl drang und wo sich in brackigen Pfützen die Ratten tummelten. Es war nur dem Jammern und Flehen seiner Mutter Berta zu verdanken, dass der Sohn bereits am nächsten Morgen wieder ans Tageslicht zurück durfte. Den ganzen Tag zitterte der völlig verängstigte Junge wie Espenlaub, was sein Vater nur mit einem höhnischen Lachen quittierte.

Diese unangenehmen Erinnerungen beiseiteschiebend, setzte der junge Ritter seine lederne Kappe wieder auf und stieß ein verächtliches Lachen aus. Ohne auch nur einen Moment zu zögern, hätte sein Vater dem Bauern in der Kostheimer Schenke einen Schwerthieb verpasst, von dem sich der tumbe Kerl nicht mehr erholt hätte. Als der Kostheimer, der bestimmt auch seinen Stolz hatte, vor ihm ausgespuckt hatte, verspürte Wolfram sofort den Zwiespalt seiner aufwallenden Gefühle. Da waren zum einen der Jähzorn und das unbändige Verlangen, seinem Gegenüber eins aufs Maul zu geben. Da war aber auch die Stimme, die ihn eindringlich mahnte, sich zu mäßigen. Erneut schüttelte er den Kopf. Es wurde Zeit, dass er sich mit seinesgleichen messen durfte.

Kaum drei Ellen tief war zu dieser Jahreszeit das Wasser an der Stelle, wo sie den Main durchquerten. Schon nach zwei Dutzend Schritten hatten die Pferde das trockene Ufer der Maaraue erreicht. Zwischen den Bäumen und Büschen konnte Wolfram die mittlerweile gewaltige Zeltstadt ausmachen, in der die Reichsfürsten mit ihren Bediensteten und die Ritter mit ihren Knappen lagerten. Viele Tausend Menschen hatten sich inzwischen auf diesem mit nur wenigen Bäumen bewachsenen Teil der Insel häuslich eingerichtet. Und es war nicht nur die Zeltstadt, die Wolfram auch jetzt wieder in Staunen versetzte. Noch immer arbeiteten Zimmerer unermüdlich an der imposanten Holzkirche, die der Kaiser eigens für diesen Hoftag auf der Maaraue aufbauen ließ. Wolfram erkannte auf den ersten Blick, dass die Arbeiten fast fertig waren.

Wird auch langsam Zeit, dachte er sich. Schließlich wurden morgen der Kaiser und seine Familie erwartet. Mit Sicherheit wollte der mächtige Staufer als Erstes in der Kirche beten und dem Herrn dafür danken, dass er ihn sicher zunächst nach Mainz und dann auf die Maaraue geführt hatte. Wohnen würde der Kaiser mit seiner Familie und seinen engsten Vertrauten in der aus stabilen Holzhütten bestehenden Pfalz, die ebenfalls in den vergangenen Wochen aufgebaut worden war und die nur dem Kaiser und seinen engsten Familienmitgliedern zugänglich sein würde.

„Es ist unglaublich", rief in diesem Moment Gunther begeistert aus. „In den wenigen Stunden, in denen wir weg waren, sind bestimmt noch einmal Hunderte Ritter eingetroffen. Mein Gott, wie viele Krieger hat der Kaiser zu seinem Hoffest eingeladen? Es müssen mittlerweile an die zehntausend sein! Was glaubst du, Wolfram?"

Mit einem leicht verwirrten Gesichtsausdruck ließ der junge Rheinboder seine Blicke schweifen. Zelt an Zelt reihte sich mittlerweile auf der weitläufigen Auewiese. In den besonders großen Zelten nächtigten die Reichsfürsten. Gleich nebenan hatten ihre Bediensteten ihre Lager aufgeschlagen. Die Knappen verbrachten die Nächte unter freiem Himmel, nur geschützt durch ihre wollenen Decken. Im Wind knatterten Fahnen, Banner und Wimpel, Pferde wieherten, Hunde kläfften. Von irgendwoher war aus einer Schmiede der gleichmäßige Schlag von Eisen auf Eisen zu hören. In zahlreichen Ställen wurden Ziegen, Schweine, Hühner, Rebhühner, Rehe und Hirsche gehalten. Überall brannten Feuer, über denen sich Spieße drehten oder in großen Töpfen Fleisch schmorte und Suppe kochte. Der Tross des Kaisers und seine Gäste würden in den nächsten drei Tagen Fleisch in unvorstellbaren Mengen verschlingen. Bierbrauer und Weinbauern hatten unzählige Fässer auf die Maaraue bringen lassen. Für sie bedeutete der Hoftag das Geschäft ihres Lebens. Und auch die ersten Huren hatten sich schon blicken lassen. Wolfram konnte sich zumindest nicht vorstellen, dass das blond gelockte Weib, das ihm vor ihrem Ausritt einen schmachtenden Blick zugeworfen hatte, die Tochter eines Handwerkers oder Bauern war.

Und längst war der junge Ritter nicht mehr in der Lage, alles zu verstehen, worüber die anderen Edelleute, Ritter und Knappen sich unterhielten. Sogar aus dem fernen Italien kamen sie hierhergezogen, und auch aus den östlichsten und den westlichsten Winkeln des Reiches, wo ebenfalls kein Deutsch gesprochen wurde, waren kaiserliche Gäste angereist. Wolfram hatte stets angenommen, dass im gesamten Reich Barbarossas, von dessen Größe er sich nur eine ungefähre Vorstellung machen konnte, alle dieselbe Sprache sprachen und dass es Unterschiede höchstens in den einzelnen Formen des Dialektes gab. Sein Freund Gunther, dessen wesentlich weltgewandterer Vater dem ebenfalls einzigen Sohn eine weitaus vornehmere Erziehung hatte zuteilwerden lassen, musste Wolfram eines Besseren belehren. Unzählige Sprachen und Dialekte wurden im Reich gesprochen. Doch alle, die mit dem Kaiser zu tun hatten, mussten der deutschen Sprache mächtig sein oder zumindest einen Dolmetscher mitbringen.

Im Hintergrund der gewaltigen Zeltstadt waren die Häuser und Kirchen der von einer mächtigen Mauer umgebenen Stadt Mainz zu sehen. Ans Mainzer Ufer gelangte man allerdings nur mit einer Fähre, denn der träge dahinfließende Rhein war an dieser Stelle außergewöhnlich breit und selbst in heißen Sommern gut und gerne fünf Ellen tief. Nicht lange dauerte das Übersetzen von der Maaraue bis zu der großen Stadt, die Wolfram bis gestern nur vom Hörensagen kannte. In Mainz, dem Sitz von Erzbischof Konrad, dem zweitmächtigsten Mann im Reich, hielten sich mittlerweile zahllose geistliche Würdenträger aus dem ganzen Reichsgebiet auf, die ebenfalls zu dem Pfingsthoftag eingeladen waren – so hatte der Rheinboder es aus den Gesprächen der anderen Ritter vernommen. Sie waren in den erzbischöflichen Häusern untergebracht worden und würden nur zu den Gottesdiensten auf die Maaraue kommen. Für den festlichen Gottesdienst am Sonntag wurden neben Konrad etliche weitere deutsche Bischöfe erwartet.

„Hast du dir gemerkt, wo unsere Zelte stehen?“, fragte der junge Ritter mit leicht bekümmertem Unterton seinen Begleiter.

Jetzt musste Gunther lächeln. „Da drüben sind sie. Ich kann schon deinen Knappen Richard sehen. Wie immer, wenn er sich alleine wähnt, tut er sich an einem gefüllten Weinschlauch gütlich. Ich fürchte, es dauert nicht mehr lange, und er fällt besoffen auf seinen Strohsack.“

„Das werden wir noch sehen!“ Mit einem scharfen Grinsen zog Wolfram sein Schwert und schwang es über den Kopf. Auch er hatte seinen saufenden Knappen jetzt entdeckt und ritt in wildem Galopp auf ihn zu. Der dickliche Richard, sechstgeborener Sohn eines Grundherrn bei St. Goar und zwei Jahre älter als sein Herr, machte ein erschrockenes Gesicht, als er den jungen Ritter auf sich zustürmen sah. Er ließ geradewegs den schon schlaff gewordenen Weinschlauch fallen und kniff die Augen zu. Unter dem lautstarken Gelächter zahlreicher Ritter, die die Szene beobachteten, verpasste Wolfram im Ritt seinem Knappen mit der flachen Seite seines Schwertes einen Schlag auf den Hintern, dass dieser jämmerlich aufheulte und auf seinen dicken Bauch fiel. Gunther verfolgte das Ganze mit einem feinen Lächeln. Er wusste nur zu gut, welch ein Heißsporn sein Freund sein konnte.

Wolfram ließ sich von seinem Pferd gleiten und übergab es dem jetzt lautstark lamentierenden Richard, der sich sofort dienstbeflissen das Zaumzeug des dunkelbraunen Hengstes schnappte. Mit einem kurzen Blick überzeugte sich der junge Ritter davon, dass auf dem Spieß, den ein ihm unbekannter Knappe drehte, tatsächlich ein Spanferkel brutzelte. Die Gäste des Kaisers mussten sich um nichts kümmern. Tag und Nacht waren Hunderte Bedienstete aus dem kaiserlichen Marstall nur damit beschäftigt, die mutigsten und vornehmsten Männer des Reiches zu verköstigen. Und der Nachschub aus Mainz riss nicht ab, dessen konnten alle sicher sein. Die Bauern, Winzer und fliegenden Händler der Stadt, die bis tief in die Nacht ständig mit der Fähre übersetzten, wussten, dass sie für ihre Waren fürstlich entlohnt wurden.

Zufrieden goss sich Wolfram einen Becher verdünnten Wein ein, den er in einem Zug leerte. Auch Gunther hatte sein Pferd seinem Knappen übergeben und ließ sich ebenfalls einen Becher Wein schmecken. Zufrieden sanken die beiden Männer ins Gras und stützten sich mit den Ellbogen ab, während sie in den leicht dunstigen Himmel schauten. Der Wind, der über die Maaraue strich, brachte kaum Linderung von der schwülen Wärme, die sich über Stadt und Fluss gelegt hatte.

„Was weißt du über den Kaiser?“, fragte Wolfram nach einer Weile und schielte ungeduldig zu dem Spanferkel hinüber.

Gunther verzog die Lippen. „Ich selbst bin ihm noch nie begegnet. Was ich weiß, hat mir mein Vater berichtet, der mit Friedrich schon nach Italien gezogen ist, wie du ja selbst weißt. Er erzählte mir, dass der Kaiser einmal auffallend rötliches Haupthaar und einen ebenfalls rötlichen Bart hatte. Deswegen wird er auch Barbarossa genannt. Doch keinem nimmt er diesen Spitznamen übel, den er übrigens von den Italienern bekommen hat. Sechzig Jahre soll er nun schon alt sein und gesegnet mit unendlicher Weisheit und Güte. Sein früher rötliches Haar hat sich mittlerweile fast gänzlich weiß gefärbt. Sein Sohn Heinrich ist ungefähr so alt wie du und wurde schon als kleines Kind zum deutschen König gekrönt. Kannst du dir das vorstellen? Während wir noch über den Burghof tobten, die Mägde ärgerten und den Katzen und Hühnern nachstellten, hat Heinrich bereits eine Krone und einen Herrschermantel getragen. Er wird von seinem Vater einmal die Kaiserkrone des römisch-deutschen Reiches übernehmen, wenn er nicht sogar bald vom Papst zum Mitkaiser erhoben wird."

Wolfram nickte anerkennend mit dem Kopf. Das Wissen seines Freundes imponierte ihm. „Ich kann es noch immer kaum glauben, dass ich hier bin", murmelte er nach einer Weile. „Ich werde meiner Familie keine Schande bereiten, das verspreche ich dir. Ich werde im Turnier siegen und für meinen Vater eine Trophäe nach Hause bringen."

Gunther stieß einen tiefen Seufzer aus und half Wolfram widerstrebend, als der sein schweres Kettenhemd richtete.

„Muss das denn wirklich sein?" In seiner Stimme war der Vorwurf unüberhörbar.

Wolfram nickte energisch mit dem Kopf. „Der Kerl hat sich mir gegenüber ungeheuerlich benommen. Ich werde ihm den Arsch versohlen."

„Damit du Bescheid weißt. Der Kerl, dem du den Arsch versohlen willst, ist kein Geringerer als Pfalzgraf Dankwart von Gelnhausen, einer der vornehmsten und mutigsten Ritter des Reiches, zudem ein enger Vertrauter des Kaisers. Er hat gerade in der Reichsstadt Gelnhausen eine Pfalz bauen lassen, die jetzt schon zu Barbarossas Lieblingspfalzen zählt. Dass er dich einfach wegstieß, mag nicht unbedingt von Höflichkeit zeugen. Andererseits bist du in seinen Augen ein Nichts und Niemand. Einer, der noch nicht einmal eine Narbe hat, die er sich im Kampf für Kaiser und Reich zuzog. Dankwart ist mindestens zehn, wenn nicht gar fünfzehn Jahre älter als du und hat sich wahrscheinlich schon in mehr Schlachten geschlagen als du in den Strohlagern rund um Trechtingshausen. Und ich weiß genau, wie viele Weiber du bereits unglücklich gemacht hast."

„Reichst du mir bitte mein Schwert!" Es war Wolframs Tonfall anzuhören, dass die Worte seines Freundes keinerlei Wirkung hinterließen.

Erneut stieß Gunther einen Seufzer aus und hielt dem jungen Ritter dessen erst vor wenigen Monaten geschmiedetes Langschwert hin. Es war eine unbedeutende Rempelei zwischen den Zeltreihen gewesen. Eine Rempelei, wie sie alle Tage vorkam und die mit einer einfachen, unter ehrenwerten Rittern üblichen Entschuldigung schnell wieder aus der Welt geräumt gewesen wäre. Doch Wolframs sofort aufbrausender Jähzorn hatte Dankwart von Gelnhausen regelrecht herausgefordert. Er könne den Zweikampf bekommen, hatte der Pfalzgraf dem jungen Heißsporn spöttisch lachend zugerufen, wohl wissend, dass dieser nie im Leben ein solches Angebot ausschlagen würde. Keine halbe Stunde war seitdem vergangen, und schon hatten sich mindestens drei Dutzend Ritter und Knappen auf dem kleinen Platz zwischen den Zelten versammelt, auf dem der Zweikampf über die Bühne gehen sollte. Sie freuten sich über die Abwechslung, denn in den vergangenen Tagen hatte die Unterhaltung nur darin bestanden, dass die mittlerweile ebenfalls eingetroffenen Spielleute und Feuerschlucker ihr Können unter Beweis stellten und die wenigen hier anzutreffenden leichten Mädchen ihre käuflichen Dienste anboten.

Wolfram trug sein genietetes Kettenhemd, seine Kettenhandschuhe und seine Lederhaube. Die Beinkleider waren zusätzlich mit genieteten Eisenringen verstärkt. Ein grauer Nasenhelm, lederne

Handschuhe und Stiefel sowie das Schild mit dem Familienwappen machten die Ausrüstung komplett. Kämpfen wollten die beiden Ritter nur mit ihren Langschwertern. Beide waren sich bewusst, dass diese Auseinandersetzung lediglich ein Kräftemessen zwischen zwei Streithähnen sein konnte, wenngleich Verletzungen, auch eine tödliche Wunde, nicht ausgeschlossen waren. Doch beide Männer, sowohl der erfahrene Pfalzgraf wie auch der junge Ritter, wollten ihr Gesicht wahren. Ein Zurück gab es deshalb nicht mehr.

Friedhelm von Isenburg, ein weit gereister Ritter von mittlerweile vierzig Jahren, hatte sich bereit erklärt, über den Zweikampf zu wachen. „Seid Ihr bereit, Wolfram von Rheinbod?“, fragte er ruhig.

Der Angesprochene nickte und rückte noch einmal sein Kettenhemd zurecht. Da auch sein Kontrahent seine Bereitschaft signalisiert hatte, machten die Übrigen gerne Platz und bildeten einen großen Kreis.

Mit der rechten Hand umklammerte Wolfram den Knauf seines Schwertes, mit der linken die lederne Schlaufe des Schildes. Sein Herz schlug jetzt bis zum Hals. Nur auf der väterlichen Burg hatte er sich bislang im Schwertkampf gemessen, meist mit seinem Onkel, manchmal mit seinem Vater oder auch Gunther. Eine ernsthafte Auseinandersetzung war ihm in seinem jungen Leben bislang erspart geblieben.

„Der Zweikampf ist auf der Stelle zu beenden, wenn einer der ehrenwerten Ritter verletzt wird, sein Schwert verliert oder als Zeichen der Aufgabe sein Schwert zur Seite schleudert“, hörte er die laute Stimme von Friedhelm von Isenburg.

Wolfram erwiderte das aufmunternde Lächeln seines Freundes Gunther, warf seinem wie immer etwas dümmlich dreinschauenden Knappen Richard einen letzten Blick zu und ging auf die Mitte des Kreises zu, dabei noch einmal die Schärfe seines Schwertes prüfend. Von der anderen Seite kam nun mit entschlossenen Schritten Dankwart von Gelnhausen auf ihn zu. Erst jetzt bemerkte der durchaus hochgewachsene Wolfram, dass sein Kontrahent fast einen Kopf größer als er war und einen wild entschlossenen Eindruck machte. Anscheinend nahm er die bevorstehende Auseinandersetzung mindestens genauso ernst wie der junge Ritter. Ausgerechnet in diesem Moment verspürte Wolfram von Rheinbod ein dringendes Bedürfnis.

Verflucht, schoss es ihm durch den Kopf. Bloß jetzt nicht!

Weiter kam er nicht in seinen Überlegungen, denn Friedhelm von Isenburg hatte das Zeichen gegeben, dass der Kampf beginnen konnte. Ohne auch nur einen Augenblick abzuwarten, hob Dankwart sofort sein Schwert, machte einen Schritt nach vorne und ließ es niedersausen. Wolfram, der mit solch einem Angriff gerechnet hatte, hielt geistesgegenwärtig seinen Schild dagegen. Im selben Augenblick verfluchte er, dass er sich auf diesen Zweikampf eingelassen hatte. Die Wucht des Schlages stellte alles in den Schatten, was der junge Ritter in den vergangenen Jahren während seiner harten Ausbildung hatte einstecken müssen. Augenblicklich wurde ihm bewusst, dass sein Onkel, der mit ihm so oft auf dem Hof der Burg den Schwertkampf geübt hatte, ihm eigentlich nichts anhaben wollte. Schließlich war er der Sohn des Landvogtes, und der hätte seinem Bruder das Leben zur Hölle gemacht, wäre dem einzigen Spross der Familie etwas zugestoßen. Doch Dankwart scherte sich wenig um die Herkunft Wolframs. Er selbst stammte aus einer alten Adelsfamilie, die schon Otto dem Großen gedient hatte. Da sollte er mit solch einem vorlauten Jungspund eigentlich spielend fertig werden.

Der erfahrene Adlige suchte eine schnelle Entscheidung und schenkte seinem Kontrahenten nichts. Wolfram hatte den ersten Schlag gerade weggesteckt, da ging auch schon der nächste nieder. Der junge Ritter taumelte rückwärts und wäre fast gestolpert. Wolfram hörte, wie die meisten der Zuschauer höhnisch lachten und mit ihren Fäusten und Schwertern wild auf ihre Schilde klopften. Sie standen auf Dankwarts Seite und sahen in Wolfram nur einen vorlauten Grünschnabel, der es verdient hatte, einmal ordentlich verdroschen zu werden.

Immerhin gelang es dem jungen Rheinboder, selbst einige Schläge zu platzieren. Doch mühelos wehrte sein Gegenüber die doch recht harmlosen Hiebe mit seinem Schwert ab. Der Schwung riss Wolfram fast die Waffe aus der Hand, worauf er sich nun zu einem wahnwitzigen Schritt hinreißen ließ. Mit einer wütenden Bewegung schleuderte er seinen Schild zur Seite, umfasste den Knauf seines Schwerts nun mit beiden Händen, atmete tief durch und stürmte mit einem martialischen Schrei auf den Lippen seinem Gegenüber entgegen. Dankwart, der damit nicht gerechnet hatte, wusste zunächst nicht, wie er reagieren sollte. Mit einem gezielten Hieb hätte er seinen unerfahrenen Gegner trotz des Kettenhemdes töten oder zumindest schwer verletzen können. Doch darauf wollte er es nicht ankommen lassen. Stattdessen warf auch er seinen Schild zur Seite und begegnete dem nunmehr beherzteren Angriff des jungen Ritters, indem er sein Schwert nun ebenfalls mit beiden Händen umfasste.

Jetzt entbrannte ein fast gleichwertiger Kampf, bei dem zur Freude der laut johlenden Zuschauer ein ums andere Mal Stahl auf Stahl traf. Brust an Brust standen nun die beiden Kämpfer und längst waren nicht wenige der zuschauenden Ritter und Knappen auf die Seite des jungen Wolfram gewechselt und feuerten nun diesen an. Mit aller Kraft stieß Dankwart von Gelnhausen seinen Gegner von sich weg und ließ einen Schlag nach dem anderen auf diesen niedersausen. Wolfram hatte Mühe, die Hiebe mit seinem Schwert abzuwehren. Auch spürte er, wie seine Kraft jetzt doch erlahmte. Seine Arme kamen ihm vor, als würden zwei riesige Steine daran hängen. Seine Kehle war ausgedörrt und sein Herz raste, als wollte es jeden Moment in seinem Brustkorb zerspringen.

Dankwart hatte längst bemerkt, dass seinem Kontrahenten die Kräfte schwanden. In einem richtigen Zweikampf würde er spätestens jetzt zum tödlichen Schlag ausholen. Doch in diesem Kräftemessen wollte er den jungen Ritter nur in seine Schranken weisen. Mit einer geschmeidigen Bewegung drehte sich der erfahrene Kämpfer in einem günstigen Moment nach rechts, streckte sein Schwert aus und unterlief damit Wolframs Waffe. Es folgte eine blitzschnelle Bewegung, die den Stahl über den Kopf des jungen Ritters schleuderte. Vom Schwung mitgerissen, machte Wolfram unbeholfen einige Schritte rückwärts, stolperte über eine Grasnarbe und fiel auf den Rücken. Dabei verlor er auch sein Schwert. Die Entscheidung war somit gefallen. Mit einem überlegenen Lächeln und zufrieden das anerkennende Gemurmel der anderen Ritter vernehmend deutete Dankwart mit der Spitze seiner Waffe auf den Hals des jungen Ritters, steckte sein Schwert schließlich in die Scheide und reichte dem Unterlegenen die Hand. Unter dem Beifall der anderen richtete er seinen geschlagenen Gegner wieder auf und klopfte ihm auf die Schulter.

„Ihr seid gerade zur rechten Zeit zu einem, Gott sei es gedankt, unblutigen Ende gekommen“, hörte Wolfram die erleichterte Stimme Friedhelms von Isenburg. „Wir haben die Kunde vernommen, dass der Kaiser mit seinem Tross in Mainz angekommen ist. Es wird nicht mehr lange dauern und er setzt auf die Maaraue über. Ihr wisst, was das bedeutet!“

Mit einer Verbeugung seines Kopfes zollte Wolfram seinem Kontrahenten Anerkennung, die dieser mit einem leichten Nicken annahm. Die Ritter und ihre Knappen zerstreuten sich laut diskutierend. Sie hatten ihren Spaß gehabt.

„Ich hoffe, du bist jetzt zufrieden“, zischte Gunther, der mit Erleichterung zur Kenntnis genommen hatte, dass sein Schützling unverletzt geblieben war. „Du kannst von Glück reden, dass der Gelnhausener dich verschont hat. Ich wollte es dir ja vor dem Kampf nicht erzählen. Aber ich habe gehört, dass er es einmal in einer Schlacht mit vier Gegnern gleichzeitig aufnahm. Und was soll ich dir sagen! Alle vier verloren ihr Leben, und dieser Teufelskerl bekam nicht einmal eine Schramme ab.“

Jetzt musste Wolfram doch schlucken. „Aber ich habe doch gar keine so schlechte Figur abgegeben, oder?“, entgegnete er, sichtlich beeindruckt von den Heldentaten seines Gegners und noch immer atemlos, während er seinem Knappen das Schwertgehänge zuwarf. Er wischte sich den Schweiß aus dem Gesicht und grinste seinen alten Freund an. „Du hast selbst gesagt, dass er mindestens zehn Jahre älter ist als ich. Grundgütiger, sein Schlag hat tatsächlich eine Wucht wie ich es noch nie erlebt habe. Aber ich sage dir, in spätestens einem Jahr werde ich ihn und seinesgleichen besiegen. Jetzt brauche ich erst einmal einen Becher Wein.“

„Natürlich, aber bevor du mit deinen Feinden und Gegnern aufräumst, müssen wir erst noch dem Kaiser und seiner Familie huldigen, falls du das schon wieder vergessen hast. Immerhin kannst du alles anlassen, was du trägst. Nur deinen Schild solltest du vorher säubern."

Eine knappe Stunde später, als die Sonne ihren Zenit längst überschritten hatte, hatten sich alle auf der Maaraue eingetroffenen Fürsten und Ritter an dem der Stadt Mainz zugewandten Ufer der Maaraue versammelt. Die Fürsten und ihre Ehefrauen hatten ihre feinsten Kleider angezogen, die Ritter waren in voller Montur und Bewaffnung angetreten. Wolfram schätzte, dass es etliche Tausend Männer und über fünfhundert Frauen waren, die nun in mehreren Reihen stehend gebannt auf das Mainzer Ufer starrten. Dort hatte eine Fähre abgelegt, auf der sich etwa zwanzig Personen aufhielten. Einige von ihnen saßen auf Pferden, deren Rücken mit kostbarem Tuch bedeckt waren.

„Ich glaube, ich kann den Kaiser erkennen", rief Gunther nach einer Weile völlig aufgeregt.

Auch Wolfram spähte angestrengt in die Richtung der rasch näher kommenden Fähre. Mindestens zehn baumlange Kerle waren damit beschäftigt, das aus grobem Holz zusammengezimmerte Gefährt nicht abtreiben zu lassen, sondern es genau an die Stelle des flachen Ufers der Maaraue zu manövrieren, wo der Kaiser, seine Familie und sein Gefolge erwartet wurden.

Jetzt konnte der junge Ritter ganz deutlich die einzelnen Personen erkennen. Der Kaiser (dieser eindrucksvolle Mann in der Mitte der Fähre konnte nur Friedrich Barbarossa sein) saß auf einem pechschwarzen Pferd. Es war der prachtvollste Hengst, den Wolfram je in seinem jungen Leben gesehen hatte. Über seinem in der Sonne blitzenden Kettenhemd trug der Herrscher einen purpurfarbenen Umhang, und auch der Rücken seines Hengstes war mit wertvollem Stoff bedeckt. Gunther hatte recht gehabt. Alt war der Kaiser, und er strahlte majestätische Würde aus, die von dem sorgsam gestutzten, nun fast weißen Barthaar unterstrichen wurde. Rechts und links saßen auf ebenfalls edlen Rössern zwei junge Männer in Wolframs

Alter, mit Sicherheit die beiden Söhne Heinrich und Friedrich, die während des Pfingstfestes ihre Schwertleite erhalten sollten. Weitere Männer, Frauen, Halbwüchsige und sogar einige Kinder konnte Wolfram ausmachen, die allem Anschein nach alle zur kaiserlichen Familie gehörten. Die Frau, die am meisten kaiserlichen Glanz ausstrahlte, musste Friedrich Barbarossas wesentlich jüngere Ehefrau Beatrix sein, von der Gunther am Vorabend ebenfalls erzählt hatte.

Inzwischen hatte es auf der Maaraue die Runde gemacht, dass die kaiserliche Familie mit einer aus einhundert Rittern bestehenden Leibgarde nach Mainz gereist war. Wenn auch diese übergesetzt war, konnte das Pfingstfest, auf das alle so ungeduldig gewartet hatten, endlich beginnen.

Als die mächtige Fähre am Ufer der Maaraue anlegte, machten die dort versammelten Reichsfürsten bereitwillig Platz und senkten ihre Köpfe. Die Ritter und Edelleute bildeten ein langes Spalier, in der linken Hand den Schild haltend, in der rechten Hand den übermannshohen Eberspieß, ihr Schwert am Gürtel. Auch sie senkten demütig die Köpfe. Und so sah Wolfram bei seiner ersten Begegnung mit dem Kaiser und dessen Familie nur die schlanken Fesseln von mehreren edlen Pferden und die vornehmen Beinkleider von einem guten Dutzend Erwachsenen und Kindern.

Als der Tross vorbeigezogen war, schaute er Gunther verwirrt und stirnrunzelnd an. „Und nun?“, fragte er unsicher.

Gunther zuckte mit den Schultern. „Das war es zunächst. Entschuldige mich bitte, ich muss mich jetzt erst einmal in die Büsche schlagen.“

Dankwart von Gelnhausen war sichtlich zufrieden. Als Truchsess zeichnete er verantwortlich für das große Festmahl, das dem Kaiser, seiner Familie und den wichtigsten Edelleuten an diesem frühen Abend bereitet wurde. Gleich nach der Ankunft auf der Maaraue hatten sich der Staufer und seine Familie zum Ausruhen in die kaiserlichen Holzhäuser zurückgezogen, die eigens für das Fest gezimmert worden waren und aus weiterer Entfernung wie ein kleiner Palast wirkten. Mit einem leichten Kopfnicken hatte Friedrich zur Kenntnis genommen, dass die von ihm persönlich in Auftrag gegebene Kirche fertiggestellt war. Am nächsten Morgen sollte sie den passenden Rahmen für den festlichen Pfingstgottesdienst bieten.

Jetzt stand der erfahrene Pfalzgraf breitbeinig und mit verschränkten Armen in dem riesigen Zelt, in dem an die zweihundert Männer an der hufeisenförmig aufgeschlagenen Tafel Platz genommen hatten. Dankwart erkannte auf Anhieb den Herzog von Böhmen und den Herzog von Österreich. Beide waren mit vielen hundert Rittern auf die Maaraue gekommen. Auch Herzog Bernhard von Sachsen und Pfalzgraf Konrad vom Rhein hatten sich bereits an den mit weißen Linnen bedeckten Tischen niedergelassen.

Die kaiserlichen Diener schwirrten umher und trugen auf, was in den Stunden zuvor in den Pfannen gar schmorte, in den Töpfen kochte und über den Feuern gebraten wurde. Dankwart von Gelnhausen hatte allein für dieses Festmahl zehn Hirsche, fünf Ochsen, drei Dutzend Kaninchen und jeweils fünfzig Rebhühner, Fasane, Wachteln, Schwäne und Eichhörnchen auf die Maaraue schaffen und hier schlachten lassen. In den Marställen der kleinen Pfalz lagerten die besten Weine, die erlesensten Früchte und die wertvollsten Gewürze. Dem Kaiser und seiner Familie sowie den übrigen Gästen sollte es an nichts mangeln. Der Gelnhausener wusste besonders um die Launen des ältesten Sohnes von Friedrich Barbarossa. Heinrich von Hohenstaufen konnte seine Diener und Knappen schnell zur Verzweiflung treiben. Jetzt musste Dankwart unwillkürlich lächeln. Der hitzige Ritter, der sich mit ihm auf einen Zweikampf eingelassen hatte, erinnerte ihn ein wenig an den jungen König, wenngleich dieser keinesfalls mit einer muskulösen Gestalt und auch nicht mit dem gleichen vollen Haarschopf gesegnet war. Die beiden schienen im gleichen Alter zu sein, allerdings war der junge Herrscher im Umgang mit den Waffen sehr viel geübter, wie Dankwart, der in der Gelnhausener Pfalz in unzähligen Stunden dem jugendlichen Heinrich den Umgang mit dem Schwert beigebracht hatte, aus eigener Erfahrung wusste. So wie Heinrich als deutscher König und designierter Nachfolger seines Vaters auf dem Kaiserthron auch einen aussichtslosen Zweikampf nie verloren geben würde, hatte auch der junge Ritter durchaus tapfer gegen einen weitaus überlegenen Gegner gekämpft.

Weiter kam Dankwart von Gelnhausen mit seinen Gedanken nicht, denn in diesem Moment betrat Friedrich Barbarossa das Zelt und nahm mit seinen Söhnen und seiner Ehefrau Beatrix an der mit Blumen und Kerzen geschmückten Stirnseite der Tafel Platz. Wie seine Söhne trug Friedrich dunkelbraune Kleidung aus feinstem Wildleder, darüber einen dünnen Umhang mit einem feinen Pelzkragen. An seinem Gürtel hingen rechts und links Dolche mit goldenen Griffen. Die Kaiserin war mit einem roten, weit geschnittenen Gewand bekleidet, das ebenfalls von einem goldenen Gürtel zusammengehalten wurde. Ihr wallendes Haar war von einem mit Fasanenfedern verzierten grünen Hut bedeckt. Nachdem der Kaiser mit einem leichten Kopfnicken seine Gäste begrüßt und mit seinem Dolch sogleich ein großes Stück des vor ihm stehenden Hirschbratens aufgespießt und sich in den Mund geschoben hatte, langten auch die übrigen Gäste zu. Sofort kamen verhaltenes Gemurmel und leises Gelächter auf. Das Mahl am frühen Abend kam langsam in Schwung. Wein floss erst in zinnerne Becher, dann durch die durstigen Kehlen. Abgenagte Knochen und zäher Knorpel flogen unter die Tafel, wo sich sofort die zahlreichen Hunde mit lautem Knurren darum balgten.

Erst als alle versorgt waren, nahm auch Dankwart von Gelnhausen am Ende der kaiserlichen Tischreihe Platz. Sofort bekam er einen Becher mit verdünntem Wein gereicht. Sich selbst gönnte der Pfalzgraf zwei Kaninchenkeulen, ein Stück Ochsenbrust und die Hälfte eines Rebhuhns. Dazu ließ er sich frisch gebackenes Brot reichen. Zufrieden stellte er fest, dass alles ausgezeichnet schmeckte und genau die richtige Würze hatte. Aus den Augenwinkeln heraus bemerkte er, dass sich Beatrix an den in Honig gebratenen Eichhörnchen gütlich tat. Ein italienischer Graf (Dankwart hatte seinen Namen vergessen) machte sich über einen besonders knusprig gebratenen Schwan her und ließ es sich mit lautem Schmatzen schmecken. Die Essgeräusche von Menschen und Hunden waren in diesem Moment das Einzige, was in dem großen Zelt zu vernehmen war. Ab und zu ertönte ein lautes Rülpsen, manchmal auch ein Furz, worauf die Kaiserin jedes Mal kaum merklich das Gesicht verzog. Dankwart wusste, dass die aus Burgund stammende Gemahlin Friedrichs sich durch besonders feine Manieren auszeichnete, was bei dem meist rauen Gehabe am Hof manchmal mit einem spöttischen Lächeln bedacht wurde.

Jetzt gab Dankwart seinen Lakaien noch einmal ein kurzes Zeichen. Im selben Moment betrat der mit bunten Stoffen und spitzen Schuhen bekleidete Spielmann die Szenerie. Mit flinken Fingern griff er in die Saiten seiner Laute, besang mit halblauter, glockenheller Stimme die Heldentaten des Kaisers, die Lieblichkeit seiner Gattin und den Mut seines Sohnes Heinrich. Dabei ging er von Gast zu Gast, manchmal mit flinken Schritten, dann wieder in gemächlichem Tempo. Mit seinen Blicken schmeichelte er dabei den wenigen Frauen, den Rittern begegnete er mit einem ironischen Lächeln, dem Kaiser und seinen Söhnen mit deutlichem Respekt. Es war Beatrix gewesen, die vor vielen Jahren erstmals einen Spielmann an den Hof Barbarossas geholt hatte. Nach anfänglicher Skepsis begeisterten sich der Kaiser und seine engsten Gefolgsleute jedoch schnell für die musischen Künste dieser oft seltsam gekleideten Leute mit ihrem meist weibischen Gehabe.

Jetzt hatte Dankwart Zeit, wieder seine Gedanken abschweifen zu lassen. Mit einem weiteren Blick erkannte er neben Heinrich und Friedrich die anderen Söhne des mächtigen Staufers: Konrad beispielsweise, der Herzog von Rothenburg und Schwaben, der seinem Vater wie aus dem Gesicht geschnitten war. Neben ihm saß Otto, der Pfalzgraf von Burgund, der mehr seiner Mutter ähnlich sah. Und da war natürlich auch der kleine, noch nicht einmal fünf Jahre alte Philipp, den alle am Hof mochten wie sonst keinen der kaiserlichen Familie und in dem alle schon einen zukünftigen Erzbischof sahen. Otto und Konrad machten wie immer ein griesgrämiges Gesicht, während Heinrich mit deutlich mehr Haltung als alle anderen zur

Rechten seines Vaters saß. Es war dem König, der für alle am Hof ein Abbild des jungen Barbarossas war, deutlich anzusehen, dass er dem Gesang des Spielmanns wenig abgewinnen konnte, während sein kleiner Bruder Philipp interessiert lauschte und begeistert in die kleinen Händchen klatschte. Dankwart wusste, dass der König im Kreis seiner Vertrauten und Berater selbst hin und wieder zur Laute griff und dann meist traurige Lieder anstimmte. Der Kaiser unterhielt sich leise mit seiner Gattin, während sein Sohn Friedrich kaum noch die Augen offen halten konnte.

Dankwart musste unwillkürlich lächeln, als er an den 15. August des Jahres 1169 dachte. Damals war in der Aachener Pfalzkapelle der vierjährige Heinrich, geboren in einer garstigen Herbstnacht in der Pfalz von Nimwegen, vom Kölner Erzbischof Philipp zum König gekrönt worden. Wie verwirrt war der kleine Kaisersohn gewesen, als ihn seine Mutter Beatrix zusammen mit Vogt Wilhelm von Aachen in die Kapelle führte, wo mit Ausnahme seines Vaters, der zu dieser Zeit in Süddeutschland weilte, die mächtigsten Männer des Reiches versammelt waren. Dankwart selbst war zu dieser Zeit noch ein junger Kerl, gerade zum Ritter geschlagen. Die Königskrönung war für ihn ein ganz besonders beeindruckendes Schauspiel. Schon Dankwarts Vater Gerold zählte zu den vornehmsten Rittern von Friedrichs Hofstaat. 1154 zog er mit dem Staufer nach Italien, wo dieser am 18. Juni 1155 zum Kaiser gekrönt wurde.

Fünf Jahre nach der Krönung Heinrichs war Dankwart dabei, als Friedrich Barbarossa einen weiteren Italienfeldzug vorbereitete, auf den er auch den jungen König mitnahm. Vier Jahre sollte der Aufenthalt südlich der Alpen dauern, vier Jahre, in denen nicht nur der Kaiser herbe Schicksalsschläge auf sich nehmen musste, um am Ende doch eine reiche politische Ernte einzufahren.

Das dröhnende Gelächter des alt gewordenen und doch noch immer vor Kraft und Lebensenergie strotzenden Staufers holte den Gelnhausener wieder in die Gegenwart. Sofort brach der Spielmann seinen Gesang ab und zog sich rückwärtsgehend aus dem Zelt zurück, in dem es mittlerweile fast unerträglich heiß und stickig geworden war. Einige Edelleute lagen bereits mit dem Kopf auf der

Tischplatte, andere hatten so viel in sich hineingeschlungen, dass sie sich erbrochen hatten.

„Ich kann mir schon vorstellen, was mein geschätzter Heinrich, auch genannt der Löwe, von mir will“, hörte der Gelnhausener den Kaiser in gönnerhaftem Tonfall sagen. „Zurückkehren ins Reich möchte er, weil er sich im englischen Exil nicht mehr wohlfühlt. Man hat mir längst zugetragen, dass es den englischen Adeligen missfällt, dass sich ein deutscher Herzog, der gegenüber dem Kaiser den Kürzeren ziehen musste, bei ihnen einquartiert hat.“

Sein Sohn Heinrich, an den die Worte wohl gerichtet waren, brach in schallendes Gelächter aus. „Ihr wollt diesen überheblichen Welfenspross doch wohl nicht mit offenen Armen empfangen, Vater. Man raunte sich schon bei unserer Ankunft in Mainz zu, dass er nicht weit von hier Quartier bezogen hat. Wahrscheinlich setzt er auf Eure gönnerhafte Laune während dieses Pfingstfestes, Vater.“

Friedrich machte eine abwertende Geste. „Wir werden sehen. An diesem Pfingstfeste will ich mich jedenfalls nicht allein mit Heinrich dem Löwen beschäftigen. Er ist ins Exil gegangen und so soll es auch bleiben. Die Welfen haben im Reich nichts mehr zu melden, und auch die Lombarden werden es nicht mehr wagen, sich uns entgegenzustellen. Auch bin ich heilfroh darüber, dass das bayrische Problem endlich gelöst ist. Wir haben also überhaupt keinen Grund, uns dieses fröhliche Fest verderben zu lassen. Und jetzt will ich nicht mehr darüber reden.“

Erneut schweiften Dankwarts Gedanken in die Vergangenheit ab. Die Auseinandersetzung der Staufer mit Heinrich dem Löwen aus dem Hause der Welfen hatte über viele Jahre die Politik im Reich und das Leben am Hofe des Kaisers geprägt. Durch eine geschickte Heiratspolitik waren die Welfen zu den Herzogtümern Bayern und Sachsen gekommen, was ihnen eine nicht zu unterschätzende Gefolgschaft garantierte. Zwar verzichtete Heinrich der Löwe im Jahr 1142 auf Bayern, dank der Unterstützung für Friedrichs Krönung zum Kaiser bekamen die Welfen das inzwischen verkleinerte Herzogtum jedoch bald wieder zurück. In den folgenden Jahren stand der Löwe treu zum Kaiser, doch irgendwann zeichnete sich ab, dass er mehr und mehr eigene Interessen verfolgte. 1176 verweigerte er die Teilnahme am Italienzug des Kaisers, was zu einem offenen Bruch mit Friedrich führte, der ihm sogar den Prozess machte. Vor vier Jahren, der Gelnhausener erinnerte sich genau, weil er selbst dabei war, bekam Heinrich der Löwe auf dem Reichstag zu Würzburg die Lehen über Bayern und Sachsen aberkannt. Der Welfe selbst zog daraus die einzig mögliche Konsequenz und ging ins englische Exil.

Mit seinem Dolch spießte sich der Kaiser ein letztes Stück Fleisch auf, zerkaute es schmatzend, schluckte es hörbar hinunter und spülte mit einem großen Schluck Wein nach. Als er sich auf seinem Stuhl nach hinten sinken ließ und zufrieden über seinen Bauch strich, war das für Dankwart auch das Zeichen, dass das Mahl zu Ende war. Mit einem Fingerschnippen bedeutete der Gelnhausener einem Diener, eine Schale mit frischem Wasser für die Kaiserin zu bringen. Dankwart wusste um ihre Angewohnheit, sich nach dem Essen die Finger erst mit klarem Wasser zu benetzen und dann mit einem weichen Tuch zu säubern. Keine schlechte Idee, hatte er selbst gedacht, als er zum ersten Mal Augenzeuge dieser Angewohnheit war, wenngleich er es weiterhin vorzog, wie die anderen auch seine Finger nach dem Essen an seinem aus feinem Leder gefertigten Hemd oder an den Hosenbeinen zu säubern. Seine schmutzigen und fettigen Finger ebenfalls mit etwas Wasser zu säubern, erschien ihm doch nicht mannhaft genug.

Nachdem die Kaiserin sich von der Tafel erhoben und in Begleitung ihrer Kammerdienerin und der anderen Frauen das Zelt verlassen hatte, war es Friedrich Barbarossa höchstpersönlich, der die Diener anwies, noch einmal Wein und Bier auszuschenken. Auch der Spielmann musste wieder zurückkommen. Mit polternder Stimme rief Barbarossa ihm schon von Weitem zu, ihn diesmal mit den langweiligen Liedern zu verschonen und stattdessen die frivolen Verse anzustimmen.

Seinem Truchsess warf der Kaiser einen gönnerhaften Blick zu. „Ein ausgezeichnetes Mahl, das du uns hast zubereiten lassen, mein lieber Dankwart“, dröhnte er und schlug dabei seinem ältesten Sohn auf die Schulter. „Dass du mir diesen Mann ja gut behandelst, wenn ich einmal nicht mehr da bin und du die Kaiserkrone trägst."

Heinrich entgegnete der Leutseligkeit des Kaisers mit einem schiefen Lächeln. „Natürlich, Vater. Ich werde Euch nicht enttäuschen."

Zur selben Zeit, als im Zelt des Kaisers das Mahl in ein wildes Saufgelage übergegangen war, lagen Wolfram und Gunther vor ihren Zelten und schauten sich die Sterne an, die über ihnen am Firmament funkelten. Auch sie hatten reichlich gegessen, wenn auch nicht so edel wie der Kaiser und seine Gäste. Und sie hatten ziemlich viel getrunken. Gunther kämpfte vergeblich gegen einen Schluckauf an, während Wolfram gedankenverloren in die Ferne starrte. Plötzlich musste der junge Rheinboder kichern.

„Was ist los?", fragte Gunther, der seinen hartnäckigen Schluckauf inzwischen mit Bier hatte eindämmen können, mit schwerer Stimme.

Doch statt einer Antwort bekam er wieder nur ein Kichern zu hören.

„Wenn du nur wie ein Weib dämlich kichern kannst, lass mich gefälligst in Ruhe. Ich bin satt und will jetzt schlafen."

Wolfram drehte sich zur Seite und schaute seinen Freund an. „Ich wollte es dir eigentlich noch nicht erzählen. Aber Hildegard …"

Gunther stieß ein verzweifeltes, von einem heftigen Aufstoßen unterbrochenes Stöhnen aus. „Nein, Wolfram, komm mir bitte jetzt nicht damit. Ich weiß, wie viele Weiberröcke du schon unglücklich gemacht hast. Aber Hildegard hat das wirklich nicht verdient. Sie ist solch ein gutes Weib, aber ich weiß, was du vorhast. Ich will es mir nicht anhören. Und jetzt lass mich in Ruhe, denn ich will schlafen."

Die Antwort seines Freundes gar nicht erst abwartend, verkroch er sich brummend in sein Zelt. Wenige Augenblicke später hörte Wolfram ein gleichmäßiges Schnarchen. Noch einmal ließ der junge Ritter seine Blicke schweifen. Nur ab und zu war in Mainz ein schwaches Licht zu sehen. Ansonsten herrschte in dieser Neumondnacht fast absolute Dunkelheit.

„Ich wollte dir doch nur erzählen, dass Hildegard endlich eingewilligt hat“, murmelte er leise. „Wenn ich nach dem Hoftag nach Trechtingshausen zurückkomme, wollen wir die Hochzeit verkünden.“

Es war das Scheppern eines Topfes oder sonst eines Blechs, das Wolfram aus dem Schlaf riss. Zunächst wusste er gar nicht, wo er war, wollte sich noch einmal auf seinem weichen Strohlager umdrehen und weiterschlafen. Doch der Kerl, der so impertinent auf den Topf schlug, ließ nicht locker.

„Aufstehen, werte Ritter!“, rief die knarzige Stimme lauthals. „Die Sonne geht gerade auf! Aufstehen, Ihr werten Ritter!“

In diesem Moment schlug Gunther die Zeltplane zur Seite und klatschte in die Hände. „Mach, dass du aus deinem Strohsack kommst, du Faulpelz“, rief er nicht minder laut. „Bald werden der Mainzer Erzbischof und seine Gäste hier eintreffen. In wenigen Stunden beginnt der Gottesdienst.“

Mühsam rappelte sich Wolfram auf und unterdrückte kaum das Gähnen. Sein Freund war schon angekleidet und hatte sich sogar bereits seinen in den Tagen zuvor üppig gewucherten Bart scheren lassen. Dabei hatte es gerade erst begonnen zu dämmern. Die Silhouette von Mainz lag noch in einem dunklen Grau. Nur am gegenüberliegenden Horizont war das Glühen der aufgehenden Sonne zu sehen. Mit unsicheren Blicken suchte der junge Ritter nach einer Möglichkeit, Darm und Blase zu erleichtern. Er musste eine Weile laufen, bis er einen halbwegs ruhigen Platz gefunden hatte, wo er noch nicht einmal allein war. Die allzu menschlichen Geräusche, die kaum zu überhören waren, signalisierten ihm, dass sich an diesem frühen Morgen noch mehr Ritter und Edelleute in die Büsche geschlagen hatten.

Als er wieder zum Zelt zurückkehrte, erwartete ihn Gunther bereits mit einem Becher Bier und den Resten des Spanferkels und der beiden Kaninchen, die sie am Abend zuvor vertilgt hatten.

„Setz dich und lass es dir schmecken", forderte Gunther seinen Freund auf. „Ist das nicht ein herrlicher Morgen? Die Luft noch frisch, der Tau glitzert auf den Gräsern, die Vögel haben ihren fröhlichen Gesang bereits angestimmt."

„Schon gut, schon gut", unterbrach Wolfram den Redefluss. „Du bist ja heute Morgen impertinent gut gelaunt. Und mir brummt der Schädel."

„Ja, ja", lachte Gunther fröhlich. „Bier auf Wein, das lass sein."

Wolfram gönnte seinem Freund nur ein schiefes Lächeln und schob sich ein großes Stück kaltes Fleisch in den Mund. „Lass mich jetzt in Ruhe essen", nuschelte er schmatzend und spülte mit einem Becher klaren Wassers nach.

Aus den Augenwinkeln heraus bemerkte er zufrieden, dass sein Knappe damit beschäftigt war, das Kettenhemd und die Haube seines Herrn mit Fett einzureiben und auf Hochglanz zu bringen. Schließlich wollte er während des Gottesdienstes nicht mit stumpfen Eisen vor den anderen Rittern dastehen.

Zwei Stunden später suchten Wolfram und Dankwart erneut das Ufer auf. Wieder hatte die Fähre vom Mainzer Ufer abgelegt, doch diesmal standen keine Ritter und keine kaiserlichen Herrschaften auf den Planken, sondern die höchsten Würdenträger der Kirche. Der Mainzer Erzbischof Konrad und etliche weitere Erzbischöfe und Bischöfe des Reiches gaben sich zum Pfingstfest die Ehre. Es war Dankwart von Gelnhausen, der die in schwere Gewänder gekleideten Geistlichen zur kaiserlichen Pfalz begleitete, wo sie bereits vom Kaiser und seiner Familie erwartet wurden.

Gunther warf seinem jungen Freund einen bezeichnenden Blick zu. „Na denn, lass uns den Herrn lobpreisen."

Für einen Moment schloss Dankwart von Gelnhausen die Augen. Einunddreißig Jahre war der hochgewachsene Edelmann nun alt, hatte in seinem Leben so manch erhebenden Augenblick erlebt. Doch das, was er in diesem Moment sah, jagte ihm einen gewaltigen Schauder über den Rücken. Die höchsten geistlichen Würdenträger des Reiches hatten im Altarraum der eigens für das Pfingstfest errichteten Holzkirche einen Halbkreis gebildet, in dem die beiden Kaisersöhne Heinrich und Friedrich knieten. Mit ihren prächtigsten Rüstungen waren die beiden jungen Männer bekleidet, auf die nun mit langsamen Schritten ihr Vater zuging. Ein einfaches Schwert trug der Kaiser in seinen Händen, der zwei Ellen vor seinen Söhnen stehen blieb. Der Gelnhausener hielt unwillkürlich den Atem an, als Friedrich das Schwert hochhob und es zunächst auf die rechte Schulter seines Sohnes niedersinken ließ, der erst seit einiger Zeit den Namen Friedrich trug. Der junge Mann hatte den Namen von seinem vor einigen Jahren verstorbenen Bruder übernommen und führte damit den Leitnamen der Staufer weiter. Bei seinem zweitgeborenen, aber nunmehr ältesten Sohn Heinrich wiederholte der Kaiser die Prozedur. Der die goldene Herrscherkrone tragende König erwiderte den Blick seines Vaters, der sich für den Gottesdienst ebenfalls die Herrscherinsignie auf das Haupt gesetzt hatte, mit unbeweglicher Miene.

Doch Dankwart von Gelnhausen wusste nur zu gut, was in diesem Moment durch den Kopf des jungen Königs ging. Mit mächtigem Stolz musste es ihn erfüllen, dass sein Vater mit diesem Hoftag die ganze Welt wissen ließ, welcher Glanz und welche Macht von dem Haus der Staufer ausging. Eine Macht, die Heinrich einmal bewahren und notfalls mit Gewalt verteidigen musste.

Und auch der Gelnhausener war sich der Wirkung dieses Gottesdienstes bewusst. Der Empfang der Schwertleite war mehr als nur ein symbolischer Akt. Die Staufer bildeten die mächtigste Herrscherdynastie seit den römischen Cäsaren, lautete die Botschaft, die mit diesem Gottesdienst am 20. Mai 1184 bis nach Frankreich, England und Italien dringen sollte. Der Truchsess war überzeugt, dass das Pfingstfest seine Wirkung zeigen würde. Bis in die letzten Winkel der Welt würden die Geistlichen, die Edelleute, Ritter, Herolde und Spielmänner ehrfurchtsvoll die Macht der Staufer verkünden.

Der Posaunenchor der kaiserlichen Herolde riss Dankwart aus seinen Gedanken. Erleichtert lüftete er seine Lederkappe und strich sich durch sein pechschwarzes Haar. Die Schwertleite war vollzogen, jetzt erhoben sich die beiden Kaisersöhne und schritten zusammen mit ihrem Vater auf den Ausgang der Kirche zu. Ihre Brüder und Kaiserin Beatrix, die bei diesem Gottesdienst ebenfalls die Krone trug, schlossen sich ihnen an. Der kaiserlichen Familie folgte der Erzbischof von Mainz, der den festlichsten Gottesdienst zelebriert hatte, den Dankwart je erlebte. Kaum hatten die anderen höchsten Würdenträger des Reiches die Kirche verlassen, brandete ihnen unbeschreiblicher Jubel entgegen. Die Ritter und Reichsfürsten, die sich vor dem Gotteshaus versammelt hatten, das längst nicht alle Gäste des Pfingstfestes aufnehmen konnte, huldigten dem Kaiser und seiner Familie.

Dankwart warf seinem persönlichen Diener einen schnellen Blick zu, doch der nickte sofort. Der Gelnhausener wusste somit, dass alles vorbereitet war. Heinrich und sein Bruder Friedrich würden mit der Fähre nach Mainz übersetzen, durch die Straßen der Stadt ziehen und an die Bevölkerung Geldstücke verteilen. Dankwart war überzeugt, dass das Mainzer Volk, obwohl es selbstverständlich nicht an dem Pfingstfest teilhaben konnte, doch reges Interesse an dem Kaiser und seiner Familie zeigte. Mit dem Verteilen der Geldstücke würden Friedrich und Heinrich auf ihre Art den Mainzern, die sich als würdige Gastgeber erwiesen hatten, ihre Anerkennung zollen.

Endlich! Das war der Moment, auf den Wolfram so sehnsüchtig gewartet hatte. Hoch konzentriert saß er auf seinem Pferd und wartete auf das Zeichen, das Friedhelm von Isenburg ihm gab. Als der Adlige die kleine Flagge senkte, schlug der Rheinboder seinem Ross die Stiefel in die Seiten, dass es augenblicklich lospreschte. Mit scharfem Blick visierte er in geduckter Haltung mit seiner Lanze, die er in der rechten Hand hielt, den kleinen Ring an. Dieser Holzring war auf einem Pfahl befestigt und kam rasend schnell näher.

„Na los, du musst es schaffen“, feuerte er sich selbst an.

Doch das enttäuschte Aufraunen der Zuschauer signalisierte ihm sofort: Er hatte den Reif verfehlt. Mit vor Wut zusammengepressten Lippen richtete sich Wolfram wieder auf und ließ sein Pferd auslaufen. Fünf Versuche hatte er, und gleich der erste war danebengegangen.

„Das nächste Mal wird es klappen", sprach sich der junge Rheinboder selbst Mut zu.

Als er erneut in Stellung ging, konnte er in der Zuschauermenge seinen Freund Gunther erkennen. Zwei Schritte entfernt stand sein Kappe Richard, der wie immer nur dümmlich dreinschaute, während sein Freund ihm einen aufmunternden Blick zuwarf. Doch auch der zweite Versuch war erfolglos, und erst beim dritten Mal konnte der junge Ritter den kleinen Ring mit seiner Lanze auffischen. Dass auch die beiden letzten Versuche erfolgreich waren, konnte den jetzt schon wieder zornig gewordenen Wolfram kaum milde stimmen. Mit mühsam unterdrückter Wut ritt er auf Gunther und Richard zu. Es war offenkundig Absicht, dass er seinem Knappen beim Absteigen einen Tritt in dessen feisten Nacken verpasste. Richard verdrückte sich sofort. Er hatte keine Lust, noch mehr Schläge von seinem Herrn einstecken zu müssen.

„Du hast dich doch wacker geschlagen", fand Gunther tröstende Worte. „Vergiss nicht, es ist dein erstes Turnier."

„Ach was", winkte Wolfram verächtlich ab. „Mein Vater wird vor Wut schäumen, wenn er davon hört."

Mit verkniffener Miene musste Wolfram zuschauen, wie die beiden nachfolgenden Ritter, darunter sein Freund Gunther, mühelos vier Ringe auffischten. Und nicht nur das: Ein Kerl aus Speyer war sogar fünfmal erfolgreich. Stolz gereckt ritt er mit seinem pechschwarzen Hengst gemächlich an der kaiserlichen Loge vorbei, wo er die Anerkennung Friedrichs und seiner Ehefrau Beatrix entgegennahm. Am Schluss musste sich Wolfram mit einem mittelprächtigen Abschneiden begnügen. Die meisten der Ritter, die an diesem Spiel teilnahmen, hatten drei Ringe aufgefischt. Nur einer hatte es auf lediglich zwei Ringe gebracht und erntete nun das schadenfrohe Grinsen der anderen.

Als Nächstes stand das Aufspießen des Ebers auf dem Programm. Dabei ritten die Ritter dreimal an einem auf Holzplanken aufgemalten Eber in einem Abstand von fünfzehn Ellen vorbei. In vollem Galopp mussten sie mit dem Speer den Eber treffen, dessen Körper in mehrere Felder unterteilt war. Wer den Eber am Hals traf, bekam die meisten Punkte, wer ihn dagegen nur an den Hinterbacken erwischte, die wenigsten.

Auch dabei schlug sich Wolfram nach Auffassung Gunthers gut, wenngleich er selbst maßlos enttäuscht über das Ergebnis war. Fünf Ritter hatten bereits weitaus bessere Treffer erzielt, und zehn Ritter warteten noch auf ihren Einsatz.

Größere Aufregung kam auf, als ein Speer den Eber verfehlte und dafür den Oberschenkel eines unweit danebenstehenden Knappen traf. Sofort herbeieilende Burschen, die eigens für solche Vorfälle abgestellt waren, versuchten, den laut schreienden und wie ein abgestochenes Schwein blutenden Kerl von dem Spieß zu befreien. Als die Wunde des Knappen endlich notdürftig verbunden werden konnte, hatte dieser bereits viel Blut verloren. Jetzt konnte der Verletzte nur noch auf die Künste des Medicus hoffen, damit es nicht zum gefürchteten Wundbrand kam. Ansonsten musste das Bein abgesägt werden.

Am nächsten Morgen ging das Turnier schon früh mit dem Rolandsreiten weiter. Darauf hatte sich Wolfram am meisten gefreut, kam diese Übung doch am ehesten dem Lanzenstechen nahe, an dem er noch nicht teilnehmen durfte. Doch auch Wolfram sah ein, dass es nur die vornehmsten Ritter des Reiches waren, die sich auf prächtig geschmückten Pferden sitzend im direkten Zweikampf, Mann gegen Mann, maßen. Die einen Ritter darstellende Konstruktion zu treffen, die sich bei erfolgreichem Abschuss mehrmals um die eigene Achse drehte, war auch nach Wolframs Geschmack. Und tatsächlich: Gleich beim ersten Mal verpasste er dem hölzernen Roland einen Stoß, dass dieser sich ein Dutzend Mal um die eigene Achse drehte. Mit sichtlicher Genugtuung erntete Wolfram die Anerkennung der Ritter, der sich zu seiner Freude auch der Kaiser mit einem kaum zu erkennenden Nicken anschloss.

Schallendes Gelächter brandete dagegen über die Maaraue, als ein älterer Ritter von dem mit Sand gefüllten Sack getroffen wurde, der am rechten Arm des rotierenden Roland befestigt war. Vornüber fiel der schon weit über dreißig Jahre alte Kerl von seinem Pferd und blieb unbeweglich liegen. Es bedurfte der Hilfe zweier Knappen, bis der Edelmann wieder auf seinen Füßen stand und in Richtung seines mittlerweile stehen gebliebenen Pferdes wankte. Schwere Verletzungen trug ein anderer Ritter davon, dessen Ross im entscheidenden Moment scheute und seinen Reiter unter dem entsetzten Raunen der Zuschauer im hohen Bogen abwarf. Mit einer hilflosen Geste machte der Bedauernswerte klar, dass er sich nicht bewegen konnte und vom Turnierplatz getragen werden musste. Auch bei ihm würden die kaiserlichen Ärzte alle Hände voll zu tun haben.

Beim zweiten Durchgang, in dem die besten zwanzig Ritter unter sich waren, konnte Wolfram mit seiner Leistung erneut zufrieden sein. Und doch war einer besser als er: Sein Freund Gunther bekam die Trophäe von einer Cousine des Kaisers überreicht. Mit aufrichtiger Freude gratulierte Wolfram seinem langjährigen Freund und gemeinsam ergatterten sie Plätze in vorderster Reihe, um beste Sicht auf das nun folgende Lanzenreiten zu haben.

Und das hatte es gleich am Anfang in sich. Schon beim ersten Aufeinandertreffen wurde einer der beiden Ritter, die im halsbrecherischen Tempo aufeinander zuritten, mit voller Wucht aus dem Sattel gehoben. Ein Aufschrei ging durch die Menge, als der Unterlegene auf den harten Boden krachte. Auch hier eilten sofort Knappen herbei, um dem Ritter, der glücklicherweise unverletzt geblieben war, wieder auf die Beine zu helfen. Lanze und Wimpel, beides beim Sturz verloren gegangen, ließ sich der tapfere Streiter, der von dem Herold als Richard von Schwabsburg vorgestellt worden war, überreichen und stapfte etwas schwerfällig, aber stolzen Schrittes zu seinem Ross, während sein Gegner die Huldigungen des Publikums erntete.

Wolfram und Gunther waren begeistert von dem prächtigen Ausklang des ersten Tages des Pfingstfestes. Wann immer die Fanfarenstöße erklangen und ein neues Duell ankündigten, schlug das

Herz des jungen Ritters schneller. Manchmal verfehlten sich die in höllischem Tempo aufeinander zu reitenden Kontrahenten, doch manchmal kündigte das Splittern des Holzes einen besonders wuchtigen Treffer an. Und wieder ging ein erregter Aufschrei durch die Menge, als ein getroffener Ritter hilflos auf dem Pferderücken hing und ebenfalls nur mithilfe der Knappen wieder aufgerichtet werden konnte.

Ein wenig abseits vom Turniergeschehen und doch mit einer ausgezeichneten Sicht auf das Geschehen stand Dankwart von Gelnhausen, der sich, wie übrigens auch der Kaiser und seine Söhne, an dem Kräftemessen nicht beteiligte. Der Gelnhausener wusste, dass sich der Kaiser zu alt für solch ein nicht ungefährliches Spiel fühlte und sich lieber für bedeutendere Unternehmungen schonen wollte. Heinrich wiederum verabscheute ganz offen die Ritterkämpfe. Sein Schwert sei seine Zunge, hatte er einmal im Kreise seiner Berater gesagt, und Dankwart hatte selbst schon die Erfahrung gemacht, wie er das gemeint hatte. Doch der Truchsess hatte momentan andere Sorgen. Schon eine ganze Weile beobachtete der Edelmann die näherziehenden, pechschwarzen Wolken. Zu mächtigen und drohenden Gebilden hatten sie sich am südwestlichen Horizont zusammengeballt und kündigten nichts Gutes an.

„Ich denke, das Ritterturnier wird bald ein Ende finden“, murmelte er, als die ersten Blitze zu sehen waren.

Der Markgraf sollte schneller recht haben als ihm wahrscheinlich lieb war. Denn rasend schnell kamen die Gewitterwolken näher, angetrieben von einem kräftigen Wind, der urplötzlich aufgekommen war. Die beiden Ritter, die eben noch aufeinander zugeritten waren, hielten verdutzt inne und schauten in den Himmel. Ein sintflutartiger Regenguss entlud sich urplötzlich über der Maaraue, der Sturm heulte, wie es die meisten nur von den Küstenregionen des Reiches kannten. Dazu ertönte immer wieder das ohrenbetäubende Krachen der Donnerschläge. Die ersten Zelte wurden aus ihrer Verankerung gerissen und flogen zusammen mit Blättern und Ästen durch die Luft, als wären sie leicht wie eine Feder. Innerhalb weniger Augenblicke war das Wetter umgeschlagen.

Als in unmittelbarer Nähe des Wettkampfplatzes eine mächtige Buche von oben bis unten durch einen Blitzeinschlag gespalten wurde und in Flammen aufging, wurde es auch dem unerschrockenen Pfalzgrafen zu viel.

„Das Turnier wird auf der Stelle abgebrochen", schrie er seine in unmittelbarer Nähe stehenden Diener und Knappen an. „Bringt die kaiserliche Familie in die Pfalz in Sicherheit und sagt den Herolden, sie sollen das Ende des Wettkampfes verkünden. Und beeilt euch gefälligst!"

Die Lakaien sputeten sich augenblicklich, doch die vielen Ritter und ihr Gefolge waren längst ebenfalls aufgeschreckt und veranstalteten nun ein heilloses Durcheinander. Viele versuchten, ihre durchgegangenen Pferde zu beruhigen oder einzufangen, während die Knappen damit beschäftigt waren, die fortgewirbelten Zelte, Planen und Banner einzusammeln. Es herrschte ein ohrenbetäubender Lärm. Das hilflose Geschrei der Ritter und ihrer Knappen vermischte sich mit dem Brausen des Sturms, dem Niederprasseln des Regens und dem panischen Wiehern der Pferde. Als der Zaun eines Tiergatters umflog, suchten ein gutes Dutzend Ziegen augenblicklich das Weite. Mit ohnmächtiger und hilfloser Wut musste der Gelnhausener mit ansehen, dass ein einfaches Unwetter, wie es im Sommer fast jede Woche vorkam, dem prächtigen Pfingstfest des Kaisers ein jähes Ende bereitete.

Barbarossa und seine Familie hatten sich unterdessen von den Rängen der kleinen Tribüne nach unten begeben, wo sie von den Knappen und Dienern sofort in Empfang genommen wurden. Es war dem Kaiser und besonders seinem ältesten Sohn Heinrich anzusehen, wie sehr sie über das so nicht geplante Ende des Festes verärgert waren. Doch auch sie sahen ein, dass es keinen Zweck hatte, sich den Urgewalten der Natur entgegenzustellen.

Mit schnellen Schritten begaben sich der längst völlig durchnässte Kaiser, seine Ehefrau und ihre Söhne zu der Pfalz, wo sie sich in Sicherheit wähnten. Doch dann geschah das Unfassbare. Sie hasteten gerade an der Holzkirche vorbei, als eine mächtige Sturmböe das aus festen Brettern und Bohlen gefertigte Gotteshaus aus dem Gleichgewicht brachte. Dankwart von Gelnhausen, der viel zu weit entfernt stand, um schnell genug eingreifen zu können, musste zusehen, wie die Kirche mit einem lauten Knirschen zur Seite kippte. Es war der blitzschnellen Reaktion des Kaisers zu verdanken, dass er sich selbst und seine Frau Beatrix gerade noch in Sicherheit bringen konnte. Gleichzeitig bemerkte Dankwart von Gelnhausen, dass einer von fünf Rittern, die zufällig in der Nähe standen, einen der kaiserlichen Söhne (es musste wohl Heinrich sein) zur Seite stieß und an dessen Stelle nun selbst unter dem oberen Teil des Kirchturms begraben wurde.

Mit einem Aufschrei des Entsetzens rannte der Adlige zum Ort des Unglücks. Noch konnte er nicht sehen, ob der Sohn Friedrichs vielleicht doch verletzt oder sogar getötet worden war. Doch sofort stellte er erleichtert fest, dass keiner aus der kaiserlichen Familie zu Schaden gekommen war. Für zwei Ritter, sechs Knappen und vier Herolde kam allerdings jede Hilfe zu spät. Man zog ihre leblosen Körper unter den Trümmern der völlig zerstörten Kirche hervor. Der wagemutige Ritter, der Heinrich selbstlos vor dem Tod gerettet hatte, schien noch am Leben zu sein, wenngleich er schwer verletzt und stark blutend im nassen Gras lag. Jetzt erkannte Dankwart auch, wer der junge Mann war: Wolfram von Rheinbod, jener ungestüme Heißsporn, der ihn unlängst zum Kampf gefordert hatte, hatte dem Kaisersohn das Leben gerettet.

„Vorsichtig, du darfst dich nicht zu heftig bewegen, mein junger Freund." Dankwart von Gelnhausen schaute dem jungen Ritter mild lächelnd ins Gesicht. Der blickte verwirrt um sich. „Du bist schwer verletzt. Dein rechter Arm ist wahrscheinlich gebrochen. Außerdem hast du Blessuren am Kopf, an den Beinen und an der Schulter abbekommen. Aber du bist ein zäher Knochen. Das habe ich ja vor ein paar Tagen selbst zu spüren bekommen."

Jetzt erst schien sich der junge Ritter zu erinnern, denn auch er lächelte, wenngleich er sofort sein geschwollenes Gesicht verzog. Die Verletzungen machten selbst die geringste Bewegung zur Qual.

„Was ist passiert?“, fragte er krächzend und schaute sich suchend um.

Dankwart von Gelnhausen gab einem in der Tür stehenden Diener ein Zeichen, der sofort einen Krug Wasser brachte. Mit wenigen Handgriffen half er Wolfram von Rheinbod, sich in seinem Krankenlager aufzurichten und den Krug an die Lippen zu halten. Mit gierigen Schlucken trank der junge Ritter, während ihm der Gelnhausener berichtete.

„Zwei Tage lang warst du ohnmächtig. An deinem Hinterkopf hast du eine mächtige Beule. Du bist hier übrigens in der kaiserlichen Pfalz von Nieder-Ingelheim, nur wenige Stunden von Mainz entfernt. Wir haben dich auf den ausdrücklichen Wunsch des Kaisers hierhergebracht. Friedrich Barbarossa und seine Familie sind von Mainz nach Goslar weitergezogen.“

„Wo ist Gunther?“, fragte Wolfram mit matter Stimme.

„Dein Freund weilt auch hier in der Pfalz, ebenfalls auf den ausdrücklichen Wunsch des Kaisers. Er hat das Unwetter unverletzt überstanden. Euren Knappen Richard habe ich dem Gesinde der Pfalz zugeteilt. Doch er scheint nicht gerade der Fleißigste zu sein, wenn man einmal vom Trinken und Essen absieht.“

„Wann kann ich wieder nach Hause?“

Wieder musste der Gelnhausener milde lächeln. „Das wird noch eine Weile dauern. Bis du wieder halbwegs aufrecht auf einem Pferd sitzen kannst, vergehen mindestens noch drei Wochen. Aber du musst auf alle Fälle so lange hier bleiben, bis der Kaiser hier eingetroffen ist. Auch das hat er ausdrücklich angeordnet. Schließlich ist er dir zu Dank verpflichtet. Ich denke, dass er in spätestens vier Wochen hier in Nieder-Ingelheim eintreffen wird.“

Wolfram runzelte die Stirn. „Der Kaiser? Mir zu Dank verpflichtet?“

Der Gelnhausener nickte. „Anscheinend hast du die Erinnerung an das verloren, was auf der Maaraue vorgefallen ist. Du hast König Heinrich, dem ältesten Sohn Friedrichs und künftigen Kaiser des Reiches, das Leben gerettet, ohne Rücksicht auf dein eigenes zu nehmen. Ich habe es selbst gesehen, wie du ihn weggestoßen hast und ihn dadurch vor der umstürzenden Holzkirche, die dich beinahe das Leben gekostet hätte, bewahrt hast. Heinrich selbst ist mit dem Schrecken davongekommen, andere leider nicht. Ein Dutzend Ritter und Knappen haben bei diesem schweren Unwetter ihr Leben verloren. Der Kaiser war bestürzt, als er davon hörte. Eigentlich hätten die Ritterspiele hier in der Pfalz von Nieder-Ingelheim fortgesetzt werden sollen. Doch angesichts der zahlreichen Toten hat der Kaiser das sofortige Ende des Pfingstturniers angeordnet."

Der junge Ritter machte noch immer ein hilfloses Gesicht. Es war sichtlich zu viel, was in diesem Moment auf ihn einströmte. „Was geschieht, wenn der Kaiser hier eingetroffen ist?"

„Ich weiß es nicht." Der Gelnhausener machte einen erheiterten Eindruck. Ganz offensichtlich amüsierte er sich über die Unsicherheit des jungen Ritters. „Aber ich bin mir sicher, dass Friedrich es nicht bei einem einfachen Händedruck belassen wird."

Es war Wolfram deutlich anzusehen, wie verwirrend die Situation für ihn war. Doch Dankwart von Gelnhausen warf ihm einen aufmunternden Blick zu. „Keine Bange, junger Freund! Es gibt Schlimmeres, als dem Sohn des Kaisers das Leben zu retten. Und es gibt Schlimmeres, als von zwei Ärzten aus dem kaiserlichen Tross versorgt zu werden. Sie werden alles in ihrer Macht Stehende tun, um dich wieder auf die Beine zu bringen. Ich werde mich jetzt zurückziehen und noch heute Nieder-Ingelheim verlassen. Ich werde ebenfalls nach Goslar aufbrechen und mit dem Kaiser hierher zurückkehren. Ich habe die Anweisung gegeben, dass es dir an nichts fehlen soll. Du brauchst dir also keine Sorgen zu machen. Und jetzt rufe ich deinen Freund Gunther. Er war die ganze Zeit in tiefster Sorge um dein Wohlergehen. Er hat wohl befürchtet, deinem Vater den Tod seines einzigen Sohnes melden zu müssen."

Mit einem kurzen Kopfnicken verabschiedete sich Dankwart von Gelnhausen, und Wolfram ließ sich vorsichtig wieder in sein Lager zurücksinken. Er fühlte sich matt und hatte Mühe, die Augen offen zu halten. Doch er wollte nicht einschlafen, bevor er nicht mit seinem Freund Gunther gesprochen hatte. Mit tastenden Bewegungen fuhr sich Wolfram über seinen Hinterkopf. Er hatte tatsächlich eine

Riesenbeule, die bei der leisesten Berührung schmerzte. An seiner Stirn fühlte er eine fingerlange Platzwunde. Sein rechter Arm war verbunden und mit einem dicken Ast aus Eichenholz geschient. Heftige Schmerzen bereitete ihm auch die Verletzung an der rechten Schulter. Außerdem war ihm mittlerweile speiübel, ein Gefühl, das er eigentlich nur nach dem Genuss von zu viel Alkohol kannte. Noch nie in seinem Leben war er ernsthaft zu Schaden kommen. Doch jetzt schwante auch Wolfram, dass er seine Rettungstat, an die er überhaupt keine Erinnerung hatte, beinahe mit dem Leben bezahlt hätte.

Erst jetzt hatte er Gelegenheit, seine Umgebung zu mustern. Er lag in einem großen Bett, das in einem geräumigen Zimmer mit steinernen Wänden stand. Durch die hohen und sehr schmalen Fensterschlitze konnte Wolfram nur den blauen Himmel erkennen, an dem einige schneeweiße Wolken segelten. Draußen zwitscherten die Vögel, vereinzelte Stimmen und das Schlagen von Eisen auf Eisen waren zu hören. Erst jetzt bemerkte er, wie warm es war, wenngleich von den dicken Wänden eine wohltuende Kühle ausging. Außer einem grob gezimmerten Tisch und zwei Stühlen befanden sich in dem Zimmer keine Möbelstücke. Auf dem Tisch standen eine Schale mit Karotten und der Krug Wasser.

Das Schwert! Siedend heiß fielen Wolfram seine wertvolle Waffe und seine Rüstung ein. Sie mussten irgendwo sein, wenn auch nicht in diesem Raum. Doch schnell beruhigte sich der Rheinboder wieder. Kaiser Friedrich, dessen Gast er ja wohl war, hatte mit Sicherheit schon dafür gesorgt, dass seine Ausrüstung, die den Gegenwert von drei edlen Pferden darstellte, gut gepflegt wurde. Nach dem heftigen Regen (das Letzte, an das sich Wolfram erinnern konnte) hätten sein Kettenhemd und seine Helmhaube mit Fett eingeschmiert werden müssen. Das mörderische Unwetter! Das Bild der heftig wackelnden Holzkirche hatte der junge Ritter noch verschwommen vor sich. Was danach kam, versank im Nichts.

In diesem Moment ging die Tür auf, und Gunther kam ins Zimmer. Es war dem Ritter anzusehen, wie erleichtert er war, seinen jungen Schützling lebend zu sehen. Entsprechend herzlich fiel die Begrüßung aus.

„Entschuldige, dass ich dich in einem grauen Leinenkittel empfange und nicht aufstehe“, konnte Wolfram mit schwacher Stimme schon wieder scherzen.

Gunther erwiderte das schwache Lächeln und bestätigte mit lebhaften Worten, was Dankwart von Gelnhausen bereits angedeutet hatte. Wolfram hatte dem Staufersohn tatsächlich das Leben gerettet.

„Ich habe schon gedacht, sie ziehen dich tot unter den Holzbalken hervor“, berichtete Gunther atemlos. „Als das Unwetter endlich abgeklungen war, haben wir dich mit den vielen Verletzten und Toten erst nach Mainz gebracht, wo die Leichen der niederen Knappen und Diener, die bei dem Gewitter ums Leben kamen, beerdigt wurden. Es herrschte ein heilloses Durcheinander, und beinahe hätten sie dich in ein Armenhospiz gebracht, wo du das Krankenlager mit vier alten Männern hättest teilen müssen. Glücklicherweise hat der Kaiser für dich ein Machtwort gesprochen, und alles hat sich halbwegs zum Guten gewendet. Zu sechst sind wir nach Nieder-Ingelheim geritten. Du bist hier in den besten Händen, und ich kann endlich nach Trechtingshausen reiten und deinen Eltern verkünden, welch ein Held ihr Sohn ist.“

Wolfram gelang nur ein verunglücktes Lächeln. „Suche auch Hildegard auf. Versprich mir das! Mit Sicherheit ist sie schon ganz krank vor Sorge.“

Gunther verzog den Mund und nickte. „Es scheint dir ja wirklich ernst zu sein. Wie du willst. Ich werde der holden Hildegard sagen, dass du selbst zwischen Leben und Tod nur an sie gedacht hast.“

Als Wolfram seinen linken Arm hob, um nach seinem Freund zu schlagen, hielt er sofort inne. „Ich liege hier schwer verletzt auf dem Krankenlager, und du hast nur Hohn und Spott übrig“, tadelte er seinen alten Freund mit ironischem Unterton. „Sieh zu, dass du sofort losreitest! Bis nach Trechtingshausen ist ja nicht weit.“

Wolframs Genesung kam langsam, aber ohne Rückschläge voran. Es war der Kunst der kaiserlichen Ärzte zu verdanken, dass sich die Verletzungen des jungen Ritters nicht zu dem gefürchteten Wundbrand entzündeten. Wolfram hatte während des Pfingstfestes etliche Ritter gesehen, denen Hände, ja sogar Arme und Beine fehlten. Sie hatten im Kampf so schlimme Verletzungen davongetragen, dass ihnen die Gliedmaßen amputiert werden mussten. Das Einzige, was sie nach einem solch schwerwiegenden Eingriff vom Leben noch hatten, war der Besuch ebensolcher Turniere, bei denen sie allerdings zum Zuschauen verdammt waren. So schlimm hatte es Wolfram glücklicherweise nicht erwischt. Bald würde ihn nur noch die Narbe an der Stirn an das Abenteuer auf der Maaraue erinnern.

Schon eine Woche nach seiner Ankunft in Nieder-Ingelheim konnte der junge Ritter aufstehen und mit vorsichtigen Schritten die Pfalz erkunden. Wenn er bis dahin geglaubt hatte, seine Familie bewohne die prächtigste Burg im Reich (so zumindest hatte es ihm immer seine Mutter erzählt, als er noch ein kleines Kind war), wurde er an diesem milden Frühsommertag schnell eines Besseren belehrt. Dutzende Menschen bevölkerten die Pfalz, die, so hatte es ihm Gunther vor einigen Tagen erzählt, zu den größten und prächtigsten nördlich der Alpen zählte und vierhundert Jahre alt war. Der große Karolingerkaiser Karl hatte sie seinerzeit persönlich in Auftrag gegeben und sie neben Aachen zu einer seiner Lieblingspfalzen erkoren.

Wolfram sah zahlreiche Mägde, die geschlachtete Hühner rupften, Ziegen molken und Wäsche wuschen. Bauern aus Nieder-Ingelheim und den anderen Dörfern der Umgebung brachten Obst und Gemüse, ein Schmied bearbeitete ein rot glühendes Eisen zu einem Hufeisen. Ein Weidenflechter war mit einem großen Korb beschäftigt, ein älterer Mann saß in der Sonne und schrieb etwas auf, dabei immer wieder den Gänsekiel in ein kleines Tintenfass tauchend. Sie alle trafen jetzt schon Vorbereitungen für die Ankunft des Kaisers, der bereits in zehn Tagen mit einem Gefolge von mindestens hundertzwanzig Männern, Frauen und Kindern in Nieder-Ingelheim erwartet wurde. Es war die Aufgabe der Bediensteten der Pfalz, diesem riesigen Tross Obdach und Verpflegung zu bieten. Mit einem Schmunzeln hatte ihm Gunther erzählt, dass die Bewohner der Pfalzstädte nicht selten froh waren, wenn der alles verschlingende und nimmersatte Tross des Kaisers endlich wieder weitergezogen war.

Der junge Ritter spürte jetzt doch die Schwäche, die ihn übermannte. Er setzte sich auf eine steinerne Bank und ließ das emsige Treiben in der Pfalz mit halb geschlossenen Augen auf sich wirken. Verträumt lehnte er den Kopf zurück und lauschte dem Gluckern des Wassers, das unweit von ihm durch eine Rinne floss. Als eine junge Magd mit langen, blonden Zöpfen an ihm vorbeiging und ihm einen schnellen Blick zuwarf, konnte er sich ein Lächeln ebenfalls nicht verkneifen. Natürlich hatte er längst mitbekommen, was die Bediensteten der Pfalz über ihn tuschelten. Dass er vor wenigen Tagen den Kaisersohn davor bewahrt hatte, erschlagen zu werden, hatte sich in der Pfalz wie ein Lauffeuer herumgesprochen. Die Geschwätzigkeit seines Knappen Richard hatte ein Übriges dazu getan. Mit Sicherheit hatte dieser in seinen Schilderungen maßlos übertrieben. Die junge Magd erinnerte Wolfram an Hildegard, die er nun schon seit bald drei Wochen nicht mehr gesehen hatte. Verstohlen griff er sich an das linke Handgelenk, wo ihm einer der Ärzte ein wollenes Band umgebunden hatte. Dieses Band hatte Gunther aus Trechtingshausen mitgebracht. Hildegard hatte es ihm mitgegeben, verbunden mit dem Wunsch, es ihrem Liebsten zu überbringen, auf dass es ihn immer an sie erinnere.

„Sie sind alle mächtig stolz auf dich“, hatte Gunther nach seiner Rückkehr aus Trechtingshausen berichtet.

Und wieder musste Wolfram lächeln. Sein Vater Gerhard von Rheinbod habe sogar eine stille Träne verdrückt, als er von der Heldentat seines Sohnes erfuhr. Man werde Wolfram bestimmt mit einem prall gefüllten Beutel voller Gold belohnen, hatte er in nicht zu übersehender Vorfreude gemutmaßt. Wolframs Mutter und seine Schwestern waren erwartungsgemäß in Tränen ausgebrochen.

Nein, eine Trophäe hatte er nicht mitbringen können. Aber er hatte schon mit achtzehn Jahren etwas erreicht, was keinem seiner Ahnen widerfahren war. Er hatte sich den Dank des Kaisers verdient.

Kaiser Friedrich Barbarossa hielt an einem schwülen Donnerstagmittag im Juni 1184 Einzug in der Nieder-Ingelheimer Pfalz. Mit klopfendem Herzen stand Wolfram an einem der Fensterschlitze, von dem aus er alles genau beobachten konnte. Das markante Gesicht des alten Staufers hätte er unter Tausenden wiedererkannt. Ein vorausreitender Bote Dankwarts von Gelnhausen hatte dem jungen Ritter mitgeteilt, dass er zum Kaiser gerufen werde, wenn die Zeit dafür gekommen sei. Ohne Aufforderung brachte ihm eine Zofe wenig später seine frisch gewaschene Kleidung. Schließlich konnte er dem Kaiser nicht in dem grauen Leinenkittel gegenübertreten, den er die ganze Zeit trug. Und auch in den mit wohlig warmem Wasser gefüllten Waschzuber musste der junge Rheinboder steigen und sich von einer dicken Magd den Rücken schrubben lassen, die dies mit sichtlicher Freude tat. Zuvor waren der Bart geschoren und das Kopfhaar sorgsam gestutzt worden. Jetzt fühlte sich Wolfram so wohl wie schon lange nicht mehr.

Doch lange nach der Ankunft Barbarossas geschah erst einmal gar nichts. Die Sonne näherte sich bereits den dunklen Kämmen des nahen Taunus, und in der Ferne kündigte sich mit einem leisen Grummeln ein Gewitter an, als sich endlich die Tür zu Wolframs Zimmer öffnete.

„Kaiser Friedrich lässt bitten“, meldete der hochgewachsene Bote knapp und ging voran, ohne auf eine Antwort Wolframs zu warten. Bereits am Morgen hatte ihn der Kerl mit dem auffällig hageren Gesicht instruiert, bei der Begegnung mit dem Kaiser mindestens zwölf Ellen entfernt von Friedrich stehen zu bleiben und nur zu antworten, wenn er gefragt werde.

Wolframs Herz schlug bis zum Hals, als sie die langen Gänge und Wege der Pfalz entlangeilten. Obwohl er sich längst an das Leben in der Pfalz gewöhnt hatte, fühlte er urplötzlich ein heftiges Unbehagen. Zudem hatte sich jetzt auch in den mächtigen Gemäuern eine drückende Schwüle festgesetzt, die ihm sofort den Schweiß auf die

Stirn trieb. Der Lakai legte zudem einen Schritt vor, dem er nur mit Mühe folgen konnte. Wusste der Kerl nicht, dass er vor kuzem noch schwer verletzt im Krankenbett gelegen hatte?

In einem Bereich der Pfalz, den Wolfram bislang noch nicht betreten hatte, verlangsamte der Bote endlich seine Schritte, um schließlich vor einer mächtigen Tür stehen zu bleiben. „Du wartest hier“, wies er Wolfram, der ein Keuchen kaum unterdrücken konnte, mit knappen Worten an.

Langsam ärgerte sich der junge Ritter über das überhebliche Verhalten des Kerls. Doch dann rief er sich in Erinnerung, dass er es mit einem direkten Untergebenen des Kaisers zu tun hatte. Auch war er froh, dass er sich einige Augenblicke ausruhen konnte. Das stramme Gehen hatte ihm mehr zugesetzt, als er sich eingestand. Mit einer schnellen Bewegung wischte er sich den Schweiß von der Stirn und aus dem Nacken. Er atmete tief ein, und langsam beruhigte sich auch sein Herz wieder.

Wolfram musste eine ganze Weile warten, bis sich die mächtige Tür öffnete und den Blick auf einen riesigen Saal freigab. Augenblicklich stockte dem jungen Ritter der Atem. Dieser Saal stellte alles in den Schatten, was er je in seinem jungen Leben gesehen hatte. Selbst der größte Raum in der Burg seines Vaters hätte viele Male darin Platz gehabt. Einige hundert Menschen konnten sich hier problemlos einfinden. Der steinerne Boden war fein geglättet und ganz offensichtlich für die Ankunft des Kaisers gründlich ausgefegt worden. An den mindestens sieben Ellen hohen Wänden prangten bunte Bilder von Heiligen und Rittern. Er musste seinen Kopf in den Nacken legen, um alles überschauen zu können.

Doch die Zeit, sich alles in Ruhe anzusehen, hatte der junge Rheinboder freilich nicht. Am Ende des rechteckigen, mit Dutzenden brennenden Fackeln ausgeleuchteten Saals konnte Wolfram eine halbkreisförmige Ausbuchtung ausmachen, in der auf einem großen Podest der Kaiser thronte, umgeben von fünf Männern, darunter zwei Geistliche mittleren Alters. Besonders die beiden Pfaffen musterten Wolfram, dem ob der Eindrücke sofort wieder der Schweiß ausbrach, mit strengen Blicken. Der junge Ritter hatte unwillkürlich erwartet, auf Dankwart von Gelnhausen zu treffen. Das vertraute Gesicht des Edelmanns hätte ihm mehr Sicherheit gegeben. Doch er wurde enttäuscht. Der Gelnhausener war nirgendwo zu sehen.

Das diskrete Räuspern des Boten, der die Tür geöffnet hatte, holte den Rheinboder aus seinen Gedanken. Langsam setzte er sich in Bewegung, immer daran denkend, dass er mindestens zwölf Ellen vor dem Kaiser stehen zu bleiben hatte. Irritiert stellte Wolfram fest, dass ihm der Staufer jetzt geradewegs in die Augen schaute und dabei milde lächelte.

Jetzt musst du stehen bleiben, schoss es ihm durch den Kopf, und im selben Moment ertönte ein mächtiger Donnerschlag, der selbst in dieser von dicken Mauern geschützten Halle unsanft in Wolframs Ohren nachklang. Auch das Niederprasseln des Gewitterregens war jetzt deutlich zu hören.

„Mir scheint, als spiele das Wetter immer eine wesentliche Rolle, wenn wir uns begegnen, Ritter Wolfram von Rheinbod."

Er hat eine unglaublich tiefe Stimme, war der erste Gedanke, der Wolfram jetzt durch den Kopf ging, und dazu die Mahnung, sich zusammenzureißen.

„Wie geht es Eurem Arm, werter Wolfram?"

Dem jungen Ritter gelang ein Lächeln. „Dank der Künste Eurer Ärzte schon wesentlich besser, Majestät. Seit einigen Tagen habe ich keine Schmerzen mehr. Ich denke, dass ich schon bald wieder mein Pferd führen und mein Schwert heben kann."

Erneut hörte er das Hüsteln des Boten. Die beiden Pfaffen schauten indigniert drein, während ein dritter Kuttenträger ein belustigtes Grinsen nicht unterdrücken konnte. Sofort hielt der junge Rheinboder inne. Offensichtlich hatte er zu viel des Guten geredet. Irritiert sah er, dass Friedrich aufstand und auf ihn zukam. Ob er jetzt rückwärtsgehen sollte, um die Distanz zu wahren? Sein Herz schlug bis zum Hals, als er bemerkte, dass der Kaiser näherkam, erst in einer Entfernung von einem Schritt stehen blieb und mit einer unvermittelten Bewegung seine Hand auf Wolframs linke Schulter legte.

„Wir sind Euch zu tiefstem Dank verpflichtet, Wolfram von Rheinbod."

Sprach es aus und ging zurück zu seinem Thron, wo er sich niederließ. Wie schon einmal, unmittelbar vor dem Zweikampf mit Dankwart von Gelnhausen, verspürte Wolfram ein eigentümliches Ziehen im Unterleib. Der Kaiser des Reiches hatte sich persönlich bei ihm bedankt. Er hätte auch einen Boten schicken können, aber er war persönlich gekommen. Wolfram konnte sein Glück kaum fassen. Wenn das doch nur sein Vater gesehen hätte. Inzwischen hatte der Staufer wieder Platz genommen und schaute dem Rheinboder erneut direkt in die Augen. Diesmal hielt Wolfram dem Blick stand.

„Ich habe mir auf dem Weg von Goslar nach Ingelheim Gedanken gemacht, wie ich Euch belohnen kann. Ich habe an ein Lehen gedacht, den Gedanken aber wieder verworfen. Denn mein werter Dankwart von Gelnhausen hat mir berichtet, dass Ihr ein mutiger Kämpfer seid, am Schwert noch etwas ungeschliffen und auch ein wenig hitzig, aber durchaus talentiert. Ihr kommt ganz nach Eurem Vater, junger Rheinboder, von dem ich schon einiges gehört habe."

Wolframs Gedanken wirbelten durcheinander. Er ahnte, dass sein Leben vor einer entscheidenden Wende stand.

„Ich mache Euch daher einen Vorschlag", fuhr der Kaiser in bedächtigem Tonfall fort. „Nach einer Zeit der intensiven Ausbildung nehme ich Euch, Wolfram von Rheinbod, in meinem Gefolge auf. Das bedeutet natürlich, dass Ihr von Eurer Familie Abschied nehmen müsst. Auch Eure Liebste, die es bestimmt in Eurem jungen Leben gibt, werdet Ihr nur noch selten in Eure Arme schließen können. Dafür werdet Ihr dem Kaiser dienen, an seinen Feldzügen teilnehmen und dabei Ruhm und Ehre ernten. Könnt Ihr Euch ein solches Leben vorstellen, Wolfram von Rheinbod?"

Jetzt musste Wolfram doch alle Kräfte mobilisieren, um aufrecht stehen zu bleiben. Wie gerne hätte er sich irgendwo hingesetzt. Doch erst jetzt bemerkte er, dass die einzige Sitzgelegenheit in dem riesigen Saal der kaiserliche Thron war.

Ich werde in das Gefolge des Kaisers aufgenommen, schoss es ihm durch den Kopf und ein heftiges Schwindelgefühl erfasste seinen Körper. Wie sein Vater hatte er mit einem Beutel Gold gerechnet, mit einem Stück Land und sogar mit der Hand einer der vielen unverheirateten Cousinen des Kaisers. Aber nicht mit diesem Angebot.

„Sicherlich seid Ihr überrascht, werter Freund", hörte er die Stimme des Kaisers. „Vielleicht wollt Ihr es Euch bis morgen überdenken?"

Nun war es Wolfram, der sich eindringlich räusperte. „Das wird nicht notwendig sein, Majestät. Ich komme mit Euch. Aber ich habe einen Wunsch."

Er sah, wie die Berater des Kaisers, die noch immer keinen einzigen Ton von sich gegeben hatten, erstaunt die Augen aufrissen. Einer stieß entrüstet die Luft aus. Sein gerötetes Gesicht sprach aus, was er dachte. Was nahm sich dieser Kerl heraus, Forderungen an den Kaiser zu stellen!

Doch Friedrich machte eine gönnerhafte Handbewegung. „Wenn ich in seiner Situation wäre, würde ich ebenfalls die Gunst der Stunde nutzen. Ich höre, junger Rheinboder."

Wolfram straffte sich. „Wenn es möglich ist, gestattet meinem langjährigen Freund Gunther, auch er war bei Eurem Pfingstfest zugegen, das gleiche Angebot. Er ist ebenfalls ein tapferer ..."

Weiter kam er nicht, denn Friedrich hatte längst die Hand gehoben. „So soll's geschehen", sagte er knapp. „Trefft die notwendigen Vorbereitungen", wies er seine Begleiter an.

Erneut erhob er sich von seinem Thron. Doch statt sich noch einmal Wolfram zuzuwenden, ging er auf den seitlichen Ausgang zu und verschwand durch eine große Tür. Seine Berater folgten ihm in gebührendem Abstand. Kurze Zeit später war Wolfram allein mit dem kaiserlichen Boten.

„Sagt mir, träume ich das alles nur?"

Doch die Antwort kam nicht aus dem Mund des Boten, sondern aus einer anderen Richtung. „Du träumst keineswegs, lieber Wolfram. Willkommen im kaiserlichen Gefolge!"

Es war Dankwart von Gelnhausen, der im Rahmen der Tür stand und den jungen Ritter unverhohlen angrinste.

Wolfram ließ den Boten geradewegs stehen und eilte schnellen Schrittes auf den Gelnhausener zu. Verflogen war das Schwindelgefühl, verschwunden die körperliche Schwäche. Stattdessen hatte eine nie gekannte Erregung den jungen Ritter ergriffen.

„Wie soll es nun weitergehen?“, fragte er atemlos.

Dankwart von Gelnhausen machte ein unbekümmertes Gesicht. „Ganz einfach. Wenn deine Verletzungen ausgeheilt sind, werde ich mich persönlich um dich und deinen Freund Gunther kümmern. Deine Fertigkeiten am Schwert habe ich ja schon erlebt. Ich denke, dass vier Wochen ausreichen, um hier in dieser schönen Pfalz aus euch beiden brauchbare Ritter des Kaisers zu machen. Nach Ablauf der Zeit werden wir weitersehen, was das Schicksal von uns verlangt.“

Eine Ehe wird besiegelt
1184 bis 1186

„Achtung, sie kommen gleich raus!“ Die Worte Gunthers schreckten Wolfram hoch. Er wusste nicht, wie lange sie hier schon vor dem Bischofspalast in Augsburg ausgeharrt hatten, doch endlich schien das ermüdende Warten ein Ende zu haben. Dieser 29. Oktober des Jahres 1184 war ein lausig kalter Tag. Schon seit dem frühen Morgen fegte ein scharfer Wind über die alte Bischofsstadt und riss die Blätter, die sich in den Wochen zuvor bunt verfärbt hatten, von den Bäumen.

Wolfram, Gunther und acht weitere Ritter waren von Dankwart von Gelnhausen dazu verdonnert worden, vor dem Palast des Bischofs Posten zu beziehen. Kaum hatten sie ihre Stellung eingenommen, fing es auch schon an zu regnen. Schnell kroch die Kälte in ihren klammen Kettenhemden hoch, und Wolfram musste an den Schnupfen denken, der ihn Anfang des Monats über mehr als zwei Wochen geplagt hatte.

Mit verschleiertem Blick starrte der junge Ritter jetzt auf das Portal, durch das vor Stunden König Heinrich mit zahlreichen wichtig aussehenden Männern verschwunden war. Nur so viel hatte Dankwart von Gelnhausen den Rittern mitgeteilt: An diesem Tag, dem 29. Oktober 1184, sollte die Ehe zwischen Heinrich und einer Frau namens Konstanze beschlossen und notariell besiegelt werden. Jene Konstanze, so hatte der kluge Gelnhausener ihnen weiter erzählt, weilte jedoch nicht in Augsburg. Sie hielt sich noch nicht einmal in Deutschland auf. Die königliche Braut stammte aus Sizilien, einer großen Insel unweit der Südspitze Italiens. Wolfram hatte es vermieden zu fragen, wo diese Insel mit dem seltsamen Namen genau lag, von der er noch nie zuvor in seinem Leben etwas gehört hatte. Nur mit dem Begriff Italien konnte er etwas anfangen.

„Die Heirat zwischen Heinrich und Konstanze besiegelt endgültig den Frieden zwischen Sizilien und dem Kaiserreich“, hatte Dankwart mit einem Leuchten in seinen Augen gerufen. „Denn Konstanze ist die Tochter des verstorbenen sizilischen Königs Roger, dessen Reich sich über das ganze Süditalien bis fast an die Grenzen Roms erstreckt.“

Und noch etwas hatten sie von Dankwart erfahren. Die Braut war elf Jahre älter als der neunzehnjährige Heinrich und hatte die letzten Jahre offenbar in einem Kloster verbracht.

Bei dieser Schilderung hatte sich Wolfram ein sarkastisches Grinsen nicht verkneifen können. Mit heftiger Wehmut überfiel ihn die Erinnerung an Hildegard. Nachdem er von seinen Verletzungen völlig genesen war, bot sich ihm keineswegs die Gelegenheit, erst einmal nach Hause zu reiten. Dankwart hatte ihn und Gunther wochenlang so geschliffen, dass sie oft erst nach Sonnenuntergang erschöpft auf ihre Nachtlager fielen und in einen traumlosen Schlaf sanken. Immer wieder hatte er im Nahkampf und bei den Übungen zu Pferde die Schwächen der beiden jungen Männer aufgedeckt und nicht lockergelassen, bis sie seinen hohen Anforderungen gerecht wurden. Besonders Wolfram musste lernen, sein oft hitziges Aufbrausen in den Griff zu bekommen. Nicht selten hätte er am liebsten aufgegeben. Es war seinem Freund Gunther zu verdanken, dass er es schließlich doch schaffte, die Anerkennung des Gelnhauseners zu erlangen.

„Wenn du voller Wut auf deinen Gegner zustürmst, bist du nicht klar in deinen Gedanken und leichter verwundbar“, hatte Dankwart ihm immer wieder eingeschärft und ihm seine Grenzen aufgezeigt.

Aber auch Manieren musste der Edelmann seinen beiden Schützlingen erst einmal beibringen. Mit einem Grinsen reagierten die beiden jungen Ritter auf den Rat, dass es beispielsweise durchaus angebracht sei, sich einmal im Monat den Bart scheren und sich wenigstens alle zwei Monate den Körper abschrubben zu lassen. Menschliche Geräusche in unmittelbarer Gegenwart des Kaisers und eines Mitglieds der kaiserlichen Familie von sich zu geben, war verpönt. Auch die gängige Praxis, den Inhalt der verstopften Nase hinauszurotzen, sollte man sich wenigstens im Beisein des Kaisers oder des Königs, auf alle Fälle aber stets in Gegenwart der Kaiserin, verkneifen.

Es war schon Anfang August, als der erfahrene Edelmann aus Gelnhausen mit dem Ergebnis zufrieden war. An einem Sonntag, an dem die Sonne unbarmherzig von einem tiefblauen Himmel brannte, hatte es Dankwart den beiden jungen Männern schließlich gestattet, noch einmal nach Hause zu reiten. Fast drei Monate war der junge Rheinboder der väterlichen Burg fern gewesen, entsprechend herzlich fiel der Empfang aus. Als junger, unerfahrener Spund hatte er die Familie verlassen, als gestählter Ritter, der bald dem Kaiser zur Seite stehen sollte, kehrte er, wenn auch nur für wenige Stunden, zurück. Mit Genugtuung hatte Wolfram zur Kenntnis genommen, wie fasziniert sein strenger Vater das neue Kettenhemd, das Dankwart von Gelnhausen in der Nieder-Ingelheimer Pfalz für ihn hatte anfertigen lassen, begutachtete. Das Schwert war sorgsam geschärft, die Lanze neu gespitzt. Nach einem ausgiebigen Mahl, zu dem die ebenfalls sichtlich stolzen Schwestern alles aufgetischt hatten, was die Speisekammern hergaben, konnte er endlich seine geliebte Hildegard treffen. Auf einer kleinen Lichtung, hoch oben über dem Rhein gelegen, saßen sie und konnten kaum voneinander ablassen. Beide hatten viel zu erzählen, und Wolfram musste immer wieder von dem Ritterturnier auf der Maaraue berichten und davon, wie er dem König das Leben gerettet hatte. Doch viel zu schnell verflog die Zeit, die nicht ausreichte, sich alles zu erzählen, was zwei Liebenden auf der Seele brannte. Die bereits vor Monaten geplante Hochzeit musste erst einmal verschoben werden, und Wolfram hatte seine geliebte Hildegard deswegen kaum trösten können. Denn wann er wieder zu der Burg seiner Familie zurückkehren würde, konnte er selbst nicht sagen.

Der junge Ritter wollte sich schon wieder verabschieden, als Hildegard ihre Arme noch einmal schluchzend um seinen Hals warf und ihn anflehte, ihr wenigstens noch einige Augenblicke zu schenken. Wenig später lagen sie versunken im Gras, die Welt um sie herum noch einmal für einige Stunden vergessend.

Ende August hatten Wolfram und Gunther die Nieder-Ingelheimer Pfalz verlassen und waren nach Hagenau gezogen, wo sie auf den kaiserlichen Tross stießen. Hier war Wolfram auch erstmals seit dem Vorfall auf der Maaraue mit Heinrich zusammengetroffen, der sich an die tapfere Tat seines Lebensretters aber wohl nicht mehr erinnern wollte. Mit einer kühlen Bemerkung hatte der König Wolfram und Dankwart, der den Kaisersohn auf den jungen Rheinboder hinwies, einfach stehen lassen.

Für Wolfram und Gunther, die ihre Tatkraft kaum zügeln konnten, waren die kommenden Wochen und Monate nur langsam verstrichen. Dankwart von Gelnhausen hatte kaum Gelegenheit, sich um seine beiden Schützlinge zu kümmern. In den kurzen Momenten, in denen er Zeit für sie fand, deutete er die wichtigen Gespräche, die der König zu führen hatte, immer nur kurz an. Erst wenige Stunden vor ihrer Ankunft in Augsburg erfuhren auch die beiden jungen Ritter, dass in dieser Stadt die Ehe des Königs besiegelt werden sollte.

„Aufgepasst! Sie kommen!"

Sofort strafften sich die Körper der Ritter, als die Delegation auch schon aus dem Augsburger Bischofspalast heraustrat. Wolfram erkannte auf den ersten Blick den König, nur wenige Ellen entfernt von ihm Dankwart von Gelnhausen. Die aus etwa zwölf Mann bestehende Gruppe ging zügigen Schrittes an den Rittern vorbei, die ihnen in gebührendem Abstand folgten.

Wolfram wusste nicht so recht, was er davon halten sollte. Scheinbar ziellos liefen sie nun durch die Straßen und Gassen von Augsburg, vorbei an fahrenden Händlern und Bauern, die das Letzte verkauften, was die Felder hergegeben hatten. In den kommenden Monaten mussten sie von dem leben, was sie in den Vorratskammern eingelagert hatten. Für Wolfram und Gunther bedeutete dieser Winter der erste in ihrem Leben ohne die Sorge, ob sie in der nächsten Woche überhaupt noch ausreichend zu essen haben würden. Im kaiserlichen Tross, so hatte Dankwart ihnen versichert, mangelte es so gut wie nie an Nahrhaftem.

Die Händler und Bauern starrten nun den jungen Staufer an, als sei ihnen der Leibhaftige erschienen, und senkten demütig ihre

Köpfe. Selbstverständlich hatte es sich in Augsburg schnell herumgesprochen, dass der Sohn des Kaisers in der Stadt weilte. Mit Sicherheit hatten sie es sich nicht träumen lassen, einmal dem König zu begegnen. Doch der hatte keinen Blick übrig für seine Untertanen.

Zwar hatte der Herbststurm inzwischen nachgelassen, doch noch immer prasselte der Regen nieder und durchnässte jeden innerhalb weniger Augenblicke. Heinrich, der einen weiten, aus dicker Wolle gewebten Umhang trug, schien sich daran wenig zu stören, obgleich auch der feste Stoff längst durchnässt sein musste. Unverhofft blieb er unter einer mächtigen Eiche stehen und machte eine Handbewegung.

Er will allein sein, mutmaßte Wolfram, der in diesem Moment so etwas wie Mitleid für den Kaisersohn empfand. Denn wie ein glücklicher Mann, der erfolgreich um eine Frau gefreit hatte, sah der ein wenig verloren und hilflos wirkende Heinrich wahrlich nicht aus. Dankwart gab den Begleitern des Königs und den Rittern ein Zeichen. Auch er hatte erkannt, dass Heinrich für wenigstens einige Augenblicke ungestört seinen Gedanken nachhängen wollte. Erst jetzt fiel Wolfram auf, dass der König eine Frau und einen Mann beobachtete, die in einer zugigen Kate, in der sie einige kümmerliche Äpfel und Karotten anboten, einander Schutz und Wärme spendeten. Und obwohl der junge Ritter das Gesicht des Staufers nicht sah, konnte er sich vorstellen, was in dem König vorging.

Abends am Lagerfeuer, als die Ritter endlich ihre durchgefrorenen Glieder wärmen und ihre knurrenden Mägen füllen konnten, hatte der Gelnhausener ausreichend Zeit, seinen Schützlingen die Hintergründe der Hochzeit zwischen dem Staufer Heinrich und der Normannin Konstanze zu erläutern.

„Die Geschichte der ursprünglich aus Frankreich stammenden Normannen reicht auf Sizilien fast zweihundert Jahre zurück“, begann der erfahrene Edelmann. „Vierzig normannische Pilger machten damals auf ihrem Rückweg von der Heiligen Stadt Jerusalem Halt auf Sizilien, wo sie erlebten, wie die ungläubigen Sarazenen das Volk drangsalierten. Die Pilger bewaffneten sich, und mit Gottes Unterstützung schlugen sie die Ungläubigen zurück und befreiten die Sizilier aus ihrer Knechtschaft.“

Gespannt lauschten die Ritter den Erzählungen des Gelnhauseners. Das Lagerfeuer verbreitete eine angenehme Wärme und ließ sie das nasskalte Wetter des Tages wenigstens für einige Stunden vergessen.

Wieder zu Hause in der Normandie, erzählte Dankwart weiter, berichteten die Pilger von ihren Erlebnissen auf Sizilien und welch wunderschöne und liebliche Landschaft sie dort vorgefunden hatten. Es waren besonders die wagemutigen Söhne normannischer Barone, die in der Folgezeit nach Sizilien zogen und dort gegen die Ungläubigen, aber auch die Byzantiner kämpften.

„Anno 1061 setzten die Normannen unter dem legendären Roger zur Eroberung Siziliens an, dreißig Jahre später fiel die letzte sarazenische Festung. Die Normannen hatten die Insel nicht nur erobert, sie beherrschten sie auch, obwohl sie nur wenige Krieger waren."

„Wie ist das möglich gewesen, werter Dankwart?", fragte einer der Ritter.

„Die Normannen schlugen jeden Aufstand blutig nieder. Aber sie verstanden es auch, die ihnen wohl gesinnten Sizilier geschickt in das von ihnen aufgebaute Machtgefüge einzubinden."

Und weiter berichtete der erfahrene Ritter das, was er von seinen Lehrern und Erziehern einst selbst überliefert bekommen hatte: Roger starb im Jahre 1101, seine Nachfolge übernahm sein erst sechsjähriger Sohn, der ebenfalls auf den Namen Roger getauft war. Als Roger II. gelang es ihm zwanzig Jahre später, normannische Besitzungen in Süditalien, die sein Onkel Robert Guiscard erobert hatte, an sich zu reißen. 1130 ließ er sich in Palermo, der Hauptstadt Siziliens, zum König krönen.

„Roger hatte etliche Söhne und war mehrmals verheiratet gewesen", berichtete Dankwart weiter. „Mit seiner letzten Frau Beatrix zeugte er ein Kind, dessen Geburt er nicht mehr erlebte. Roger II. starb im Februar 1154. Kurze Zeit darauf gebar seine Frau eine Tochter, die den Namen Konstanze erhielt. Mit dem Tod Rogers ging die Königsherrschaft an seinen Sohn Wilhelm über, also den Bruder der kleinen Konstanze, die heute, dreißig Jahre später, den uns wohlbekannten Kaisersohn Heinrich heiraten soll."

In diesem Moment meldete sich Gunther zu Wort. „Heinrich wird damit zum Schwager des Königs von Sizilien."

Dankwart schüttelte lächelnd den Kopf. „Gut zugehört und noch besser kombiniert, aber trotzdem falsch gelegen! Wilhelm starb 1166, neuer König wurde sein ebenfalls auf den Namen Wilhelm getaufter Sohn. Konstanze ist somit die Tante des sizilischen Königs."

Er machte eine Pause und schnappte sich eine gebratene Hasenkeule, in die er herzhaft hineinbiss. Während er mit verdünntem Bier nachspülte, ließ er seine Schilderungen wirken, die bei den jungen Männern großen Eindruck hinterlassen hatten.

„Erzählt uns mehr über dieses Sizilien, werter Dankwart", forderte schließlich einer der Ritter den Gelnhausener auf.

Doch der schüttelte den Kopf und schluckte den letzten Bissen hinunter. „Viel kann ich euch nicht berichten, denn ich bin nie dort gewesen, wohl aber in Italien, dessen südliche Hälfte Sizilien sehr ähnlich sein muss. Daher kann ich euch sagen, dass es mit den deutschen Landen kaum zu vergleichen ist. Unvorstellbar heiß ist es dort im Sommer und die sowieso schon vielerorts karge Landschaft sieht dann aus wie verbrannt. Doch in jedem Frühling erblühen Bäume, Sträucher und Blumen aufs Neue, sodass man meint, man weile im Paradies. Oft ist es im März schon so warm wie hierzulande erst im Mai. Die sizilischen Könige halten sich mit ihrem Hofstaat meist in ihrer Hauptstadt Palermo auf, die mit prächtigen, jahrhundertealten Bauten gesegnet ist. Nur in den heißen Sommern zieht es sie in die nahe gelegenen Berge, wo es ein wenig kühler und angenehmer ist."

„Ob sich Konstanze wohl an die kalten deutschen Winter gewöhnen kann?", entfuhr es einem der Ritter.

Trotz der vorlauten Frage konnte sich Dankwart ein Lächeln nicht verkneifen. „Sie wird einmal die Frau des mächtigsten Herrschers seit den römischen Cäsaren sein. In nicht allzu ferner Zeit wird sie Kaiserin sein und die Mutter des Thronfolgers, Heinrichs Erben. Sie wird sich an einiges erst gewöhnen müssen. Das süße Leben am Hof in Palermo gehört auf jeden Fall der Vergangenheit an."

„Wie gerne würde ich dieses Sizilien und auch Italien einmal sehen", murmelte in diesem Moment Wolfram mehr zu sich selbst.

Mit einem schelmischen Grinsen schaute der Gelnhausener den jungen Ritter an. „Dazu wirst du vielleicht bald Gelegenheit haben, Ritter von Rheinbod. Denn wir werden in Bälde nach Italien aufbrechen, um uns dort mit dem Kaiser zu treffen. Friedrich wird seine künftige Schwiegertochter persönlich in Süditalien abholen, um sie zur Hochzeit nach Mailand zu bringen. Du wirst schon sehen, junger Freund, bald wirst du dich nach der klammen Kälte eines solchen Tages wie heute noch sehnen."

Welch eine unglaubliche Hitze! Wolfram wurde das Gefühl nicht los, dass er erstickte, obwohl er tief einatmete. Denn die Luft, die seine Lungen füllte, schien direkt aus einem befeuerten Backofen zu kommen. Unbarmherzig brannte die Sonne von einem wolkenlosen Himmel nieder, doch weit und breit gab es keinen Schatten, wo man ein wenig Linderung finden konnte. Stattdessen saßen sie hier, am Rande einer alten Handelsstraße bei Rieti, auf ihren Pferden und warteten.

Wolfram nahm einen Schluck aus seinem schon ziemlich schlaff gewordenen Wasserbeutel und warf seinem Freund Gunther einen Blick zu, den dieser stumm erwiderte. Auch in Gunthers Gesicht stand die Qual geschrieben, die er durchlitt. In solch einem Moment fiel dem Rheinboder wieder der Abend des 29. Oktober ein, als Dankwart ihnen an einem nasskalten Abend in Augsburg erzählt hatte, dass der Sommer in Italien nicht vergleichbar sei mit dem in deutschen Landen. Wie sehr hatte sich nicht nur Wolfram damals nach dieser Wärme gesehnt. Nun verfluchte er sie, ganz wie der erfahrene Edelmann vorhergesagt hatte. Dem Gelnhausener schien die brennende Sonne nicht das Geringste auszumachen. Auch er saß unbeweglich im Sattel, sein undurchdringlicher Gesichtsausdruck verriet jedoch nicht, was er in diesem Moment dachte. Nur die nassen Haarsträhnen, die unter seiner Helmhaube hervorlugten, verrieten, dass auch er schweißgebadet war. Trotz der Hitze und der Tatsache, dass ein Angriff wahrlich nicht zu erwarten war, hatte er darauf bestanden, dass alle Mitglieder dieses kaiserlichen Spähtrupps in voller Rüstung erschienen waren.

Wolfram widerstand dem unbändigen Verlangen, seinen kompletten Wasservorrat in einem Zug zu leeren. Stattdessen kaute er auf seiner rissigen Unterlippe, schloss die Augen und ließ seine Gedanken schweifen. Am 31. Oktober, also zwei Tage nach der Besiegelung der Hochzeit Heinrichs mit Konstanze, waren fünfzig Ritter unter der Führung des Gelnhauseners direkt von Augsburg über die Alpen nach Italien gezogen. Schon diese Reise hatte den beiden jungen Rittern vom Mittelrhein und ihren Kameraden alles abverlangt. Noch nie in ihrem Leben hatten sie die schneebedeckten Pässe und die schwindelerregend tiefen Schluchten der Alpen gesehen. Was sie erlebten, war atemberaubend, aber auch lebensgefährlich. Wolfram sah riesige Eisfelder, die selbst im Sommer nicht wegtauten. Vorbei an Felswänden ritten sie, die himmelhoch vor ihnen aufragten, und an Schluchten, die im Dunkeln der Hölle zu enden schienen, vorbei an winzigen Dörfern kamen sie, die sich in den engen Schluchten an die Felswände schmiegten. Tiere mit gewundenen Hörnern waren ihnen begegnet, die sich selbst an steilsten Abgründen sicher und trotzdem wieselflink bewegten, während der Trupp Ritter nur langsam vorankam, immer darauf achtend, dass die Pferde auf den schmalen Pfaden keinen falschen Schritt machten, der Tier und Reiter das Leben gekostet hätte. Einen Kameraden jedoch verloren sie. Sein Pferd stürzte nach einem unachtsamen Schritt samt Reiter in einen tiefen Abgrund. An eine Bestattung des Ritters war nicht zu denken gewesen, und so konnten sie nur in einem kurzen Gedenken verharren, um schließlich betroffen, aber um so vorsichtiger weiterzuziehen.

Obwohl sie sich trotz der dicken Felle, die sie am Leib trugen, oft am Rande des Erfrierens wähnten, kamen sie schließlich wohlbehalten in Mailand an, der Stadt, die Friedrich erst vor wenigen Jahrzehnten hatte zerstören lassen und die inzwischen wieder im neuen Glanz erstrahlte. In der norditalienischen Metropole, die ihre kaiserlichen Gäste mit allem verwöhnte, was die gut gefüllten Speisekammern der Bewohner hergaben, vergingen die Wochen und Monate der Hochzeitsvorbereitungen wie im Flug. Hier konnte Wolfram endlich auch sein Heimweh, das ihn seit geraumer Zeit plagte, das er sich aber nicht anmerken ließ, endlich vergessen. Dazu trug mit Sicherheit auch die glutäugige Italienerin bei, die sich als Magd im kaiserlichen Palast verdingte und ihm nicht selten schöne Augen machte. Hier in Mailand fühlten es die beiden jungen Ritter zum ersten Mal: Sie waren etwas Besonderes. Sie gehörten einem Volk an, dem andere Respekt erwiesen.

Die Kälte der Alpen und die heißblütige Leidenschaft der Mailänderin waren in diesem Moment des untätigen Wartens in der Sommerhitze jedoch nur blasse Erinnerungen. Im Frühsommer 1185 war der gewaltige Tross des Kaisers von Mailand aus über Parma, Bologna und Ancona bis nach Foligno weitergezogen. Friedrich, der es sich wie versprochen nicht nehmen ließ, seine künftige Schwiegertochter abzuholen, blieb in der alten Stadt. Die kaiserliche Delegation unter der Führung Dankwarts von Gelnhausen ritt weiter gen Süden, der Braut König Heinrichs entgegen. Die hatte, so ließ ein berittener Bote den Deutschen verlautbaren, Palermo bereits verlassen und war mit einer Galeere auf das Festland übergesetzt. In Foligno sollte sie mit ihrem künftigen Schwiegervater zusammentreffen.

Viel wichtiger als die baldige Ankunft war jedoch, was die Braut von ihrem Neffen, König Wilhelm von Sizilien, an Aussteuer mit auf den Weg bekommen hatte. Unmengen an Schmuck und Gold solle die künftige Ehefrau Heinrichs mit sich führen, um es in ihre Ehe mit dem jungen Staufer einzubringen, hieß es. Auch oder gerade deshalb hatte Friedrich fünfzig seiner zuverlässigsten und kampferprobtesten Ritter nach der auf halber Strecke zwischen Rom und Foligno gelegenen Stadt Rieti geschickt, wo sie Braut und Aussteuer in Empfang nehmen sollten. Und so warteten sie nun seit Stunden, doch von der künftigen deutschen Königin war immer noch nichts zu sehen.

Während der Schweiß seinen Rücken hinunterrann und das heiße Kettenhemd ein Gefühl verursachte, als würde er bei lebendigem Leib geröstet, versuchte Wolfram, sich so wenig wie möglich zu bewegen und den Gedanken an die Hitze einfach beiseite zu schieben. Mühsam unterdrückte er das unerträgliche Verlangen, sich alles vom Leib zu reißen, um wenigstens ein bisschen Linderung zu spüren. Irgendwann musste diese Konstanze, deren Nahen ein vorausreitender Bote schon vor einer Weile angekündigt hatte, doch endlich zu sehen sein.

Auf einer leichten Anhöhe hatten sie Posten bezogen, von wo aus sie einen ausgezeichneten Blick über sanfte Hügel und geschwungene Wege hatten. Die wenigen Bauern, die in diesem scheinbar gottverlassenen Landstrich zu Fuß, auf Eseln oder alten Schindmähren unterwegs waren und an ihnen vorbeikamen, begegneten den deutschen Rittern mit deutlichem Respekt. Oft riefen sie ihnen etwas zu, was Wolfram nicht verstehen konnte. Doch ein Blick in die pfiffigen Gesichter dieser einfachen Menschen genügte, um zu wissen, dass sie den Deutschen freundlich gesinnt waren.

Längst hatte der junge Rheinboder seine anfängliche Scheu vor diesem fremden Land verloren, dessen Bewohner vor einem Jahrtausend die halbe Welt beherrscht hatten. Es war besonders die Baukunst der Italiener, die den Ritter aus Trechtingshausen immer wieder faszinierte. Hatte er bislang geglaubt, die Burgen und besonders die Pfalzanlagen in seiner Heimat seien an Pracht nicht zu übertreffen, musste er spätestens in Mailand seine Meinung revidieren. Hinzu kam eine oft malerische Landschaft mit lieblichen Hügeln und anmutigen Hainen, die mit den finsteren Wäldern nördlich der Alpen, wo im Dickicht wilde Tiere hausten und gedungene Halunken auf ihre Opfer lauerten, nichts gemein hatten. Die lichten italienischen Wälder luden zum Müßiggang und zur Jagd ein, wovon sie in den vergangenen Monaten zur Genüge Gebrauch gemacht hatten. Mit Wehmut erinnerte sich Wolfram an zwei Wochen im Frühling, als sie mit nichts anderem beschäftigt gewesen waren, als mit Kaiser Barbarossa diese Wälder zu durchstreifen und dabei edles Wild zu erlegen. Und abends hatte sich die junge Mailänderin, deren Namen Maria war, um ihn gekümmert, seinen Körper massiert, ihn mehrmals in der Woche gebadet und ebenfalls mehrmals in der Woche seine Kleidung gewaschen. Nur selten, das gestand er sich in den vergangenen Tagen oft ein, hatte er in dieser Zeit an seine Hildegard gedacht, die gut fünfzig Tagesmärsche entfernt am Rhein immer noch auf ihn wartete.

Doch in diesem Moment starrte Wolfram missmutig auf den Weg, der mit großen, soliden Steinplatten ausgelegt war. Über diese Platten waren also vor tausend Jahren die nicht zu besiegenden Legionen Roms marschiert. Deutlich zu erkennen waren sogar die parallel verlaufenden Rillen, die die Wagenräder im Laufe der Jahrhunderte hinterlassen hatten. Der junge Ritter konnte es sich zunächst gar nicht vorstellen, dass selbst seine Vorfahren sich der Macht der Römer über Jahrhunderte hinweg weitgehend hatten beugen müssen. Doch von der militärischen Stärke Roms war längst nichts mehr zu spüren. Sie war mittlerweile einer anderen Gewalt, nämlich der kirchlichen in Person des Papstes, gewichen. Wolfram gestand sich jedoch gerne ein, dass die italienischen Städte noch immer eine Pracht ausstrahlten, die er von Deutschland her nicht kannte. Und die Statuen der römischen Kaiser ließen auch nach vielen Jahrhunderten immer noch erahnen, welche Allmacht von den Römern einstmals ausging. Doch Dankwart hatte ihnen schon in Augsburg klargemacht, dass inzwischen die Deutschen die legitimen Nachfolger der römischen Macht darstellten.

„Ich sehe etwas!"

Ein Gefühl der Erleichterung schoss Wolfram durch den Kopf. Er riss die halb geschlossenen Augen auf und suchte die geschwungene, von Pinien gesäumte Straße ab. In diesem Moment sah er es selbst. Fünf Bewaffnete führten einen Zug an, der überwiegend aus unzähligen Lasttieren bestand, und diese trugen nichts anderes als prall gefüllte Säcke. In diesen Säcken musste die Aussteuer der Braut Konstanze verstaut sein. Zwei Esel schleppten eine hölzerne Konstruktion in Form eines großen Kastens mit einer kleinen Tür und einem noch kleineren Fensterloch, das allerdings mit einem Tuch verhüllt war. In diesem seltsamen Kasten, der von zehn Rittern bewacht wurde, konnte nur die künftige Gemahlin des Königs sitzen.

Keine schlechte Art, bei dieser Hitze zu reisen, dachte sich Wolfram unwillkürlich.

Fünf ebenfalls schwer bewaffnete Ritter bildeten den Schluss des Zuges, der nur langsam näherkam.

Mit einem Fingerzeig gab Dankwart von Gelnhausen den beiden jungen Rittern vom Mittelrhein und zwei weiteren Deutschen ein

Zeichen, ihm zu folgen. Augenblicklich setzten sie sich in Bewegung und ritten dem Tross entgegen. Der Zug von Lasttieren und Berittenen kam sofort zum Stillstand, als die Deutschen in Sichtweite waren. Wolfram blickte in die verschlossenen Mienen von jungen Kerlen, die ähnlich wie er gekleidet und bewaffnet waren und keine Anstalten machten, der Abordnung des Kaisers einen Gruß zu entbieten. Erst nach einer Weile löste sich eine hochgewachsene Gestalt aus dem Zug und trieb ihr Pferd auf Dankwart von Gelnhausen zu.

„Ich bin Baron Robert", wandte sich der in einen wallenden Umhang gekleidete Edelmann direkt an den Gelnhausener. „Vertrauter der königlichen Konstanze, zukünftige Gemahlin König Heinrichs von Deutschland", sagte er höflich und in einem durchaus verständlichen Deutsch, das allerdings von einem seltsamen Akzent geprägt war.

Wolfram wunderte sich, dass der etwa dreißig Jahre alte Normanne über seinem Rüstzeug einen weißen Umhang trug. Der junge Ritter stellte sich vor, dass es unter diesem, wenn auch dünnem Stoff noch sehr viel heißer sein musste. Doch im Gegensatz zu den Deutschen machte der Normanne einen ausgeglichenen Eindruck. Der stundenlange Ritt unter der heißen Sonne schien ihm nicht das Geringste ausgemacht zu haben.

Der Gesichtsausdruck des Gelnhauseners blieb unbewegt, als er in lautem Tonfall losschnarrte. „Friedrich von Hohenstaufen, römisch-deutscher Kaiser von Gottes Gnaden, lässt seiner künftigen Schwiegertochter Konstanze von Hauteville seine Grüße entbieten. Der Kaiser erwartet sie in Foligno. Doch zunächst werdet Ihr, Baron Robert, gestatten, dass wir nach Rieti reiten, wo wir übernachten werden. Königin Konstanze wird sich nach der strapaziösen Reise mit Sicherheit ausruhen wollen."

„Wir nehmen Eure Grüße mit offenen Herzen entgegen, werter Dankwart. Eurem Angebot, in Rieti zu übernachten, stimmen wir natürlich zu", erwiderte Baron Robert höflich und gab seinen Leuten die entsprechende Anweisung.

Wolfram musterte die Tragekonstruktion, in der die Tante des sizilischen Königs wahrscheinlich wohlgebettet auf großen, weichen

Kissen saß, süße Früchte knabberte und kühles Wasser trank. Neugierig riss er die Augen auf, als in diesem Moment der Vorhang zur Seite geschoben wurde. Doch nicht Konstanze kam zum Vorschein, sondern nur eine eiserne Bettpfanne. Eine Frauenhand drehte die Pfanne nach unten, und der Inhalt ergoss sich nur wenige Ellen von Wolfram entfernt auf den Boden. Danach wurde der Vorhang wieder zugezogen. Die königliche Braut zog es vor, im Verborgenen zu bleiben. Nur zu gerne hätte der junge Ritter einen Blick auf sie geworfen. Doch zunächst galt es, den Befehlen Dankwarts Folge zu leisten. Mit harten und schnell gesprochenen Worten wies der seine Ritter an, neben den schwer bepackten Lasttieren zu reiten und diese keinen Augenblick aus den Augen zu lassen. Eines wurde Wolfram sofort klar: Hier ging es nicht in erster Linie darum, die königliche Braut wohlbehalten zu ihrem Schwiegervater zu bringen. Dankwart war einzig und allein daran interessiert, dass Konstanzes Mitgift sicher bei Kaiser Friedrich ankam.

Die Sonne hatte sich schon dem Horizont genähert, als der Zug aus Deutschen und Normannen endlich Rieti erreichte. Vor dem größten Zelt des Lagers, das Dankwart hatte errichten lassen, blieben die beiden Tiere mit dem großen Kasten stehen, dessen kleine Tür sich erst nach einer Weile öffnete. Jetzt sah Wolfram endlich die Braut des deutschen Königs und künftigen Kaisers. Unwillkürlich hatte er eine strahlende Schönheit mit wallendem Haar erwartet. Doch dem Kasten entstieg mithilfe des Barons eine ältliche, schon reichlich welke Frau, die ihr dunkelblondes Haar zu einem festen Knoten zusammengebunden hatte. Ihr folgte eine weitaus jüngere Frau mit einem anmutigen Gesicht und pechschwarzen, langen Haaren. Der Kleidung nach zu urteilen musste sie die Dienerin Konstanzes sein, die auch die Bettpfanne geleert hatte. Mit schwacher Stimme sagte Konstanze etwas in einer fremden Sprache zu Baron Robert und verschwand mit ihrer Dienerin sofort in dem Zelt, ohne die Deutschen eines Blickes zu würdigen.

„Ich denke, es ist an der Zeit, dass sich Konstanze an die deutsche Sprache gewöhnt“, vernahm Wolfram die klare und laute Stimme Dankwarts von Gelnhausen. Der ironische Unterton war deutlich herauszuhören. „Schließlich wird sie bald die Frau des deutschen Königs sein, des Mannes also, der einmal die Kaiserkrone tragen wird. Sie soll ihre Untertanen nördlich der Alpen verstehen können, so wie diese auch ihre Königin verstehen sollen. Meint Ihr nicht auch, Baron Robert?"

Der junge Ritter hielt den Atem an. Eine deutliche Spannung lag in der Luft. Die normannischen Ritter beobachteten die Szenerie mit grimmigen Mienen. Obwohl sie mit Sicherheit kein Wort verstanden hatten, so wurde ihnen doch gewahr, dass ihr Anführer soeben eine für ihn peinliche Belehrung erteilt bekommen hatte. In diesem Moment schien es keineswegs so, dass sich zwei durch eine baldige Heirat verbrüderte Parteien gegenüberstanden.

Baron Robert, an den die Worte gerichtet waren, entgegnete der Maßregelung mit einem feinen Lächeln und keineswegs verärgert. „Ich bedaure die Umstände, aber Konstanze kam erst vor einem Monat in den Genuss, Eure Sprache zu lernen, werter Dankwart. Aber ich habe keinen Zweifel, dass sie das Deutsche bis zu ihrer Hochzeit perfekt beherrschen wird. Schließlich soll sie sich ja nicht nur mit ihren Untertanen, sondern auch mit ihrem Gemahl verständigen können."

Ohne ein weiteres Wort ließ der sizilische Baron die Deutschen vor dem Zelt stehen, in das er ebenfalls entschwand.

„Eine schöne Familie, in die der König da einheiratet." Gunther konnte sich die spitze Bemerkung nicht verkneifen. Es war der Gesichtsausdruck Dankwarts, der ihn seine Entgleisung sofort bereuen ließ.

*

„Nur bei solch einem Wetter kann ein König heiraten!" Dankwart von Gelnhausen musste sofort lächeln, als er diese Worte hörte. Der kleine Geistliche, ein Benediktinermönch mittleren Alters, machte ein glückseliges Gesicht. Er gehörte zu den zahllosen Deutschen, die sich an diesem 27. Januar 1186 in Mailand eingefunden hatten, um das größte Ereignis der jüngsten Vergangenheit zu feiern: die Vermählung König Heinrichs von Hohenstaufen mit der sizilischen Adligen Konstanze von Hauteville.

Ein strahlend blauer Himmel wölbte sich über der norditalienischen Stadt. Bei für diese Jahreszeit ungewöhnlich milden und angenehmen Temperaturen hatten sich Tausende Männer, Frauen und Kinder vor der Kirche des heiligen Ambrosius eingefunden, in der die Trauung vollzogen werden sollte. Eine Hundertschaft deutscher Ritter war aufgezogen, um den Glanz und die Herrlichkeit des Hauses Hohenstaufen zu demonstrieren. Die vergangenen Tage hatten sie ausschließlich damit verbracht, ihre Kettenhemden und Helmhauben auf Hochglanz zu bringen. Die Farben der Schildwappen wurden aufgefrischt, die Löcher in den Bannern, Wimpeln und Umhängen genäht, die Schwerter geschärft. Und auch die Barthaare mussten sich die Ritter scheren, das Haupthaar stutzen lassen.

Dankwart von Gelnhausen wusste, welch hohe Ehre der Stadt zuteil wurde, die sich einst gegen den Kaiser gestellt hatte. Auf Geheiß Friedrichs war sie deshalb vor mehr als zwanzig Jahren zerstört und danach wieder aufgebaut worden. Als Ort der Vermählung gewann sie wieder ihre alte Bedeutung zurück. Es war Barbarossas ausdrücklicher Wunsch gewesen, dass sein Sohn in Mailand heiratete. Damit sollte diese Region erfahren, dass der römisch-deutsche Kaiser seinen Frieden mit Norditalien geschlossen hatte. Die ganze Welt sollte allerdings mit dieser Hochzeitszeremonie auch sehen, wie selbstbewusst die Staufer ihre Macht demonstrierten.

Jetzt musste Dankwart grinsen, als er daran dachte, dass die Hochzeit selbst eigentlich nur nebensächlich war. Von weitaus höherer Bedeutung würde die symbolische Krönung Friedrichs durch den Erzbischof von Vienne sein. Sein Sohn Heinrich würde während der Hochzeit zum König von Italien gekrönt, seine Frau Konstanze zur Königin. Sollte der Papst im nur wenige Tagesmärsche entfernten Rom ruhig darüber informiert werden, dass die Staufer ihn in wichtigen Fragen, die Machtansprüche und deren Umsetzung betrafen, eigentlich nicht mehr brauchten. Auf eines wollte Friedrich auf Ratschlag seiner engsten Vertrauten allerdings verzichten: Heinrich würde während der Hochzeitsfeier auf keinen Fall zum Mitkaiser gekrönt werden. Die Folgen eines solchen Handelns, das den Papst in unvorstellbarer Weise düpieren musste, wären unabsehbar gewesen.

Erneut musste Dankwart grinsen, als er an die erste Begegnung mit der in die Jahre gekommenen Konstanze dachte. Der Gelnhausener hatte in jenen Tagen des vergangenen Sommers darauf dringen müssen, noch einige Tage in Rieti zu bleiben, bis er sicher war, dass sich die verschlossene und zeitweise sogar grimmig und abweisend wirkende Normannin an die Deutschen und ihre Lebensart gewöhnt hatte. Auch wollte Dankwart sichergehen, dass sie sich mit ihrem Schwiegervater verständigen konnte. Nicht auszudenken wäre es gewesen, wenn er dem Kaiser eine hilflos stumme Frau gebracht hätte. Auch die dreiste Bemerkung des jungen Ritters vom Mittelrhein kam ihm jetzt wieder in den Sinn. Der freche Kerl hatte natürlich vollkommen recht gehabt. Doch die Heirat des Königs mit der sehr viel älteren Konstanze bedeutete nun einmal sehr viel für das staufische Haus. Auf die Gefühle der Beteiligten konnte deswegen keine Rücksicht genommen werden.

Von Foligno reisten sie damals über Piacenza und Pavia zurück nach Mailand. Dabei hatte der Gelnhausener ausreichend Gelegenheit, sich seine Meinung über die Normannin zu bilden. Mit Sicherheit würde Heinrich eine kultivierte und höfliche Frau heiraten. Doch berechtigte Zweifel, die die ranghöchsten Ministerialen des Hofes mit ihm teilten, hegte er bei der Frage, ob diese Frau dem künftigen Kaiser einen Nachfolger würde schenken können. Konstanze war schon über dreißig, ein Alter, in der Frauen bekanntermaßen eigentlich keine Kinder mehr bekamen. Doch das sollte nicht Heinrichs vorrangiges Problem sein. Er war noch jung und würde mit Sicherheit in den nächsten zwanzig Jahren etliche Kinder zeugen, mit wem auch immer. Ein geeigneter Thronfolger würde auf alle Fälle dabei sein.

Unterwegs nach Mailand erreichte sie allerdings eine bestürzende Nachricht: Kaiserin Beatrix war bereits am 15. November 1184 in Deutschland gestorben und ein dreiviertel Jahr später in Speyer auf

Geheiß ihres Sohnes, mit dem sie eigentlich nach Mailand hatte reisen wollen, beigesetzt worden. Die wichtigen Ereignisse dieser Zeit ließen dem Kaiser allerdings keine Zeit zu trauern. Mitte November war König Heinrich, der der Beisetzung beigewohnt hatte, schließlich in Mailand eingetroffen, und die Hochzeitsvorbereitungen konnten beginnen.

Jetzt war es endlich soweit. Die mit kirchlichem Segen untermauerte Verbindung des römisch-deutschen Kaiserreiches mit dem normannischen Königreich stand kurz bevor.

Mit schnellen Schritten eilte Dankwart an den Rittern vorbei in das Innere der großen Kirche. Dort hatten sich schon zahlreiche geistliche Würdenträger versammelt, die meisten waren aus Deutschland gekommen. Der Gelnhausener wusste, dass viele von ihnen sich bereits im Spätsommer, als die Kunde von der bevorstehenden Vermählung auch Deutschland erreicht hatte, auf die Reise gemacht und noch vor dem Wintereinbruch die Alpenpässe überquert hatten.

Auch zahllose Adlige aus dem Reich hatten sich bereits in dem Gotteshaus eingefunden. Es war ihren Gesichtern anzusehen, wie sehr sie dem großen Ereignis entgegenfieberten. Doch alle mussten sich noch eine Weile in Geduld üben. Die Sonne hatte ihren Zenit fast schon erreicht, als die Fanfarenstöße der Herolde endlich das Nahen der kaiserlichen Familie ankündigten.

Stunden später, die Hochzeit samt der alles in den Schatten stellenden Krönungszeremonien war längst vollzogen, die meisten der kaiserlichen Gäste waren mittlerweile volltrunken, stand Dankwart von Gelnhausen vor dem königlichen Schlafgemach. Er war nicht allein. Auch Baron Robert von Sizilien hatte sich in dem von zahlreichen Fackeln erleuchteten Gang des bischöflichen Palasts eingefunden, außerdem einige Vertraute des Königs sowie etliche Geistliche, darunter der Bischof von Vienne. Konstanze hatte bereits vor einiger Zeit mit ihrer Dienerin das Brautgemach aufgesucht, nur der Bräutigam ließ noch immer auf sich warten.

Bis auf ein sporadisches Hüsteln schwiegen die Männer. Die meisten von ihnen hatten in der riesigen Halle, die Dankwart eigens für die Hochzeitsfeier hatte zimmern lassen, etliche Becher und

Kannen Wein und Bier gezecht und Unmengen Bratenfleisch in sich hineingestopft. Jetzt waren sie hundemüde. Doch sie alle hatten noch eine Pflicht zu erfüllen.

Dankwart atmete auf, als er die vertraute Stimme Ottos vernahm. Mit leicht schwankenden Schritten kam der zwei Jahre jüngere Bruder Heinrichs zusammen mit dem König um die Ecke. Heinrich blieb sofort stehen und musterte die auf ihn wartende Gruppe mit einem spöttischen Grinsen.

„Sieh dir das an, mein lieber Otto", dröhnte er mit schwerer Stimme. „Nicht nur die Gattin wartet auf ihren Bräutigam. Eine ganze Heerschar von Beischlafzeugen hat unser werter Herr Vater mobilisiert. Schließlich muss das Reich erfahren, dass ich Manns genug bin, die Ehe zu vollziehen. Und darauf wollen wir nicht länger warten. Bringen wir es also hinter uns."

Auch er hatte ganz offensichtlich einiges getrunken, was Dankwart inbrünstig hoffen ließ, dass der frisch vermählte König im nun anstehenden entscheidenden Moment auch tatsächlich seinen ehelichen Pflichten im vollen Umfange nachkommen konnte. Mit einer beflissenen Handbewegung öffnete Baron Robert die Tür zum Brautgemach. Einige der Geistlichen warfen einen schnellen Blick in das nur spärlich erleuchtete Zimmer, senkten aber augenblicklich beschämt ihre Köpfe. Es war Heinrich anzusehen, was er in dem Moment fühlte, als er die Schwelle überschritt und die Tür hinter sich zuwarf. Einige der Geistlichen hüstelten betreten. Sie warteten vergeblich, dass die Dienerin herauskam. Doch die Tür zur Brautkammer blieb verschlossen. Während die Geistlichen verlegen auf den Boden schauten, zwinkerte Dankwart dem sizilischen Baron zu. Doch der wandte brüsk den Kopf ab. Nur Otto, bei dem der Genuss von Wein und Bier eine durchaus heitere Seite hervorzaubern konnte, machte ein unbekümmertes Gesicht und witzelte geistreich über die Irrungen und Wirrungen während der ersten Nacht im ehelichen Gemach. Als aus der Kammer ein verhaltener Aufschrei aus dem Munde der Braut drang, blickten sämtliche Geistliche wieder auf. Zwei von ihnen machten mit hektischen Bewegungen ein Kreuzzeichen, ein anderer verzog abfällig das Gesicht. Otto hingegen lächelte mit spöttisch verzogenen Lippen. Ein erneuter Aufschrei vermischte sich mit Heinrichs lautstarkem Knurren und stoßartig gehendem Atem. Nach einigen Augenblicken des Keuchens und Ächzens war kein Geräusch mehr zu hören. Auch im Gang vor der Brautkammer herrschte wieder Schweigen.

Es war Heinrich, der die Tür öffnete. Nur mit einem leichten Umhang bekleidet, der kaum sein noch immer geschwollenes Geschlecht verhüllte, trat er heftig atmend aus der Kammer. „Vergewissert euch", wies er die Männer mit herrischer Stimme an und zu Dankwart gewandt: „Die Dienerin meiner Gemahlin, ich erwarte sie in meiner Kammer! Sofort!"

Dankwart nickte und wandte sich nun ebenfalls der Brautstatt zu, an deren Rand eine zitternde Königin saß, nur notdürftig ihre Blöße bedeckend. Ein zustimmendes Raunen ging durch die Kammer. Mitten auf dem schneeweißen Laken hatte sich ein handgroßer Flecken Blut ausgebreitet. Das war der Beweis: Konstanze war, trotz ihres Alters, als Jungfrau in die Ehe mit Heinrich gegangen. Wäre es nicht so gewesen, wäre dies eine ungeheure Beleidigung des staufischen Hauses gewesen und hätte weitreichende Konsequenzen, ja sogar Krieg zur Folge gehabt. Nachdem sich alle Zeugen des Ehevollzugs wieder aus der Kammer zurückgezogen hatten, reichte Dankwart der Königin eine große Wolldecke. Konstanze zitterte noch immer, und es war nicht sicher, ob wegen der feuchten Kühle, die in dem Raum herrschte, oder wegen des gerade Erlebten. Die Königin legte sich die Decke über die Schultern und gab weiterhin kein Wort von sich. Der Gelnhausener wollte etwas sagen, doch auch er schwieg, weil er nicht wusste, ob er die richtigen Worte finden würde.

Als sich die Dienerin, es war dieselbe, die Konstanze auf dem Weg nach Rieti begleitet hatte, ihrer Herrin zuwenden wollte, machte er eine schnelle Handbewegung. „König Heinrich erwartet dich in seiner Kammer. Auf der Stelle!"

Als die Dienerin nicht reagierte, wohl weil sie nicht verstand, was der Deutsche zu ihr sagte, atmete der Gelnhausener tief ein. Doch bevor er ein zweites Mal etwas sagen konnte, kam ihm Konstanze in ihrer eigenen Sprache zuvor. Mit bleichem Gesicht und nur mühsam die Tränen unterdrückend, ging die Dienerin auf die Tür zu und blieb abwartend stehen.

„Ich hoffe, mein Gemahl hat mit ihr mehr Freude, als ich sie ihm bereiten konnte!"

Wegen des starken Akzents war Dankwart nicht in der Lage zu deuten, ob dieser Satz spöttisch, verbittert oder in der Tat aufrichtig gemeint war. Mit einem kurzen Nicken deutete er der jungen Dienerin an, schon einmal vorauszugehen. Er selbst fühlte sich plötzlich sehr unwohl, als er grußlos die Tür der Brautkammer schloss und die Königin alleine zurückließ.

Zur selben Zeit, als König Heinrich in der Kammer pflichtgemäß seine Ehe vollzog, gab sich auch Wolfram einer Frau hin. Als er Stunden später vor seinem Zelt stand, die klare Nachtluft einsog und die funkelnden Sterne betrachtete, spürte er plötzlich eine Hand auf seiner Schulter. Es war Gunther.

„Willst du heute Nacht überhaupt nicht schlafen?"

„Doch, ich werde mich gleich auf meinen Strohsack verkriechen."

„Alleine?"

Jetzt musste der junge Ritter lächeln. Mit einem Ast stocherte er in dem Feuer, das vor ihm prasselte. „Du meinst Maria?"

„Die meine ich. Oder hätte ich an Hildegard denken sollen?"

„Ach, Gunther", antwortete der Rheinboder erst nach einer Weile. „Wir sind hier in Mailand, und Hildegard ist so unendlich weit weg. Und wer weiß schon, ob und wann wir uns jemals wiedersehen."

„Ihr beide hättet doch heiraten sollen, noch bevor wir damals von Nieder-Ingelheim weggegangen sind. Wie lange kennt ihr euch schon? Es müssen mehr als zehn Jahre sein."

„Ja, vor zwölf Jahren sind wir uns zum ersten Mal begegnet. Sie trat gegen mein Schienbein, weil ich sie wegen ihrer blonden Zöpfe gehänselt hatte." Der Trechtingshausener lächelte versonnen. „Wir hatten eine schöne Zeit, aber seit dem Pfingstfest in Mainz haben wir uns voneinander entfernt."

„Aber es ist noch nicht zu spät. Ich weiß, dass Hildegard auf dich wartet. Wenn es sein muss, bis an ihr Lebensende."

Jetzt schüttelte Wolfram entschieden den Kopf. „Ich kann Hildegard nicht mehr heiraten. Ich werde Dankwart darum bitten, Maria im kaiserlichen Tross an meiner Seite mitziehen zu lassen. Ich will, dass sie in meiner Nähe ist, ganz gleich, wo wir uns gerade aufhalten."

„Ein Ritter und eine Küchenmagd?" Es war Gunther anzusehen, wie wenig er von dieser Vorstellung hielt. „Mir ist schon vor Wochen aufgefallen, dass du das Band, das Hildegard mir einst gab, nicht mehr trägst. Du hast dein Herz also tatsächlich an diese Küchenmagd verloren."

„Sprich nicht so abfällig von Maria! Sie hat in der kurzen Zeit, in der wir zusammen sind, schon sehr gut unsere Sprache gelernt. Sie ist ein kluges Ding."

Gunther gähnte demonstrativ und klopfte seinem Freund noch einmal auf die Schulter. „Tu, was du nicht lassen kannst. Ich werde die süße Kleine, die mir in den vergangenen Monaten so sehr gewogen war, jedenfalls ganz schnell wieder vergessen. Und ich verspreche dir, spätestens wenn wir wieder die Burg deiner Familie vor Augen haben, wirst du an deine Maria ebenfalls keinen Gedanken mehr verschwenden."

Mit einer grüßenden Handbewegung verschwand Gunther im Dunkeln.

„Da wäre ich mir nicht so sicher", murmelte Wolfram nach einer Weile. Er öffnete den kleinen Lederbeutel, den er am Gürtel trug, und zog das wollene Band heraus, das Hildegard ihm einst hatte zukommen lassen, als er verletzt in der Nieder-Ingelheimer Pfalz lag. Eine ganze Weile hielt er das Band in den Händen, durchlebte in wenigen Augenblicken noch einmal seine längst verloschene Liebe zu Hildegard. Dann warf er das Band ins Feuer, wo es augenblicklich verbrannte.

Mainz
1235

Jetzt erst schweigt der alte Ritter. In Gedanken versunken starrt er auf die Silhouette von Mainz. Sein junger Begleiter, der die ganze Zeit über gespannt zugehört hat, folgt seinem Blick. „Wie ich sehe, legt die Fähre gerade wie verabredet am Mainzer Ufer ab. Wir haben nicht mehr viel Zeit. Ihr müsst Euch dringend ausruhen, Herr. Die Erinnerungen haben Euch zu sehr angestrengt."

Tatsächlich schüttelt ein mächtiger Hustenanfall den gebrechlichen Körper des alt gewordenen Ritters. Es dauert eine Weile, bis er sich wieder beruhigt hat und normal atmen kann. „Ich konnte damals in Mailand ja nicht ahnen, dass meine geliebte Hildegard, die ich seit meiner Kindheit kannte, an jenem 27. Januar 1186 schon drei Wochen tot war. Ich habe es erst viele Monate später erfahren, dass schlimme Krämpfe sie in den eiskalten Raunächten nach Weihnachten heimgesucht hatten. Eines Morgens hat man sie tot in ihrem Bett gefunden. Man konnte sie erst in Würde beerdigen, als die Erde wieder für ein paar Tage aufgetaut war. Wenn ich das in Mailand an jenem Abend gewusst hätte, hätte ich das Armband nicht ins Feuer geworfen. Ich habe mich dafür lange geschämt."

Der junge Kerl macht nur einen schwachen Versuch, den erneuten Redefluss seines Meisters zu unterbrechen. Er sieht, dass die Fähre noch eine ganze Weile braucht, bevor sie am Ufer der Maaraue ankommt. Und so lässt er den alten Ritter weitererzählen.

„Heinrich legte sich in dieser Zeit mit dem neu gewählten Papst Urban III. an, besetzte den Kirchenstaat und machte den Stellvertreter Christi auf Erde, der einen Keil zwischen Kaiser und Klerus zu treiben versuchte, zu seinem Gefangenen. Doch Gunther und mich brauchten die Konflikte im Norden und in der Mitte Italiens nicht zu kümmern. Im kaiserlichen Gefolge zogen wir im Juni 1186 wieder zurück nach Deutschland."

Er lächelt versonnen, als er hinzufügt, dass Dankwart von Gelnhausen nach anfänglichem Zögern nichts dagegen gehabt hatte, Maria im Tross des Kaisers unterzubringen. So verließ die junge Italienerin ihre Heimat Mailand und folgte Wolfram von Rheinbod über die Alpen. Da der Kaiser erst für November 1186 einen Reichstag in der Gelnhausener Pfalz zusammenrief, hatte Wolfram genug Zeit, seine väterliche Burg aufzusuchen.

„Meine Mutter und meine Schwestern freuten sich wie Kinder. Nur mein Vater konnte sich eine spitze Bemerkung nicht verkneifen, als Maria ihm schüchtern entgegentrat."

Wieder lächelt Wolfram versonnen. „Es war das erste Mal, dass ich meinen Vater in die Schranken wies. Dass er nun einen Ritter des Kaisers im Hause habe und dass er Maria gefälligst als meine Frau anzusehen und ihr den entsprechenden Respekt entgegenzubringen habe, brüllte ich ihm ins Gesicht, und meine Mutter schlug entsetzt die Hände über dem Kopf zusammen. Für einen kurzen Moment dachte ich, mein Vater würde mich zum Kampf fordern. Doch diesmal beließ er es noch, entgegen seiner sonstigen Gewohnheit, bei demonstrativem Schweigen. Als sich die Wogen wieder geglättet hatten und ich mit meiner Mutter endlich einmal alleine war, berichtete sie mir schließlich von Hildegards Tod."

Jetzt hat die Fähre am Ufer der Maaraue angelegt, und Wolframs junger Begleiter muss seinen Meister mit Nachdruck dazu bringen, die Insel, die sein Schicksal so sehr bestimmt hat, wieder zu verlassen. „Eure Erzählungen sind ungemein spannend. Doch für heute muss es gut sein. Wir können auch morgen oder übermorgen noch einmal hierher zurückkommen, wenn Ihr unbedingt wollt", versichert er seinem Herrn, als die Fähre ablegt.

Bei Einbruch der Dämmerung liegt der alte Ritter endlich auf seinem Strohlager in dem alten Pilgerhospiz ganz in der Nähe des dem Rheinufer zugewandten Teils der Mainzer Stadtmauer. Obwohl er sichtlich geschwächt ist, kann er nicht einschlafen. Stattdessen berichtet er seinem jungen Begleiter weiter, was in dieser Zeit geschah.

Und so erfährt dieser, dass Friedrich Barbarossa die hohen Würdenträger der Reichskirche im November 1186 nach Gelnhausen in die mächtige Pfalz Dankwarts einberief. Dabei bekräftigte Friedrich noch einmal das verbliebene Recht des Kaisers, Einkünfte nicht besetzter Bischofssitze einzuziehen, was die Anwesenden einstimmig bestätigten. Die Wut Papst Urbans III., die darin gipfelte, den Kaiser bannen zu wollen, blieb jedoch ohne Wirkung. Der Stellvertreter Christi auf Erden starb ein knappes Jahr später. Und so erfuhr Urban III. auch nicht mehr, dass sich zur gleichen Zeit in einem anderen Teil der Welt etwas Ungeheuerliches zutrug: Am See Genezareth wurden die Christen von den Ungläubigen vernichtend geschlagen. Nach einem Jahrhundert in christlicher Hand fiel die Heilige Stadt Jerusalem wieder an die Heiden. Der Nachfolger Urbans, Papst Gregor VIII., rief sofort zum Kreuzzug auf, um die Heilige Stadt schnellstmöglich zu befreien. Doch erst achtzehn Monate später leistete Friedrich Barbarossa diesem Aufruf endlich Folge. Mit einem gewaltigen Heer brach er im Mai 1189 bei Regensburg auf.

Der Rheinboder zieht seinen Begleiter ganz nahe an sich. „Wir waren alle so voller Hoffnung und Tatendrang“, flüstert er kraftlos. „Doch es sollte nicht lange dauern, bis nicht nur unsere Hoffnungen zerstört waren.“

Das Ende eines Traums 1189 bis 1190

Der Grieche hatte nur eines im Sinn: Er wollte Wolfram töten. Doch der erfahrene Ritter erkannte sofort, dass sich in diesem Moment bewahrheitete, was Dankwart von Gelnhausen ihnen immer wieder eingeschärft hatte: Ungezügelte Wut macht blind und unvorsichtig. Als der Kerl mit verzerrtem Gesicht auf ihn zustürmte, vergaß er dabei völlig, auf seine eigene Deckung zu achten. Wolfram hatte keine Wahl, und er hatte leichtes Spiel. Mit dem ersten Streich seines Schwertes schlug der Ritter aus Trechtingshausen dem Griechen, der nur mit einer Sense bewaffnet war, den Kopf ab.

Was für ein seltsames Gefühl! Zum ersten Mal in seinem Leben erfuhr Wolfram, wie es war, einen Menschen zu töten. Doch Wolfram hatte keine Zeit, weiter darüber nachzudenken. Aus den Augenwinkeln erkannte er, dass sein Freund Gunther gegen zwei mit langen Messern bewaffnete Griechen gleichzeitig kämpfte. Mit drei schnellen Schritten erreichte Wolfram seinen Kampfgefährten und fügte einem der beiden Feinde tödliche Verletzungen zu. Dem anderen machte Gunther den Garaus. Über und über mit Blut besudelt waren nun Kettenhemden und Schwerter der beiden Ritter. Gehetzt sahen sie sich um. Die meisten ihrer Gefährten waren noch immer in Zweikämpfe verwickelt, doch gegen die Übermacht der bestens bewaffneten Deutschen waren die Bemühungen der Griechen aussichtslos. Die beiden jungen Ritter eilten ihren Kameraden zu Hilfe und erledigten sechs weitere Feinde im Handstreich.

Dimotika hieß dieses kleine Nest in Griechenland, in dem nun wahrscheinlich kein waffenfähiger Mann mehr lebte.

Warum hatten sie den Deutschen nicht einfach ausgehändigt, wonach diese verlangt hatten? Sie hätten einfach nur etwas von ihren

Nahrungsmittel rausrücken müssen. Sicherlich, sie hätten in den kommenden Wochen und Monaten vielleicht ein bisschen Kohldampf schieben müssen. Aber sie wären mit gutem Geld entschädigt worden. Stattdessen hatten sie die Deutschen nur verhöhnt und mussten ihre Starrköpfigkeit nun mit dem Tod durch das Schwert bezahlen.

Keuchend hielt Wolfram inne und streifte seine mit Blut und Gedärm verschmierte Waffe an dem Kittel eines abgeschlachteten Griechen ab. Der Leichnam des vielleicht fünfundzwanzig Jahre alten Mannes starrte ihn mit leeren Augen an. Seine Kehle war von dem Schwerthieb durchtrennt, eine riesige Blutlache hatte sich unter seinem Körper ausgebreitet.

Was mag er für ein Mensch gewesen sein, ging es Wolfram durch den Kopf. Hatte er vielleicht Frau und Kinder? Mit Sicherheit.

„Wolfram!“ Die laute Stimme Gunthers holte ihn wieder aus seinen Gedanken zurück. „Dankwart befiehlt, dass wir uns sammeln. Ich denke, wir haben alle erledigt.“

Auf dem Dorfplatz kamen sie zusammen: etwa zweihundert Ritter, die unter der Führung Herzog Friedrichs von Schwaben, eines der beiden Söhne des Kaisers, die vor mehr als fünf Jahren auf der Maaraue die Schwertleite erhalten hatten, das Dorf an diesem klaren, aber milden Novembertag des Jahres 1189 gestürmt hatten, um es auszuplündern. Von den Bewohnern war jetzt nichts mehr zu sehen. Die getöteten Männer lagen auf den Gassen und Plätzen. Die Frauen, Kinder und Greise hatten sich in panischer Angst in die Hütten und in Erdlöcher geflüchtet.

Während der Herzog schweigend auf seinem Pferd saß, verschaffte sich Dankwart von Gelnhausen Gehör, indem er mit seinem Schwert mehrmals auf sein Schild schlug. Sein Kettenhemd, sein Gesicht und sein Schwert waren ebenfalls blutverschmiert.

„Männer!“, schrie er so laut, dass es von den kleinen Hütten widerhallte. „Jeder schnappt sich so viel, wie er tragen kann. Solltet ihr angegriffen werden, von einem Griechen, der noch am Leben ist, oder auch von einem Weib oder sogar von einem Kind, dann dürft ihr euch verteidigen. Ansonsten werden die Dorfbewohner verschont! Ist das klar?“

Das zustimmende Gemurmel klang eher verhalten. Auf ein Nicken des Herzogs zerstreuten sich die Deutschen, um ihr Werk zu beenden. Wolfram und Gunther blieben zusammen, als sie mit gezogenen Schwertern in das erstbeste Haus eindrangen. Die angsterfüllten Gesichter dreier mit grauen Kitteln bekleideten Mädchen blickten ihnen entgegen. Keine von ihnen war älter als zehn Jahre, und alle hatten große dunkle Augen, die Wolfram sofort an Maria erinnerten.

„Wo mag die Mutter sein?"

Bevor Wolfram etwas entgegnen konnte, bemerkte er den Schatten. Er sah, dass Gunther mit einer blitzschnellen Bewegung sein Schwert hochhob und augenblicklich zuschlug. Erst jetzt erkannte Wolfram, dass sein Freund ihm wahrscheinlich das Leben gerettet, ihn zumindest vor einer schweren Verletzung bewahrt hatte. Die Frau, die jetzt ohne ihren abgetrenntem Kopf vor ihnen lag, hielt das lange Messer noch mit ihrer rechten Hand umklammert. Der Kopf mit den ellenlangen, pechschwarzen Haaren war über die Kinder hinweg in eine Ecke der Hütte geflogen. Der Anblick ihrer auf diese grausame Weise getöteten Mutter musste den Mädchen den Verstand geraubt haben. Statt zu schreien oder zu fliehen, verharrten sie unbeweglich und ohne einen Ton von sich zu geben auf dem Boden.

Wolfram und Gunther beachteten sie nicht weiter und nahmen alles mit, was sie für essbar hielten. Getrocknetes und gepökeltes Fleisch war darunter, außerdem Fisch und Brot, auch fremd aussehendes Obst und Gemüse. Im Lager würde der Herzog über die Verteilung entscheiden. Bevor sie die Hütte verließen, fiel Wolframs Blick noch einmal auf die Kinder. Ohne ihre Eltern und ohne Nahrung würden sie sterben. In spätestens ein paar Tagen würden sie tot sein, qualvoll verhungert oder verdurstet. Nur kurz blitzte der Gedanke durch Wolframs Kopf, die drei Mädchen gar nicht erst leiden zu lassen und sie durch sein Schwert zu erlösen. Doch dann erinnerte er sich an Dankwarts Worte und warf ihnen etwas von dem Obst zu.

Zwei Stunden später trafen sie in dem bei Adrianopel aufgeschlagenen Winterlager des Kreuzfahrerheeres ein. Hier lagerten gut fünfzigtausend Menschen: Edelleute und Ritter, hohe und niedere Geistliche, Mägde, Knechte und Diener, aber auch einfaches Fußvolk, ja sogar Bettler und Kinder. Sie alle hatten sich dem Kreuzzug Friedrich Barbarossas angeschlossen, entweder als Krieger oder als Pilger oder eben als Bedienstete. Sie hatten ihre Familien verlassen oder mitgenommen. Manche hatten alles, was sie in der Heimat besaßen, zu Geld gemacht, um an dem Kreuzzug überhaupt teilnehmen zu können. Und viele hatten ihre Untergebenen noch schlimmer als sonst ausgepresst. Sie hatten sich das Kreuz auf ihren wollenen Umhang und die Decke, die sie auf den Rücken ihres Pferdes legten, aufnähen lassen – das Kreuz, für das sie zu kämpfen und für das sie auch zu sterben bereit waren. Und nur der Allmächtige wusste, wie viele gedungene Mörder sich unter die frommen Pilger und die anspruchslosen Fußkämpfer gemischt hatten, weil sie so ihrer gerechten Strafe entgehen konnten. Sie waren der Bodensatz dieses Kreuzzuges, und Wolfram war froh, dass er mit diesem Abschaum kaum in Berührung kam.

Wie bei den Pfingstfesten, an denen der kaiserliche Ritter in den vergangenen Jahren teilgenommen hatte, schliefen die Ritter und Edelleute in großen Zelten, während das einfache Volk oft nur mit einer Decke oder einer Plane vorliebnehmen musste. Das Winterlager glich mittlerweile einer riesigen Stadt, in der jeder seine Aufgabe hatte oder zumindest fast jeder. Denn trotz der Bemühungen des Kaisers, die Moral nicht verkommen zu lassen, trieben sich immer wieder Bettler und Huren zwischen den Zelten herum. Doch Herzog Friedrich, neben seinem kaiserlichen Vater der unangefochtene Anführer des Kreuzzuges, hatte beim Aufschlagen des Lagers noch einmal keinen Zweifel daran gelassen, dass jeder, der sich mit einer Hure einließ und dabei erwischt wurde, mit drakonischen Strafen zu rechnen hatte.

Irgendwann war allerdings absehbar geworden, dass die Nahrung zur Neige gehen würde. Kundschafter wurden ausgeschickt, um nach Möglichkeiten zu suchen, Lebensmittel zu erwerben. Denn als dreiste Diebe waren die Deutschen nicht unterwegs. Als sich die Bewohner dieses Dorfes namens Dimotika jedoch weigerten, den Deutschen zu helfen, war eine schnelle Entscheidung gefordert. Herzog Friedrich persönlich hatte den Trupp zusammengestellt und den Befehl zum Sturm auf das Dorf gegeben.

Die Nahrung, die des Herzogs Mannen in Dimotika erbeuteten, war zunächst für die Mitglieder des Heereszuges bestimmt. Die Pilger, unter ihnen auch an die hundert Kinder und noch mehr gebrechliche Greise, konnten weiterhin nur mit den Abfällen und Küchenresten rechnen und mussten selbst zusehen, wie sie über die Runden kamen. Bald gab es in dem Lager keinen Hund und keine Katze mehr. Wenn der Magen knurrte, durfte man nicht wählerisch sein. Dann schmeckte auch ein zähes Katzenvieh.

Mit Unbehagen musste Wolfram beim Eintreffen im Lager daran denken, dass die vielen Säcke mit Nahrungsmitteln, die sie mit sich schleppten, höchstens für zwei Wochen reichten. Danach würde wieder der Hunger um sich greifen, mit all seinen Folgen. Erst vor drei Tagen hatte der Rheinboder zwei Kinder von höchstens zwölf Jahren sterben sehen, weil sie nichts mehr zu essen und zu trinken hatten. Doch Dankwart von Gelnhausen hatte seinen Rittern ausdrücklich verboten, mit einem Menschen zu teilen, der nicht zum Heer gehörte. Ein Ritter musste stets bei Kräften bleiben, hatte er gesagt und damit nur einen Befehl des Kaisersohns Friedrich weitergegeben.

Mit seiner Ration, bestehend aus vier großen Stücken gepökeltem Hammelfleisch, vier seltsam geformten Laiben Brot und verschiedenen Früchten, suchte Wolfram sein Zelt auf, wo bereits Maria auf ihn wartete. Die Gleichgültigkeit, die bei ihrem Wiedersehen im Gesicht seiner Frau lag, schmerzte ihn wie ein unerwarteter Stich. Vor knapp zwei Jahren war ihr kleiner Sohn Gerhard, geboren am 18. Dezember 1186, gestorben. Seitdem hatte die junge Mailänderin viel von ihrer früheren Unbekümmertheit verloren. Und als sie Anfang des Jahres eine weitere Fehlgeburt erlitt, es war bereits ihre dritte, sprach sie sogar einen ganzen Monat keinen Ton mit Wolfram.

„Bist du endlich wieder zurück, Mann", begrüßte sie Wolfram knapp, der trotz der Gleichgültigkeit in dem Tonfall so etwas wie Erleichterung über seine heile Rückkehr heraushören wollte.

Aber auch Wolfram war nicht nach Reden zumute, und so erwiderte er die Begrüßung ebenso wortkarg. Beim Essen verschwieg er seiner Frau, dass er ab heute den Tod etlicher Menschen auf dem Gewissen hatte. Kurze Zeit später ging Wolfram noch einmal zum großen Platz, wo sich abends die wenigen Spielmänner und Gaukler einfanden, die den Kreuzzug begleiteten. Da er Gunther und Dankwart nirgendwo sehen konnte, ließ er sich am Feuer nieder und schaute schweigend und in Gedanken versunken in die prasselnden Flammen, die schnell sein Gesicht erhitzten. Erst jetzt gelang es ihm, ein wenig Ruhe zu finden. Zu sehr war er noch vom Kampf aufgewühlt. Die Toten, da war er sich sicher, würden ihm so schnell nicht aus dem Kopf gehen.

Als er nach einer Weile ein Räuspern vernahm, blickte er in das freundliche Gesicht eines Mönchs, den er noch nie zuvor gesehen hatte. „Gestattet, dass ich mich Euch vorstelle, werter Ritter", sagte der Mann, dessen Alter Wolfram auf Mitte zwanzig schätzte und der mit der typisch grauen Kutte bekleidet war, wie sie alle Pilger trugen. „Ich bin Ludger, Benediktinermönch aus Kaufbeuren. Ich habe es mir auf Geheiß meines Abtes zur Aufgabe gemacht, über den Kreuzzug Friedrichs eine Chronik zu verfassen. Ich habe die bescheidene Bitte an Euch, mir zu erzählen, was in Dimotika vorgefallen ist."

Zunächst wusste Wolfram nicht, was er darauf erwidern sollte. Einerseits empfand er es als befremdlich, einem niederen Pfaffen von seinem und dem Tun seiner Kameraden zu erzählen. Doch dieser Ludger schien ein ehrlicher Mensch zu sein, und so entschloss sich Wolfram doch, ihm zu berichten. Und je mehr er erzählte, um so intensiver spürte er die befreiende Wirkung. Gegenüber Ludger verschwieg er denn auch nicht, dass er und seine Kameraden zahlreiche, darunter viele unschuldige Menschen auf dem Gewissen und dass die deutschen Ritter fast ein ganzes Dorf niedergemetzelt hatten. Und so fühlte er sich sogar erleichtert, als er Stunden später endlich auf seinen Strohsack kroch und an der Seite seiner bereits schlummernden Maria einschlief.

Die nächsten Wochen und Monate verliefen ohne einschneidende Ereignisse. Im Winterlager der Kreuzfahrer wurde Weihnachten gefeiert. Der Kaiser wies alle Ritter und Edelleute an, sich von ihren Frauen oder den Mägden Bart und Haupthaar scheren zu lassen und in die Badezuber zu steigen. Auch mussten Umhänge, Beinkleider und Hemden frisch gewaschen werden. Aber es lag wohl an der Ferne zur Heimat und an der ungewohnten und kargen Landschaft, dass sich im Lager keine weihnachtliche Stimmung einstellen wollte. Eine lähmende Niedergeschlagenheit hatte sich unter den Kreuzrittern und Pilgern breitgemacht. Doch zu Beginn des Jahres 1190 kam rege Geschäftigkeit auf. Von Dankwart erfuhr Wolfram, dass Isaak, der Kaiser des oströmischen Reiches, die lange unterbrochenen Verhandlungen mit Friedrich Barbarossa wieder aufnehmen wollte. Kurze Zeit später trafen fremdländisch aussehende Männer im Lager der deutschen Kreuzfahrer ein und wurden von den kaiserlichen Ordonnanzen auf der Stelle zum Zelt des Staufers geführt. Wieder war der Gelnhausener bei allen Verhandlungen dabei und teilte den ihm unterstellten Rittern mit, dass beide Kaiser einen Vertrag abgeschlossen hatten, der in Konstantinopel, der Hauptstadt des oströmischen Reiches, verlesen und bekräftigt werden sollte. Wichtige Einzelheiten für den weiteren Verlauf des Kreuzzuges seien in diesem Vertrag festgeschrieben: die Stellung von Geiseln, die Entschädigung für Inhaftierte, die weitere Marschroute und die Zahl der Transportschiffe, mit denen Friedrich sein Heer bald bei Gallipoli übersetzen lassen wollte. Sofort stellte sich im Lager geschäftiges Treiben ein. Nach Monaten des Nichtstuns sah es endlich nach dem lang ersehnten Weitermarsch aus.

Wenige Wochen später, der März neigte sich bereits dem Ende entgegen, stand Wolfram an der Reling eines Schiffes und kotzte sich fast die Seele aus dem Leib. Noch nie in seinem Leben war er mit einem Schiff über ein Meer gereist, und in diesem Moment schwor er bei allen Heiligen, die er kannte, diese für seinen Magen nicht auszuhaltende Qual nie mehr wieder auf sich zu nehmen. Bei heftigem Regen und stürmischen Böen hatten sie bei Gallipoli abgelegt, um die Dardanellen zu überqueren. Maria bereitete ihrem seekranken Mann sofort einen heißen und kräftigenden Sud aus mehreren Kräutern zu. Doch Wolframs Zustand besserte sich erst wieder, als er festen Boden unter den Füßen hatte. Sein Freund Gunther dagegen genoss sichtlich die für ihn ebenfalls ungewohnte Schiffsreise.

Wolfram, Gunther und knapp einhundert weitere Ritter verließen Gallipoli mit dem vorletzten Schiff sechs Tage nach dem Karfreitag des Jahres 1190. Eine ganze Woche hatte es gedauert, das gewaltige Heer samt Gefolge und Pilger überzusetzen. Jetzt stand als letzte Überfahrt nur noch die von Kaiser Friedrich und seinen engsten Getreuen aus. Dankwart von Gelnhausen und Herzog Friedrich von Schwaben würden den Kaiser begleiten. Kurz vor dem Ablegen hatte Wolfram erlebt, dass etlichen Pilgern die Überfahrt und damit die Fortsetzung ihres persönlichen Kreuzzuges ins Heilige Land verwehrt wurde. Nur wer vor der Überfahrt Proviant für mindestens sieben Tage nachweisen konnte, durfte an dem Kreuzzug weiter teilnehmen. So lautete die kaiserliche Anweisung, und Dankwart von Gelnhausen, der die Kontrollen überwachte, ließ nicht mit sich handeln. Viele Hundert blieben zurück, in einem fremden Land einem ungewissen Schicksal überlassen.

Wolfram war noch etwas übel, als er sah, wie das kaiserliche Schiff anlegte. Mit Herzklopfen beobachtete der Ritter aus Trechtingshausen, wie der Mann, der ihm vor knapp sechs Jahren in der Nieder-Ingelheimer Pfalz persönlich seinen Dank ausgesprochen hatte, langsam über die Planken des Schiffes schritt.

„Brüder, habt Mut und Zuversicht“, rief Kaiser Friedrich in diesem Augenblick und hob beide Arme. „Das ganze Land ist in euren Händen.“ Die Begeisterung, die ihm entgegenschlug, zauberte sogar ein Lächeln auf das von den Strapazen der vergangenen Monate gezeichnete Gesicht des Staufers.

Der Kreuzzug hatte eine wichtige Hürde genommen. Der Rest des Weges bis Jerusalem sollte wesentlich einfacher verlaufen, dessen waren sich alle sicher. Mit Unterstützung des oströmischen Kaisers und frisch mit Proviant ausgerüstet, den sie venezianischen Händlern in Gallipoli rechtmäßig abgekauft hatten, nahmen die deutschen Kreuzfahrer und Pilger den weiteren Weg durch Kleinasien nach Jerusalem. Und wieder führte sie die Route durch eine karge und trostlose Landschaft.

Schon wieder diese verflixten Griechen. Konnte dieses Volk, das doch angeblich große Philosophen und Denker hervorgebracht hatte, denn keine Ruhe geben? Wolfram und seine Kampfgefährten waren ziemlich überrascht, als eine undisziplinierte Horde auf sie losstürmte. Eine Zeit lang waren sie schon durch den Staub marschiert, als wüstes Geschrei sie innehalten ließ. Doch wie schon einmal war der Feind auch diesmal schlecht bewaffnet und noch schlechter organisiert. Dankwart von Gelnhausen, der diesen Teil des Heeres befehligte, wies seine Ritter an, sich zu wehren, fliehenden Griechen allerdings nicht nachzustellen. Eine solche Verschwendung der Kräfte lohnte sich nicht.

Sofort bildeten die Ritter eine undurchdringliche Phalanx. Ein Gefühl des Bedauerns stieg in Wolfram hoch, als er sah, dass der Kerl, der geradewegs auf ihn zulief, nichts anderes als einen Hammer in der Hand hielt. Dachte der Grieche tatsächlich, mit solch einem Werkzeug einen mit Kettenhemd, Schild, Kettenhaube und Schwert ausgerüsteten deutschen Ritter besiegen zu können? Ganz offensichtlich, denn er ließ auch dann nicht ab, als Wolfram warnend seine Waffe hob. Er musste dem Griechen den halben Arm abschlagen, damit der endlich begriff, dass es kein Spaß war, sich mit den Deutschen anzulegen. Entsetzt starrte der Kerl auf seinen Armstumpf, aus dem das Blut nur so herausschoss. Wahrscheinlich war er in weniger als einer halben Stunde verblutet. Mit einem Blick erkannte Wolfram, dass innerhalb kürzester Zeit ein gutes Dutzend Griechen ihr Leben verloren hatten. Mehr als zwanzig waren schwer verwundet, der Rest hatte längst den Rückzug angetreten.

„Und das nur, weil wir ihre Felder verwüstet haben?", hörte Wolfram seinen Freund Gunther verwundert sagen.

Wolfram zuckte nur mit den Schultern. Es war richtig: Sie hatten vor dieser Stadt namens Philadelphia die Felder niedergetrampelt, aber nur aus Wut über die unverschämten Preise auf dem Markt dieser durchaus ansehnlichen Stadt. Nicht wenige Händler nutzten die Lage der Kreuzfahrer nämlich schamlos aus. Natürlich hatten sie schon Tage vorher erfahren, dass der mächtige Tross des deutschen Kaisers im Anmarsch war. Natürlich hatten sie sich gegenseitig abgesprochen und sich auf unverschämte Wucherpreise geeinigt. Dankwart von Gelnhausen hatte in Erfahrung gebracht, dass sich nicht nur die Preise für eine Ziege oder ein Kalb binnen weniger Tage fast verdoppelt hatten. In die Höhe geschnellt war auch die Zeche für Bier und Wein. Wer sollte es den Kreuzfahrern also verübeln, dass sie ihrer Wut Luft verschafften und ein Zeichen setzen wollten? Sollten diese Griechen doch froh sein, dass sich keiner der Ritter an den Bewohnern vergriffen hatte. Wenn diese Idioten ebenfalls hinter der Stadtmauer geblieben wären, wäre nichts weiter passiert.

Am Abend, als Maria schon im Zelt schlief, traf Wolfram erstmals nach längerer Zeit wieder auf den Mönch, der sich ihm als Ludger vorgestellt hatte. Ganz in Gedanken versunken, kratzte der Geistliche im flackernden Licht des Lagerfeuers etwas mit seinem Gänsekiel auf ein großes Stück dünnes Leder. Als er bemerkte, von wem er beobachtet wurde, legte er das Schreibwerkzeug lächelnd zur Seite.

„Ihr seid Ritter Wolfram von Rheinbod, aus Trechtingshausen am Rhein."

Der Angesprochene lächelte milde. „Ihr erinnert Euch noch an mich?"

„Ich habe ein gutes Gedächtnis." Der Mönch vertiefte sich kurz wieder in seine Schreibarbeit und packte dann den Gänsekiel endgültig weg.

„Warum, guter Mann, schreibt Ihr das alles auf?", erkundigte sich Wolfram neugierig. Er selbst beherrschte das Lesen und Schreiben nur mäßig. Dafür waren andere im Gefolge des Kaisers zuständig.

„Nachfolgende Generationen sollen einmal nachlesen können, wie dieser Kreuzzug verlaufen ist“, antwortete der Mönch bereitwillig. „Dann sollen die Gelehrten dieser Zeit sich eine Meinung darüber bilden, ob unser Vorgehen richtig oder falsch war.“

Wolfram zog verwundert die Augenbrauen zusammen. „Habt Ihr etwa Zweifel, dass es richtig ist, nach Jerusalem zu marschieren und diese Stadt aus den Klauen der Ungläubigen zu befreien?“

„Ich nicht, aber wer weiß, wie die Menschen in einhundert oder zweihundert Jahren oder in einer noch ferneren Zukunft denken werden. Meine Aufzeichnungen sollen ihnen helfen, das dann längst Vergangene zu bewerten.“

Wolfram nickte anerkennend. „Dafür macht Ihr Euch aber ganz schön viel Arbeit.“

Der Mönch zog kurz die Schultern hoch. „Schließlich ist in den vergangenen Monaten, seit wir Regensburg verlassen haben, schon viel geschehen. Aber das Schlimmste steht uns erst noch bevor.“

„Wie meint Ihr das?“

„Nun, die Heiden werden uns Jerusalem bestimmt nicht kampflos überlassen. Dank der Chronisten, die beim ersten Kreuzzug vor einhundert Jahren dabei waren, wissen wir, dass bei der Eroberung der Heiligen Stadt sehr viel Blut geflossen ist.“

„Ihr habt diese Berichte selbst gelesen?“

Der Mönch nickte.

„Könnt Ihr mir davon erzählen? Ich meine, davon, was bei der ersten Eroberung der Heiligen Stadt geschah.“

Jetzt lächelte der Mönch wissend. „Dank der ausführlichen Berichte des großen Albert von Aachen können wir auch noch nach knapp einhundert Jahren lesen, dass die Kreuzfahrer im Juni anno 1099 ihr Lager bei Jerusalem aufschlugen. Auch sie hatten einen Weg voller Mühe und Leid hinter sich. Von den einst hunderttausend Pilgern waren nur noch zwanzigtausend übrig geblieben. Doch die Stadt einzunehmen und sie der Gewalt der Muslime, so nennt man die Ungläubigen, zu entreißen, erwies sich als sehr schwierig.“

Und weiter erfuhr ein gebannt lauschender Wolfram, wie die Kreuzfahrer große Belagerungsmaschinen bauen mussten. In den folgenden Tagen kam es immer wieder zu kleineren Gefechten. Doch erst als die Belagerungsmaschinen fertig gestellt waren, konnte der Sturm auf die Stadt beginnen. Es war die Nacht zum 14. Juli 1099.

Der Mönch senkte seine Stimme, als er fortfuhr. „Was folgte, waren ein unvorstellbares Gemetzel und ein nie dagewesenes Blutbad. Den Ungläubigen wurden die Köpfe abgeschlagen, dass das Blut in Strömen durch die Gassen, Tempel und königlichen Hallen floss. Andere wurden verbrannt, wieder andere machten ihrem Dasein selbst ein Ende, indem sie von hohen Mauern oder Türmen in die Tiefe sprangen. Niemand wurde am Leben gelassen, auch Frauen und Kinder wurden nicht verschont. Selbst Neugeborenen, die an der Brust ihrer Mutter gerade Milch saugten, wurden die kleinen Köpfe eingetreten. Erst als die christliche Ordnung wiederhergestellt war, wuschen sich die Kreuzfahrer die Hände rein, zogen frische Kleidung an und dankten Gott."

Jetzt schwieg der Mönch und auch Wolfram musste den Bericht erst auf sich wirken lassen. „Warum?", fragte er nach einer Weile. „Warum dieser unversöhnliche Hass und dieses Blutvergießen?"

Ludger zuckte mit den Schultern. „Vielleicht können die Ungläubigen nicht anders. Vielleicht liegt es in ihrer Natur, sich gegen die Christen zu wenden, wann immer sie die Gelegenheit dazu haben."

„Gibt es keine Möglichkeit des friedlichen Miteinanders?"

Jetzt musste Ludger lachen. Es war ein trockenes Lachen. „In tausend Jahren vielleicht, werter Wolfram, in tausend Jahren vielleicht."

*

Die Zunge des Rheinboders klebte am Gaumen und er musste sich zwingen, nicht den Wasserschlauch anzusetzen und ihn in einem Zug leer zu trinken. Dieser verdammte Staub und diese unerträgliche Hitze! Der feine, mehlartige Staub kroch durch die kleinsten Ritzen, die Hitze gab einem ständig das Gefühl, an einem befeuerten Backofen zu sitzen. Wolframs Lippen waren rissig, die Haut seines Gesichtes verbrannt, Haare und Bart verfilzt und struppig. Das Marschieren war längst zu einer nie gekannten Qual geworden. Die Füße brannten und schmerzten, ebenso die ungeschützte Haut, auf die unablässig die Sonne brannte.

Es war der letzte Tag im April. Und doch brannte die Sonne heißer vom Himmel als an den meisten Julitagen in Deutschland. Und dann immer wieder diese Angriffe wie aus heiterem Himmel! In den kargen und zerklüfteten Bergen rechts und links des Wegs hatten sie sich verschanzt. Turkmenen wurde dieses den Türken ähnliche Reitervolk genannt, und sie griffen die Kreuzfahrer immer wieder mit einem Hagel an Pfeilschüssen aus dem Hinterhalt an. Zu Tode gekommen war dadurch noch keiner. Zu weit entfernt hatten sich die Schützen verschanzt, zu schwach war deshalb die Kraft der Pfeile. Aber, das wusste Wolfram, es hatte schon Verletzte gegeben, besonders unter den Pilgern, die sich nicht mit Eisen und festem Leder schützen konnten.

Doch längst verfluchte Wolfram sein schweres Kettenhemd. Wie schon einmal, als sie vor Jahren die künftige Königin Konstanze bei Rieti in Italien abgeholt hatten, glaubte der Ritter auch jetzt wieder, bei lebendigem Leib geröstet zu werden. Seltsamerweise wurden die Nächte noch immer so kalt, dass Maria oft zähneklappernd unter ihrer Decke lag und sich auch von den Umarmungen ihres Mannes kaum wärmen ließ. Doch schon wenige Stunden nach Sonnenaufgang war es bereits so heiß, dass der Schweiß in Strömen floss. Und Wolfram machte sich nichts vor. Von Woche zu Woche würde es heißer werden. Davor hatte Ludger ihn gewarnt, der die alten Chroniken studiert hatte. Kühlende Gewitter gab es in diesem Landstrich so gut wie gar nicht.

Zwischen dem Ritter und dem Geistlichen hatte sich in den vergangenen Wochen so etwas wie Freundschaft entwickelt. Wolfram mochte den Mönch, der einen gebildeten Eindruck machte und auf jede Frage eine kluge Antwort hatte.

Auch Wolframs altem Freund Gunther machte die Hitze zu schaffen. Beide Ritter waren längst von ihren Pferden abgestiegen, um die Tiere zu schonen. Diesen eindringlichen Rat hatte ihnen Dankwart von Gelnhausen gegeben, der ebenfalls zu Fuß unterwegs war und sein bereits sichtlich abgemagertes Pferd neben sich führte. Doch was sollten sie tun, wenn die Tiere am Wegesrand verreckt waren? Ihre Ausrüstung und Waffen bis nach Jerusalem selbst schleppen?

Gestern war eine der Küchenmägde aus Marias Gesindetrupp gestorben, abends ein Kind. Einfach umgekippt waren sie und liegen geblieben. Maria war die Einzige, die nach ihnen geschaut hatte. Doch sie konnte nur ihren Tod feststellen. Steinhart war die Erde in diesem Landstrich, und so war es nicht möglich, die Toten in christlicher Tradition zu begraben. Also legte einer der Mönche Decken über die Leichen, beschwerte das alte Tuch mit Steinen und segnete die Verstorbenen mit einem flüchtigen Kreuzzeichen.

Ein Röcheln lenkte Wolfram ab. Das Pferd eines Ritters, Wolfram kannte ihn nur flüchtig, war mit den Vorderbeinen eingeknickt. Unfähig wieder aufzustehen, blieb es einfach auf der Seite liegen und legte jetzt auch den Kopf auf den Boden. In einer, spätestens in zwei Stunden würde es tot sein. Wolframs Gefühl des Bedauerns, dass der Ritter nun ohne Ross durchkommen musste, wich schnell dem Grausen. Wie der Rheinboder mit verschleiertem Blick sah, zog der Kerl seinen Dolch, schnitt dem noch lebenden Tier die Halsschlagader auf und schnappte mit der Zunge gierig nach dem heraussprudelnden Lebenssaft. Ein Ritter trank das Blut seines Pferdes! Wolfram hatte Mühe, den aufkommenden Brechreiz zu unterdrücken. Erschüttert und angeekelt wandte er sich ab. Welchen Durst, welche Qualen musste ein Mensch erleiden, dass er keine Skrupel hatte, sein Pferd abzustechen und das warme Blut zu trinken? Nach wenigen Augenblicken war der Spuk vorbei und das Tier tot.

Der über und über besudelte Ritter rülpste, wischte sich den blutverschmierten Mund ab und begegnete trotzig den entsetzten Blicken seiner Kameraden. „Wäre sowieso bald verreckt“, murmelte er teilnahmslos und setzte einen erneuten Rülpser nach.

„Möge Gott uns davor bewahren, dass auch uns einmal ein solches Schicksal ereilt“, murmelte ein völlig fassungsloser Gunther. Dem hatte Wolfram nichts entgegenzusetzen.

Als der Trechtingshausener abends auf sein Strohlager fiel, übermannte ihn sofort ein traumloser Schlaf. Doch viel zu schnell wurde er wieder geweckt. Hörnerstöße rissen die Ritter aus dem Schlaf, Alarmrufe gellten durch das Lager, die keinen Zweifel ließen: Der Feind griff an. Blitzschnell war Wolfram wieder wach, legte in Windeseile sein Kettenhemd an, warf seinen mit dem roten Kreuz der Kreuzfahrer bestückten Umhang über, drückte seine geliebte Maria noch einmal an sich und stürmte nach draußen. Dort wartete bereits der ebenfalls für den zu erwartenden Kampf gerüstete Gunther auf ihn.

„Es sollen Türken sein", rief der seinem Kampfgefährten zu. „Zu Tausenden sollen sie sich uns entgegenstellen. Der Herzog hat den sofortigen Angriff befohlen."

Augenblicklich schnellte Wolframs Herzschlag in die Höhe. Es war keine Angst, die er spürte, sondern nur der unbändige Wille, die nächsten Stunden zu überleben.

Die Türken, das bekamen die Deutschen schnell zu spüren, waren aus einem anderen Holz geschnitzt als die Griechen oder die Turkmenen. Sie stürzten sich todesmutig auf die Kreuzfahrer, die es mit einem wesentlich besser bewaffneten Gegner zu tun bekamen. Im fahlen Licht des Vollmondes sah Wolfram leicht geschwungene Schwerter, die ihm höllisch scharf erschienen.

„Zum Angriff, Ihr mutigen Ritter!" Es war die Stimme des Herzogs von Schwaben, die nun über das Schlachtfeld gellte. „Zum Ruhme Gottes und zum Ruhme unseres Vaterlandes!"

Mit Geschrei stürmten zuerst die unzähligen Knappen und Schildknechte los, gefolgt von den Rittern. Wie in den Wochen zuvor kämpften Wolfram und Gunther Seite an Seite. Seit mehr als fünfzehn Jahren kannten sie sich nun schon, und sie wussten, dass sie sich blind aufeinander verlassen konnten. Und so war es zuerst Gunther, der einen feigen Türken, der sich Wolfram von hinten näherte, gerade noch rechtzeitig töten konnte. Wenig später war es umgekehrt. Vier Feinde hatten Gunther eingekreist, und es war nur Wolframs blitzschnellem Eingreifen zu verdanken, dass sein Gefährte, auf den die Hiebe der geschwungenen Schwerter nur so einprasselten, nicht sein Leben aushauchte.

Neben den beiden schnitt ein mit sich überschlagender Stimme schreiender Ritter einem Türken die Kehle durch und versetzte einem anderen einen Hieb, der dem Feind den Kopf spaltete. Mittlerweile waren alle Deutschen über und über mit Blut besudelt. Und das Abschlachten hatte noch lange kein Ende gefunden.

Die aufgehende Sonne stand schon ein gutes Stück über dem Horizont, als sicher war, dass die Deutschen diese mörderische Schlacht gewonnen hatten. Vor Freude und Erleichterung laut brüllend und frenetisch auf die Schilde schlagend feierten sie ihren Sieg und schlugen damit die letzten überlebenden Türken in die Flucht. Als sie sich um Herzog Friedrich scharten, bemerkte Wolfram, dass der Sohn des Kaisers im Gesicht verletzt war. Mehrere Zähne waren ihm im Kampf ausgeschlagen worden, seine Oberlippe blutete. Auch andere Ritter waren verletzt, glücklicherweise nur leicht. Ein Ritter jedoch, ein junger Kerl aus dem Kölner Raum, hatte sein Leben verloren. Er wurde unter Steinen begraben, da es auch in dieser karstigen Gegend, wo kaum ein Baum und Strauch wuchs, nicht möglich war, eine tiefe Grube auszuheben.

Jetzt wurden dem Herzog zwei Männer zugeführt. Es waren die einzigen Türken, die im Kampf gefangen genommen worden waren. Noch einmal entstand kurz Verwirrung, als es einem der beiden Kerle gelang, die Fesseln abzustreifen. Mit lautem Gebrüll in unverständlicher Sprache wollte er sich auf den Herzog von Schwaben stürzen, doch er kam keine drei Schritte weit. Mit einem gezielten Schwerthieb schlug Dankwart von Gelnhausen dem Wahnwitzigen den Kopf ab und steckte die Waffe wortlos wieder ein. Jetzt fiel der andere Gefangene in den Staub und senkte ergeben den Kopf. Die deutschen Ritter waren reichlich verblüfft, als er in ihrer Sprache demütig darum bat, verschont zu werden. Dafür würde er sich als Führer zur Verfügung stellen, versprach er eifrig. Denn er habe eine Frau und zehn Kinder. Die wolle er irgendwann, wenn ihm der deutsche Kaiser gnädigerweise die Freiheit schenke, wiedersehen.

Nach einem kurzen Zögern nickte der Herzog. „So soll es geschehen."

Und so verließen die Kreuzfahrer das Gebirge und nahmen Kurs auf eine weite Ebene. Wolfram und Gunther bildeten zusammen mit einer Hundertschaft die Nachhut. Der Haupttross war gerade außer

Sichtweite, als Dankwart von Gelnhausen einen Pfiff ausstieß. Sofort hielten seine Mannen inne und folgten mit flackernden Augen dem Fingerzeig des Edelmannes. Wolfram konnte es sofort erkennen. Unweit der Marschroute zogen Türken des Weges.

Über das Gesicht des Gelnhauseners zog ein grimmiges Lächeln, als er mit seinem Schwert ein Zeichen gab. „Die knöpfen wir uns vor."

Vergessen war der Ratschlag, die Pferde und die eigenen Kräfte zu schonen. Die Ritter saßen augenblicklich auf und gaben ihren geschwächten Rössern die Sporen. Kurze Zeit später hatten sie eine Gruppe von rund vierzig Männern eingekreist, die mit Lasttieren unterwegs und nur unzureichend bewaffnet waren. Es wurde ein ungleicher Kampf, nach dessen Ende die Türken, die alle in wallende, blütenweiße Gewänder gekleidet waren, niedergemetzelt im Sand lagen.

Bevor sich die Ritter der Vorräte und Waffen der Getöteten bemächtigten, hob Dankwart von Gelnhausen noch einmal sein blutverschmiertes Schwert. „Zu keinem im Lager ein Wort! Verstanden?"

Das lautstarke Rufen seiner Kameraden, die zur Bekräftigung auf ihre Schilde schlugen, signalisierte ihm, dass er sich darauf verlassen konnte. Der Kaiser und auch der Herzog würden von dem eigenmächtigen Handeln nichts erfahren. Während Wolfram nur ein wenig getrocknetes Fleisch und Dörrobst an sich nahm, hatten die anderen keine Skrupel, sich der Ringe, Dolche und Ledergürtel zu bemächtigen, die die Türken mit sich getragen hatten. Bei der nächsten sich bietenden Gelegenheit würden sie die Beute gegen Nahrung eintauschen.

Abends saß Wolfram wieder mit dem Mönch zusammen, der sofort spürte, dass der Ritter etwas auf dem Herzen hatte, aber nicht den Mut fand, darüber zu sprechen. Erst nachdem Ludger Wolfram den Sinn des Beichtgeheimnisses klargemacht hatte, offenbarte sich der Trechtingshausener entgegen der Anweisung des Gelnhauseners. Mit verschlossener Miene schrieb Ludger seinen Bericht über das Gemetzel an den unbewaffneten Türken nieder.

Pfingsten des Jahres 1190 feierten sie in sengender Hitze auf einer weiten Ebene, die nichts bot außer Sand, Staub, Felsbrocken, kümmerlichen Sträuchern und mickrigen Bäumen. Mit Wehmut musste Wolfram an die Pfingstfeste in Deutschland denken, die stets voller Pracht verlaufen waren. Von diesem kaiserlichen Glanz war in dieser gottverlassenen Gegend nichts zu spüren. Der Ritter aus Trechtingshausen brauchte nur in die Gesichter seiner Kameraden zu schauen, um zu sehen, wie es auch um ihn bestellt war. Ausgemergelt waren die geschundenen Körper, rotbraun verbrannt und rissig die von Flöhen zerbissene und von Stechmücken zerstochene Haut. Struppig und verdreckt waren Bärte und Haupthaar. Sie alle stanken entsetzlich, und Wolfram war sich sicher, dass auch er nicht gerade nach teuren Ölen duftete. Wann hatten diese ungeheuren Strapazen endlich ein Ende?

Tage zuvor waren sie erneut von Türken angegriffen worden, und wieder mussten diese eine verheerende Niederlage einstecken. Doch als schlimmere Feinde, weil mit normalen Waffen nicht zu besiegen, erwiesen sich einmal mehr Hunger und Durst. Erneut mussten Gunther und Wolfram mit ansehen, wie Kameraden ihre schwachen Pferde töteten, deren Blut tranken und das rohe Fleisch aßen. Entsetzen konnte dieses Handeln keinen der abgestumpften Ritter und Pilger mehr. Glücklich konnte sich der schätzen, dem es gelang, eine streunende Katze oder einen umherlaufenden Hund zu fangen. Selbst kleine, ungemein flinke und unheimlich aussehende Tiere mit langen, dünnen Schwänzen, die Wolfram und Gunther noch nie in ihrem Leben gesehen hatten, vertilgten die Verzweifelten, um sich Stunden später, von unmenschlichen Krämpfen geschüttelt, zu übergeben. Steinhart war bei den meisten der Kot, der nur unter schlimmsten Schmerzen seinen Weg ins Freie fand.

Nur wer noch genug Geld hatte, war in der Lage, die horrenden Preise zu bezahlen, die die wenigen fahrenden Händler, die ihren

Weg kreuzten, forderten. Und dafür gab es meist nur brackiges Wasser, steinhartes Brot oder versalzenen Käse. Längst bereute es der Rheinboder, dass er nicht ebenfalls von den niedergemetzelten türkischen Handelsleuten wertvolle Beute hatte mitgehen lassen.

Wolfram und Maria waren mit einer ansehnlichen Summe Geld zu dem Kreuzzug gestartet. Für Wolframs Vater war es eine Selbstverständlichkeit gewesen, seinem Sohn alles mit auf den Weg zu geben, was die Schatullen der Burg hergaben. Doch auch dieser Vorrat war bis auf einen kümmerlichen Rest zusammengeschmolzen. Durch Marias Arbeit im Küchendienst waren Wolfram und sein Kampfgefährte Gunther ein wenig privilegiert. Die in der Küche anfallenden Reste, die noch vor wenigen Monaten nur die armen Bettelmönche und die mittellosen Pilger abbekommen hatten, verschwanden mittlerweile längst in den Zelten der beiden Ritter.

Andere hatten schon vor Tagen ihren Helm, manche sogar ihren Schild versetzt. Doch wer nichts zu verkaufen hatte und wer noch nicht einmal einen Brocken steinharten Käse oder wenigstens ein Stück altes Brot zu essen fand, dem half nur noch das Beten. Und manch einfacher Fußsoldat, der nichts mehr hatte als nur die längst zu Fetzen zerschlissene Kleidung auf seiner Haut, setzte sich einfach am Rande der Marschroute auf den Boden und wartete auf ein Wunder. Doch Wolfram, dessen Trupp erneut die Nachhut bildete, hatte es selbst mit ansehen müssen, wie statt eines Wunders nur der Feind über die armen Teufel hereinbrach und ihnen die Köpfe abschlug.

„So sind sie wenigstens zu Märtyrern Christi geworden“, sagte dazu Ludger, der Mönch, dem Wolfram davon berichtete.

Es war der 13. Mai anno 1190, als Späher erneut den Anmarsch einer türkischen Armee ankündigten. Eine weitere mörderische Auseinandersetzung würde unausweichlich sein. Beim sonntäglichen Gottesdienst hielt der Bischof von Würzburg eine Predigt, die allen Rittern durch Mark und Bein ging.

„Das Süße schmeckt dem besser, der vorher das Bittere gekostet hat. So wird das ersehnte Heil nach unseren Beschwerden alles verklären. Die Erinnerung daran wird euch alle stärken“, rief der ebenfalls von den unsäglichen Qualen und Entbehrungen der vergangenen Monate gezeichnete Bischof und streckte seine Hände theatralisch gen Himmel.

Auch Friedrich Barbarossa zeigte sich von den Worten beeindruckt. Mit einer Handbewegung verschaffte er sich Gehör. „Ich fordere euch hiermit alle zum Kampf auf“, hallte seine gewaltige Stimme über den Platz. „Wer sich als Feigling erweist, der braucht gar nicht erst mit uns weiterzuziehen.“

Und als die Ritter wie auf ein geheimes Kommando ein uraltes Kampflied anstimmten, schimmerten in den Augen des alten Kaisers sogar die Tränen. Als er sich auf die Knie fallen ließ und die Hände faltete, folgten ihm nach und nach alle anderen und begannen ein inbrünstiges Gebet.

Am nächsten Morgen, als sich die Deutschen zur Schlacht formierten, knurrte nicht nur Wolframs Magen. Er hatte am Abend vorher wenigstens ein handballengroßes, bestimmt eine Woche altes Stück Brot zu essen gehabt, während andere bereits seit Tagen darbten. Manche hatten sich einen schrecklich schmeckenden Sud aus Blättern und Baumrinde zubereitet, den sie angewidert hinunterwürgen mussten. Aber der Hunger war wie ein wildes Tier, das im Körper tobte und einem dabei die Sinne raubte. Durch nichts war es zu besänftigen, außer mit dem, was im Magen landete. Und wenn es nun einmal kein Fleisch, kein Obst oder Käse sein konnte, dann musste es in der Not, in der der Teufel bekanntlich Fliegen frisst, eben etwas anderes sein. In solch einer Lage konnten sogar gallige Blätter und harte Baumrinde wenigstens für einige Stunden etwas Linderung verschaffen.

Doch jetzt hatte Wolfram keine Zeit, seinen Gedanken über den Hunger und seinen Sehnsüchten nach einem herzhaften Essen nachzuhängen. Denn was er sah, traf nicht nur ihn wie ein Hammerschlag. Was sich dunkel und drohend am Horizont abzeichnete und langsam näher kam, war eine imposante Armee, das gewaltigste Heer, das Wolfram je gesehen hatte. Wie sollten sie diesen übermächtigen Feind besiegen, fragte sich nicht nur der Trechtingshausener.

„Gütiger Himmel“, murmelte ein junger Ritter, der direkt neben Wolfram auf einer lausigen Schindmähre saß und ein Zittern seines

Körpers nicht unterdrücken konnte. Er war nur mit einer angerosteten Streitaxt bewaffnet. Alles andere hatte er bereits versetzt.

„Wie viele mögen das wohl sein? Ihr Näherrücken hört sich ja an wie …“ Es fehlten ihm die Worte.

Auch Wolframs Herz schlug jetzt bis zum Hals. Unwillkürlich umklammerte er mit der rechten Faust den Knauf seines Schwertes. „Grundgütiger! Es hört sich an wie das ferne Donnergrollen eines näher kommenden Gewitters. Selbst die Erde zittert. Es müssen Tausende, Abertausende Berittene sein, bewaffnet mit diesen höllisch scharfen Krummschwertern und diesen nadelspitzen Dolchen. Und wir sind vielleicht fünfhundert zu Pferd, möglicherweise auch sechshundert, auf keinen Fall mehr. Der Himmel steh uns bei!“

Der Rheinboder warf seinem Kampfgefährten Gunther einen schnellen Blick zu. Leichenblass war sein Freund, in dessen Augen die nackte Angst lag. Noch nie in seinem Leben hatte Wolfram seinen Freund so verängstigt gesehen. Ganz offensichtlich hatte er mit seinem Leben abgeschlossen. Für einen kurzen Moment stieg die Panik in Wolfram hoch, und er hätte beinahe dem unwiderstehlichen Impuls nachgegeben, seinem Pferd die Sporen zu geben und einfach wegzureiten. Aus den Augenwinkeln heraus sah er, wie Gunther ein Kreuzzeichen machte. Nach einem kurzen Zögern tat er es seinem alten Freund nach, und auch der junge Ritter folgte dem Beispiel der erfahrenen Kameraden. Sie alle schickten ein Stoßgebet zum Himmel.

„Edle Ritter!“

Es war die unverkennbare und trotz der aussichtslosen Lage kraftvolle Stimme des Herzogs von Schwaben, die Wolfram wieder etwas Zuversicht gab. Der Sohn des Kaisers hatte sich in den vergangenen Monaten als umsichtiger Heerführer erwiesen, dem sie alle blind vertrauen konnten. Mit seinem pechschwarzen Hengst preschte Friedrich an der Reihe seiner Kämpfer entlang. In seiner rechten Hand hielt er ein Kreuz, auf dessen Spitze ein Adler thronte.

„Ritter, die ihr mitgezogen seid, das Heilige Jerusalem zu befreien! Mit diesem weithin sichtbaren Zeichen unseres Glaubens werden wir uns dem Feind entgegenwerfen. Mit Christi Hilfe werden wir die Ungläubigen besiegen!“

Diese Worte lösten nicht nur in Wolfram ein noch nie gekanntes Gefühl der Euphorie aus. Vergessen waren Hunger und Durst, wie weggeblasen die Angst. Mit ohrenbetäubendem Gebrüll jagten die Berittenen auf dieses Kommando hin los, gefolgt von den Kriegern zu Fuß. Auch sie schienen die Strapazen und Qualen der vergangenen Tage und Wochen vergessen zu haben. Wie in einem Traum sah Wolfram den Feind näher kommen, und wie im Traum schlug er Augenblicke später auf alles ein, was sich ihm entgegenstellte. Er brauchte nicht nachzudenken. Wann immer er ein wallendes Gewand, schwarze Augen, einen sorgsam gestutzten Bart oder ein Krummschwert wahrnahm, schlug er mit aller Kraft zu, fügte seinen Feinden fingertiefe Fleischwunden zu, schlug Köpfe und Arme ab. Blut, Gehirnmasse und Gedärm spritzten ihm entgegen und besudelten ihn vom Helm bis zu den Stiefeln. Verschwunden waren der Hunger und das Gefühl der körperlichen Schwäche, das ihn schon seit Wochen ständig begleitete. Wolfram kämpfte wie im Rausch.

Nach einer Weile begann er sich zu wundern, dass er selbst noch nicht einen Kratzer abbekommen hatte. Hatte er dieses Wunder der schützenden Hand Christi zu verdanken? So musste es sein! Nur der Sohn des Allmächtigen konnte seine schützende Hand über die Ritter halten. Von einem plötzlich aufkommenden Gefühl der Unbesiegbarkeit angetrieben, hieb der Trechtingshausener noch wilder auf die Türken ein, schlug ihnen Köpfe und Gliedmaßen ab, stach laut schreiend auf sie ein, selbst wenn sie, nur noch den letzten Atemzug ausröchelnd, besiegt vor ihm im Staub lagen.

Er wusste nicht, wie lange das Töten dauerte, doch urplötzlich erklang der lang gezogene Stoß der Hörner. Der Kampf war beendet. Verwundert und jetzt völlig am Ende seiner Kräfte blickte Wolfram auf. Der eben noch staubige Boden um ihn herum war blutgetränkt und übersät mit Toten und Schwerverletzten. Doch welch ein Wunder! Soweit er schaute, es war kein einziger Deutscher darunter. Er selbst war ebenfalls unverletzt. Nicht den kleinsten Kratzer hatte er abbekommen. Wolfram öffnete seine rechte Faust und ließ sein Schwert zu Boden fallen. Und wie schon am Tag zuvor sank er auf die Knie, faltete die Hände und schickte ein Dankesgebet gen Himmel. Dann konnte er sich nicht mehr zurückhalten. Hemmungslos schluchzte der Ritter, bis er eine Hand auf seiner Schulter spürte. Es war Gunther, der ebenfalls völlig am Ende seiner Kräfte, aber dank Gottes Hilfe unverletzt geblieben war.

„Es ist vorbei, mein Freund“, murmelte er und half seinem Kampfgefährten, sich wieder aufzurichten.

„Manche von ihnen sagen, sie hätten den Heiligen Georg gesehen!“ Die Dämmerung war mittlerweile über das Land hereingebrochen, und zu viert saßen sie am Lagerfeuer. Gunther und Wolfram schauten Ludger verwundert an, während Maria einen erstaunten Laut von sich gab.

„Ja“, wiederholte der Benediktinermönch aus Kaufbeuren. „Einige wollen auf dem Schlachtfeld den Heiligen Georg gesehen haben. In weiße Gewänder gekleidet, sei er auf einem schneeweißen Ross zwischen den Reihen unserer Männer geritten und habe in Christi Namen seine schützende Hand über unsere Kämpfer gehalten.“

Maria schüttelte ungläubig den Kopf und legte ihren Arm um die Schulter ihres Mannes, dem die Anstrengungen des Kampfes noch immer anzusehen waren.

„Das möchte ich wohl beeiden“, dröhnte in diesem Moment Dankwarts Stimme. Der Gelnhausener hatte ein wenig zu viel getrunken, doch er stand kerzengerade und schwankte noch nicht einmal. „Ich schwöre euch, ich selbst habe ihn gesehen. Ja, es war der Heilige Georg. Wie auch sonst war es möglich, dass ein Haufen halbverhungerter Ritter eine bestens ausgerüstete Armee der Türken vernichtend schlagen konnte. Achtzehntausend tote Feinde haben wir gezählt, darunter zehn türkische Fürsten und der Sohn des Sultans. Aber wir haben gerade einmal ein Dutzend Männer verloren. Wer, das frag ich euch, soll uns jetzt noch davon abhalten, Jerusalem aus den Händen der Ungläubigen zu befreien?“

Am 17. Mai erreichten sie Ikonion, eine Stadt von der ungefähren Größe Kölns, wie ihnen Dankwart von Gelnhausen berichtete. Selbst dieser sonst vor Kraft stets strotzende Ritter war mittlerweile vom Hunger schwer gezeichnet und nur noch ein Schatten seiner selbst. Das von einem struppigen Bart umrahmte Gesicht war eingefallen, der einst so stattliche und muskulöse Körper ausgezehrt. Auch Wolfram fiel es immer schwerer, nicht auf das allgegenwärtige Hungergefühl zu achten. Die ebenfalls übel gezeichnete Maria, die während der entbehrungsreichen Zeit nie ihr Schicksal beklagt hatte, war am Morgen mit Krämpfen zusammengebrochen. Es war Ludgers Güte zu verdanken, dass er ihr ein paar Brocken von seinem längst hart gewordenen Brot überließ, an dem sie sich wenigstens ein bisschen stärken konnte.

Gestern hatte der Trechtingshausener ein Gespräch zwischen zwei Rittern mitbekommen. Wie Menschenfleisch wohl schmecke, hatte der eine gefragt. Nie im Leben werde er den Leichnam eines toten Kameraden antasten, hatte der andere erwidert. Wenn er irgendwann Menschenfleisch essen müsse, um zu überleben, dann höchstens das von einem Kind oder einer jungen Küchenmagd. Mit Schaudern hatte sich Wolfram abgewandt. Der Hunger, so viel hatte ihn das kurze Gespräch gelehrt, kehrte aus den Menschen die Bestie heraus. Der Rheinboder konnte es sich gut vorstellen, dass nicht wenige unter den Rittern das Fleisch eines Menschen zu sich nehmen würden, würde diese Freveltat sie vor dem Verhungern retten. Würde er selbst zu diesem äußersten Mittel greifen? Er wusste es nicht, wohl auch, weil er kaum noch einen klaren Gedanken fassen konnte.

Wolfram und Gunther gehörten zu dem von Dankwart von Gelnhausen angeführten Trupp, der die Umgebung von Ikonion erkundete. Mittlerweile hatten sie unter sengender Hitze gartenartige Felder erreicht, wo jedoch nichts wuchs, womit sie hätten ihre Mägen füllen können. Wenigstens stießen sie auf einen Brunnen, an dessen klarem Wasser Mensch und Tier sich labten. Doch bei den meisten führte das kalte Wasser augenblicklich zu unmenschlichen Krämpfen.

Mit grimmigem Gesicht starrte der Gelnhausener auf die Mauern der Stadt. „Dahinter befindet sich alles, was wir zum Überleben brauchen. Wir reiten zurück! Ich will hören, was der Kaiser und der Herzog von Schwaben dazu sagen."

Kurze Zeit später war die Entscheidung gefallen. Mit insgesamt dreihundert Rittern sollte Friedrich von Schwaben die Stadt Ikonion im Sturm nehmen. So lautete die Anweisung des Kaisers, der den Großteil des Heeres in der Hinterhand hielt, um gegen eventuelle Angriffe der Türken gewappnet zu sein.

Und wieder töteten Wolfram, Gunther und die anderen Ritter wie im Rausch. Schwach war die Gegenwehr am Stadttor von Ikonion. Und so gelangten die Deutschen ohne Verluste in die Stadt. Und auch innerhalb der Mauern tobte ein ungleicher Kampf. Kurz blitzte in Wolframs Kopf der Gedanke auf, woher er diese Kraft nahm, immer wieder das Schwert zu heben und den Feinden Köpfe und Gliedmaßen abzuschlagen. Nur einmal stockten dem Trechtingshausener Atem und Kräfte. War da nicht eine weiße Lichtgestalt, die direkt neben dem Sohn des Kaisers stand?

Das muss ein Engel sein, schoss es ihm durch den Kopf, ein Gedanke, der ihm zusätzliche Kräfte verlieh. Und die brauchte er auch, denn mit fünf Gegnern auf einmal musste er es in diesem Moment aufnehmen. Als er sie niedergemacht hatte, war die Gestalt verschwunden. Dafür hörte er Friedrichs Rufen.

„Er hat sich in der Burg verschanzt. Dieser Hurensohn hat sich einfach versteckt."

Erst wusste Wolfram nicht, wen der Herzog gemeint haben könnte, doch dann fiel es ihm wieder ein. Ikonion war der Sitz des Sultans mit Namen Kilidsch Arslan. Mit verschleiertem Blick und keuchendem Atem musterte Wolfram die Burg. Er erkannte sofort, dass die jetzt völlig entkräfteten Ritter diese unmöglich auch noch einnehmen konnten. An solch ein Wunder war nicht zu denken. Gleiches dachte wohl auch der Herzog, der sich erneut Gehör verschaffte.

„Ritter! Holt euch alles Essbare, was ihr findet! Stärkt euch mit Wasser, Fleisch, Brot und Früchten. Aber esst in Maßen und schlingt nicht alles in euch hinein, sonst werden fürchterliche Magenkrämpfe euch über Tage plagen. Nehmt keine Rücksicht, wenn ihr angegriffen werdet, ganz gleich, wer es auch sein möge."

Das war das Kommando, auf das alle gewartet hatten. Wie von Sinnen stürmten die Ritter in die Häuser, wo ihnen, wie schon einmal in Dimotika, nur noch Frauen, Kinder und Greise begegneten. Wolfram und Gunther, die auch hier nicht voneinander wichen, blieben auf der Hut, wenngleich sich in der Hütte, in die sie eingedrungen waren, wohl niemand befand. Doch beim Anblick des ersten Brotfladens verloren auch sie jede Vorsicht. Trotz der Warnung des Herzogs stürzten sie sich mit nie gekannter Gier auf das Brot, zerrissen es in zwei Stücke und schlangen es hinunter. Mit einem Jauchzen entdeckte Gunther einen ganzen Sack von den Früchten, die die Einheimischen Datteln nannten und die so wunderbar süß und nahrhaft schmeckten. Wie von Sinnen stopfte er zehn Datteln hintereinander in sich hinein und trank danach den halben Krug Wasser leer, den Wolfram ihm reichte. Als sie beide wie auf ein Kommando losrülpsten, konnten sie sich vor Lachen kaum noch halten. Vergessen waren die Qualen, die sie in den Wochen zuvor hatten erleiden müssen. Hier in Ikonion gab es wirklich alles, wonach es sie gelüstete. Sie mussten nur die Finger danach ausstrecken.

Nachdem sich die Ritter gestärkt hatten, ordnete Herzog Friedrich an, alles auf dem Marktplatz zusammenzutragen. Auch Esel und Pferde ließ der Kaisersohn herbeischaffen. Wenn sie bald weiterzogen, war jeder Ritter wieder voll ausgerüstet, bemerkte er zufrieden. Dass sie eine völlig ausgeplünderte Stadt mit vielen hundert Toten zurückließen, daran dachte in diesem Moment keiner.

„Jeder von euch bepackt zwei Lasttiere mit allem, was diese schleppen können“, brüllte der Herzog. „Außerdem nimmt jeder Ritter zwei Pferde mit. Unter der Führung von Dankwart von Gelnhausen wird alles ins Lager gebracht. Der Kaiser wird begeistert sein von euren Heldentaten.“

Danach wies er dreißig Ritter an, darunter Wolfram und Gunther, mit ihm in der Stadt zu bleiben, um die Burg zu bewachen. Denn auf keinen Fall wollte der Herzog dem Sultan die Flucht aus der kleinen, aber uneinnehmbaren Festung ermöglichen. Irgendwann mussten auch denen, die sich darin verbarrikadiert hatten, die Vorräte ausgehen. Und was das bedeutete, wussten die Deutschen am besten.

Der Sultan ergab sich bereits drei Tage nach dem Sturm auf seine Stadt. Wie ein kleines Kind winselte der Herrscher Ikonions um sein Leben und bot dafür zwanzig Geiseln als Führer an. Herzog Friedrich, der inzwischen erfahren hatte, dass sein Vater mit den restlichen, durch die Nahrungsmittel aus Ikonion gestärkten Kreuzfahrern ein Heer mit Zehntausenden Türken geschlagen hatte, willigte großzügig ein. Die Geiseln sollten die Deutschen in den kommenden Wochen und Monaten beim Weitermarsch leiten. Und um sein Versprechen zu bekräftigen, ließ der Sultan eine Truhe bringen, die bis zum Rand mit Gold gefüllt war. Spätestens jetzt war der Herzog von Schwaben überzeugt und ordnete den Rückzug aus der völlig ausgeplünderten Stadt an, in der die Deutschen wieder einmal nur die Frauen, Kinder und Greise verschont hatten.

Am Abend konnte Wolfram nicht nur seine geliebte Maria endlich wieder in die Arme schließen. Auch Ludger wartete bereits sehnsüchtig auf Wolfram und seinen Freund Gunther. Die beiden Ritter sollten ihm an diesem Abend wieder eine zuverlässige Quelle über die Ereignisse der vergangenen Tage sein.

Am nächsten Morgen brach ein fast euphorisches Kreuzfahrerheer auf. Die in Ikonion erbeuteten Nahrungsmittel reichten aus, um alle Teilnehmer des Kreuzzuges auf Wochen hin zu versorgen. Und so wandte sich der Tross in Richtung Süden. Kaiser Friedrich wollte auf dem schnellsten Weg die Küste erreichen, wobei sich das Mitführen der hochrangigen Geiseln aus Ikonion schnell als Vorteil erwies. Feinde, die sich ihnen entgegenstellten, traten unverzüglich den Rückzug an, als sie sahen, wen Herzog Friedrich da mit einem qualvollen Tod bedrohte. Und so kam der Kreuzzug erstmals seit dem Aufbruch aus dem Winterquartier endlich wieder zügig voran. In vier Wochen, so die Schätzung von Ludger, sollten sie Jerusalem erreicht haben.

Wolfram wusste nicht, was ihn mitten in der Nacht aus dem Schlaf gerissen hatte. Als er zur Seite blickte, schaute er in das angsterfüllte

Gesicht Marias. Auch sie hatte etwas gemerkt. Ein Traum konnte es also nicht gewesen sein.

„Was ist das, um Gottes Willen?“, flüsterte Maria panisch, als es schon wieder geschah. Ein seltsames Geräusch ertönte, das aus der Tiefe der Erde zu kommen schien. Außerdem zitterte der Boden.

„Vielleicht ist ein Riesenheer berittener Türken im Anmarsch. Ich habe das schon einmal erlebt. Ich muss nachschauen, was los ist.“

Er schnappte sich sein Schwert und stürzte aus dem Zelt. Etliche Ritter waren ebenfalls aus ihren Unterkünften gekommen und machten ratlose Gesichter. Keiner hatte einen Alarm gehört, den die Wachen geschlagen hätten, wäre tatsächlich eine türkische Armee im Anmarsch.

„Das ist nur ein Erdbeben!“, hörte er in diesem Moment die Stimme Dankwarts, der zusammen mit dem Herzog von Schwaben erschienen war. „Eine unerklärliche Kraft bringt die Erde zum Zittern, was in dieser Gegend keine Seltenheit ist. Das haben uns die Geiseln versichert. Es dauert nur wenige Augenblicke und dürfte schon vorbei sein. Ihr könnt also wieder beruhigt in eure Zelte kriechen und noch ein wenig schlafen.“

Murmelnd gehorchten die Ritter.

„Vielleicht war es auch das Anzeichen eines nahenden Unglücks“, vernahm Wolfram eine unheilschwangere Stimme, bevor er zurück in sein Zelt kroch.

Neun Tage später fühlte sich nicht nur der Rheinboder das erste Mal seit vielen Monaten wieder so richtig wohl in seiner Haut. Das Heer der Kreuzfahrer und der sie begleitende Tross hatten auf dem Weg Richtung Küste die schroffen Gebirge hinter sich gelassen und lagerten nun an einem Fluss, wo es endlich einmal grüne Bäume und blühende Sträucher gab, die kühlen Schatten spendeten. Sogar die Hitze konnte Wolfram, der seine Füße in dem angenehm kalten Wasser baumeln ließ, in diesem Augenblick vergessen.

Der Trechtingshausener hatte sich eben erst von Maria Bart und Haupthaare schneiden lassen. Seine Frau, die sich von der Hungersnot ebenfalls erstaunlich schnell erholt hatte, hatte sich zu einem ausgiebigen Bad zurückgezogen. Wolfram ließ seine Blicke über den Lagerplatz schweifen. Nicht weit von ihm entfernt sah er die großen Zelte des Kaisers, die seines Sohnes und ihrer engsten Berater. Einige seiner Kameraden badeten in dem trotz der Hitze recht kühlen Wasser und gebärdeten sich dabei ausgelassen wie Kinder. Weiber wuschen Wäsche, Küchenknechte hatten die Angelschnüre ausgeworfen. Die meisten der Ritter und Edelleute jedoch lagen faul im Schatten, kauten auf Grashalmen, knabberten süße Früchte und erholten sich von den ungeheuren Strapazen der letzten Monate. Spielleute unterhielten die Männer mit lustigen Versen. Auch die wenigen Huren, die überlebt hatten, machten den Männern bereits wieder schöne Augen.

Die Stimmung im Heer hatte sich deutlich gebessert. Die Ritter lachten und machten sich einen Spaß daraus, die mitziehenden Pilger zu veralbern. Die wenigen Kinder, die noch mit dabei waren – es mochten vielleicht drei Dutzend sein – hatten ebenfalls viel zu lachen. Sie tollten durch das Gras und spielten Verstecken. Und auch Maria hatte endlich wieder ein wenig mehr Freude am Leben gefunden. Wesentlich freundlicher und offener begegnete sie Wolfram und war ebenfalls zu Scherzen aufgelegt. Und in der letzten Nacht hatte sie sich dem Ritter, der sie vor Jahren aus Mailand mitgenommen hatte, nach vielen Monaten des Verweigerns endlich wieder hingegeben.

Der Kreuzzug war in den vergangenen Tagen gut vorangekommen, obwohl sie bei großer Hitze eine unwirtliche Gegend durchqueren mussten. Doch die Deutschen wurden nicht mehr angegriffen. Sie führten ausreichend Vorräte mit sich und waren guten Mutes. An diesem kleinen Fluss wollten sie bis zum nächsten Tag lagern, um schließlich weiter in Richtung Küste zu ziehen.

Wolfram sah auf. Wo das große Zelt des Kaisers aufgeschlagen war, hatte er im Augenwinkel eine Bewegung wahrgenommen. Friedrich Barbarossa kam aus seiner Unterkunft, gefolgt von seinem Sohn, dem Herzog von Schwaben, und einigen hohen geistlichen Würdenträgern. Mit Sicherheit hatten sie eine wichtige Unterredung geführt, nach deren Ende der Kaiser eine Weile für sich sein wollte. Denn Barbarossa, der nur mit einem leichten, blütenweißen

Umhang bekleidet war, ging mit langsamen Schritten alleine auf das nicht weit entfernte Flussufer zu. Zu befürchten hatte er nichts, denn Dutzende Späher bewachten die Umgebung des Lagers. Noch nicht einmal eine Katze hätte es geschafft, unbemerkt hier einzudringen. Wolfram beobachtete neugierig den Kaiser, mit dem er vor genau sechs Jahren zum ersten Mal zusammengetroffen war. Auch Friedrich hatte sich wieder erholt und deutlich an Gewicht zugenommen. Endlich war er wieder die imposante Erscheinung, die alle im Heer kannten.

Er will sich seine Füße kühlen, dachte sich der Rheinboder und musste dabei lächeln. Auch der Kaiser hatte mit Sicherheit rissige Fußsohlen.

Doch verwundert reckte Wolfram den Kopf, als er sah, dass Barbarossa seinen Umhang ablegte und nun völlig nackt ins Wasser stieg, das ihm an dieser Stelle gerade bis zu den Oberschenkeln reichte.

Warum nicht, schoss es Wolfram durch den Kopf. Ein erfrischendes Bad tat dem Kaiser mit Sicherheit gut. Barbarossa war in die Knie gegangen, um seinen ganzen Körper mit dem kühlenden Wasser zu benetzen. Wolfram wollte sich schon wieder anderen Dingen zuwenden, als ihn der Schrecken durchfuhr wie ein Blitz aus heiterem Himmel. Denn plötzlich fasste sich der Staufer angsterfüllt an die Brust und schnappte panisch nach Luft. Er wollte sich wieder aufrichten, kippte jedoch stattdessen nach hinten um und fiel mit dem Oberkörper auf den Sand des flachen Ufers. Wolfram sprang auf und wollte dem Kaiser, dem ganz offensichtlich unwohl geworden war, unverzüglich helfen. Doch sofort ließ er davon ab, als er sah, dass augenblicklich der Herzog von Schwaben und einige andere, darunter auch Dankwart von Gelnhausen, ins Wasser stürzten. Sie zogen den Kaiser heraus und kümmerten sich um ihn.

Wolfram wollte schon aufatmen, als ihn lähmendes Entsetzen übermannte. Er wollte schreien, doch er bekam keinen Ton heraus. Der verzerrte Gesichtsausdruck des Herzogs und auch die Miene von Dankwart waren eindeutig. Wolfram konnte es genau erkennen. Während dem Gelnhausener die Tränen über das Gesicht liefen, fiel Barbarossas Sohn Friedrich mit einem gellenden Aufschrei neben seinem reglos am Boden liegenden Vater auf die Knie. Er riss den Oberkörper des Kaisers an sich. Doch dessen Arme hingen nur schlaff herunter.

Sie waren wie gelähmt, und sie sahen sich nicht mehr in der Lage, einen klaren Gedanken zu fassen. Der Kaiser, der Oberbefehlshaber des Kreuzfahrerheeres, war tot!

Er war nicht im heldenhaften Kampf gegen die Ungläubigen gefallen, er war auch nicht während eines der vielen Scharmützel mit den Griechen gemeuchelt worden. Nein, Kaiser Friedrich Barbarossa war in diesem unbedeutenden Fluss namens Saleph einfach tot umgefallen.

„Ich kann es noch immer nicht glauben", murmelte Gunther, dessen Gesicht aschfahl war.

Zu viert saßen sie mit einigen anderen Rittern am frühen Abend an einem Lagerfeuer. Über dem Feuer brutzelten Fische, die irgendeiner im Fluss Saleph gefangen hatte, doch keiner hatte Appetit. Maria sprach kein Wort, und auch Ludger schwieg die ganze Zeit erschüttert. Eine lähmende Stille hatte sich in dem Lager breitgemacht, in dem morgens noch unbeschwerte Freude geherrscht hatte. Kreuzfahrer und Pilger waren entsetzt über den unerwarteten Tod ihres Anführers. Während die Geistlichen sofort für die Seele des toten Herrschers beteten, fragten sich die anderen, warum Gott den Kaiser ausgerechnet während dieser für die Christenheit so wichtigen Mission zu sich berief.

„Du kannst es ruhig glauben", murmelte Wolfram. „Ich habe es mit meinen eigenen Augen gesehen. Er ist einfach umgefallen. Ich glaube, sein Herz hat urplötzlich aufgehört zu schlagen."

Der Ritter berichtete seinen Freunden, wie die drei Leibärzte des Kaisers sofort zur Unglücksstelle geeilt waren. Doch auch sie konnten dem Staufer nicht mehr helfen. Friedrich Barbarossa war nicht mehr am Leben. An diesem heißen 10. Juni des Jahres 1190 war er im seichten Wasser eines Flusses namens Saleph gestorben.

„Was soll nun geschehen?“, fragte leise ein anderer Ritter, der sich zu ihnen gesellt hatte.

Wolfram schaute seinen Kameraden verwundert an. „Wie meinst du das?“

„Wie soll es weitergehen, wenn der Kaiser tot ist? Wer soll uns bis nach Jerusalem führen? Oder ist der Kreuzzug hiermit zu Ende? Vielleicht war es ja ein Zeichen des Himmels, dass wir alle umkehren sollen.“

„Du räudiger Bastard! Wenn ich noch einmal einen solchen Satz höre, setzt es was mit dem Schwert!“

Es war Dankwart von Gelnhausen, der unvermittelt aufgetaucht war und die Unterredung mitgehört hatte. „Der Sohn des Kaisers, Herzog Friedrich von Schwaben, wird unser neuer Anführer sein! Wer sonst!? Der Tod des Kaisers ist ein schrecklicher Verlust für uns, das Kaiserreich und die christliche Welt. Aber wir müssen an unsere Bestimmung denken, an die Befreiung Jerusalems.“

Der Gelnhausener ließ sich auf dem Baumstamm nieder, auf dem Wolfram und Gunther saßen, und warf dem jungen Ritter einen vernichtenden Blick zu. Wolfram und Gunther mussten keine Hellseher sein. Für Dankwart glichen solche Zweifel einem unverzeihlichen Hochverrat. Im Schein des Feuers sahen sie die Verzweiflung, die den hochgewachsenen Edelmann ebenfalls befallen hatte, auch wenn er sich nichts anmerken lassen wollte. Der Gelnhausener, der sich von der neuen Euphorie der Vortage hatte anstecken lassen, war ein Mann, der blitzschnell mit einer völlig neuen Situation fertig wurde. Ja, er war ebenfalls erschüttert. Aber Wolfram zweifelte keinen Augenblick daran, dass der Pfalzgraf bereits an die Zukunft dachte. Und genau so war es.

„Doch vorher müssen wir uns um die sterblichen Überreste des Kaisers kümmern“, sagte er mit fester Stimme. „Wegen der starken Hitze haben wir den Körper bereits in Essig aufgekocht und das Fleisch von den Gebeinen gelöst. Wir werden beides getrennt bestatten. Aber das wird nicht euer Problem sein.“

Er schaute die beiden Ritter an, die er vor Jahren in der Nieder-Ingelheimer Pfalz zu dem geformt hatte, was sie heute waren.

„Jemand muss die Nachricht vom Tod des Kaisers sofort nach Deutschland bringen. Es darf keine Zeit verloren gehen. König Heinrich muss so schnell wie möglich erfahren, dass er die Nachfolge seines Vaters antreten muss. Herzog Friedrich hat mich beauftragt, einen Boten auszusuchen. Es muss jemand sein, so befahl er, dem ich absolut vertrauen kann."

Bei diesen Worten traf sein Blick den von Wolfram.

Mainz
1235

Endlich ist der alte Ritter eingeschlafen. Der Geistliche, der in den letzten Stunden zusammen mit dem jungen Gunther an Wolframs Bett gewacht hat, zieht tief den Atem ein. Auch ihn drückt die Last der vielen Jahrzehnte, die Gott ihn nun schon auf dieser Erde wandeln lässt. Er ist mit Sicherheit noch einige Jahre älter als Wolfram von Rheinbod und muss sich mit einem gebeugten Rücken plagen. Der Mönch, der in dem Mainzer Hospiz wohl ebenfalls auf seine Erlösung vom Dasein auf Erden wartet, hatte sich während des Berichts, den Wolfram wie im Traum wiedergab, einfach an das Ende des großen Bettes gesetzt und zugehört. Erst jetzt sieht der junge Begleiter des Ritters, dass die Augen des alten Geistlichen feucht schimmern.

„Wir machten uns damals gleich auf den Weg. Wolfram und seine anmutige Maria, und meine Wenigkeit", beginnt er nach einer Weile des Schweigens leise zu berichten. „Ich folgte einer inneren Eingebung und verließ das Kreuzfahrerheer, über dessen Erfolge ich doch eigentlich eine Chronik schreiben wollte."

Jetzt muss der junge Begleiter Wolframs doch stutzen. „Was erzählt Ihr da, werter Herr? Ihr tut gerade so, als wäret Ihr dabei gewesen. Wer seid …?"

Er stutzt und starrt mit großen Augen den alten Mönch an, der nun verschmitzt lächelt. Erst jetzt dämmert es ihm. „Ich kann es nicht glauben. Bei meiner Treu! Ihr seid …"

Der andere nickt kaum merklich. „Ich bin der Benediktinermönch Ludger aus Kaufbeuren, der Chronist. Dein Meister hat mich nicht wiedererkannt, denn viele Jahre, in denen mir fast alle Haare ausgegangen sind und sich mein Rücken gebeugt hat, haben wir uns nicht mehr gesehen. Hoffentlich besinnt er sich wieder, wenn er ausgeschlafen und einigermaßen bei Kräften ist. Als ich ihn hier liegen sah, wollte ich es erst nicht glauben. Doch dann hörte ich seine Erzählungen, und ich hatte keine Zweifel mehr. Es erscheint mir wie ein Wunder, dass er noch am Leben ist und wieder den Weg nach Mainz gefunden hat, wo für ihn alles angefangen hat. Wie lange seid ihr schon in der Stadt?"

Bereitwillig gibt der junge Mann Auskunft, um sich schließlich wortreich zu entschuldigen. „Ich bin ein ungehobelter Esel, dass ich mich noch nicht vorgestellt habe. Meine Name ist Gunther von Katzenelnbogen. Kaiser Friedrich persönlich hat den Befehl erteilt, dass ich Wolfram von Rheinbod nicht von der Seite weichen soll."

Er lächelt, als er den nun verblüfften Gesichtsausdruck Ludgers sieht. „Ihr habt richtig gehört. Ich bin der Enkel des Mannes, den Wolfram nach Euch immer als seinen besten Freund bezeichnete. Daher weiß ich auch, dass mein Großvater beim Kreuzfahrerheer blieb. Bei den Resten des Kreuzfahrerheeres, muss ich wohl besser sagen."

Jetzt verdunkelt sich das faltige Gesicht des alten Mönchs. „Dann hat dein Großvater die unselige Auflösung des Heeres ja miterlebt. Spätestens nach dem Tod des Herzogs von Schwaben wenige Monate nach dem Dahinscheiden seines Vaters, so haben wir erst sehr viel später gehört, fühlte sich kaum noch einer der Kreuzfahrer an den ursprünglichen Schwur gebunden. Die Mission scheiterte am unerwarteten Tod der beiden höchsten Fürsten. Der Vater dahingerafft durch ein schwaches Herz, der Sohn durch eine Seuche!"

Er seufzt und schaut Gunther in die Augen. „In der Tat. Du hast die Gesichtszüge deines Großvaters, an den ich mich noch sehr gut erinnern kann, obwohl ich ihn nur kurz kannte. Gütiger Himmel, die Zeit ist dahingeschmolzen wie Schnee in der Frühlingssonne. Fünfundvierzig Jahre sind seit dem Tod Barbarossas nun schon vergangen, weit mehr als ein halbes Menschenalter, und doch ist die Erinnerung plötzlich wieder da."

Nun ist es Ludger, der wie im Selbstgespräch weiterredet. „Ja, dein Großvater musste beim Heer bleiben, was Wolfram sehr geschmerzt hat. Doch die Trennung der beiden Freunde war unvermeidlich. Wir sind nach der Anweisung Dankwarts von Gelnhausen mit den besten Pferden sofort zur Küste geritten, Wolfram, Maria und ich. Dein Meister konnte Dankwart überzeugen, dass ich mitreisen durfte. Wenn Wolfram unterwegs etwas zugestoßen wäre, hätte ich den Brief an mich genommen. In unserem spärlichen Gepäck hatten wir ein persönliches Schreiben des Herzogs von Schwaben, das kein anderer als König Heinrich im Beisein Wolframs entsiegeln durfte. In unseren Taschen hatten wir außerdem ausreichend Gold, das für eine Überfahrt bis nach Genua und dort für den Kauf neuer Pferde reichte. Wir passierten Anfang Juli die östlichen Ausläufer der Alpen und erreichten knapp drei Wochen später die Gelnhausener Pfalz, wo man uns erneut mit frischen Pferden versorgte und mitteilte, dass der König sich in Thüringen aufhalte. Wir waren keine Kreuzfahrer mehr, sondern Boten des neuen Anführers des Kreuzfahrerheeres. Keiner durfte uns aufhalten. Das zweite Schreiben, ebenfalls besiegelt und unterzeichnet von Herzog Friedrich, öffnete uns überall Tür und Tor. Mitte August überreichte Wolfram persönlich dem in Erfurt weilenden König den Brief seines Bruders."

„Wie hat König Heinrich auf die Nachricht vom Tod seines Vaters reagiert?"

„Ich war natürlich nicht dabei. Aber Wolfram hat es mir später in allen Einzelheiten erzählt. Für einen winzigen Augenblick soll Heinrich leichenblass geworden sein. Dann habe er tief durchgeatmet und genickt."

„Er hat genickt? Das war alles?"

„Ja! Es war, als habe er in diesem Moment nur daran gedacht, dass damit der Weg zur Kaiserkrönung frei geworden war. Später musste ihm Wolfram, der ja Augenzeuge des Todes war, die in dem Brief niedergeschriebenen Einzelheiten immer wieder bestätigen."

Ein Knurren aus Gunthers Magen lässt den alten Mönch innehalten. „Ihr habt wohl gewaltigen Hunger?", fragt er schließlich mitfühlend.

Als der junge Mann entschuldigend lächelt, deutet Ludger nach draußen. „Wenn Ihr mich alten Mönch am Arm führt, lieber Gunther, dann bringe ich uns in eine kleine Schenke nicht weit von hier, wo wir uns stärken können. In diesem Hospiz, in dem ich mir ein kleines Gnadenbrot für das Abnehmen der Beichte verdiene und in dem ich hoffentlich nicht mehr allzu lange auf meinen Tod warten muss, gibt es die meiste Zeit nur schales Wasser und faden Brei, und beides möchte ich Euch nicht zumuten. Um Wolfram braucht Ihr Euch keine Sorgen zu machen. Er ist hier in guten Händen."

Als sie vor das Portal des steinernen Gebäudes treten, atmet der junge Gunther tief durch. An diesem frühen Augustabend ist es angenehm warm, ganz im Gegensatz zum Innern des einer kleinen Trutzburg gleichenden Hospizes, wo der kalte Hauch des Todes allgegenwärtig zu sein scheint.

Schweigend gehen die beiden ungleichen Männer durch die Gassen von Mainz, wo geschäftiges Treiben herrscht. Stände werden aufgebaut, sogar eine kleine Tribüne. Fahrende Händler und Bauern bieten ihre Waren an, Weiber verkaufen Gekochtes, Gesottenes und Gebratenes. Außerdem sind Stadtknechte damit beschäftigt, den breiten Weg von dem ganz in der Nähe des Hospizes gelegenen Fischtor bis zum Dom auszubessern und festzustampfen.

„Ganz Mainz bereitet sich auf die Ankunft des Kaisers und seines Gefolges vor. Auf diesem Weg soll er zum Dom schreiten", sagt Ludger nach einer Weile. „Wann wird Friedrich in Mainz erwartet?"

„Ich denke, in zwei oder drei Tagen. Er wird auf einer Anhöhe zwischen den Dörfern Weisenau und Hechtsheim lagern, hat man uns gesagt. Du wirst dich wundern, wenn du siehst, was der große Sohn Heinrichs alles mit sich führt. Es sind Tiere dabei, die man im schönen Deutschland noch nie gesehen hat. Außerdem mutige Sarazenen und glutäugige Schönheiten."

Jetzt muss der alte Mönch schmunzeln. „Es ist schon lange her, dass mir glutäugige Frauen Herzklopfen bereitet haben. Aber ich weiß, mit welch exotischen Tieren sich der Kaiser gerne umgibt. Die Mainzer werden Augen machen."

Auch Gunther fällt zunächst in das fröhliche Lachen des Mönchs ein und erzählt schließlich weiter. „Wir haben uns in Worms von Friedrichs Tross getrennt, nur zwei Tage nach der Hochzeit des

Kaisers mit Isabella, und sind von Worms aus mit dem Schiff nach Trechtingshausen gereist. Mein Meister wollte unbedingt noch einmal zu der Burg seines Vaters. Doch es war kein schönes Wiedersehen mit der alten Heimat."

Inzwischen haben sie die kleine Schenke erreicht, die ganz in der Nähe des Mainzer Doms steht. Mit einer einladenden Geste öffnet Ludger die Tür, an der ein Strauß getrockneter Blumen hängt, das Zeichen, dass hier Wein ausgeschenkt wird. In der geräumigen Stube wird er herzlich von einem Mann begrüßt. Der alte Mönch scheint wohl schon oft die Gemütlichkeit dieser Weinschenke genossen zu haben, vermutet der junge Gunther.

„Bring uns zwei Becher Wein und dazu etwas Brot, Wurst und Käse, Hannes", weist der alte Mönch den Wirt an und wendet sich wieder dem jungen Mann zu. „Was ist auf Reichenstein passiert?"

„Wolfram hat wohl geglaubt, alles sei noch so wie vor dreißig Jahren. Dabei haben auf Reichenstein längst der Bolander Ritter Philipp und dessen mächtige Familie das Sagen. Nichts erinnert mehr an Wolframs Vater und die übrigen Angehörigen. Die Schwestern meines Meisters, so haben wir erfahren müssen, sind längst alle tot, ihre Kinder ebenfalls. Wolfram ist der Letzte aus seiner Familie, und er wird auf der Burg, wo er am 4. April 1166 geboren wurde, nicht seine letzte Ruhe finden können. So viel steht fest. Der Name Gerhard von Rheinbod wird dort und auch in Trechtingshausen nur noch mit Verachtung ausgesprochen. Da spielt es keine Rolle, was sein Sohn in all den Jahrzehnten geleistet hat."

„Ich kann mich an die bösen Gerüchte erinnern. Was davon entspricht der Wahrheit?"

Gunther verzieht das Gesicht. „Wahrscheinlich alles. Gerhard von Rheinbod hatte seinem Sohn sehr viel Geld für den Kreuzzug Barbarossas mitgegeben. So weit so gut. Doch die Schatullen und Truhen waren damit leer, womit sich ein Gerhard von Rheinbod nur schwer abfinden konnte. Die Mönche des weit entfernten Aachener Kornelistiftes übers Ohr zu hauen, war zwar einfach, brachte aber keine Reichtümer ein. Schließlich kam er dahinter, dass man Geld auch auf andere Weise eintreiben kann."

„Ihr meint als Raubritter!"

„Genau so war es. Nachdem sie einmal Blut geleckt hatten, überfielen Wolframs Vater und dessen Bruder fahrende Kaufleute, ja sogar unbescholtene Bauern, die nur ein paar Kupfermünzen im Säckel hatten, und fahrende Handwerker. Selbst vor pilgernden Geistlichen zeigten sie keine Skrupel. Nichts und niemand war vor ihnen sicher, und wer sich ihnen widersetzte, dem wurde kurzerhand die Gurgel durchgeschnitten. Wie ich von meinem Vater weiß, waren Wolframs Vater und auch sein Onkel schon immer keine Heiligen gewesen, aber mit ihrem gesetzlosen Raubrittertum waren sie zu Mördern geworden. Doch irgendwann wird auch der dreisteste Strauchdieb erwischt. Wolframs Onkel hauchte sein Leben am Galgen aus, wo auch Gerhard von Rheinbod, den die Mönche vom Kornelimünster längst als Vogt abgesetzt hatten, hätte enden sollen. Doch ihm gelang die Flucht, auf der er sich in den unwegsamen Wäldern des Hunsrücks den Hals brach. Irgendwo haben sie ihn verscharrt, doch keiner weiß, wo das ungeweihte Grab zu finden ist. Wolframs Mutter Berta starb bereits im Juli des Jahres 1198. Sie ist die Einzige der Familie, die auf dem Burgfriedhof bestattet ist. In einem bescheidenen Grab, das die Gräfin von Bolanden ab und zu mit ein paar Blumen schmückt, hat sie ihre letzte Ruhe finden können. So konnte mein Meister bei seinem Besuch auf Reichenstein wenigstens seiner Mutter seinen Respekt zollen."

Jetzt hängen die beiden Männer schweigend ihren Gedanken nach. Ludger muss grinsen, als der Wirt einen dicken Kerl mit auffallend weißen Bartstoppeln zusammenstaucht.

„Erzähle mir mehr über die Hochzeit des Kaisers", verlangt Ludger nach einer Weile wissbegierig.

Bei dieser Frage rollt der junge Gunther mit den Augen. „Isabella ist so wunderschön! Die Schwester des englischen Königs Heinrich ist erst einundzwanzig Jahre alt. Sie hat pechschwarze Haare und tiefblaue Augen. Bei der Hochzeit im Wormser Dom waren elf Herzöge, dreißig Grafen und unzählige Ritter anwesend. Es war ein überwältigendes Ereignis. Ich habe es selbst gesehen, wie Wolfram eine stille Träne geweint hat."

Ludger lächelt versonnen. „Zwei Hochzeiten meines Kaisers habe ich selbst erlebt. Ich hoffe, dass er mit Isabella ein dauerhaftes Glück gefunden hat. Wenngleich es schon Ironie des Schicksal ist. Wie du vielleicht weißt, hat um jene Isabella Jahre zuvor schon Friedrichs Sohn Heinrich gefreit, vergeblich."

Bei der Erwähnung des deutschen Königs verdunkelt sich Gunthers Miene. „Dieser unsägliche Konflikt zwischen Vater und Sohn. Verzeiht mir, aber ich glaube nicht, dass diese Weinstube der passende Ort ist, um darüber zu disputieren."

Nach Ludgers betretenem Nicken macht sich zwischen den beiden Männern erneut Schweigen breit. „Wie ist es mit euch beiden weitergegangen? Damals, nachdem ihr König Heinrich endlich gefunden hattet?", fragt plötzlich unvermittelt der junge Gunther und schaut den alten Mönch erwartungsvoll an.

Der nimmt erst einmal einen Schluck. „Der Wein ist ausgezeichnet, Brot und Käse duften frisch, wie man es von diesen rechtschaffenen Wirtsleuten gewohnt ist. Es spricht also nichts dagegen, dass ich die Schilderungen des guten Wolframs fortsetze, soweit ich noch in der Lage dazu bin. Ich bin zwar schon weit über siebzig Jahre alt, mein lieber Gunther, aber es gibt Dinge, die würde ich nicht vergessen, selbst wenn ich einhundert Jahre alt werden sollte."

Kaiser Heinrich VI.

1191

„Dieser verdammte Mistkerl! Wie lange will er mich noch hinhalten!“ Mit Zornesröte im Gesicht lief Heinrich in seinem geräumigen Zelt auf und ab. Dabei wirkte er wie ein wildes Tier, das man in einen Käfig eingesperrt hatte. Mit einer unbeherrschten Handbewegung stieß der König den Mundschenk, der sich ebenfalls in dem Zelt aufhielt, zur Seite. Der junge Kerl stolperte, ließ den Krug Wein fallen und fing sich einen vernichtenden Blick ein, den ihm der Leibarzt Heinrichs zuwarf. Jetzt war es besser, sich unsichtbar zu machen, sonst drohte ihm, in die stinkende Abortgrube geworfen zu werden.

„Seit mehr als zehn Tagen ist Klemens nun schon tot“, tobte der Staufer weiter. „Und dieser Hyacinth, der mit seinen 85 Jahren ebenfalls schon längst unter der Erde sein sollte, lässt sich einfach nicht zum Papst weihen. Ich weiß genau, dass er mich damit nur hinhalten will.“

„Er will, dass Ihr ihm die Sicherheit Roms garantiert, Majestät.“ Es war die Stimme Markwards von Annweiler, einem der engsten Vertrauten des Königs. Markward von Annweiler, ein stattlicher Mann mit harten Gesichtszügen, war dem König vorbehaltlos ergeben. Schnell hatte er sich das Vertrauen des jungen Herrschers gesichert, auch mit Blick auf die weitreichenden Pläne des hartherzigen Staufers. Markward von Annweiler gehörte zu denen im Hofstaat, die sich offenkundig Hoffnungen machten, vom Erfolg des Königs und baldigen Kaisers zu profitieren. Diese Rechnung schien aufzugehen, denn Heinrich pflegte grundsätzlich auf das zu hören, was ihm der Annweiler riet. Doch in diesem Moment schien Heinrich überhaupt nicht darauf zu achten, was sein Vertrauter sagte.

„Was meinst du dazu?"

Wolfram war etwas überrascht, dass Heinrich ausgerechnet ihn und keinen anderen fragte. Ludger, der ein paar Ellen von Wolfram entfernt stand, warf seinem Freund einen ebenfalls überraschten, aber auch gleichzeitig aufmunternden Blick zu. Sofort erntete der Rheinboder das böse Schnaufen des Annweilers. Der hatte sich bis heute noch nicht damit abfinden können, dass ein gewöhnlicher Ritter, dessen Vater nur der von einem Kloster bei Aachen eingesetzte Vogt einer unbedeutenden Burg am Rhein war, Zugang zum engsten Kreis des Herrschers hatte. Der Rheinboder wusste es natürlich besser. Als er vor sieben Monaten im Amtssitz des Erfurter Bischofs dem König die Nachricht vom Tod seines Vaters überbracht hatte, machte er sich keine Illusionen. Er würde wieder in die elterliche Burg zurückkehren und dort mit seiner Frau Maria ein mehr schlechtes als rechtes Leben führen, irgendwann die alleinige Verantwortung für die Familie übernehmen und ständig niedere Bauern ausnehmen müssen. Davon war er überzeugt gewesen. Doch der Zufall wollte es, dass er dem König erneut das Leben rettete, wenn auch auf eine andere Weise als vor über sechs Jahren auf der Mainzer Maaraue. Denn nachdem der König den Brief gelesen hatte, ging Heinrich durchaus gefasst sofort in die bischöfliche Kapelle, um für seinen Vater zu beten. Es musste Gottes Fügung gewesen sein, denn nur wenige Augenblicke später stürzte der Boden des Raumes ein, in dem Heinrich die Nachricht empfangen und gelesen hatte. Heinrich wäre samt der Trümmer des aus Holzbalken und Lehm bestehenden Bodens zwanzig Ellen in die Tiefe gestürzt und mit Sicherheit ums Leben gekommen, wenn er sich noch in dem Raum aufgehalten hätte, um dort etwas mit dem Bischof zu besprechen. Nur die Nachricht vom Tod seines Vaters hatte ihn dazu gebracht, den Raum zu verlassen. So kamen bei dem Unglück lediglich drei Kapläne zu Tode.

„Du hast mir zum zweiten Mal das Leben gerettet", bedankte der Herrscher sich später mit knappen Worten bei Wolfram, der Tage danach vom Erfurter Bischof erfuhr, dass eine solche Äußerung Heinrichs der höchsten Weihe gleichkam.

„Du hast mich zweimal vor dem Tod bewahrt, und du hast meinen Vater sterben sehen. Dies macht dich zu einem ganz besonderen Menschen. Und wer weiß, vielleicht bist du von einer ganz besonderen Gabe beseelt, die ich mir zunutze machen kann."

Dabei hatte er Wolfram scharf in die Augen geblickt. „Überhaupt scheint uns einiges gemeinsam zu sein. Bleibe bei mir, und du wirst es nicht bereuen. Ich habe Pläne, und wer mich dabei unterstützt, den belohne ich großzügig mit Gold und Ländereien."

Ludger, der sich als Chronist des Kreuzzuges verdient gemacht hatte und dem König somit einiges erzählen konnte, gehörte seit diesem schicksalsträchtigen Tag ebenfalls dem Tross des Herrschers an. Von Gunther von Katzenelnbogen und Dankwart von Gelnhausen hatten sie dagegen immer noch nichts gehört. Wolfram befürchtete, dass seine beiden besten Freunde mittlerweile ebenfalls tot waren.

Die Nachricht vom Tod seines Vaters warf die ursprünglichen Pläne des jungen Staufers über den Haufen. Eigentlich hatte Heinrich nach Sizilien, in die Heimat seiner Ehefrau Konstanze ziehen wollen, um dort seine Herrschaftsansprüche geltend zu machen. Doch diese Absicht musste er zunächst zurückstellen. Viel wichtiger war es nun, die Kaiserkrönung vorzubereiten. Boten wurden nach Rom gesandt, wo sie Papst Klemens III. die entsprechende Bitte überbrachten. Doch der Stellvertreter Christi auf Erden konnte seine Absicht, die Kaiserkrönung so schnell wie möglich im neuen Jahr zu vollziehen, nicht mehr umsetzen. Der Papst starb am 25. März 1191. Heinrich, der mit seinem Tross nur einen Tagesmarsch entfernt von der Stadt Rom an einem See lagerte, musste sich gedulden. Mit dem 85-jährigen Hyacinth, der als Papst den Namen Coelestin III. annehmen wollte, war ein zäher Knochen zum neuen Oberhaupt der Christen gewählt worden. Der erfahrene Kirchenfürst wusste natürlich um die Machtgelüste der Staufer, die schon einmal die päpstliche Stadt hatten verwüsten lassen. Ohne Garantien für seinen Kirchenstaat würde der sich nicht so schnell zum Papst weihen lassen. Und ohne Papst gab es keine Kaiserkrönung.

„Ist das auch deine Meinung, Wolfram?", hakte der König ungeduldig nach, als der Rheinboder zunächst keine Antwort gab.

„Ich denke, unser allseits geschätzter Markward von Annweiler hat recht“, entgegnete Wolfram diplomatisch. „Gebt dem künftigen Papst, was er verlangt. Ob Ihr diese Garantie letztlich auch erfüllen werdet, liegt schließlich an Euch selbst, künftiger Kaiser, und an sonst niemandem.“

Der vernichtende Blick des Annweilers ließ ihn zunächst kaum merklich zusammenzucken. Hatte er den Bogen überspannt?

„Was regst du dich so auf, mein lieber Markward? Unser lieber Wolfram hat doch recht“, dröhnte jedoch im selben Moment der König. „Diesem künftigen Coelestin wird mit Sicherheit keine lange Amtszeit vergönnt sein. Und wer weiß, wer ihm dann nachfolgt. Ich aber will Kaiser werden, und zwar möglichst schnell.“

Ein Räuspern Markwards von Annweiler ließ ihn aufhorchen. „Habt Ihr noch eine Anmerkung, werter Markward?“

Der bedachte zunächst Wolfram mit einem eiskalten Blick, um dann seinem König ein verschlagenes Lächeln zu gönnen. „Wir lagern hier bei Tusculum, also der Stadt, die die Römer hassen wie die Pest. Gebt Tusculum den Römern zum Sturm frei, und sie werden Euch jeden Wunsch erfüllen, Majestät.“

Wolfram konnte kaum den Aufschrei der Entrüstung unterdrücken. Doch diesmal brachte der Gesichtsausdruck des Königs ihn zum Verstummen. „Was schert mich diese Stadt! Markward von Annweilers Vorschlag ist ausgezeichnet. Die Römer können Tusculum haben. Holt einen Notarius, damit Ludger das Schriftstück aufsetzen kann. Damit schicke man einen Boten in den Lateranpalast.“

Von den Zusicherungen des deutschen Königs ließ sich der Greis schließlich überzeugen. Die Krönung von Heinrich und Konstanze zum römisch-deutschen Kaiserpaar wurde für den 15. April 1191 festgesetzt, auf den Tag nach der Weihe Hyacinths zum neuen Papst Coelestin III.

Rom! Endlich hatte er es geschafft! Und doch war dieser Einzug in die Ewige Stadt nur einer von vielen Schritten bis zu seinem endgültigen Ziel. Heinrich wusste auch, dass vor dem Triumph eine Demutsgeste notwendig war. Bei dem Gedanken daran lief selbst dem hartgesottenen Staufer ein Schauder über den Rücken, zumal seine Frau Konstanze, die mit unbewegter Miene neben ihm schritt, Zeugin sein würde. Ausgerechnet diese längst verwelkte Normannin, die es auch in ihren mittlerweile fünf Ehejahren nicht geschafft hatte, ihm, dem deutschen König und designierten Kaiser, einen Thronfolger zu gebären. Nur kurz blitzte Heinrich der düstere Gedanke durch den Kopf, dass er es seinem verstorbenen Vater zu verdanken hatte, neben einer solchen Frau, die sich noch immer nicht an das Leben am deutschen Hof und an die deutsche Sprache gewöhnt hatte, zu seiner Kaiserkrönung schreiten zu müssen.

Als Heinrich auf die große Freitreppe von St. Peter zuging, begleitet von Dutzenden Bischöfen, Edelleuten und Rittern, suchte er sofort den Augenkontakt mit dem neuen Papst, der auf der obersten Stufe der Treppe auf seinem Thron saß. Heinrich sah in das runzlige Gesicht eines alten, in sich zusammengesunkenen Mannes, und sofort entspannte er sich. Bei seinen weiteren Bestrebungen würde ihm dieser Mann nicht im Wege stehen, davon war er überzeugt. Er warf seiner Ehefrau ein grimmiges Lächeln zu und beschleunigte seinen Schritt. Oben an der Treppe angelangt, ließ sich Heinrich, ohne zu zögern, auf das rechte Knie sinken und küsste den mit einem Schuh aus roter Seide bekleideten Fuß des Papstes. Die Blicke von mindestens einhundert Augenpaaren ruhten auf dieser Zeremonie. Ein ganz leises Raunen war zu vernehmen. Nachdem der König sich wieder aufgerichtet hatte, tat seine Gemahlin es ihm nach. Auch Konstanze musste den Fuß des Papstes küssen. Eines der wichtigsten Rituale der Kaiserkrönung war somit vollzogen.

Der in ein schlichtes, dunkelfarbenes Gewand gekleidete Coelestin warf dem jungen Deutschen einen erwartungsvollen Blick zu. Heinrich straffte sich und ließ für einen winzigen Augenblick die Eindrücke der letzten Tage auf sich wirken. Die Stadt war nach dem Ende der römischen Vorherrschaft vor mehr als siebenhundert Jahren niedergegangen, und doch strahlten die zwischen den neueren Bauten stehenden Trümmer und Überreste alter römischer

Baukunst noch immer eine Faszination aus, der sich der sonst stets nüchtern und kühl denkende Staufer nicht entziehen konnte. In dieser Stadt war im Jahr 800 mit dem Karolingerkönig Karl erstmals ein römisch-deutscher Kaiser vom Papst als Nachfolger der legendären Cäsaren gekrönt worden. Heinrich musste an die glanzvollen Namen und Dynastien denken, die dem sagenhaften Karolinger nachgefolgt waren, den sie schon zu Lebzeiten den Großen nannten. Und er, der zweite Stauferkaiser, würde dafür sorgen, dass mit der Herrschaft seiner Dynastie alle seine Vorgänger in den Schatten gestellt würden.

Jetzt erhob Heinrich seine Stimme. Mit deutlichen Worten wiederholte er die vor wenigen Tagen schriftlich aufgesetzte Sicherheitsgarantie für die Stadt Rom und ihre Bewohner. Als er geendet hatte, ging ein erleichtertes Raunen durch die Schar der Römer, die der Kaiserkrönung beiwohnten. Es war nicht ohne Ironie, dass die Krönung in einem Umfeld vollzogen wurde, in dem manche Schäden, die die Ritter von Heinrichs Vater, Friedrich Barbarossa, vor mehr als zwanzig Jahren hinterlassen hatten, noch immer nicht behoben waren.

Als der Staufer geendet hatte, erhob sich Coelestin. Heinrich wusste, dass nun seine Erhebung in den Stand der Kleriker anstand. Dutzende Bischöfe und Kardinäle, die das Herrscherpaar und den Papst auch jetzt umstanden, stimmten einen Chor an. Es folgten mehrere Gebete für den künftigen Kaiser, während Coelestin seine prächtigen Pontifikalgewänder angelegt bekam.

Am Altar der ehrwürdigen Kirche warf sich das Herrscherpaar einem uralten Ritus folgend auf den Boden, wo es unbeweglich auf dem Bauch liegend mit ausgestreckten Armen auch dann noch verharrte, als der Gottesdienst begann. Erst als Coelestin die Krönungsmesse kurz unterbrach, durften König und Königin sich erheben und zusammen mit dem Papst auf der eigens errichteten Throntribüne Platz nehmen.

Die Messe hielt nun der Bischof von Ostia, der Heinrichs rechten Arm salbte und die Königin segnete. Erst jetzt folgte die eigentliche Kaiserkrönung, zu der sich Heinrich, Konstanze und Coelestin unter

Choralgesängen wieder in den Altarraum begaben, gefolgt von sieben Kardinälen. Im Altarraum streifte Coelestin dem Sohn Barbarossas den Ring als Symbol für Treue, Glaube und Macht über, umgürtete ihn mit dem Schwert und setzte ihm schließlich die bischöfliche Mitra aufs Haupt. Heinrich atmete tief durch, als Coelestin auf die Mitra die Kaiserkrone setzte und ihm das Zepter und den Reichsapfel überreichte.

Es war endlich vollbracht! Der Staufer war zu Kaiser Heinrich, dem sechsten dieses Namens, gekrönt worden.

Lautstark erschallte in diesem Moment der Lobgesang durch die Kirche. Aber noch einmal musste das Kaiserpaar den Atem anhalten, als es nach Ende der Krönungsmesse die Kirche verließ. Wie würden sich die römischen Bürger verhalten? Nicht selten, und diese Erfahrung hatte auch Heinrichs Vater machen müssen, hatten sie sich in diesem Augenblick offen gegen den neu gekrönten Kaiser gewandt. Doch der feierliche Zug zum Lateranpalast war ebenfalls fester Bestandteil der Krönungszeremonie.

Die Sorge, dass es vielleicht zu Ausschreitungen kommen könnte, war allerdings unbegründet. Freundlich empfingen die Römer den Deutschen und seine normannische Gemahlin. Wohl keiner hegte die Befürchtung, dass von der staufisch-normannischen Verbindung einmal eine Gefahr für die Stadt Rom und den Kirchenstaat ausgehen könnte.

Heinrich war endlich dort angekommen, wovon er schon seit seiner frühesten Jugend geträumt hatte. Aber noch während er durch die Straßen von Rom und schließlich über den Tiber schritt, waren seine Gedanken bereits woanders.

Mainz
1235

Ludger schaut dem jungen Gunther tief in die Augen. „Nach den ausgelassenen Krönungsfeiern lagerten wir damals noch einige Tage vor Rom. Schon an Ostern hatten die Römer das von uns aufgegebene Tusculum im Sturm erobert und nahezu sämtliche Bewohner erschlagen oder zumindest verstümmelt und geblendet. Heinrich hatte die Stadt, die wenige Tage zuvor dem künftigen Kaiser noch die Treue geschworen hatte, schmählich verraten."

Der alte Mönch hält kurz inne, um tief durchzuatmen. „In Rom traf ich einen Mönch, der das Massaker wie durch ein Wunder überlebt hatte. Von des großen Friedrichs entartetem Sohn sprach er und meinte damit Heinrich. Doch der zeigte keine Gefühlsregung und bereitete sich in aller Ruhe darauf vor, gen Süden zu ziehen. Die Absichten des gerade gekrönten Kaisers waren eindeutig. Er griff nach dem Königreich Sizilien, das ihm seiner Meinung nach und nach eingehenden Überprüfungen des Erbrechts durch seine Rechtsgelehrten zustand. Der alte Papst unternahm nur einen schwachen Versuch, Heinrich davon abzuhalten, König Tankred von Lecce anzugreifen. Du musst wissen, dass sich dieser uneheliche Sohn eines normannischen Herzogs am 18. Januar 1190 unrechtmäßig zum sizilischen König hatte krönen lassen. Nach dem Tod Rogers II. hätte nach der Thronfolgeregelung, die die normannischen Barone beeidet hatten, eigentlich Heinrichs Ehefrau Konstanze Königin von Sizilien werden sollen."

Weiterhin gespannt lauscht der junge, ihm gegenübersitzende Mann und erfährt, dass der kaiserliche Tross ungehindert sizilisches Territorium erreichte, wo die Deutschen auf kaum nennenswerten Widerstand stießen. Wer sich ihnen in den Weg stellte, wurde erbarmungslos und innerhalb kürzester Zeit von dem deutschen Vormarsch aus dem Weg gefegt. Das kaiserliche Heer rückte weiter über Monte Cassino bis nach Neapel vor. Doch am 24. Mai des Jahres 1191 kam der Vormarsch Heinrichs jäh ins Stocken. Denn die längst alarmierten Normannen hatten sich unter dem Befehl von Graf Richard von Acerra in der bestens befestigten Stadt verschanzt, und Heinrich blieb nichts anderes übrig, als Neapel zu belagern. Der Kaiser versicherte sich der Unterstützung Genuas, außerdem blockierte die Flotte von Pisa die für die Stadt Neapel wichtigen Handelsströme von der Seeseite aus.

„Ich habe es selbst gesehen, wie ein schwer gerüsteter Heinrich in vorderster Linie gegen die Stadt vorritt, begleitet von seinen engsten Vertrauten, darunter auch Wolfram von Rheinbod. Sie alle trugen voller Stolz den Reichsadler, und ich erinnere mich noch heute an meines Freundes Zuversicht, die Stadt bald im Sturm nehmen zu können. Doch diese Überzeugung sollte schnell und bitter enttäuscht werden. Denn die starke Befestigung Neapels stellte sich als unüberwindliches Hindernis heraus. Hinzu kam, dass wir es bald mit einem Feind zu tun hatten, der unsichtbar und damit ohne Vorwarnung über uns hereinbrach."

Gunther nimmt hastig einen Schluck Wein und beugt sich interessiert nach vorne. „Wovon redet Ihr, werter Ludger?"

Der Blick des alten Mönchs geht ins Leere. „Vielleicht hatte dieser seltsame Einsiedler namens Joachim von Fiore ja recht, als er Heinrich beschwor, von Neapel abzulassen. An diesem verschrobenen Einsiedler, der schon früher mit obskuren Eingebungen und Prophezeiungen von sich reden gemacht hatte, hatte Heinrich irgendwie einen Narren gefressen. Aber ausgerechnet diesmal hörte er nicht auf ihn, und so wendete sich das Schicksal gegen uns. Erst gelang es der sizilischen Flotte, die Seeblockade zu durchbrechen und dann schlug ebenjener unsichtbare Feind zu, der keinen Unterschied macht, ob er einen niederen Knappen oder den Reichskanzler anfällt. Zuerst setzt einem hohes Fieber zu, dann schießt ohne Unterlass ein dünnflüssiger Brei aus dem Darm. Beides schwächt den Körper so, dass dieser nach wenigen Tagen kapituliert. Bischof Philipp von Köln und der

Herzog von Böhmen starben auf diese Weise, und sie waren nicht die Einzigen. Die Seuche raffte nicht nur Hunderte unserer besten Männer dahin, sondern auch das Fußvolk und die Bediensteten, unter ihnen die gute Maria. Wolfram musste seine geliebte Frau am 30. Mai 1191 auf einem Feld bei Neapel begraben. Der Schmerz über den Verlust Marias, die ihn über Jahre hinweg durch gute und durch schlechte Zeiten begleitet hatte, zerriss meinem Freund fast das Herz im Leib. Doch der Tod fegte einem Strafgericht gleich auch weiterhin durch unser Lager. Allein an diesem sonnigen und heißen Tag des 30. Mai starben an die hundert Deutsche. Vor der Stadt Neapel waberte der süßliche Geruch verwesender Leichen, und jeder von uns dachte, dass er der Nächste sein würde. Sogar der Kaiser wachte eines Nachts mit heftigen Fieberanfällen auf, schrie im Wahn etwas von einem Lamm, das von wilden Wölfen zerrissen wird, um dann in tiefer Ohnmacht zu versinken. Der Sizilienfeldzug hatte in einem Desaster geendet. Diejenigen, die mit dem Schrecken davongekommen waren, dazu zählten Wolfram und auch meine Wenigkeit, dankten Gott auf Knien dafür."

Sichtlich erschüttert von dem, was er selbst erlebt hat, schweigt der alte Mönch nun und steckt sich geistesabwesend ein Stück Wurst in den Mund. Auf Gunthers Kopfnicken bringt der Wirt noch einmal einen kleinen Krug Wein. Durch die kleinen Fensterluken kann der junge Mann erkennen, dass die Sonne gerade untergegangen ist. Die Wirtsleute entzünden billige Talgkerzen und Öllampen. Gunther schaut sich neugierig in der gemütlichen Schenke um und gönnt Ludger eine Pause vom Erzählen, das diesen doch sehr angestrengt hat. In die kleine Weinstube sind mittlerweile drei weitere Gäste gekommen. Der Wirt und der dicke Kerl, der sich die ganze Zeit ebenfalls in der Weinstube aufgehalten hat und wohl Clemens heißt, streiten sich, während die Ehefrau sich an der Herdstelle zu schaffen macht.

„Und zu allem Überfluss setzte sich Herzog Heinrich von Braunschweig vom deutschen Heer ab und fand in Neapel Unterschlupf. Später umgarnte er sogar den Papst in Rom." Unvermittelt hat der alte Mönch wieder zu berichten begonnen und zieht damit sofort die Aufmerksamkeit des jungen Gunther auf sich.

Der runzelt die Stirn. „Heinrich von Braunschweig?“

„Ja, du hast richtig gehört. Der Sohn Heinrichs des Löwen, der wiederum schon Kaiser Friedrich Barbarossa so viel Ärger bereitet hatte. Später erfuhren wir, dass er in Deutschland das Gerücht verbreiten ließ, Kaiser Heinrich sei vor Neapel gestorben, worauf im Stammland der Welfen sofort wieder Kämpfe gegen die im Land verbliebenen Kaisertreuen ausbrachen.“

Wieder schweigt Ludger, doch nur für wenige Augenblicke. Die Erinnerung an den Welfen und seinen Verrat scheinen nicht nur den Zorn, sondern auch die Kraft in ihm erweckt zu haben.

„Der Kaiser erholte sich nur langsam von der Seuche. Aber immerhin blieb er am Leben und konnte mit einem erschreckend dezimierten Heer Ende August zurück nach Monte Cassino ziehen. Und dort erreichte uns eine weitere Hiobsbotschaft. Kaiserin Konstanze, die bei dem Ausbruch der Kämpfe um Neapel in Salerno Schutz gesucht hatte, war in sizilische Gefangenschaft geraten. König Tankred persönlich geleitete sie bis nach Palermo, wo er die deutsche Kaiserin festhielt.“

„Die Kaiserin als Gefangene auf Sizilien?“

Ludger winkt ab. „Ganz so schlimm, wie es sich anhört, war es freilich nicht. Konstanze war schließlich Normannin und von königlichem Geblüt. Sie wurde in Palermo stets zuvorkommend behandelt. Als Tankred davon hörte, dass Heinrich doch noch am Leben war, ließ er die Kaiserin unverzüglich und mit wertvollen Geschenken bedacht frei. Die Kaiserin kehrte daraufhin auf dem schnellsten Weg nach Deutschland zurück.“

Ein polterndes Geräusch an der Tür lässt ihn innehalten. In der Gaststube ist Frater Georg erschienen. Der junge, stets gut gelaunte Mönch kümmert sich seit der Ankunft Wolframs in dem Hospiz um dessen Wohlergehen. Doch in seinem rundlichen Gesicht steht diesmal die tiefe Sorge geschrieben, die ihn in die Weinstube hat eilen lassen.

„Meister Gunther“, schnauft er erschöpft, obwohl es von dem Hospiz bis zu der Schenke nur wenige Schritte sind. Doch wegen der drückenden Wärme an diesem Abend ist der dicke Mönch schnell in

Schweiß gekommen. „Ritter Wolfram ist aufgewacht. Er fantasiert vor sich hin, und keiner weiß, was er will. Gut möglich, dass es mit ihm zu Ende geht. Ihr solltet so schnell wie möglich zu ihm kommen."

Gunther kramt in seiner Tasche, legt einige Münzen auf den Tisch, während Ludger ihm zunickt. „Eile schon voraus. Bruder Georg wird dafür sorgen, dass ich wohlbehalten ins Spital zurückkomme. Ich werde inzwischen Wolfram in meine Gebete einschließen."

Wenige Augenblicke später sitzt Gunther am Bett des alten Ritters und hält dessen rechte Hand. Wolfram hat die Augen geschlossen und wirft seinen Kopf unruhig von einer Seite auf die andere. Immer wieder stammelt er Worte, die keinen Sinn ergeben.

„Wie geht es ihm?", flüstert in diesem Moment Ludger, der mittlerweile nachgekommen ist.

„Nicht sehr gut. Bruder Georg hat recht. Vielleicht wird er schon bald vor den Herrn treten. Aber ich hoffe, dass ihm wenigstens noch zwei, drei Tage vergönnt bleiben, damit er Friedrichs Ankunft in Mainz miterlebt."

Es ist Ludger anzusehen, wie sehr ihn diese Worte erschüttern. „So viele Jahre haben wir uns nun nicht mehr gesehen. Doch die Freude des Wiedersehens scheint nur kurz zu währen."

„Ludger! Ich kann es nicht glauben! Du bist es tatsächlich?" Wolfram hat die Augen geöffnet und scheint sein Glück kaum fassen zu können. Stand er eben noch auf der Schwelle zwischen Leben und Tod, blickt er nun mit ungläubiger Freude in das Gesicht seines langjährigen Weggefährten. Mühsam richtet er sich auf und streckt dem alten Mönch seine rechte Hand entgegen.

Der nickt ihm lächelnd zu. „Ich bin es wirklich. Gott hat uns hier in Mainz wieder zusammengeführt. Als ich von der Kunde hörte, dass Friedrich nach Mainz kommen sollte, habe ich mich trotz meines Alters und meiner Gebrechen von meinem Kloster in Kaufbeuren auf den Weg gemacht. Ich wusste, mit dem Kaiser würde auch Wolfram wieder zurück nach Deutschland kommen. Dein junger Begleiter, den ich in der Zwischenzeit habe kennen und schätzen lernen dürfen, hat mir berichtet, dass ihr schon seit zwei Tagen in der Stadt seid."

„Ja, es kann nur Gottes Fügung gewesen sein, dass wir uns hier in Mainz wiedersehen“, flüstert Wolfram schwach und schließt erneut die Augen.

Kurze Zeit später ist er eingeschlafen. Doch das gleichmäßige Heben und Senken seines Brustkorbes signalisiert Gunther, dass es ein friedvoller Schlummer ist. Am nächsten Morgen ist Wolfram wie ausgewechselt und voller Tatendrang. Das Wiedersehen mit seinem Freund Ludger scheint ihm neue Kräfte verliehen zu haben. Die beiden alten Männer sitzen in dem kleinen Garten des Spitals, lassen sich die Sonne ins Gesicht scheinen und schwatzen lebhaft miteinander. Als Gunther hinzukommt, winkt Wolfram seinem jungen Begleiter bestens gelaunt zu.

„Setz dich zu uns, mein junger Freund! Dass ich Ludger ausgerechnet hier in Mainz wiedersehe, grenzt an ein Wunder. Wir beide sind schon seit Stunden auf, denn wir haben uns viel zu erzählen.“

Gunther gelingt nur ein schiefes Lächeln. „Mir scheint, als hätte ich in den vergangenen Tagen von Euch mehr berichtet bekommen als in all den Jahren zuvor.“

„Ich habe deinem jungen Freund von der Belagerung Neapels und der furchtbaren Seuche berichtet, die beinahe auch Heinrich dahingerafft hätte“, erläutert der alte Mönch.

Bei der Erwähnung der italienischen Stadt verfinstert sich Wolframs Miene. „Neapel! Dort verlor ich das Liebste und das Beste, das mir Gott je in meinem langen Leben geschenkt hat.“

Gunther legt dem alten Ritter die Hand auf den Arm. „Früher habt Ihr nie sehr viel über Maria gesprochen. Doch jetzt kann ich mir endlich ein Bild von Eurer Frau machen. Sie muss ein wundervoller Mensch gewesen sein.“

Nur kurz versinkt der alte Rheinboder in Gedanken, doch dann winkt er energisch ab. „Lassen wir die Geister ruhen. Es wird nicht mehr lange dauern, und ich werde Maria wiedersehen. Doch im Gegensatz zu mir wird sie noch immer jung und schön sein. Hast du meinem jungen Freund eigentlich schon von der königlichen Entführung erzählt?“, wendet er sich wieder an den alten Mönch.

Der macht ein verwundertes Gesicht. „Wovon redest du, mein lieber Wolfram?“

Der alte Ritter zwinkert verschwörerisch mit dem rechten Auge. „Du musst es doch noch wissen. Anfangs bist du ziemlich empört gewesen.“

Als Ludger nur mit den Schultern zuckt, stößt Wolfram ihn schelmisch mit dem Ellbogen in die Seite. „Ich sage nur eines: Richard Löwenherz.“

Bei diesem Namen zieht der alte Mönch geräuschvoll die Luft ein, um dann laut loszulachen. „Du hast recht, lieber Wolfram. Das war doch eher ein Schurkenstück. Denn nachfolgende Generationen werden uns für diese Tat mit Sicherheit tadeln, wenngleich ich wenigstens heute darüber lachen kann.“

Griff nach der Weltherrschaft

1193

Ludger rückte seine mit einem Pelzkragen besetzte Kapuze zurecht und schaute Wolfram vorwurfsvoll an. „Vielleicht verrätst du mir jetzt, warum wir hier sind! Ich kann diese Geheimniskrämerei nicht mehr länger ertragen."

Vor ein paar Stunden hatten sie an dem Hohlweg, dem sie die ganze Zeit gefolgt waren, haltgemacht. In Begleitung von Wolfram und Ludger befanden sich zwanzig schwer bewaffnete Ritter, die ebenfalls nicht wussten, auf welcher Mission sie sich befanden. Doch im Gegensatz zu Ludger machten sie sich keine Gedanken. Sie hatten Befehlen zu gehorchen, das war alles, was von ihnen verlangt wurde. Für den Benediktinermönch blieb die Sache schleierhaft. Weihnachten 1192 hatten sie in Eger verbracht, danach waren sie nach Regensburg gezogen, wo Kaiser Heinrich ständige Konsultationen führte. Der Inhalt blieb Ludger, der normalerweise stets in die Verhandlungen einbezogen wurde, verborgen. Doch sie standen zweifelsohne in unmittelbarem Zusammenhang mit dem sich direkt anschließenden Aufbruch Mitte Februar 1193. Es musste eine Aktion sein, die absoluter Geheimhaltung bedurfte.

Der ebenfalls in ein warmes Fell gepackte Wolfram schaute sich um und gab Ludger ein Zeichen. Der folgte seinem Freund, und gemeinsam entfernten sie sich mit ihren Pferden gut zweihundert Ellen von den Rittern. Die nutzten die Gelegenheit, sich ein wenig zu entspannen. Einige griffen in ihre Beutel, die sie am Gürtel trugen, und holten getrocknetes Fleisch oder Käse heraus. Andere erleichterten sich an einem Baum oder überprüften die Schärfe ihrer Schwerter.

Der Rheinboder schaute mit ernsten Blicken in die Augen des Mönchs und atmete hörbar die klare, kalte Luft ein. „Wir sind hier, um für Kaiser Heinrich eine Geisel in Empfang zu nehmen."

Ludger zog verwundert die Augenbrauen zusammen. „Eine Geisel? Wer könnte für Heinrich denn so wichtig sein, dass er dich zusammen mit zwanzig seiner besten Ritter dafür abordert? Und welche Rolle spiele ich bei dieser Sache, von der ich immer noch nicht das Geringste weiß?"

Wolfram straffte sich. „Die Geisel dürfte dir bestens bekannt sein. Es handelt sich um Richard Löwenherz."

Ludger starrte seinen Freund an, als habe er den Geist Barbarossas gesehen. „Du meinst doch nicht etwa den englischen König?"

Wolfram nickte kaum merklich. „Doch genau den meine ich. Er wird uns von Herzog Leopold von Österreich ausgeliefert. Deswegen sind wir hier. Wir werden den englischen König auf dem schnellsten Weg nach Speyer bringen. Dort wird Kaiser Heinrich Hoftag halten und Richard anklagen."

Für eine Weile sagte Ludger gar nichts, dann stieß er ein abgehacktes Lachen aus. „Sage mir, dass du scherzt, Wolfram. Das kann nicht wahr sein! Der englische König als Geisel des Kaisers, der ihn zudem auch noch anklagen will? Weswegen das denn? Seid ihr von allen guten Geistern verlassen?"

Als der Rheinboder nur kurz die Schultern anhob, sonst aber nichts sagte, riss der Mönch abrupt sein Pferd herum und kehrte seinem Freund den Rücken zu. Eine ganze Weile verharrte er so. Nur ein kaum merkliches Beben seines Oberkörpers signalisierte, was er von der Aktion hielt.

Wolfram bewegte seinen Hengst an Ludgers Seite. „So lautet der Befehl des Kaisers, Ludger. Und wir haben uns danach zu richten, auch du. Heinrich hat deine Anwesenheit ausdrücklich befohlen. Du sollst, wie soll ich es ausdrücken? Du sollst Richard seelischen Beistand leisten. Schließlich ist es auch uns bewusst, welche Persönlichkeit der englische König darstellt. Ein Geistlicher an seiner Seite wird der ganzen Angelegenheit vielleicht ein wenig die Schärfe nehmen."

Erneut stieß Ludger ein humorloses Lachen aus. „Na, das ist ja beruhigend. Ich kann es einfach nicht glauben. Mein Kaiser nimmt den englischen König gefangen. Und ich muss mich an diesem Schurkenstück auch noch beteiligen. Ihr habt in der letzten Zeit eine schöne Geheimniskrämerei betrieben, und ich habe mir meine Gedanken gemacht. Dass Heinrich nach der glücklichen Heimkehr seiner Frau wieder gen Sizilien ziehen will. Dass er einen Weg gefunden hat, um endlich auf friedvollem Weg König des sizilischen Reiches zu werden. All das ist mir durch den Kopf gegangen. Doch an das, was du mir eben mitgeteilt hast, hätte ich im Traum nicht gedacht. Das kannst du mir glauben."

Wolfram verzog das Gesicht, das unter der fellumrahmten Mütze kaum zu erkennen war. „Eines kann ich dir versichern, Ludger. Mir ist die ganze Angelegenheit nicht minder unangenehm. Aber wir können es nicht ändern. Der Befehl des Kaisers ist eindeutig. Richard Löwenherz wird nach Speyer gebracht. Übrigens hat Herzog Leopold den Engländer gefangen genommen, denn er hatte noch eine offene Rechnung mit ihm. Aber das ist eine andere Geschichte. Leopold hat rechtzeitig erkannt, dass es auch für ihn besser ist, wenn Richard im Gefolge des Kaisers gefangen gehalten wird."

„Aber warum? Wir reden hier nicht von einem Boten oder Abgesandten irgendeines Königs, der in des Kaisers Schuld steht. Wir reden hier von Richard Löwenherz, zum englischen König gekrönt im März des Jahres 1189."

Es war Ludger anzusehen, wie wenig er den Sinn einer solchen Tat einsah. Als er sich endlich beruhigt hatte, konnte Wolfram seinem Freund erklären, wie es dazu gekommen war. Und so erfuhr der Mönch, dass sich Richard Löwenherz vor einigen Jahren mit Tankred von Lecce, dem unrechtmäßigen König von Sizilien, geeinigt hatte, was der heutige Stauferkaiser noch immer als offenen Affront ansah. Wie Kaiser Friedrich Barbarossa war vor mehr als drei Jahren auch der englische König dem Aufruf zur Befreiung Jerusalems gefolgt und hatte auf Sizilien überwintert. Monate später war er bei der Eroberung der Stadt Akkon beteiligt, bei der er den österreichischen Herzog Leopold zutiefst demütigte, indem er dessen Fahne von einem von Leopold eroberten Stadtturm riss. Zwei Jahre später, als ein nach starken Verlusten erheblich geschwächter Richard Löwenherz in seine Heimat zurückkehrte, hatte Leopold die Gelegenheit, diese Demütigung zu rächen. In Böhmen nahm er den englischen König, der nur noch eine Handvoll Männer um sich geschart hatte und inkognito als Kaufmann Hugo von Dalmatien gereist war, in einer Herberge gefangen. Leopold hatte sich damit jedoch unrechtmäßig eines Kreuzfahrers bemächtigt, der wie alle anderen Kreuzfahrer und Pilger unter dem besonderen Schutz der Kirche stand, und wurde daraufhin von Papst Coelestin gebannt, was den Herzog jedoch kaum scherte. Leopold erkannte, dass ihm eine Auslieferung der prominenten Geisel an den Stauferkaiser nur Vorteile bringen konnte. Und so war es auch. In Regensburg schmiedeten Heinrich und Leopold den Plan, dem englischen Volk nicht nur einhunderttausend Silbermark abzupressen, sondern Richard Löwenherz zudem zu verpflichten, dem deutschen Kaiser fünfzig Kriegsschiffe, einhundert Ritter und fünfzig Schleuderer zur Eroberung von Sizilien zur Verfügung zu stellen.

Ludger schüttelte noch immer ungläubig den Kopf, als er das hörte. „Das ist Erpressung, plumpe Erpressung, wie ich es nur von schäbigen Raubrittern kenne."

Bei diesen Worten blitzte unverhohlener Zorn in Wolframs Augen auf. In diesem Moment war er wieder ganz der Heißsporn mit der Unbeherrschtheit seiner vergangenen Jugend.

„Mäßige dich, Mönch", schrie er seinen Freund an und riss impulsiv den Kopf seines Hengstes zurück, sodass sich das Tier mit einem lauten Wiehern aufbäumte. „Es steht dir nicht zu, das Vorgehen des Kaisers in Frage zu stellen."

Ludger erwiderte den zornigen Blick des Ritters, ohne mit der Wimper zu zucken. Eine ganze Weile starrten sich die beiden Freunde so an. „Was mir zusteht oder nicht, darüber hast du nicht zu befinden", zischte Ludger schließlich. „Ich bin einzig und allein meinem Gewissen und damit Gott gegenüber verantwortlich. Und ich wiederhole es gerne noch einmal. Das alles hier ist eine empörende Angelegenheit! Hast du den Verrat von Tusculum und das darauffolgende Morden schon vergessen? Heinrich nimmt um der Macht willen auf nichts und niemanden Rücksicht. Das ist meine Meinung, und nun kannst du mich, wenn du willst, wegen Hochverrats anklagen."

Wieder wandte er sich von Wolfram ab und ritt langsam in Richtung der wartenden Ritter, die den Streit zwischen den beiden Männern längst mitbekommen hatten. Nach einem kurzen Augenblick des Zögerns preschte Wolfram mit seinem Hengst nach und versperrte Ludger den Weg. Wortlos schauten sich die beiden Gefährten an. Die Kluft, die in diesem Moment zwischen den beiden Freunden herrschte, war fast körperlich spürbar.

„Verzeih mir meine Unbeherrschtheit, Ludger", sagte Wolfram nach einer Weile einlenkend. „Aber wir können nichts an unserem Auftrag ändern. Sieh die Sache doch einmal so. Das Geld ist das Brautgeld von Richards Nichte Eleonore, die einen der Söhne Leopolds heiraten wird. So ist es inzwischen vereinbart. Und mit dem Bereitstellen der Kriegsschiffe und der Ritter bekräftigt der englische König das neue Bündnis mit uns Deutschen. Und auf Trifels, wohin Richard nach dem Reichstag in Speyer gebracht wird, weilt er als Gast, der sich von den Strapazen des Kreuzzugs erholen muss, bevor er wieder in sein Reich zurückkehren kann. Was sagst du dazu?"

Ludger schüttelte den Kopf. „Du hast vielleicht Nerven. Der Papst wird einen Tobsuchtsanfall bekommen, wenn er davon hört. Er wird Heinrich exkommunizieren. Darauf kann er sich verlassen." Er atmete tief durch. „Du verlangst sehr viel von mir. Dass ich mich an einer Erpressung beteiligen soll ..."

Weiter kam er nicht, denn ein Rufen lenkte sie ab. „Ich glaube, sie kommen, Meister Wolfram", schrie einer der Ritter, die den Hohlweg abgesichert hatten, durch seine zu einem Trichter geformten Hände.

„Ich hoffe, dass ich mich auf dich verlassen kann", sagte Wolfram leise, aber eindringlich. Und bevor sein Freund etwas entgegnen konnte, zwinkerte er ihm mit dem rechten Auge zu. „Wie redet man einen englischen König eigentlich an?"

„Sag immer wieder Sire zu ihm!"

„Wie heißt das?“

„Sire“, wiederholte Ludger leicht ungeduldig, allerdings mit weitaus weniger Zorn in der Stimme, als es noch vor wenigen Augenblicken der Fall gewesen war.

„Sire!“, wiederholte nun auch Wolfram und spähte angestrengt zu der Biegung, die der Hohlweg machte. Hier stand eine kleine Kapelle, der verabredete Treffpunkt. Auf Geheiß Markwards von Annweiler waren sie bis in die Nähe von Landshut geritten, wo sie sich mit den Österreichern und deren prominenter Geisel treffen wollten. Von hier würde es zunächst nach Ochsenfurt gehen, wo sie mit englischen Mönchen zusammentreffen wollten. Diese Mönche sollten sich selbst davon überzeugen, dass es König Richard gut ging, dass er sich aber unmissverständlich im Gewahrsam des römisch-deutschen Kaisers befand.

Der Herzschlag des Rheinboders beschleunigte sich, als er die Gruppe um die Biegung kommen sah. Einer von ihnen, ein hochgewachsener Mann, etwa Mitte dreißig, konnte nur König Richard von Löwenherz sein. In einfache, aber warme Gewänder gekleidet, ebenfalls eine dicke Mütze auf dem Kopf, saß er auf dem Pferd, an dessen Zaumzeug er sich mit gefesselten Händen festhalten musste. Unwillkürlich erinnerte sich Wolfram in diesem Moment an Rieti, wo sie Konstanze in Empfang genommen hatten.

Aus der Gruppe, die aus zehn Rittern bestand, löste sich ein Reiter, der in wertvolle Pelze gekleidet war. Auch sein Pferd war mit einer dick gewobenen Decke vor der Kälte geschützt. „Ich bin Hadmar von Kuenring“, stellte sich der Edelmann Wolfram vor. „Ich bin von Herzog Leopold beauftragt, Euch eine Geisel auszuliefern, die Ihr zu Kaiser Heinrich bringen werdet.“

Nachdem der Rheinboder den Gruß erwidert hatte, konnte er sich endlich dem englischen König zuwenden. „Mein Name ist Wolfram von Rheinbod, Sire.“

Die Unsicherheit und die Aufregung waren deutlich aus Wolframs Worten herauszuhören. Vor ihm saß ein Mann mittleren Alters, der augenscheinlich genauso gut ein Handwerker, ein Bauer oder ein niederer Pfaffe hätte sein können. Doch es war der englische König, dessen Ruf als zutiefst ehrenwerter Ritter ihm bis in den kaiserlichen Hofstaat vorausgeeilt war.

Zunächst sagte Richard nichts, was Wolframs Unsicherheit noch verstärkte. „Halten wir uns nicht länger hier auf, werter Wolfram", entgegnete er nach einer Weile in durchaus verständlichem Deutsch. „Ich möchte so schnell wie möglich mit Kaiser Heinrich reden, damit wir zu einem schnellen und für alle Seiten guten Ende dieser Angelegenheit kommen."

Wolfram hüstelte und wandte sich wieder dem Abgesandten des Herzogs zu. „Wir nehmen hiermit König Richard Löwenherz als Geisel des römisch-deutschen Kaisers entgegen."

Er unterzeichnete schnell das Dokument, das Hadmar von Kuenring ihm entgegenhielt, und dankte dem Österreicher, der sich auf der Stelle mit seinen Mannen entfernte, ohne den englischen König auch nur eines Blickes zu würdigen.

„Auf nach Ochsenfurt", nickte Wolfram und warf seinem Freund Ludger einen schnellen Blick zu.

Der erwiderte nichts, doch sein Gesichtsausdruck sprach Bände.

„Werter Wolfram!" Es war das erste Mal, dass der sonst eisern schweigende Richard Löwenherz, der nur ab und zu eine einfache Melodie vor sich hinsummte, sich an Wolfram wandte, der direkt neben dem englischen König ritt. Wolfram schaute dem Engländer fragend in die Augen, sagte jedoch nichts. Etliche Stunden waren seit der Übergabe der Geisel nun schon vergangen, doch noch immer nicht hatte sich die Scheu gelegt, die Wolfram vom ersten Moment seiner Begegnung mit dem König ergriffen hatte.

„Ich möchte eigentlich nur betonen, dass Ihr Euch keine Gedanken zu machen braucht. Ich weiß, dass Ihr nur Eure Pflicht gegenüber Eurem Kaiser erfüllt. Würdet Ihr in meinen Diensten stehen und wäre ich an Heinrichs Stelle, ich würde von Euch nichts anderes erwarten."

Darauf konnte Wolfram nur nicken. Er hoffte, dass Richard Löwenherz nicht mehr länger das Wort an ihn richtete. Doch der englische König schien von einer ungewöhnlichen Redseligkeit ergriffen zu sein. Und so erfuhr Wolfram, dass seine prominente Geisel der dritte Sohn König Heinrichs II. von England war und damit aus dem alten Geschlecht der Anjou-Plantagenet stammte. Nur selten hatte sich Richard in der Vergangenheit in England aufgehalten, dafür mehr in Aquitanien, dem Heimatland seiner Mutter, Eleonore von Aquitanien. Vor nunmehr fast zwanzig Jahren war es ihm gelungen, so berichtete Richard weiter, einen Aufstand niederzuschlagen, den aquitanische Adlige gegen seinen Vater angezettelt hatten. Doch auch seine Brüder wandten sich gegen ihn und den gemeinsamen Vater, was erst mit dem Tod des ältesten Sohnes Heinrich ausgestanden war.

Im Laufe von Richards durchaus interessanten Schilderungen erfuhren Wolfram und der ebenfalls gebannt lauschende Ludger die Geschehnisse auf Sizilien aus der Sicht ihrer Geisel. Danach hatte es zunächst Streitigkeiten zwischen Richard und König Tankred von Lecce gegeben. Dabei ging es um die Plünderung von Messina. Doch es kam recht schnell wieder zum Ausgleich zwischen den beiden Herrschern. Es war dieser Ausgleich, der Kaiser Heinrich so maßlos erzürnte.

Jetzt wagte Ludger einen Einwand und fragte Richard nach der Wahrheit über die Vorkommnisse in Akkon. Doch an dieser Stelle wich der englische König lächelnd aus. „Es wird viel geredet“, war das Einzige, was ihm dazu zu entlocken war.

„Seid Ihr auf Eurem Kreuzzug einem deutschen Ritter namens Gunther von Katzenelnbogen begegnet? Oder auch einem deutschen Edelmann namens Dankwart von Gelnhausen?“

Diese Frage lag Wolfram schon die ganze Zeit auf der Zunge, und endlich konnte er sie stellen, wobei er Gunther und den Gelnhausener ausgiebig beschrieb. Noch immer hatte er nichts von seinem alten Freund gehört. Die Begegnung mit Richard Löwenherz hatte die Hoffnung auf Erlösung von der Ungewissheit wieder genährt. Doch die Antwort ließ ihn enttäuscht den Mund verziehen. Nur wenige deutsche Ritter seien ihm begegnet, schüttelte Löwenherz bedauernd den Kopf. Und ein Gunther von Katzenelnbogen sei mit Sicherheit nicht dabei gewesen, ebenso wenig der genannte Dankwart von Gelnhausen.

Jetzt schwieg der Engländer eine ganze Weile, um sich schließlich eindringlich zu räuspern. Wolfram, dem aufgefallen war, dass Richard schon eine ganze Weile nervös im Sattel hin und herrutschte, schaute seinen Gefangenen fragend an.

„Ich möchte Euch um eine kleine Pause ersuchen, werter Wolfram."

Der Rheinboder verzog das Gesicht. „Ich hatte eigentlich gehofft, vor Sonnenuntergang Ochsenfurt zu erreichen, wo Ihr vereinbarungsgemäß mit zwei Landsleuten sprechen könnt, Sire."

„Ich erbitte nur um einen kurzen Moment der Rast, damit ich mich erleichtern kann."

Nach einem kurzen Zögern nickte Wolfram und wies zwei Ritter an, Richard Löwenherz beim Absteigen zu helfen. Als dieser auf dem Boden stand, blickte er Wolfram erwartungsvoll an.

„Wollt Ihr mir nicht die Fesseln lösen?", fragte er, als Wolfram keine Anstalten machte zu reagieren.

Dem Rheinboder gelang nur ein missglücktes Lächeln. „Die beiden Ritter werden Euch begleiten, Sire, und Euch bei Eurer Notdurft helfen."

„Das kann nicht Euer Ernst sein, werter Wolfram. Ich bitte Euch, erspart mir diese Peinlichkeit. Ich gebe Euch mein Ehrenwort, dass ich nur hinter diesen dichten Busch verschwinde und sofort wieder zurückkomme."

Wolfram tauschte sich mit einem kurzen Blick mit Ludger aus. Als der beruhigend nickte, löste er die Fesseln. „Euer Ehrenwort, Sire!"

Nach einem Nicken und einem kurzen Dank verschwand der englische König hinter dem Busch. Kurz darauf vernahmen die Ritter ein erleichtertes Stöhnen. Grinsend schauten sich die Deutschen an. Auch Wolfram und Ludger nutzten die Pause, um sich an Bäumen zu erleichtern, während die anderen Ritter ihre Rücken durchbogen, etwas tranken oder ein wenig von dem Brot und Fleisch aßen, das sie in kleinen Beuteln mit sich führten.

Als Wolfram mit Ludger zurückkam, schaute der verwundert in Richtung des Busches. „Seine Hoheit haben wohl Probleme mit dem Darm", rief der Mönch vernehmlich und mit einem Grinsen auf dem Gesicht.

Zum Scherzen war Wolfram jedoch nicht zumute, denn sein Instinkt sagte ihm sofort, dass etwas nicht stimmte. Mit gezogenem Schwert näherte er sich dem Busch, um im selben Moment einen wütenden Schrei auszustoßen. Als die anderen Ritter ebenfalls angerannt kamen, sahen sie die Bescherung. Das trotz der Jahreszeit dichte Buschwerk hatte einen Abhang verdeckt, an dem deutliche Spuren zu sehen waren. Richard Löwenherz war die Böschung heruntergerutscht und hatte das Weite gesucht.

„Ich glaube es einfach nicht. Er hat sein Ehrenwort gebrochen", fluchte Wolfram laut schreiend und hieb mit dem Schwert auf den Busch ein. „Ein König hat das von ihm gegebene Ehrenwort gebrochen!"

„Was hättest du getan? Was hätte Kaiser Heinrich getan? Was hat Heinrich in Tusculum getan?", entgegnete Ludger trocken.

Wolfram bedachte ihn mit einem vernichtenden Blick. „Und was glaubst du, was Kaiser Heinrich mit uns macht, wenn wir ohne Richard nach Speyer kommen? Er wird uns alle zum Teufel jagen oder gleich in den nächsten Kerker werfen."

Gehetzt schaute er sich um. Der englische König war mindestens vierzig Ellen den Abhang hinuntergerutscht. Seine Bewacher waren jedoch mit Pferden unterwegs, die die steile und bei dieser Witterung eisglatte Böschung unmöglich bewältigen konnten. Sie mussten daher einen Umweg machen, was dem entflohenen Gefangenen mit Sicherheit einen größeren Vorsprung verschaffte. Glücklicherweise war das Unterholz um diese Jahreszeit nicht so dicht gewachsen. Der königliche Flüchtling hatte also kaum Möglichkeiten, sich vor seinen Bewachern zu verstecken. Doch große, von Füchsen und Bären gegrabene Erdlöcher gab es allemal, in denen auch ein ausgewachsener englischer König Platz hatte.

Jeweils zu zweit wollten sie sich auf die Suche machen und dabei in Hörweite bleiben.

„Er hat tatsächlich sein Ehrenwort gebrochen.“ Wolfram, der neben Ludger ritt, konnte es noch immer nicht fassen. „Ich darf gar nicht daran denken, wenn wir ohne ihn nach Speyer kommen. Heinrich wird, gelinde gesagt, einen Tobsuchtsanfall bekommen. Wir müssen Richard finden, koste es, was es wolle.“

„Vielleicht versucht er, sich bis nach Ochsenfurt durchzuschlagen, wo er seine Landsleute treffen würde“, mutmaßte der Benediktinermönch.

„Das wäre töricht“, gab Wolfram zurück. „Schließlich ist Richard schlau genug zu kombinieren, dass wir ebenfalls auf diese Idee kommen.“

Er schaute sich um. „An seiner Stelle würde ich mich in eines der vielen Erdlöcher zwängen und dann die Nacht und den nächsten Tag abwarten.“

„Aber er kann sich nicht ewig hier verstecken. Auch ein englischer König muss einmal essen und trinken. Außerdem wird es nächtens bitterkalt.“

„Da hast du auch wieder recht. Wie heißt das nächste Dorf?“

Ludger überlegte einen Moment und studierte die Dokumente, die er mit sich führte. „Wenn ich mich nicht irre, sind wir ganz in der Nähe von Gelchsheim, einer nicht unwichtigen Zollstätte. An Richards Stelle würde ich mich dorthin durchschlagen und versuchen, an ein Pferd zu gelangen.“

Wolfram nickte zustimmend und gab sechs Rittern mit seinem Schwert ein Zeichen. Sofort kamen die Männer hergeritten. Wolfram wies sie an, ihnen zunächst bis Gelchsheim zu folgen, dann die Handelsstraße zu verlassen und jeden möglichen Fluchtweg aus dem Dorf abzusichern. Die übrigen Ritter sollten in Sichtweite den Wald absuchen.

Tatsächlich hatten sie nach kürzester Zeit die ansehnliche Siedlung erreicht. Doch die ersten drei Dorfbewohner schüttelten lediglich den Kopf, als Wolfram sie nach einem einfach gekleideten Unbekannten fragte, der hier möglicherweise erschienen war. Mit mäßigem Tempo ritten Wolfram und Ludger durch das Dorf, sich immer wieder umschauend, jede kleinste Bewegung registrierend.

„Ich spüre, dass hier etwas nicht stimmt“, knurrte Wolfram nach einer Weile und zog erneut sein Schwert. In diesem Moment war er wild entschlossen, den Flüchtigen wieder aufzugabeln. „Bei meiner Treu, ich kann Löwenherz förmlich riechen. Er muss hier irgendwo sein.“

„Willst du alle Ställe und Kammern dieses Dorfes durchsuchen? Das kann Stunden dauern. Außerdem wird es bald dunkel.“

„Wenn es sein muss, ja!“

„Und wenn du Pech hast, ist Richard ganz woanders und dann längst über alle Berge.“

„Aber irgendwo müssen wir …“, wollte Wolfram entgegnen, als er innehielt und die Hand hob. Er hatte etwas gehört.

Auch Ludger hatte sein Pferd angehalten. Er spitzte die Ohren. „Bei allen Heiligen! Ich kenne diese Melodie.“

Wolfram grinste und schaute in die Richtung, aus der das Summen und Pfeifen drang. An der Tür einer einfachen Herberge blieb sein Blick hängen.

„Aber das ist ein kleines Kind, das da pfeift“, wollte Ludger einwenden, doch Wolfram machte eine energische Handbewegung.

Mit Schwung saß er ab und umklammerte sein Schwert. Ludger und den übrigen Rittern, die sich mittlerweile in Gelchsheim eingefunden hatten, gab er ein Zeichen. Er wollte alleine nachschauen, die anderen sollten mögliche Fluchtwege sichern.

Als er die Tür öffnete, fiel ihm sofort das Kind auf, das mutterseelenallein auf dem Boden hockte und einen Kreisel drehte. Sonst war kein Mensch zu sehen. Der kleine Junge, der die Melodie gesummt hatte, schaute den Eindringling nun mit einer Mischung aus Verwunderung und Angst an. Wolfram zwinkerte verschmitzt mit dem rechten Auge und ging vor dem Jungen auf die Knie.

„Eine schöne Melodie, die du da pfeifst.“

Keine Reaktion.

„Von wem hast du diese Melodie gelernt.“

Wieder keine Reaktion.

Der Rheinboder gab sich betont gelassen, obwohl er wusste, dass er auf der richtigen Spur war. „Du brauchst keine Angst vor mir zu haben."

Der kleine, vielleicht sieben Jahre alte Junge deutete auf die Waffe. „Ist das ein richtiges Schwert? Das muss ja ganz schön scharf sein!"

Wolfram nickte und führte die Finger des Jungen vorsichtig über den Stahl.

Allmählich entspannte sich der Bub. „Hast du damit schon einmal jemanden getötet?"

Wieder nickte der Ritter sanft. „Aber nur böse Menschen, die es verdient hatten zu sterben. Einem kleinen, tapferen Jungen würde ich niemals damit wehtun."

Als er merkte, dass der Bub erleichtert aufatmete, hakte er sofort nach. „Du hast mir noch immer nichts über diese schöne Melodie erzählt und bei wem du sie gelernt hast."

„Das darf ich nicht sagen."

Wolfram nickte verständnisvoll. „Bestimmt hast du dein Ehrenwort gegeben. Und ein Ehrenwort darf man nicht brechen. Weißt du, ich habe einem großen Mann, dem Kaiser höchstpersönlich, ebenfalls mein Ehrenwort gegeben. Und nicht einmal ein Schwert an meiner Kehle könnte mich dazu bringen, mein Ehrenwort zu brechen. Auch du solltest niemals ein Ehrenwort brechen, mein kleiner Freund."

Als der Junge erleichtert nickte, nutzte Wolfram den Augenblick für eine List. „Ist der große Mann, der so seltsam spricht, noch hier?"

Eine Antwort war gar nicht nötig, denn sofort fiel der Blick des Jungen auf die kleine Tür, die wohl in einen Vorratsraum führte. Wolfram legte den linken Zeigefinger auf seine Lippen und richtete sich wieder auf. Mit der Spitze seines Schwertes klopfte er gegen die schwere Tür.

„Hattet Ihr auch das Bedürfnis, zu essen und zu schlafen, Sire? Aber diese Herberge ist doch ein wenig zu einfach für einen englischen König", rief er laut. „Aber vielleicht gibt es hier ja doch einen ausgezeichneten Braten, der Euch munden wird."

Es dauerte nicht lange und er hörte aus der Vorratskammer ein Geräusch, dem ein Niesen folgte. Kurz darauf öffnete sich die Tür und ein über und über mit Mehl besudelter Richard Löwenherz blickte Wolfram an.

Der zog tief die Luft ein. „Hattet Ihr tatsächlich geglaubt, fliehen zu können, Sire?", fragte Wolfram ruhig.

Die Erleichterung über das Auffinden des Flüchtigen hatte Wolframs Wut schnell verfliegen lassen.

Richard zog die Mundwinkel nach oben. „Ich wollte es zumindest versuchen. Könnt Ihr das verstehen?"

„Ich denke, in beiderseitigem Interesse behalten wir den Vorfall für uns. Ich kann es Euch allerdings nicht ersparen, Euch für den Rest des Wegs die Fesseln anzulegen, sollten Eure Bedürfnisse und die damit verbundenen Peinlichkeiten auch noch so stark sein.

Beim Hinausgehen warf er dem kleinen Jungen noch einmal einen Blick zu und zwinkerte mit dem rechten Auge.

„Das ist aber kein böser Mann", wagte der Kleine auszurufen.

Der Rheinboder lächelte. „Das weiß ich doch. Es ist auch nur eine Art Spiel, was wir hier machen. Dabei geht es auch um ein gegebenes Ehrenwort und dass man es nicht brechen darf. Nicht wahr, Sire?"

Wolfram atmete auf. Endlich kam die Burg Trifels in Sicht und sofort fiel dem Rheinboder ein Spruch ein, der schon seit vielen Jahren die Runde machte: Wer den Trifels hat, der hat auch das Reich, hieß es, und Wolfram wurde wieder einmal klar, wie Recht der Volksmund hatte. Der Ritter wusste, dass hinter den mächtigen Mauern nicht nur die Reichskleinodien, also Kaiserkrone, Reichsapfel, Zepter, Reichskreuz und das Kaiserschwert, aufbewahrt wurden. In den tiefen Kerkern schmachtete auch schon so mancher Gefangene des Kaisers. Der Trifels war die mächtigste Burg im Reich.

Wolfram warf einen schnellen Blick auf Richard Löwenherz. Der englische König würde selbstverständlich nicht in ein dunkles Verlies geworfen. Kaiser Heinrich hatte in Anwesenheit von Wolfram persönlich angeordnet, dass das größte Gemach hergerichtet würde. Die Mägde hatten einen Krug mit frischem Wasser gefüllt, eine Schale mit getrockneten Würsten und Dörrobst hingestellt. Der prominenten Geisel sollte es auf Trifels an nichts mangeln. Allerdings musste die Tür stets verriegelt sein. Außerdem, so lautete eine weitere Anweisung, mussten stets vier Ritter vor dem Gemach auf Posten sein. Auf zwei mal zwei Stunden beschränkte sich die Ausgangszeit des Herrschers, ebenfalls scharf bewacht von vier bewaffneten Rittern.

Der englische König erwiderte Wolframs Blick und lächelte offen. Auch Wolfram gelang ein Lächeln. In den vergangenen Tagen hatte sich zwischen ihm und seinem Schützling, wie er sich gegenüber Ludger immer ausdrückte, fast so etwas wie eine stillschweigende Freundschaft entwickelt. Das lag mit Sicherheit auch daran, dass Richard mit keiner Silbe etwas von seinem Fluchtversuch erzählt hatte. Und auch die anderen schwiegen wie vereinbart.

Wolfram ließ kurz die letzten Tage Revue passieren: In Ochsenfurt angekommen, trafen sie auf die zwei englischen Mönche, die ihren König bis nach Speyer begleiteten. In der alten Bischofsstadt waren bereits weitere englische Adlige und Geistliche eingetroffen, die sich ein Bild davon machen wollten, wie ihr König von den Deutschen behandelt wurde. In Speyer klagte Heinrich den englischen König an, worauf der die Anschuldigungen zurückwies. Wolfram selbst hatte es nicht gesehen, doch Ludger schilderte ihm, wie zwischen Heinrich und Richard ein leidenschaftlicher Disput losbrach, bei dem der Engländer durch seine geschliffene Rhetorik bei allen Anerkennung erntete. Es war schließlich der Kaiser, der den englischen König sogar in seine Arme schloss. Heinrich soll mächtig beeindruckt von Richards Ritterlichkeit gewesen sein, und das wollte bei dem hartherzigen Staufer schon etwas heißen.

Von seiner Lösegeldforderung ließ Heinrich freilich nicht ab, wenngleich der Kaiser nur noch einhunderttausend Silbermark einforderte, außerdem fünfzig Kriegsschiffe und zwanzig Ritter. Letztere sollten Heinrich ein Jahr lang dienen. Doch für den größten Gesprächsstoff während des Reichstages sorgte eine weitere Forderung: Richard musste Kaiser Heinrich als seinen Lehensherrn anerkennen. Das englische Königreich ein Lehen des deutsch-römischen Kaiserreiches – für Heinrich VI. schien in dieser Zeit nichts unmöglich zu sein. Auch stärkte dieser politische Schachzug seine Stellung im Reich. Angesichts der Schwäche ihres englischen Verbündeten, so das Kalkül Heinrichs, sollten seine Feinde, allen voran die Welfen, ihren Widerstand mehr und mehr aufgeben.

Als Richard schließlich zugestimmt hatte, wurden die englischen Gesandten auf der Stelle in ihre Heimat zurückgeschickt, um dort alles in die Wege zu leiten, damit die Forderungen erfüllt wurden und ihr König so schnell als möglich aus seiner Gefangenschaft freikam.

Keine Stunde, nachdem Wolframs Trupp den Trifels erreicht hatte, schloss sich zwischen dem Rheinboder und Richard Löwenherz die schwere Eichentür.

„Was wird Heinrich jetzt unternehmen?"

Wolframs Frage war an Markward von Annweiler gerichtet, der die Geisel in Empfang genommen hatte. Der wichtigste Vertraute Heinrichs VI. beantwortete die Frage mit einem kalten Grinsen. „Bald hat der Kaiser endlich die Mittel, die er braucht, um in Sizilien aufzuräumen. Ich verwette mein bestes Schwert, mein lieber Wolfram, noch ehe das nächste Jahr zu Ende gegangen ist, wird Heinrich zum sizilischen König gekrönt."

„Dann fehlt zum höchsten Glück ja nur noch der Stammhalter", entfuhr es Wolfram.

Er hielt dem vernichtenden Blick stand, den ihm der Annweiler zuwarf. Doch keine Sekunde später zog erneut ein falsches Grinsen über dessen Gesicht. „Eigentlich wollte es dir der Kaiser ja selbst sagen, aber wer weiß, wann du ihn wieder triffst. Daher werde ich die schwere Aufgabe übernehmen."

Wolfram zog verwundert die Augenbrauen zusammen. Er wusste nicht, wovon der Annweiler sprach.

„Wir haben jetzt endlich Gewissheit über das Schicksal Dankwarts von Gelnhausen", erzählte dieser genüsslich. „Dein früherer Mentor ist bei Damaskus gestorben und in einem namenlosen Loch verscharrt worden. Was sagst du dazu?"

Es war weniger die erschütternde Gewissheit als der kalte Gesichtsausdruck, weswegen Wolfram die Beherrschung verlor. Mit einer kaum sichtbaren Bewegung zog er sein Schwert und drückte die flache Seite gegen die Kehle des Annweilers.

Der zeigte sich von der Wut, die er herausgefordert hatte, unbeeindruckt. „Ich weiß, dass du in der Gunst des Kaisers stehst. Ich weiß natürlich auch, dass du Heinrich zwei Mal das Leben gerettet hast. Aber ein Wort von mir genügt, und du verschwindest wieder in deiner unbedeutenden Burg am Mittelrhein, Rheinboder."

Wolfram hielt dem Blick stand. „Das mag stimmen, werter Markward. Aber bedenkt eines: Dann wäre Euer Kopf nicht mehr sicher. Die Menschen, die mir einmal am liebsten waren, wurden mir genommen. Ich habe nichts mehr, außer meiner Treue zu Kaiser Heinrich. Nehmt Ihr mir meinen Kaiser, nehme ich Euer Leben. Darauf mein Wort."

Jetzt spürte der Annweiler, dass er den Bogen überspannt hatte. Als er in diesem Moment Ludgers Stimme hörte, der wenige Augenblicke später um die Ecke gebogen kam, steckte Wolfram das Schwert mit einer ebenso blitzschnellen Bewegung wieder zurück in die Scheide. Doch die Drohungen, die in der Luft lagen, verspürte auch der Benediktinermönch. Markward von Annweiler entspannte sich wieder und ließ die beiden Männer ohne eine weitere Bemerkung alleine, jedoch nicht, ohne dem Rheinboder einen bezeichnenden Blick zuzuwerfen.

„Sieh dich vor, Wolfram", warnte Ludger wenig später seinen alten Freund, als sie alleine im Burghof ein wenig Wasser tranken, das sie sich aus dem tiefen Brunnen geschöpft hatten. „Wenn Heinrich Erfolg in Sizilien hat, wird Markward von Annweiler noch mächtiger. Du schaffst dir nur Probleme, wenn du ihn dir zum Feind machst."

Doch Wolfram winkte nur ab und schüttete den Rest des Wasser auf den Burghof. „Er ist schon mein Feind. Er ist es von Anfang an gewesen", war alles, was er dazu sagte. Statt dessen erzählte er Ludger vom Tod des Gelnhauseners. Erschüttert machte der Mönch ein Kreuzzeichen.

„Wir beide haben immer im Stillen gehofft, dass er irgendwann einmal doch noch zurückkehren möge. Wir haben einen Freund, das Reich hat einen großen Ritter verloren."

„Und Gunthers Schicksal ist noch immer ungeklärt", murmelte Wolfram.

Statt einer Antwort legte ihm Ludger mitfühlend die Hand auf die Schulter.

„Ich bin müde, mein Freund", entgegnete der Ritter. „Ich sehne mich nach der Burg meiner Familie. Ich sehne mich nach der liebevollen Fürsorge meiner Schwestern und besonders nach meiner Mutter. Kannst du dir das vorstellen: Ich sehne mich sogar nach meinem Vater."

Ludger nickte verständnisvoll. „Heinrich wird bestimmt nichts dagegen haben, wenn du einmal wieder den Rhein hochreitest. Ich könnte dich begleiten. Zu gerne würde ich deine Familie, besonders deine werte Mutter, einmal kennenlernen."

Jetzt gelang Wolfram doch ein Lächeln. „Ich werde deinen Rat befolgen und den Kaiser bei nächster Gelegenheit darum bitten. Er wird meine Bitte nicht abschlagen."

„Halt gefälligst deinen Schild höher! Oder willst du, dass ich dir deinen Arm abschlage? Wenn du so weitermachst, wird aus dir niemals ein ehrbarer Ritter!"

Wie ein Blitz überfiel Wolfram die Erinnerung, als er den Bergfried der Burg seiner Familie sah. Zehn Jahre waren vergangen, seit Gerhard von Rheinbod mit seinem einzigen Sohn auf dem Burghof von Reichenstein jeden Tag Stunden um Stunden den Schwertkampf geübt hatte, um ihn später zum Pfingstfest nach Mainz zu schicken. Wolfram schloss die Augen und horchte in sich hinein. Er wusste nicht, was er in diesem Moment fühlte. Da war ein wenig Stolz, dass er seinen Vater doch noch eines Besseren belehren konnte. Da war aber auch die Gewissheit, dass der Landvogt des Klosters Kornelimünster noch immer auf ihn herabschaute. Der Ritter atmete tief durch. Schließlich war er nicht bloß zum Wiedersehen mit seiner Familie an den Mittelrhein gekommen. Er musste sogar an Reichenstein vorbeireiten und die hoch über dem nicht weit entfernten Bacharach gelegene Burg Stahleck aufsuchen. Dort wurde kürzlich Hochzeit gefeiert, und Wolfram sollte nichts anderes tun, als diese Ehe rückgängig zu machen. Das war der Auftrag, mit dem Kaiser Heinrich ihn betraut hatte. „Und wenn du schon am Mittelrhein bist, dann kannst du meinetwegen auch bei der Burg deines Vaters vorbeischauen", hatte ihm Heinrich noch mit auf den Weg gegeben.

Wolfram schob die Erinnerungen an seinen Vater beiseite und grinste jetzt in sich hinein. Die Stauferin Agnes, die ältere Tochter des lothringischen Pfalzgrafen Konrad, der wiederum ein jüngerer Halbbruder von Friedrich Barbarossa war, hatte auf der Burg Stahleck heimlich geheiratet. Der Bräutigam konnte dem Kaiser allerdings nicht gefallen, denn es handelte sich um Heinrich von Braunschweig, den Sohn Heinrichs des Löwen, der den Staufer bei dessen erstem Sizilienfeldzug schmählich hintergangen hatte. Eine staufisch-welfische Verbindung! Als der Kaiser davon hörte, hatte er einen Wutanfall bekommen und ließ seinem Onkel durch Wolfram einen unmissverständlichen Brief zukommen. Die Hochzeit sei unter allen Umständen zu verhindern, hieß es darin. Ludger hatte den Brief verfasst und unter dem Siegel der Verschwiegenheit seinem Freund Wolfram davon erzählt. Der wusste, dass er sich auf einer heiklen Mission befand, denn er hatte auch von Agnes' Mutter Irmingard gehört. Die Pfalzgräfin war eine resolute Frau, die stets das Glück ihrer Kinder im Auge hatte und die sich nichts sagen ließ, auch nicht von ihrem mächtigsten Verwandten, dem Kaiser.

Es war jene Irmingard, die Wolfram eine knappe Stunde später auf dem Burghof begrüßte. Wolfram schaute sich kurz um. Vor knapp einhundert Jahren war diese imposante Burg gebaut worden und hatte sich seitdem als verlässlicher Brückenkopf der Staufer hier am Mittelrhein erwiesen. Die Burgherrin überreichte dem Gast einen Krug Wasser, an dem er sich dankbar labte. Danach führte sie Wolfram zu ihrem Mann Konrad. Der machte ein erfreutes Gesicht, als er den Ritter, dessen Ankunft berittene Boten schon vor Wochen angekündigt hatten, auf sich zukommen sah.

„Wolfram von Rheinbod“, rief der alte Pfalzgraf laut. „Endlich lerne ich einmal den Mann kennen, von dem wir hier am Mittelrhein schon so viel gehört haben. Es vergeht kein Fest, bei dem die Spielleute nicht Euren Mut und Eure Tapferkeit besingen. Euer Vater muss mächtig stolz auf Euch sein.“

Wolfram erwiderte die Worte mit einem leichten Kopfnicken und blickte seinem Gastgeber in die Augen.

Er hat die gleichen Gesichtszüge wie der alte Kaiser, schoss es ihm durch den Kopf.

Laut sagte er: „Es ist mir eine große Ehre, Pfalzgraf Konrad, Gast auf Eurer Burg zu sein. Doch ich möchte nicht verhehlen, dass es eine eher heikle Angelegenheit ist, die mich hierhergeführt hat. Kaiser Heinrich lässt mich Euch diesen Brief hier überbringen. Heinrich will …“

Weiter kam er nicht, denn Konrad unterbrach ihn mit einer Handbewegung und einem versöhnlichen Lächeln. „Mein lieber Wolfram, noch immer steht Ihr in voller Montur und Bewaffnung vor mir. Wie wäre es, wenn Ihr Euer Schwert und Euer Kettenhemd ablegt und wir es uns vor dem warmen Feuer gemütlich machen?“

Jetzt gelang auch Wolfram ein Lächeln, und wenig später saßen die beiden Männer vor dem lodernden Kamin. Die Küchenmagd hatte gebratenes Fleisch, Brot und einen Krug Wein gebracht, und langsam fühlte sich Wolfram wohl. Er tat sich an dem Fleisch gütlich und wartete geduldig, bis der Pfalzgraf das Thema wieder anschnitt.

„Ich weiß natürlich, dass der Kaiser erzürnt ist“, begann er, nachdem er seinen letzten Bissen mit einem Schluck Wein nachgespült hatte. „Werter Wolfram, Ihr könnt versichert sein, wie überrascht auch ich war, als ich damals auf die Burg zurückkehrte und meine Frau mich mit der Neuigkeit konfrontierte. Irmingard hat schon immer einen eigenen Kopf gehabt. Doch diesmal …“

Er winkte ab und setzte noch einmal den Becher Wein an. „Bringt sie doch in meiner Abwesenheit unsere Tochter Agnes unter die Haube. Heimlich hat sie Heinrich von Braunschweig hierher auf die Stahleck kommen lassen. Wo wir gerade sitzen, lieber Wolfram, wurde die Trauung vollzogen. Begeistert war ich wahrlich nicht, das könnt Ihr mir glauben. Aber mittlerweile habe ich mich damit abgefunden, dass meine Tochter einen Welfen geheiratet hat. Agnes ist mit ihrem Heinrich glücklich. Ich möchte die Ehe deshalb auf keinen Fall auflösen, auch wenn es der Staatsräson vielleicht dienlich wäre."

Wolfram atmete tief ein. Es war ihm anzusehen, dass es ihm nicht behagte, mit einer schlechten Nachricht zu Kaiser Heinrich nach Worms zurückzukehren. Denn eines war ihm klar geworden. Der Burgherr würde sich nicht von seiner Meinung abbringen lassen.

Der alte Pfalzgraf schien die Gedanken seines Gastes erraten zu haben und legte seine Hand auf Wolframs Arm. „Ich kenne doch meinen Neffen. Heinrichs Wut wird schnell verraucht sein. Er hat mit der Gefangenschaft Richards den Widerstand der Welfen doch längst gebrochen. Und seht es doch einmal von einer anderen Seite. Eine staufisch-welfische Verbindung wäre ein Gewinn für ihn. Ich bin überzeugt, dass auch Heinrich der Löwe zu einer Aussöhnung zwischen beiden Familien bereit ist. Und ich bin überzeugt, dass Ihr dem Kaiser das erklären könnt. Ich weiß doch, wie nahe Ihr ihm steht."

Wolfram schaute dem Pfalzgrafen in die Augen. Der Halbbruder Barbarossas hatte ein gewinnende Art, der er sich nicht verschließen konnte. Als er schließlich nickte, wechselte der sichtlich erleichterte Pfalzgraf das Thema. Und so plauderten die beiden Ritter noch stundenlang über alte Zeiten. Als Wolfram von Barbarossas Tod berichtete, den er selbst erlebt hatte, sprang der Graf aus seinem Lehnstuhl auf. „Welch eine Tragik, dass der Kaiser ausgerechnet bei seinem Kreuzzug starb."

Dann geschah etwas, was Wolfram augenblicklich stutzig machte. Nur kurz erwähnte er den Tod Dankwarts von Gelnhausen und das ungeklärte Schicksal seines alten Freundes Gunther von Katzenelnbogen. Bei dessen Erwähnung verdunkelte sich augenblicklich Konrads Miene.

„Was wisst Ihr über meinen langjährigen Weggefährten?", hakte Wolfram sofort nach. „Seit Jahren fehlt mir über sein Schicksal jegliche Gewissheit."

Ungeduldig packte er den Grafen am Arm, als er Konrads ausweichenden Blick bemerkte. „Entschuldigt, dass ich Euch so bedränge, aber Ihr wisst etwas, Pfalzgraf Konrad. Das spüre ich. Ihr müsst mir sagen, was Ihr über Gunther wisst."

Doch der alte Pfalzgraf schüttelte nur den Kopf. „Ich kann es Euch nicht sagen. Reitet zur Burg Rheinfels! Aber macht Euch auf eine unangenehme Überraschung gefasst."

„Du hättest nicht herkommen sollen!" Wolfram war noch immer wie benommen. Nach den zweideutigen Andeutungen des Pfalzgrafen hatte es den Rheinboder nicht mehr lang auf der Burg Stahleck gehalten. Trotz der nahenden Dämmerung war er auf der Stelle nach St. Goar zur Burg Rheinfels geritten, wo ihm sofort Einlass gewährt wurde. Hier hatte er in seiner Kindheit und seiner Jugend viele Stunden verbracht, und so war er für Gunthers Eltern fast so etwas wie ein Sohn geworden. Nach einer kurzen und innigen Begrüßung kam Wolfram sofort zum Thema. Ob man etwas wisse über das Schicksal Gunthers, den er im Juni 1190 zuletzt gesehen hatte. Während Gunthers Vater Gernot sich wortlos abgewandt hatte, konnte Gunthers Mutter Mathilde nur vergeblich gegen die Tränen ankämpfen.

„Dann ist er also tot. Habt Ihr die Gewissheit, dass mein Freund Gunther tot ist?", hatte Wolfram seine Erregung nur mühsam in Zaum halten können.

„Wenn es so wäre, er hätte wenigstens seinen Frieden gefunden", war alles, was Mathilde erst nach einer Weile herausbrachte. Und danach hatte sie Wolfram in eine kleine Kammer geführt, wo der Ritter seinen Freund wiedersah. Doch die Wiedersehensfreude war schnell dem Entsetzen gewichen, das Wolfram spürte, als er Gunther anschaute. Zum Krüppel war sein bester Freund geworden, zu einem Krüppel, dem das linke Bein und der rechte Unterarm fehlten.

„Du hättest nicht herkommen sollen, Wolfram", wiederholte Gunther mit schwerer Stimme und schüttete sich den Wein rein, der in einem großen Krug auf dem Tisch stand. „Ich wollte nie, dass du mich so siehst. Ich wünschte, auch ich hätte mein Leben auf den staubigen Feldern vor Damaskus hergegeben, so wie Dankwart. Aber sie haben mein Leben gerettet, und dafür verfluche ich die Ärzte."

Es kostete Wolfram Mühe, seine Bestürzung zu überspielen und seinem Freund einen Klaps auf die Schulter zu geben. Doch der wehrte die Geste nur wütend ab. „Verschwinde von hier und lass dich nie wieder blicken. Geh zurück zu deinem Kaiser und vergiss, was du gesehen hast. Verschwinde endlich!"

Außer sich vor Wut warf er einen Kerzenhalter nach Wolfram, der ellenweit entfernt von ihm gegen die Wand prallte. Erschüttert wandte sich der Rheinboder ab und ließ seinen Freund allein. Jetzt stand er in der großen Burghalle und starrte, noch immer fassungslos, in das prasselnde Feuer.

„Es geschah wenige Wochen, nachdem du das Kreuzfahrerheer verlassen hattest." Es war die Stimme Gernots, die Wolfram aufschreckte. „Sie wurden in einen Hinterhalt gelockt. Dabei verlor Gunther durch einen Schwertstreich seinen Unterarm. Am Bein wurde er so schwer verwundet, dass sie es ihm Tage später abnehmen mussten. Es grenzt an ein Wunder, dass er die Verletzungen überlebte und dass sie überhaupt hierher an den Rhein zurückgekommen sind."

Wolfram runzelte die Stirn. „Sie? Wer, außer Gunther, kam noch nach Deutschland zurück?"

„Gunther war nicht alleine. Es ist Warana, seiner Frau, zu verdanken, dass unser Sohn wieder bei uns ist. Zu zweit schlugen sie sich unter unsäglichen Entbehrungen bis nach Hause durch. Unterwegs lebten sie von dem, was man einem Krüppel gnädigerweise zusteckt, wenn man ihn nicht mit einem Fußtritt von dannen jagt, was die meisten taten. Ende Januar 1191 kamen sie hier an, beide halb erfroren und halb verhungert."

Gunthers Vater schwieg erschüttert, als ihn die Erinnerungen übermannten.

„Wo ist Warana", rief Wolfram laut und sprang auf. „Ich möchte sie gerne sehen. Vielleicht kenne ich sie noch von früher."

Doch wieder schüttelte Gunthers Vater den Kopf. „Meine Schwiegertochter starb vor einem halben Jahr. Wir …"

Gernot unterbrach sich, als urplötzlich ein kleines Kind die Treppen heruntergelaufen kam und lautstark nach seinem Großvater rief. Jetzt stahl sich ein mildes Lächeln über das Gesicht des alten Burgherren. Und mit einem Schlag erkannte Wolfram, wer der Vater des Kindes war.

„Gunther hat einen Sohn!"

„Das ist der kleine Gernot, geboren am 18. Juni 1191, hier auf unserer Burg."

Wolfram streichelte dem Jungen, der den Fremden neugierig musterte, vorsichtig über den Kopf. Dann schaute er dem alten Pfalzgrafen entschlossen in die Augen. „Ich möchte noch einmal zu Gunther. Wir haben uns so viel zu erzählen. Er kann unsere Freundschaft nicht so einfach wegwerfen!"

Auf der Stelle wollte er losstürmen, doch Gernot hielt ihn zurück. „Geh nicht, Wolfram! Er ist verbittert, weil er seinem Sohn nie das Vorbild sein wird, das er so gerne sein wollte. Du hast in deinem jungen Leben mehr erreicht, als sich die meisten unseres Standes vorstellen können. Auch das schmerzt meinen Sohn, so wie ihn dein urplötzliches Erscheinen hier auf der Burg schmerzen muss, weil er einmal mehr gewahr wird, dass er nur ein nutzloser Krüppel ist."

„Aber so darf er nicht denken. Er hat seine Gesundheit für den Kaiser und für die Christenheit geopfert. Er ist ein Held, wie …"

Gernot schaute Wolfram fest in die Augen. „Ich bitte dich, du musst mir nichts beweisen. Dieser Kreuzzug hat tiefe Wunden hinterlassen. Vielleicht heilt die Zeit auch diese Wunden. Aber dazu ist es jetzt noch zu früh."

Am nächsten Morgen verließ Wolfram die Burg Rheinfels beim ersten Hahnenschrei. An einer Rheinbiegung hielt der Ritter sein Pferd an. Ein Sturm der Gefühle übermannte in, als er auf die dicht bewaldeten Hänge des Rheingaus blickte. Würde er seine Heimat noch einmal wiedersehen? Er riss sich vom Anblick der kleinen Ortschaft St. Goarshausen auf der anderen Rheinseite los und gab seinem Pferd die Sporen. Nur kurz machte er auf Burg Reichenstein

Halt, um noch am selben Mittag den Weg zurück nach Worms zu nehmen. Es bedurfte keines Aufschubes. Kaiser Heinrich musste über die Ablehnung seines Onkels Konrad unterrichtet werden. Der Staufer reagierte mit verhaltener Wut auf die Neuigkeiten vom Mittelrhein, wo Pfalzgraf Konrad in den vergangenen Jahrzehnten ein für die Staufer bedeutendes Territorium aufgebaut und gesichert hatte. Schon deshalb hatte die Ablehnung des kaiserlichen Ansinnens keine Konsequenzen. Und Konrad behielt recht. Heinrichs Zorn verrauchte schnell, denn bald hatte der ehrgeizige Staufer andere Pläne im Kopf.

„Was ist los mit dir, Wolfram? Ich dachte, der Besuch deiner Heimat und deiner Familie hätte dir gut getan. Aber stattdessen bist du noch nachdenklicher zurückgekommen, hast dich in all den kalten Wintertagen in dich hineinvergraben. Und noch nicht einmal der nahende Frühling kann dein Herz erfreuen." Es war an einem milden Märzabend in der Hagenauer Pfalz, als Ludger seinen Freund zur Seite nahm. Erst nach einem kurzen Zögern, eigentlich hatte er sich geschworen, es niemandem zu sagen, berichtete er dem Benediktinermönch, was er auf Rheinfels erlebt hatte. Auch Ludger, der Gunther nur kurz gekannt hatte, zeigte sich erschüttert über das Schicksal des Ritters, der damals ebenfalls mit so großen Hoffnungen zu dem Kreuzzug aufgebrochen war. Zu einem Kreuzzug, der nicht nur Tausende das Leben gekostet, sondern der auch den meisten der Überlebenden manche Illusion geraubt hatte.

„Welches Schicksal hat Gott für uns bestimmt?", sinnierte Wolfram laut.

„Wer mag das schon wissen", gab der Mönch zurück. „Aber eines ist gewiss. Heinrich will im Frühsommer nach Sizilien ziehen. Nach dem Tod von König Tankred will er es wissen. Heinrich greift nach der Krone des Südreiches."

Mainz
1235

Der junge Gunther lehnt sich zurück und schaut den alten Ritter nachdenklich an. „Ihr habt mir nie von dieser Begegnung erzählt, Meister. Mittlerweile glaube ich, Ihr wisst über meinen Großvater und meinen Vater weit mehr, als Ihr mir gegenüber rausrücken wollt."

„Das Gedächtnis spielt mir manchmal seltsame Streiche, mein Junge", murmelt Wolfram erschöpft. „Manchmal überkommen mich wie ein Blitz Erinnerungen an Geschehnisse, die ein halbes Jahrhundert und länger vergangen sind. Dann kann ich mich daran erinnern, als sei es gestern passiert. Und wenig später ist wieder alles wie weggeblasen. Ich möchte dir noch so viel erzählen. Aber alles zu seiner Zeit."

Der alte Ritter lehnt sich in dem breiten Sessel zurück und schließt die Augen. Gunther greift nach dem Wasserkrug und schenkt seinem Meister etwas Wasser nach. Die unbarmherzig niederbrennende Sommersonne hat längst auch diese dicken Gemäuer aufgeheizt. Es riecht in dem großen Zimmer nach Ausdünstungen, Schwefel und Pisse. Einmal mehr wundert sich der junge Ritter, wie klaglos Wolfram die zum Teil erbärmlichen Umstände seiner letzten Station im Diesseits hinnimmt. Ein Ritter, der ein ganzes Menschenalter durch die Lande gezogen ist und dabei drei Kaisern gedient hat, muss seine letzten Tage in einem Hospiz verbringen, in dem nächtens die dem Wahnsinn Verfallenen schreien, die Knechte tagsüber die Exkremente in großen Schüsseln raustragen und jeden Tag mindestens drei Leichen rausgeschafft werden. Erst gestern haben sie einen über und über mit Stichwunden übersäten Kerl reingebracht, um ihn wenig später im Leichensack wieder nach draußen zu tragen. Der junge Mann, der nichtsnutzige Sohn eines angesehenen Mainzer Bäckers, hatte seinem Nachbarn Hörner aufgesetzt und sich mit dessen Frau vergnügt, wie eines der Waschweiber im Hospiz dem jungen Ritter brühwarm erzählt hat. Viele Monate ging das ehebrecherische Treiben gut, doch dann bekam der rechtschaffene Kerzenzieher Wind von der Sache. Außer sich vor Wut, auch das wusste das Waschweib zu erzählen, stellte er seinem Nebenbuhler nach und bekam ihn bei einem Bader zu fassen. Mit einem Messer, mit dem er normalerweise die Dochte schnitt, ging der Kerzenzieher auf den ahnungslos im Zuber sitzenden Bäckersohn los und stach wie von Sinnen auf ihn ein. Siebzehn Einstiche zählte der Spitalmedicus, der dem Opfer nicht mehr helfen konnte, später. Danach ordnete er leidenschaftslos an, den Leichnam wieder zurück zu seinem Elternhaus zu bringen.

Gunther, der das niedergestochene Opfer selbst zu Gesicht bekommen hat, graust bei dem Gedanken an den wachsbleichen Körper, der Tags zuvor noch ein lebendiges Wesen war. Auch sein Meister wird bald diese Welt verlassen, das ist sicher. Werden sie seine Leiche dann auch einfach in einen schmutzigen Sack stopfen? Nein, dies wird er zu verhindern wissen.

Der alte Rheinboder scheint die Gedanken seines jungen Schützlings erraten zu haben. „Mach dir um mich keine Sorgen, mein Sohn. Eine tiefe Ruhe hat von mir Besitz ergriffen. Ich bin bereit, meinem Schöpfer entgegenzutreten. Aber noch ist es nicht so weit. Lass mich einfach ein wenig ausruhen."

Gunther nickt und zieht sich zurück. Er will die Zeit nutzen, um sein Schwert zu schärfen und sein Kettenhemd zu reinigen. Einige Stunden später, als alles erledigt ist, trifft der junge Mann Ludger und Wolfram im Garten des Hospizes, wo sich die Freunde unter einer mächtigen Linde gegenübersitzen. Es ist kaum zu übersehen, dass sich die beiden alten Männer angeregt unterhalten. Als sie Gunther bemerken, winken sie den jungen Mann gut gelaunt zu sich.

„Selbst in dieses düstere Hospiz ist die Kunde vom Nahen des Kaisers gedrungen", sprudelt es aus Ludger heraus. „Friedrich wird morgen in Mainz erwartet."

Gunther nickt erfreut und will etwas sagen, doch die beiden Alten sind schon wieder in ihr Gespräch vertieft. Still in sich hineinlächelnd spitzt der junge Mann die Ohren, denn Wolfram ist gerade dabei, lebhaft von der Geburt des dritten Stauferkaisers zu erzählen.

Ein Erbe für den Thron

1194

Wolframs Zunge klebte an seinem Gaumen, doch er verdrängte das unsägliche Verlangen nach einem Schluck Wasser. In weniger als einer Stunde wollte er das vor Gaeta lagernde Heer des Kaisers erreicht haben. Für eine kurze Rast blieb jetzt keine Zeit mehr. Heinrich musste es sofort erfahren. Erst dann konnte er sich in einem Zuber mit kühlem Wasser sitzend einen Krug verdünnten Wein gönnen. Noch einmal gab er seinem ebenfalls vor Schweiß triefenden Ross die Sporen. Er war mit einem klaren Auftrag in Ancona aufgebrochen. Auf dem schnellsten Weg musste er dem Kaiser vor Augen treten und ihm Bericht erstatten.

Kurze Zeit später sah Wolfram trotz seiner von Schweiß und Staub verklebten Augen die Zeltstadt des gewaltigen Heerestrosses. Ohne das Tempo zu vermindern, preschte er in das Lager, verscheuchte mit lautem Brüllen die Knappen, die nicht schnell genug das Weite suchten, und schaute sich zielstrebig nach den großen Zelten Heinrichs und seiner Vertrauten um. Als er des Kaisers Unterkunft erreicht hatte, riss er das Geschirr seines Pferdes herum und sprang behände ab. Sofort kümmerte sich ein Knappe um das völlig erschöpfte Tier. Ein weiterer Diener schaute Wolfram fragend an.

„Bring mich auf der Stelle zum Kaiser, und halt keine Maulaffen feil“, keuchte Wolfram und rieb sich mit einer fahrigen Bewegung den Schweiß von der Stirn und aus dem Nacken. Markward von Annweiler, der auf das Kommen des Ritters aufmerksam geworden war, gab dem unschlüssig dreinschauenden Knappen einen Wink. Er selbst werde den Ritter hinführen, beschied er den Jungen.

„Du bist geritten wie der Teufel, Rheinboder", grinste der Annweiler hinterhältig. „Was hast du dem Kaiser so Wichtiges aus Ancona zu berichten?"

„Dem Kaiser", wiederholte Wolfram mit einer seltsamen Betonung in der Stimme, auf die der engste Vertraute Heinrichs mit einem Stirnrunzeln reagierte. „Die Kaiserin hat mir deutlich zu verstehen gegeben, dass der Kaiser als Erster die Neuigkeit erfahren soll. Und nur der Kaiser!"

Markward von Annweiler schüttelte den Kopf. „Was kann diese Frau schon mitzuteilen haben. Na ja, ich werde es sowieso bald erfahren."

Inzwischen hatten sie das größte Zelt des Lagers erreicht. Ein Knappe öffnete augenblicklich den Durchlass und bekam von Markward von Annweiler den strikten Befehl, in den nächsten Minuten keinen einzulassen. Trotz des Hinweises von Wolfram ging der Annweiler mit ins Zelt. Dort hatte Heinrich VI. es sich auf mehreren weichen Kissen bequem gemacht und blickte überrascht auf, als er die beiden Männer sah. Mit einem Fingerschnippen schickte er die beiden Diener, die ihn mit frischen Früchten und kühlem Wein bedienten, nach draußen. In dem übermannshohen Zelt machte eine stickige Luft das Atmen fast unmöglich. Die rötlich-blonden Haare des Herrschers waren schweißverklebt, seine Augen geschwollen. Entsprechend schlecht gelaunt war der in leichtes Leinen gekleidete Staufer. Er stieß einen Rülpser aus und reckte sich umständlich.

„Was soll die Störung? Ich wollte gerade ein wenig die Augen schließen."

Wolfram beugte leicht den Kopf. „Die Kaiserin schickt mich mit einer wichtigen Nachricht zu Euch, mein Kaiser! Ihr allein sollt es als Erster erfahren. So lautet der ausdrückliche Wunsch Eurer hochwohlgeborenen Gemahlin."

Heinrich machte eine auffordernde Handbewegung, jedoch keinerlei Anstalten, seinen neugierig dreinblickenden Truchsess hinauszuschicken. „Dann rede schon, Wolfram, oder wartest du auf eine Fanfare?"

Wolfram hüstelte verwirrt und warf dem Annweiler einen schnellen Blick zu. Eigentlich hätte er die Nachricht unter vier Augen weitergeben sollen. Als er jedoch sah, dass sich Heinrichs Augen zu drohenden Schlitzen verengten, räusperte er sich schnell und straffte sich. „Eure Majestät, die Kaiserin, sie erwartet ein Kind!"

Die Stille, die dieser Mitteilung folgte, war fast körperlich spürbar. Wolfram bemerkte, dass der Schweiß erneut in Strömen seinen Rücken hinunterrann. Die Zunge klebte an seinem Gaumen, und er riss seinen Blick weg von dem tönernen Krug, der auf einem kleinen Hocker neben der Schlafstatt des Kaisers stand und wahrscheinlich mit herrlich kühlem Wein gefüllt war.

„Was hast du da gesagt?", flüsterte Heinrich.

„Die Kaiserin erwartet ein Kind", wiederholte Wolfram unmissverständlich.

Jetzt schien es, als sacke der Kaiser in sich zusammen. Was folgte, war ein fast hysterisches Lachen. Heinrich sprang auf, griff nach seinem Schwert, das neben dem Bett lag, und schwang es durch die Luft. Es war, als schlüge er auf einen unsichtbaren Feind ein. Mit einer plötzlichen Bewegung wirbelte der Staufer herum und zielte mit der Schwertspitze auf Wolframs Herz.

„Sage mir, dass das kein Scherz ist. Denn wenn es sich als ein solcher herausstellen sollte, dann gnade dir Gott."

Wolfram atmete tief durch. „Ihr solltet eigentlich um meine Treue zu Euch gewiss sein, Majestät. Nie käme es mir in den Sinn, Euch bloßzustellen. Die Kaiserin, die Ihr mir in Mailand zu ihrem Schutz anvertraut habt, hat sich in den letzten Tagen oft mit ihrem Leibarzt besprochen. Täglich war der Medicus bei ihr, hat sie untersucht und befragt. Heute morgen rief mich die Kaiserin zu sich und vertraute mir die Neuigkeit an. Wahrscheinlich noch in diesem Jahr wird sie Euch ein Kind schenken, mein Kaiser. Der Medicus ist sich ganz sicher. Das soll ich Euch mitteilen."

„Einen Sohn, verdammt noch mal", brauste der Staufer auf. „Ich brauche einen Erben. Was soll ich mit einer Tochter. Das wäre ja noch schöner, brächte dieses Weib nach all den Jahren nur eine Tochter zur Welt."

Jetzt schwieg Wolfram, und auch Markward von Annweiler hatte es anscheinend die Sprache verschlagen. Beide Männer standen unschlüssig in dem großen Zelt, in dem Heinrich jetzt auf und ab hastete wie ein eingesperrtes Tier. Zunächst schnaufte er lautstark, dann fing er an zu murmeln. Wolfram wollte nicht lauschen, doch er bekam auch so mit, dass Heinrich seine Frau verfluchte. Wie oft habe er nächtens seine eheliche Pflicht erfüllt, zunehmend mit Widerwillen, weil vergeblich. Und nie habe er seinem Vater verziehen, dass er ihm dieses spröde Weib aufgedrängt habe.

„Und jetzt, nach so vielen Jahren der Ehe, kommt mein werter Wolfram mit dieser Neuigkeit hier an", rief Heinrich plötzlich laut.

Er hielt inne und schüttelte den Kopf. „Lasst mich allein!"

Wolfram und der Annweiler schauten sich kurz an und gingen nach draußen, wo die verstohlenen Blicke der Knappen sie trafen. Die hatten bestimmt alles gehört. So dick waren die Zeltplanen nun auch wieder nicht. Doch darum kümmerte sich Wolfram nicht. Er hatte selbst erlebt, wie Heinrich einst einem vorlauten Knappen die Zunge herausreißen ließ. Die drei Knaben, die sich unschlüssig um den Zelteingang herumdrückten, würden schon die Klappe halten.

Obwohl es draußen nicht viel kühler war, konnte Wolfram endlich richtig durchatmen. „Jetzt brauche ich erst einmal etwas zu trinken", nickte er dem noch immer sprachlosen Truchsess zu.

In dessen feistem Gesicht zeichnete sich erst eine Regung ab, als ein Geistlicher an ihnen vorbeischlurfte und das kaiserliche Zelt aufsuchte. „Das war Joachim von Fiore", murmelte der Annweiler. „Wahrscheinlich muss er Heinrich über dessen ungeborenes Kind weissagen. Bei Gott, hoffentlich hat er nicht die Vision, dass es eine Tochter sein wird."

Auf Anweisung des Kaisers blieb Wolfram im Tross, der sich Mitte August in Bewegung setzte. Nach dem Fall von Gaeta folgte mit Unterstützung der Seestreitkräfte aus Pisa und Genua am 23. August 1194 die Unterwerfung Neapels. Bei Catania kam es zur Schlacht gegen das sizilische Heer, bei der die Deutschen einen entscheidenden Sieg errangen. Als kurz darauf auch Syrakus fiel, war das sizilische Reich so gut wie erobert.

Doch Heinrich, der an den entscheidenden Kämpfen nicht persönlich teilnahm, wollte den vollkommenen Triumph. Am 16. September ordnete er die Vernichtung Salernos an. Die Bewohner der Stadt hatten ihn während seines ersten Sizilienfeldzuges schmählich hintergangen und in Heinrichs schlimmster Stunde, als er im Fieber mit dem Tode rang, seine Frau an den Feind ausgeliefert. Jetzt wollte der Staufer seine grausame Rache.

„Lasst ab, mein Kaiser. Lasst Gnade vor Recht ergehen." Wolframs Appell verhallte ungehört. Am Abend vor dem Strafgericht gegen Salerno saßen sie an einer großen Tafel vor dem kaiserlichen Zelt zusammen. Gut zwei Dutzend seiner engsten Vertrauten hatte Heinrich zum Abendessen um sich geschart, und Wolfram war der Einzige, der gegen den Sturm auf Salerno Einwände erhob. Selbst Ludger, der ebenfalls mittafelte, hielt sich zurück, obwohl Wolfram genau erkennen konnte, was in dem Benediktinermönch vorging.

Heinrich schleuderte die Kaninchenkeule, in die er gerade reinbeißen wollte, wütend auf den Holzteller. „Das kommt gar nicht infrage", brauste er auf. „Diese Stadt und ihre Bewohner haben einen Denkzettel verdient. Hier an dieser Tafel sitzen etliche meiner besten Männer, die die Verschlagenheit der Bewohner selbst erlebt haben, darunter auch du, mein lieber Rheinboder."

Die gemurmelte Zustimmung unterband er mit einer herrischen Handbewegung. „Mir kommt es vor, mein lieber Wolfram, als seid Ihr zu sehr verweichlicht." Diese plötzliche Förmlichkeit hatte einen gefährlichen Unterton, der Wolfram nicht verborgen blieb. „Hat Euch die wochenlange Gegenwart meiner Gemahlin vielleicht zu einer Memme gemacht? Fast muss ich das annehmen. Wahrscheinlich habt Ihr tagaus, tagein nur den lieblichen Melodien dieser weibischen Spielleute gelauscht, die ständig um meine Frau herumscharwenzeln."

Wolfram ertrug das höhnische Gelächter der Männer mit stoischer Gelassenheit. Selbst der Spielmann konnte sich ein impertinentes Grinsen nicht verkneifen, griff wie auf ein Stichwort in seine Saiten und ahmte das weibische Gehabe nach. Erst als der Annweiler ihm auf Heinrichs Nicken hin eine Backpfeife verpasste, brach er sein Spottlied ab. Mit demütigem Buckeln zog sich der Spielmann zurück.

Statt einer Antwort nippte Wolfram an dem ledernen Becher. Auch ihm war nicht entgangen, dass er sich dem Kaiser entfremdet hatte. Vor einem Jahr noch hätte er den Befehl, ohne nachzudenken, mitgetragen. Gerne gestand er sich ein, dass er keineswegs begeistert gewesen war, als er zum Schutz der Kaiserin abkommandiert wurde. Doch der anfängliche Widerwille war schnell ins Gegenteil umgeschlagen. Und nicht nur das: Konstanze hatte es tatsächlich geschafft, sein Wesen zu verändern. Im Gegensatz dazu, wie Heinrich seine Gattin immer darstellte, war sie eine kultivierte, weltoffene und höfliche Frau, die seit fast zehn Jahren die Launen eines herrischen und jähzornigen Herrschers ertragen musste. Sie legte Wert auf Manieren, Sauberkeit und einen ehrlichen Umgang mit ihren Untergebenen. Und so kam der Hofstaat des Kaisers Wolfram mittlerweile wie eine fremde Welt vor. Doch er wusste natürlich, was er seinem Kaiser schuldig war.

„Ich werde Eurem Befehl selbstverständlich Folge leisten, mein Kaiser“, sagte er schließlich, ohne eine Miene zu verziehen.

Heinrich entgegnete dem mit einem kalten Lächeln. „Daran habe ich nie gezweifelt. Ich gebe Euch sogar die Ehre, direkt neben Markward von Annweiler zu reiten, Wolfram von Rheinbod. Mein Reichstruchsess wird sich persönlich von Eurem Mut überzeugen, mein lieber Wolfram. Und jetzt genug geredet. Der Spielmann soll noch einmal kommen und für Kurzweil sorgen. Und die Mägde sollen endlich Wein und Bier nachfüllen.“

Das Gemetzel, das am nächsten Tag folgte, stand in nichts den Massakern nach, die Wolfram vor mehr als vier Jahren während des Kreuzzuges erlebt und mitgemacht hatte. Unter dem grausamen Wüten des Annweilers wurden sämtliche Männer Salernos getötet oder zumindest verstümmelt und geblendet. Wolfram selbst tötete nur in Notwehr, doch er kam nicht umhin mit anzusehen, wie Kameraden, mit denen er Tage zuvor noch gescherzt hatte und für die er sein Leben gegeben hätte, wehrlosen Knaben die Hoden abschnitten oder ihnen die Augen ausstachen. Andere vergingen sich an den Frauen und machten dabei keinen Unterschied, ob es eine Greisin oder ein noch jungfräuliches Kind war. Am Abend ging Salerno in Flammen auf, und die brennende Stadt musste jedem wie ein Fanal erscheinen. Die Deutschen unter der Führung ihres Kaisers waren offenbar durch nichts aufzuhalten. Einem teuflischen Triumphator gleich ritt der Annweiler nach dem Gemetzel durch die Straßen von Salerno und reckte sein blutverschmiertes Schwert. Als er sah, dass Wolfram ihn beobachtete, schlug er einem Knaben, der vor Schmerzen gekrümmt auf dem Boden kauerte, den Kopf ab.

„Irgendwann wirst du dafür büßen, Annweiler", zischte der Ritter, nachdem er sein Entsetzen überwunden hatte, und riss sein Pferd herum.

„Sie haben fast alle abgeschlachtet", berichtete Wolfram am Abend seinem Freund Ludger. Es war einer der wenigen Momente, in denen die beiden Weggefährten unter sich waren. Es war dem Rheinboder anzusehen, wie verzweifelt er war. „Ich weiß nicht mehr, was ich tun soll. Längst kann ich nicht mehr gutheißen, was mein Kaiser vorhat. Er will sich die ganze Welt unterwerfen, sieht sich schon mächtiger als die mächtigsten der römischen Cäsaren. Und dabei geht er über die Leichen zahlloser Unschuldiger. Und in Markward von Annweiler hat er einen gehorsamen Erfüllungsgehilfen gefunden, der noch nicht einmal davor zurückschreckt, unschuldige Kinder zu töten. Vor meinen Augen schlug er einem Kind den Kopf ab. Ich darf gar nicht daran denken, was dieser Mann noch alles anrichtet, wenn Heinrich ihn nach erfolgreicher Beendigung des Feldzuges mit der entsprechenden Macht ausstatten wird."

Ludger nickte bedächtig. „Auch ich beobachte das alles seit geraumer Zeit mit großer Sorge. Aber ich befürchte, keiner kann Heinrich von seinen Großmachtsträumen abhalten, zumal ihm Joachim von Fiore seine Zukunft geweissagt hat."

„Was hat es mit diesem Kerl auf sich? Ich sah ihn an dem Tag, als ich Heinrich von der Schwangerschaft der Kaiserin unterrichtete. Markward von Annweiler hat ihn nur kurz erwähnt."

Von Ludger erfuhr Wolfram nun, dass es sich bei Joachim von Fiore um einen Benediktinermönch handelte, der glaubte, aus der Apokalypse herauslesen zu können, dass die dort angekündigte Herrschaft des ewigen Evangeliums unmittelbar bevorstehe. Heinrich habe er vorausgesagt, dass dessen Tod nicht mehr lange auf sich warten lasse. „Und nicht nur das: Joachim von Fiore ist sich sicher, dass Konstanze einen Sohn gebären werde, der einmal als Antichrist die Weltherrschaft an sich reißen werde“, berichtete Ludger weiter.

Jetzt bekam Wolfram große Augen. „Das ist ja unglaublich! Wie hat Heinrich darauf reagiert?“

„Nun, ich war ja nicht dabei, aber ich habe gehört, dass der Kaiser als seinen Sohn sogar den Antichristen akzeptieren würde. Damit sei die Herrschaft der Staufer über Generationen, wenn nicht gar über Jahrhunderte gesichert, soll er gesagt haben.“

„Kein Wunder, dass Heinrich so wütet“, murmelte Wolfram. „Er will seinem Sohn die Weltherrschaft sichern und dabei keine Zeit verlieren.“

Ludger machte eine beschwichtigende Handbewegung. „Joachim von Fiore ist ohne Zweifel ein großer Theologe, aber seine Weissagungen …“ Er ließ den Rest offen. „Noch wissen wir nur, dass Konstanze schwanger ist. Es soll sich erst noch zeigen, ob sie tatsächlich den Antichristen zur Welt bringt.“

Ende Oktober zog Heinrich VI. in Messina ein, wo er Hoftag abhielt. Die Stadt bekam umfassende Privilegien und Handelsrechte zugesprochen. Auch ließ der Staufer eine Liste der zu verbannenden Adligen und Bürger erstellen.

„Jetzt fehlt nur noch Palermo“, sagte er abends, als er wieder einmal seine engsten Getreuen um sich versammelt hatte und mit ihnen tafelte. „Ich bin mir sicher, dass Königin Sibylle und ihr Sohn Wilhelm sich dort aufhalten.“

„Wie werdet Ihr vorgehen, Majestät?“ Es war Markward von Annweiler anzusehen, was in seinem Kopf vorging.

Heinrichs Antwort stellte den Wüterich denn auch sichtlich zufrieden. „Wir ziehen gen Palermo! Wenn die Stadt sich gegen uns stellt und Tankreds Weib und dessen Sohn versteckt hält, werden ihre Bewohner die Konsequenzen tragen müssen. Ich bin durchaus bereit, ein zweites Salerno zu befehlen."

Doch so weit kam es nicht. Denn bereits am übernächsten Tag, als Heinrichs Tross östlich von Palermo lagerte, erreichten Boten die kaiserlichen Quartiere. Palermo habe das Ansinnen der Königin, ihr und ihrem kleinen Sohn Zuflucht zu bieten, abgelehnt. Die Stadt stand zu dem römisch-deutschen Kaiser.

Wieder konnte Heinrich zufrieden sein. „Schreib nieder, dass Wir großzügigerweise Wilhelm und seiner Mutter Sibylle die Grafschaft Lecce und das Fürstentum Tarent überlassen", diktierte er Ludger. „Dort mögen sie in Frieden leben. Im Gegenzug erwarten Wir die Auslieferung Wilhelms und die Herausgabe der Krönungsinsignien."

Und wieder klappte alles nach Heinrichs Wunsch. Sibylle stimmte den Forderungen des Kaisers zu, und so konnte der Staufer am 20. November 1194, einem milden, freundlich-sonnigen Tag, in Palermo seinen triumphalen Einzug halten.

Dabei zeigte sich auch Wolfram beeindruckt. Die Bewohner der Stadt bereiteten den Deutschen einen begeisterten Empfang. Kinder und Frauen wedelten freundlich mit getrockneten Blumensträußen, die Männer hatten demütig die Köpfe gebeugt. Die Häuser, an denen die Ritter und die engsten Gefolgsleute des Kaisers vorbeiritten, waren geschmückt mit leuchtenden Teppichen und farbenfrohen Blumengebinden. Von überall her ertönte fröhliche Musik. Gaukler verblüfften mit ihren trickreichen Darbietungen, gezähmte Tiere zeigten kleine Kunststücke. Die Straßen und Wege waren mit Palmenzweigen bedeckt und von einem Wohlgeruch durchzogen, der nicht nur Wolfram schnell die Sinne benebelte. Der Ritter wusste, dass die Adligen der Stadt den Deutschen entgegenzogen und den Kaiser auf dem Marktplatz in Empfang nehmen wollten.

Der Rheinboder, der auf einem prächtigen Hengst in der Stadt einritt, streckte sich und versuchte, einen Blick auf Heinrich zu erhaschen. Dessen in der hellen Wintersonne glänzende Rüstung fiel ihm sofort ins Auge. Obwohl Wolfram nur den schmalen Rücken des inmitten seiner höchsten Fürsten reitenden Staufers sehen konnte, war er sicher, was in dessen Kopf vorging. Heinrich VI. hatte ein Reich erobert, das größer und gewaltiger war als das seiner Vorgänger.

Auf dem Markplatz vereinigte sich der Zug der deutschen Eroberer mit dem der Adligen Palermos. Zusammen zog man nun zum normannischen Königspalast, den einst die legendären Sarazenen auf dem höchsten Punkt der Stadt erbaut hatten. Dort angekommen, musste Wolfram erst einmal durchatmen. Eine solche Pracht hatte er nicht erwartet. Der Rheinboder hatte ausreichend Fantasie sich auszumalen, wie bunt und farbenprächtig es hier in den Frühlingsmonaten aussehen musste. Dann war der Palast mit Sicherheit in ein die Sinne berauschendes Blütenmeer getaucht. Der Ritter aus Trechtingshausen spürte, wie längst vergessene Gefühle in ihm hochstiegen. In diesem Moment war Wolfram stolz auf das Erreichte. Und er war stolz darauf, wenigstens in diesem Moment des Triumphes dabei zu sein.

Doch die Euphorie des Rheinboders erhielt schon bald einen Dämpfer, als Heinrich ihm befahl, nach Ancona zu Konstanze zurückzureiten. Auf alle Fälle sollte er dort bis zur Geburt des Kindes ausharren, lautete der unmissverständliche Befehl. Damit würde Wolfram der auf den 26. Dezember festgesetzte Krönungszeremonie im Dom zu Palermo auf keinen Fall beiwohnen können.

„Ihr wollt was?“ Wolfram glaubte, sich verhört zu haben. Nein, so weit konnte auch eine Kaiserin nicht gehen. Doch die folgenden Worte belehrten in schnell eines Besseren.

„Ihr habt richtig gehört, mein lieber Wolfram. Ich werde mein Kind öffentlich zur Welt bringen. Jeder soll daran teilhaben. Ich habe mir auch schon den passenden Ort ausgesucht. Nicht weit von hier gibt es ein kleines Dorf namens Jesi. Ein schöner Name für den Ort einer Geburt, die wahrscheinlich an Weihnachten geschehen wird. Findet Ihr nicht auch, werter Wolfram?“

Der Ritter machte eine hilflose Geste. Vor einer Woche war er in Ancona eingetroffen und hatte sich schnell wieder an die Umgebung der Kaiserin gewöhnt. Längst hatte er das Gefühl, dass er zu dem Kreis der Menschen gehörte, denen Konstanze am meisten vertraute, obwohl er auch ihrem Mann sehr nahestand. Vielleicht war er so etwas wie ein Bindeglied geworden, das diese beiden ungleichen Menschen in all den Jahren seit ihrer Hochzeit nicht hatten.

„Mein lieber Wolfram“, wiederholte die Kaiserin sanft, und in diesem Moment war sie wieder das genaue Gegenteil der Frau, der Wolfram vor vielen Jahren an einem heißen Sommertag bei Rieti zum ersten Mal begegnet war. Spätestens mit der Schwangerschaft war Konstanze endgültig zur Herrscherin des römisch-deutschen Reiches herangereift. „Ihr werdet es vielleicht nicht glauben, aber mein Gatte zweifelt ernsthaft und öffentlich, dass ich ihm einen Thronerben schenken werde. Er mutmaßt, und ich bin mir sicher, es war seine Absicht, dass auch mir diese Gerüchte bekannt werden, er mutmaßt, ich würde ihm notfalls einen strammen Jungen unterschieben.“

Wolfram schloss die Augen. In diesem Moment hätte er alles gegeben, diese Frau in seine Arme schließen zu dürfen. Und Gott gestattete ihm tatsächlich eine kleine Sünde. Denn mühsam wollte sich die hochschwangere Konstanze erheben. Sofort war Wolfram an ihrer Seite und stützte die Kaiserin einen Augenblick länger, als es notwendig gewesen wäre. Die junge Kammerzofe der Herrscherin hüstelte, doch Konstanze, der die Geste nicht verborgen geblieben sein konnte, ging darauf mit keinem Wort ein.

„Ich bin fest entschlossen! Auf dem Marktplatz von Jesi werde ich niederkommen. Und ich werde meinem Mann einen Sohn schenken. Ich kann es spüren. Es wird ein Sohn sein, und er wird einmal über die Heilige Stadt Jerusalem herrschen und damit das erreichen, woran sein Vater und dessen Vater gescheitert sind. Und sein Name wird Roger Konstantin sein. Der Name Roger wird ihn immer an seine berühmten normannischen Vorfahren erinnern, Konstantin daran, dass er der Sohn der Kaiserin Konstanze ist.“

Jetzt wagte es Wolfram, der die Weissagungen Joachims von Fiore in diesem Moment lieber für sich behielt, dann doch, der

Herrscherin sanft zu widersprechen. „Vergesst nicht, meine Kaiserin, dass in den Adern Eures Sohnes auch deutsches Blut fließen wird. Kaiser Heinrich, Euer Gemahl, wird darauf bestehen, dass sein Sohn zumindest nach seinem Großvater Friedrich benannt wird, um somit den Leitnamen der Staufer weiterzuführen."

Jetzt wandte sich Konstanze brüsk ab. „Das lasst meine Sorge sein. Ich werde es jedenfalls nicht zulassen, dass Roger Konstantin nach deutschen Werten erzogen wird. Das habe ich damals gleich zu spüren bekommen, als ihr mich in euer Land geführt habt. Das raue und kalte Klima eures Landes hat sich auch auf eure Seele niedergelegt. Allerdings seid ihr dieser Tatsache längst nicht mehr gewahr. Die Brandschatzung von Salerno hat wieder einmal gezeigt, wozu euer Volk fähig ist."

Das traf auch Wolfram bis ins Mark. Mit einer Mischung aus Beschämung und Wut senkte er den Kopf und starrte auf seine Stiefelspitzen. Der Kaiserin gelang ein einlenkendes Lächeln. „Ich wollte Euch nicht beleidigen, mein werter Ritter. Ihr gehört mit Sicherheit zu den kultivierteren Vertretern Eures Volkes, was ich aber auch ein wenig dem Einfluss meines Hofstaates zuschreibe, aber lassen wir das jetzt. Obwohl Euch mein Mann abbestellt hat, vertraue ich Euch, und ich wünschte, dass alle Deutschen so wäret wie Ihr und einige wenige, die ich in den vergangenen Jahren kennengelernt habe. Deshalb möchte ich Euch ein Versprechen abnehmen."

Wolfram blickte auf und schaute die Kaiserin erwartungsvoll an.

„Ich bitte Euch, ein Auge auf meinen Sohn zu haben, besonders dann, wenn Heinrich und ich einmal nicht mehr sein sollten."

Damit hatte der Rheinboder nun nicht gerechnet. „Aber Majestät ...", begann er, doch Konstanze unterbrach ihn mit einer Handbewegung.

„Versprecht es mir! Roger Konstantin darf nicht von Menschen eines Schlages wie Markward von Annweiler erzogen werden. Versprecht Ihr es?"

Als Wolfram, dem in diesem Moment erneut die Weissagung des Joachim von Fiore durch den Kopf blitzte, nickte und das Versprechen gab, ließ sich Konstanze seufzend auf den weichen Kissen nieder. „Und nun bitte ich Euch, mich alleine zu lassen. Mein Leibarzt möge bald zu mir kommen."

Wolfram nickte kurz und verließ die kaiserliche Kammer. Dort wartete bereits Markgraf Hermann von Baden, ein weiterer enger Vertrauter der Kaiserin, auf den Rheinboder. „Was hat die Kaiserin zu Euch gesprochen, Ritter Wolfram?"

Schon seit ihrer ersten Begegnung vor einigen Monaten war Wolfram von dem höflichen und vornehmen Wesen des Markgrafen, der aus einem alten deutschen Adelsgeschlecht stammte, angetan. Er war überzeugt, dass er dem Markgrafen vertrauen konnte, was man wahrlich nicht von jedem, der sich in diesen Tagen in unmittelbarer Umgebung der Kaiserin aufhielt, sagen konnte. Das Klima von Neid, Missgunst und gegenseitiger Bespitzelung, das sich seit einiger Zeit breitgemacht hatte, war Wolfram nicht verborgen geblieben. Und er war überzeugt, die Quelle dieser Umstände zu kennen. In Hermann von Baden, dessen war sich Wolfram sicher, hatte er einen wertvollen Verbündeten gefunden. Daher vertraute er ihm vorbehaltlos die Pläne der Kaiserin an. Nur das Versprechen, das er der Kaiserin gegeben hatte, behielt er für sich, und auch seine Sorge, dass die Kaiserin die Geburt vielleicht nicht überleben könnte. Wenn sich dann auch noch die Prophezeiung Joachims von Fiore bewahrheitete, würde der Sohn des Kaisers bald als Waise aufwachsen müssen.

Der Markgraf schüttelte ungläubig den Kopf. „Eine öffentliche Geburt! Da kann man nichts machen. Wenn sich die Kaiserin etwas in den Kopf gesetzt hat, setzt sie es auch durch. Ich glaube, wir sollten mit den notwendigen Vorbereitungen beginnen."

„Für eine Geburt auf dem Marktplatz eines kleinen, unbedeutenden Dorfes?"

„So ist es, Ritter Wolfram! Und wer weiß, werter Freund. Vielleicht wird dieses unbedeutende Dorf dadurch in die Geschichte eingehen."

Der Morgen des 26. Dezember 1194 begann klar und kalt. Kaum war die Sonne aufgegangen, trafen sich Hermann von Baden und Wolfram von Rheinbod auf dem Marktplatz des Dorfes Jesi. Hier hatte der Markgraf schon vor zwei Tagen ein großes Zelt aufbauen lassen, in dem zwanzig Personen bequem Platz hatten. Knappen, Diener und Mägde sorgten dafür, dass in dem Zelt ständig drei eiserne Pfannen mit glühender Holzkohle gefüllt waren, um es für die niederkommende Kaiserin warm zu halten. Konstanze war kurz nach Mitternacht in das Zelt gebracht worden, zusammen mit ihrer Zofe Claudia, ihrem Leibarzt und der Hebamme. Auch mehrere Mönche waren zugegen, die ständig um das Heil der Kaiserin und das ihres noch ungeborenen Kindes beteten.

Als ein lautes Stöhnen zu hören war, blies sich Hermann von Baden in die Hände. „Mein Gott, wie lange müssen wir noch warten? Seit Stunden liegt sie nun schon in den Wehen."

Wolfram zuckte mit den Schultern. „Bei meiner Frau hat es damals von Sonnenaufgang bis Sonnenuntergang gedauert."

Der Badener machte ein erstauntes Gesicht. „Ihr seid verheiratet und habt Familie? Davon wusste ich ja gar nichts. Wo lebt Eure Familie? Im fernen Deutschland oder hier in Italien?"

Wolfram schüttelte den Kopf und erzählte Hermann von Baden die tragische Geschichte seiner Maria. Als er geendet hatte, machte der Markgraf ein betretenes Gesicht. „Vielleicht werdet Ihr bald wieder familiäres Glück finden, mein lieber Wolfram. Auf alle Fälle gönne ich es Euch."

Wolfram entgegnete der Freundlichkeit mit einem offenen Lächeln, das jedoch nur kurz über sein Gesicht huschte. „Ich bin erstaunt über die Geschäftigkeit in diesem Dorf", sagte er nach einer Weile des Schweigens mit einem ironischen Unterton.

Der Markgraf machte ein unbekümmertes Gesicht. „Es kommt mit Sicherheit nicht alle Tage vor, dass eine Kaiserin hier ihr Kind zur Welt bringt."

„Das meine ich nicht, und das wisst Ihr auch!"

Als Hermann von Baden erneut nur ein unwissendes Gesicht machte, verzog Wolfram seinen Mund. „Ich bin nicht dumm, Markgraf. Ich habe mitbekommen, dass in den vergangenen Tagen Mönche in zwei Häusern hier in Jesi ständig ein und ausgegangen sind. Es hat mich kaum etwas gekostet zu erfahren, dass in beiden Familien in der vergangenen Woche gesunde Söhne zur Welt gekommen sind. Man sagt, die Knaben seien goldgelockt und hätten durchaus deutsches Aussehen."

Jetzt zog der Markgraf laut die klare Morgenluft ein. „Ich bitte Euch, Wolfram, legt das, was Ihr gesehen und gehört habt, nicht auf die Goldwaage. Das sind nur Sicherheitsvorkehrungen gewesen."

Wolfram schüttelte den Kopf. „Heinrich will unbedingt einen Sohn."

Hermann von Baden legte spontan die Hand auf Wolframs Arm und schaute ihm fest in die Augen. „Natürlich will er einen Sohn. Er braucht einen Sohn. Das Geschlecht der Staufer braucht einen Sohn. Wenn nicht jetzt, wann dann, frage ich Euch! Und von wem? Konstanze wird nach dieser Geburt kein weiteres Kind mehr bekommen. Wir können Gott danken, wenn sie das Kindbett überlebt. Das wisst Ihr so gut wie ich. Doch das Reich braucht einen Erben, einen legitimen Erben und keinen im Suff gezeugten Bastard. Undenkbar, wenn Heinrich sterben sollte und nur eine Tochter, einen Bankert oder überhaupt keine Nachkommen hätte. In diesem Fall müsste sein Bruder Philipp die Regierungsgeschäfte übernehmen. Was das bedeuten würde, muss ich Euch ja wohl nicht erklären. Sofort würden die alten Konflikte wieder ausbrechen. Die Welfen warten doch nur auf solch eine Gelegenheit."

„Und die Kaiserin? Wer denkt an die Kaiserin?"

„Die Kaiserin ist sich ihrer Pflicht bewusst, Wolfram, dessen könnt Ihr sicher sein. Auch sie will einen Sohn."

„Und warum dann zwei? Ich meine, hätte es nicht genügt, nur eine Familie ins Vertrauen zu ziehen? Mussten es gleich zwei sein?"

Jetzt machte der Markgraf ein verlegenes Gesicht. „Sowohl Heinrichs Mannen als auch wir sind nicht untätig gewesen, wohl mit dem gleichen Hintergedanken."

„Soll das heißen …?"

Auf Hermanns Nicken schüttelte Wolfram nur den Kopf. „Das ist ja ausgezeichnet! Sollte Konstanze tatsächlich nur eine Tochter zur

Welt bringen, hat sie die Wahl. Nimmt sie den Sohn des Metzgers oder den des Tischlers."

Ein gequälter Schrei kam Hermanns Antwort zuvor. „Wir werden es wohl bald wissen."

Doch es vergingen noch einmal mehr als fünf Stunden. Diener und Mägde eilten umher, brachten brennende Fackeln und heißes Wasser. Die Hebamme und der Leibarzt taten alles, um der Kaiserin die schwersten Stunden ihres Lebens wenigstens ein bisschen zu erleichtern.

Wolfram war es nicht entgangen. In diesen Stunden waren nicht nur zahlreiche Dorfbewohner auf den Marktplatz gekommen. Konstanze hatte auf der Öffentlichkeit bestanden. Keiner durfte sie daher wegschicken. Aber auch zwielichtige, in Mönchskutten gekleidete Gestalten umschwärmten in diesen Stunden den Dorfplatz wie die Motten das Kerzenlicht. Dabei war nicht zu übersehen, dass so mancher Kerl im einfachen Mönchsgewand Narben im Gesicht oder auf den Armen trug, die er sich nicht beim Beten zugezogen haben konnte. Und das Vaterunser kam ihnen nur holprig über die Lippen. Wenn es nicht Heinrichs Spione waren, so doch zumindest die normalerweise in Eisen gekleideten Wasserträger des Annweilers, der mit Sicherheit auch dafür gesorgt hatte, dass nach Palermo auf alle Fälle die Geburt eines Sohnes gemeldet würde.

Die Sonne war gerade untergegangen, als Konstanze von Hauteville, Kaiserin des römisch-deutschen Reiches, in dem auf dem Dorfplatz von Jesi aufgebauten Zelt endlich niederkam. Hermann von Baden und Wolfram von Rheinbod standen dicht beieinander und regten die Hälse, als endlich das Köpfchen zum Vorschein kam. Mit einem letzten Aufbäumen presste die Kaiserin ihre Leibesfrucht nach draußen. Wenige Augenblicke später bestand kein Zweifel. Die Kaiserin hatte einen gesunden Sohn zur Welt gebracht, der seine Umgebung mit einem hellen Schreien begrüßte und um den sich sofort der Leibarzt kümmerte.

„Dem Himmel sei Dank! Es ist ein gesunder Junge", murmelten in diesem Moment wie aus einem Mund nicht nur Hermann von Baden und Wolfram von Rheinbod.

Wolframs Herz begann zu klopfen, als er Konstanzes Kammer erreichte. Der Gedanke, den kleinen Konstantin zu sehen, bereitete dem gestandenen Ritter pure Freude. Als er die Tür öffnete, wurde er nicht enttäuscht. Konstanze lag in dem mit bequemen Kissen ausgestatteten Wochenbett und gab ihrem in weißes Leinen eingewickelten Sohn die Brust. Claudia, die Kammerzofe der Kaiserin, machte bereitwillig Platz, als der Ritter eintrat.

Er hat das Gesicht der Staufer, durchfuhr es ihn mit einer gewissen Erleichterung. Er ist eindeutig der Sohn Heinrichs VI. und auf keinen Fall der Antichrist. Laut sagte er: „Seid gegrüßt, meine Kaiserin, und auch du, kleiner Prinz. Mangelt es Euch auch an nichts? Habt Ihr, meine Kaiserin, oder der kleine Konstantin irgendwelche Wünsche?"

Die Worte sprudelten nur so aus Wolframs Mund, dass Konstanze mit einer schnellen Handbewegung Einhalt gebieten musste. „Nicht so stürmisch, Ritter Wolfram von Rheinbod", rief Konstanze vergnügt. Sie hatte die Nacht gut geschlafen, nur zweimal geweckt vom lauten Schreien des Thronerben, der nach der Muttermilch verlangt hatte. „Wenn mein kleiner Prinz satt ist, werde auch ich mich ein wenig stärken. Was habt Ihr sonst noch auf dem Herzen? Irgendetwas liegt Euch doch auf der Zunge!"

Wolfram atmete tief durch. „Ich habe veranlasst, dass nach der Geburt zwei berittene Boten auf der Stelle nach Palermo aufbrachen. Sie haben die Order, keine Rast einzulegen. Euer Gemahl dürfte inzwischen über die Geburt seines Erben informiert sein. Allerdings habe ich nach Beratung mit Markgraf Hermann von Baden befohlen, die Wahl des Taufnamens noch unerwähnt zu lassen."

Bei diesen Worten verdunkelte sich Konstanzes Gesicht. „Mein Gemahl, fast hatte ich ihn vergessen. Ihr hattet recht. Heinrich wird noch früh genug erfahren, dass sein Sohn Roger Konstantin heißt."

Wolfram senkte leicht den Kopf. „Ruht Euch aus, meine Kaiserin. Heinrich wird Euch und den kleinen Roger Konstantin bald nach Palermo kommen lassen. Dieses Dorf erscheint auch mir nicht unbedingt geeignet als Aufenthaltsort für die Kaiserin und ihren neugeborenen Sohn."

„Sicher, sicher. Aber gebt mir noch eine Woche, am besten zwei. Die Geburt war schwerer, als ich es mir in meinen schlimmsten Befürchtungen ausgemalt habe. Doch für dieses kleine Bündel hätte ich sogar mein Leben im Wochenbett gelassen."

„So weit ist es glücklicherweise nicht gekommen, Kaiserin. Und nun entschuldigt mich, ich muss mit Hermann von Baden noch einiges bereden."

Als Wolfram die Kammer verließ, traf ihn der Blick der Kammerzofe. Er hatte schon seit Längerem bemerkt, dass Claudia ihn oft genug länger musterte, als es nötig war. Er wusste nicht, wie er dieser offensichtlichen Gunstbezeugung der blutjungen Tochter eines sizilischen Grafen begegnen sollte. Der anfänglich die Sinne raubende Schmerz über den Tod seiner geliebten Maria war mittlerweile einem Gefühl tiefen Friedens gewichen. Sollte er sich jetzt wieder um eine neue Liebschaft bemühen? Vielleicht um den Preis, irgendwann erneut in einen tiefen Schmerz gerissen zu werden?

Viel Zeit zum Nachdenken hatte Wolfram freilich nicht. Der kleine Konstantin zog Tag und Nacht die Aufmerksamkeit aller im kaiserlichen Hofstaat auf sich. Doch am letzten Tag des Jahres 1194 war es der Benediktinermönch Ludger, der für Aufregung in Jesi sorgte. Geduckt auf einem schweißnassen Hengst sitzend galoppierte er in das Dorf und verlangte, sofort zu Wolfram von Rheinbod geführt zu werden. Der weilte zusammen mit Hermann von Baden in der kaiserlichen Kammer und machte ein überraschtes Gesicht, als er seinen langjährigen Weggefährten so unvermittelt vor sich sah. Ludger zögerte, als er sah, dass die Kaiserin ihrem Sohn gerade die Brust gab.

„Sprich! Was hat dich zu uns geführt", forderte der Markgraf den Benediktinermönch auf, nachdem Konstanze ihm zugenickt und den kleinen Kaisersohn an ihre Zofe übergeben hatte.

Nur stockend kam es zunächst aus dem Munde des Geistlichen, doch dann gab es kein Halten mehr, und die Worte sprudelten nur so aus ihm heraus. So erfuhren die beiden Ritter und die Kaiserin, dass am Hofe von Palermo eine Verschwörung gegen den Kaiser aufgedeckt worden war. Just in den Stunden, als Konstanze den schwersten Kampf ihres Lebens ausfocht, wurden Heinrich unmittelbar nach seiner Krönung zum König Siziliens Dokumente zugespielt, die eindeutig belegten, dass sizilische Adlige den Kaiser ermorden wollten. Und nicht nur das: Der Königshof um Sibylle soll in die Verschwörung verstrickt gewesen sein. Der Jubel beim Einzug der Deutschen, die Gastfreundlichkeit, alles sei nur Tarnung gewesen, um im entscheidenden Moment zuzuschlagen. Die allgemeine Verwirrung hätten die Verschwörer dazu nutzen wollen, wieder einen normannischen Adligen auf den Thron zu heben.

Jetzt wurde Konstanze blass. Ihre eigene Familie wollte ihren Gatten ermorden. Sie konnte es nicht glauben.

„Ich kann Euch das Nachfolgende nicht ersparen.“ Es war Ludger anzusehen, wie sehr er darunter litt, der Kaiserin Bericht zu erstatten. „Heinrich hielt vorgestern Strafgericht. Die Beweise waren eindeutig. Zahlreiche Adlige, darunter auch Baron Robert, Euer langjähriger Vertrauter, verloren durch den Henker ihr Leben. Manche wurden mit glühendem Eisen geröstet, andere lebendig begraben, wieder andere in voller Rüstung von einer hohen Klippe ins Meer geworfen. In seinem maßlosen Zorn ließ Heinrich sogar den toten Gatten von Königin Sibylle wieder ausgraben. Vor den Augen der Königin und ihres Sohnes wurde der verweste Leichnam Tankreds enthauptet und seiner Krone beraubt. Auch der Leichnam seines erstgeborenen Sohnes Roger blieb von dem Zorn des Kaisers nicht verschont.“

Jetzt schwieg auch Ludger erschüttert. Wolfram spürte, wie Tränen der Wut in ihm hochstiegen. Claudia hatte die Kammer mit dem Kind längst verlassen. Der kleine Roger Konstantin sollte nicht spüren, wie sehr seine Mutter unter den Berichten über die Geschehnisse im fernen Palermo litt.

„Was haben sie mit Sibylle gemacht? Lebt der kleine Wilhelm noch?“, murmelte sie nach einer Weile des Schweigens tonlos.

Statt einer Antwort schaute Ludger nur zu Boden. „Gib deiner Kaiserin Antwort!“, herrschte Wolfram ihn an. Er konnte sich kaum noch zurückhalten, so sehr hatte ihn der Bericht seines Freundes aufgewühlt.

„Sibylle hat der Kaiser verschont. Doch sie musste mit ansehen, wie der Henker den kleinen Wilhelm entmannte und mit dem glühenden Schwert blendete. Nie mehr, so die Weisung des Kaisers, sollte aus dieser Linie der Hautevilles ein Nachkomme in die Welt gesetzt werden. Ich denke, dass sich Wilhelm und seine Mutter bereits mit einem knappen Dutzend Inhaftierter auf dem Weg nach Deutschland befinden. In Klöstern, deren Namen nur der Kaiser und einige wenige seiner engsten Vertrauten kennen, werden sie den Rest ihres Daseins fristen.“

Schwer lastete das Schweigen in der kleinen Kammer. Konstanzes noch immer geschwächter Körper bebte. Kaum gelang es ihr, die Tränen zurückzuhalten. Und so stockte ihre Stimme, als sie auf eine Windel des kleinen Prinzen deutete und herausschrie: „Vor Tagen glaubten manche noch, Heinrich bekomme den Sohn eines Metzgers untergeschoben. Dabei ist es umgekehrt. Es ist Roger Konstantin, der einen Schlächter zum Vater hat.“

Die Tage in Jesi vergingen ohne nennenswerte Zwischenfälle. Von kaiserlichen Boten, die regelmäßig ins Dorf kamen, erfuhr Konstanze, dass ihr Gemahl gedachte, noch einige Wochen in Palermo zu weilen, um die aus den Fugen geratenen politischen Verhältnisse in seinem Sinne zu ordnen. Was der Kaiserin erneut die Zornesröte ins Gesicht trieb: In ihrer Abwesenheit wurde der normannische Königsschatz nach Deutschland auf den Trifels gebracht. Alles das, so schrieb Heinrich seiner Gemahlin, sei auch im Sinne der Kaiserin, der Mutter des Erben des größten Reiches, über das je ein römisch-deutscher Kaiser geherrscht hatte. Bis auf Weiteres, so die Anweisung Heinrichs, möge seine Gemahlin mit dem kleinen Prinzen in Jesi verweilen.

Aber auch Wolfram vernahm die Neuigkeiten aus Palermo mit Unbehagen. Wie schon vor Monaten befürchtet, wurde Markward von Annweiler für seine bedingungslose Treue belohnt und mit der Markgrafschaft Ancona, der Grafschaft Romagna und dem Herzogtum Ravenna belehnt. Der Annweiler war somit zu einem der mächtigsten und reichsten Männer des Reiches aufgestiegen. Nun verfügte er über ausreichend Mittel, um noch mehr Getreue um sich zu scharen. Wolfram wurde mit einem neuen Pferd, einer neuen Rüstung und einem Pfund reinen Goldes für seine Dienste belohnt. Freuen konnte er sich darüber freilich nicht.

Erst eine Woche vor Ostern 1195 brachen die Kaiserin und ihr Gefolge von Jesi auf. Heinrich hatte angeordnet, seine Ehefrau spätestens an Gründonnerstag in Bari zu treffen, wo er Hoftag abhalten wollte.

Am Nachmittag des Gründonnerstag standen sich die beiden Eheleute, die so viele Monate voneinander getrennt gewesen waren, erstmals alleine gegenüber. In den Stunden zuvor hatten sie die Huldigungen der Ministerialen und der edlen Ritter über sich ergehen lassen, hatten immer wieder genickt, wenn einer die Ähnlichkeit des kleinen Prinzen mit dem Vater und dessen Vater betonte.

Bei Einbruch der Dunkelheit hatte die Zofe Claudia zusammen mit dem Kind die geräumige Kammer verlassen, und Konstanze starrte ihren Mann schweigend an. Der hielt dem Blick seiner Gemahlin ohne Regung stand. Heinrich wollte etwas sagen, als in diesem Moment Konstanze mit aller Kraft zuschlug. Von der flachen Hand an der linken Wange getroffen, flog der Kopf des Kaisers herum.

„Warum?“, schrie Konstanze mit sich überschlagender Stimme. „Warum hast du das getan? Sage es mir, damit ich es vielleicht einmal meinem kleinen Sohn erklären kann, warum sein eigener Vater dessen halbe Familie ausgelöscht hat.“

Der Blick, der Konstanze traf, jagte ihr einen Schauder über den Rücken. Unwillkürlich machte sie zwei Schritte rückwärts. Mit allem hatte sie gerechnet, nur nicht mit dieser Eiseskälte. Dass seine Frau das gewagt hatte, was sein Vater zuletzt vor mehr als zwanzig Jahren getan hatte, schien Heinrich gar nicht zu beschäftigen. Auch ging er mit keiner Silbe auf die Frage ein. Es war etwas anderes, das ihm auf der Zunge lag.

„Ich habe gehört, dass du unseren Sohn auf den Namen Roger Konstantin taufen lassen willst.“ Es folgte erneut ein kaltes Lächeln, das Konstanze einen weiteren Schritt rückwärtsgehen ließ. „Dazu wird es natürlich nicht kommen. Der Papst wird unseren Sohn auf den Namen Friedrich taufen. Mein Erstgeborener wird damit den Leitnamen meiner Familie weiterführen. Deine Familie hat sich spätestens mit den glücklicherweise vereitelten Meuchelplänen dafür als unwürdig erwiesen. Dafür hat, wie du ja schon erfahren hast, jeder einzelne der Verschwörer seine gerechte Strafe erhalten.“

„Und nicht nur die Lebenden“, entgegnete die Kaiserin mit dem ganzen Abscheu, zu dem sie in diesem Moment fähig war. „Nicht nur, dass du dich an den Lebenden vergriffen hast. Nein, du musstest sogar die Toten entweihen. Du ekelst mich an, und mein Sohn wird nicht den Namen deines Vaters tragen.“

Jetzt schloss Heinrich die Augen. Im Schein der Fackeln und Öllampen hatte sein Gesicht seltsam weiche Züge. Es war, als schien er sich einer unangenehmen Aufgabe zu entledigen, als er die Fingerspitzen aufeinander presste und leise fortfuhr. „Alle meine Getreuen haben sich gefreut, als sie von deiner Schwangerschaft erfuhren. Doch ich habe bessere Ohren, als es manch einer wahrhaben will. Einige wunderten sich, dass du erst nach so vielen Jahren glücklicher Ehe schwanger wurdest. Einer mutmaßte sogar, dass ich vielleicht gar nicht der Vater sei. Er schmachtet mittlerweile im tiefsten Kerker des schönen Palastes in Palermo. Andere hegten die Befürchtung, und dem kann ich nichts entgegnen, dass du zu alt seiest, um dem kleinen Friedrich eine gute Mutter zu sein.“

Jetzt wurde Konstanze bleich. „Dazu wärst noch nicht einmal du fähig.“

„Kannst du dir da so sicher sein? Konrad von Urslingen habe ich zu meinem Stellvertreter im Königreich Sizilien gemacht. Seine Frau, wie heißt sie doch gleich? Sei’s drum. Konrad von Urslingen wäre bestens geeignet, die Erziehung des kleinen Friedrich zu übernehmen, und das sogar in der Heimat seiner Mutter, die wiederum ein sehr zurückgezogenes Leben führen würde, vielleicht wieder in einem Kloster. Dein Alter und deine durch die schwere Geburt angegriffene Gesundheit haben mich zu diesem Schritt veranlasst, würde ich verlauten lassen, und alle würden diese weise Entscheidung loben. Ganz so weit muss es aber nicht kommen, wenngleich eine Trennung sich nicht vermeiden lässt."

„Was verlangst du?" Die letzten Worte ihres Mannes hatten Konstanze die Kraft geraubt. Sie hatte sich setzen müssen und starrte ihren Mann entsetzt an.

Der straffte sich. „Du billigst nach außen mein Vorgehen in Palermo! Du bekräftigst meinen Erbanspruch, nach dem mir das sizilische Königreich dank unserer Heirat zusteht. Und du redest den kleinen Friedrich nie mehr mit Roger Konstantin an. Als ein Zeichen meines Entgegenkommens mache ich dich zur Regentin Siziliens in meinem Namen. Als Taufname will ich meinem Sohn Friedrich Roger zugestehen. Aber alle Welt wird von ihm nur als Friedrich dem Zweiten, Enkelsohn des großen Friedrich Barbarossa, sprechen. Dessen kannst du dir sicher sein. Ich werde veranlassen, dass du zunächst zusammen mit dem kleinen Friedrich auf der Burg Konrads von Urslingen in der Mark Spoleto untergebracht wirst. Allerdings erwarte ich von dir, dass du auch auf Sizilien den Regierungsgeschäften nachkommst. Die Herzogin von Spoleto wird sich in deiner Abwesenheit um unseren Sohn kümmern. Und wage es nie mehr, deine Hand gegen mich zu heben. Du würdest es nicht überleben."

Als Konstanze nur nickte, wandte sich Heinrich ohne ein weiteres Wort der Tür zu.

„Wolfram hat mir einmal erzählt, dass er dir zweimal das Leben gerettet hat", warf Konstanze noch einmal matt ein. „Mittlerweile verfluche ich diese beiden Rettungstaten."

Heinrich schenkte seiner Frau ein geringschätziges Lächeln. „Der gute Wolfram. Er hätte es bei mir zu Großem bringen können. Ich hätte ihn zum Markgrafen oder zum Herzog gemacht. Stattdessen hat er sich von dir Flausen in den Kopf setzen lassen, verweichlichte von Tag zu Tag mehr. Ich werde euch beiden einen Gefallen tun. Wolfram von Rheinbod bleibt bis auf Weiteres dein Leibdiener. Er bringt einen außerordentlich schreibkundigen Mönch mit, der sogar deine Muttersprache beherrscht, meine Liebe. Ihm kannst du deine vielen Briefe diktieren, die du mir und meinem Sohn in den nächsten Monaten und Jahren wirst zukommen lassen."

Heinrich blieb noch bis Juli in Bari und kehrte dann nach Deutschland zurück. Während eines Hoftages im Dezember 1195 in Worms schlug er den deutschen Fürsten vor, seinen gerade einmal ein Jahr alten Sohn Friedrich zum deutschen König zu wählen. Heinrich selbst bekräftigte sein Ansinnen, die Heilige Stadt Jerusalem aus den Händen der Ungläubigen zu reißen und damit das von seinem Vater angefangene Werk endlich zu Ende zu bringen.

Doch die deutschen Fürsten lehnten die Königswahl Friedrichs ab, und der Kaiser musste seine Pläne neu überdenken. Während eines Hoftags Ende Februar 1196 trat er erneut an die Fürsten heran, diesmal mit einem Vorschlag, der alle überraschte. Durch eine Reichsgesetzesänderung wollte Heinrich in Deutschland die Erbmonarchie einführen. Damit wollte der Kaiser nicht nur die Krone noch enger an das staufische Haus binden, sondern auch einem möglichen Konflikt aus dem Wege gehen. Nach der Eroberung Siziliens war der deutsche König automatisch König des sizilischen Reiches, wo die Erbmonarchie allerdings bereits ihre Gültigkeit hatte. Im ungünstigsten Falle konnten im römisch-deutschen Kaiserreich somit zwei Könige mit gegensätzlichen Interessen auf den Plan treten. Um die Fürsten für seinen Plan zu gewinnen, stellte der Kaiser ihnen in Aussicht, auch die Reichslehen erblich werden zu lassen.

Nach anfänglichem Zögern willigten die Fürsten ein, um ihre Zusage dann überraschenderweise wieder zurückzuziehen. Immerhin wählten sie im Dezember 1196 den jetzt bald zweijährigen Friedrich zum deutschen König. Im Mai 1197 sollte der längst vorbereitete Kreuzzug endlich starten. Doch dann verbreitete es sich wie ein Lauffeuer. Erneut wollten normannische Verschwörer den Kaiser ermorden lassen. Während all dieser Zeit war Wolfram bei Kaiserin Konstanze und ihrem heranwachsenden Sohn Friedrich geblieben.

„Und es gibt keinen Zweifel?“ Wolfram schüttelte bedauernd den Kopf. „Leider nein, meine Kaiserin. Hermann von Baden ist tot. Ich habe seine Leiche selbst gesehen, kurz bevor sie ihn weggeschafft haben. Ich weiß nicht, ob er ermordet wurde oder seinem Leben selbst ein Ende bereitet hat. Und nicht nur das. Graf Richard von Acerra und Graf Giordano sind als Rädelsführer der Verschwörung gegen Euren Gemahl verhaftet worden. Zusammen mit etwa zwanzig weiteren Inhaftierten wird ihnen noch heute, spätestens morgen der Prozess gemacht.“

Eine schwere Hitze, die sich längst auch durch die dicksten Mauern gefressen hatte, lastete in den weitläufigen Palasträumen von Palermo, obwohl es erst früher Mittag war und überall Brunnen mit kühlem Wasser plätscherten. Claudia fächelte ihrer Kaiserin mit Palmenzweigen ständig frische Luft zu. Dennoch lief Konstanze der Schweiß in Strömen über das Gesicht.

Als es in diesem Moment an der Tür der mit leichten Seidentüchern abgedunkelten Kammer klopfte, zuckten alle drei zusammen. Der fehlgeschlagene Giftanschlag auf Kaiser Heinrich während einer Jagd bei Messina hatte eine Lawine ausgelöst. In dieser Situation, als der Umsturz zum Greifen nahe schien und so mancher sizilischer Adeliger für die Zeit nach den Deutschen plante, war es Markward von Annweiler zu verdanken gewesen, dass die Deutschen noch immer Herren über die Insel Sizilien waren. Mit einer Streitmacht gestandener Ritter, die eigentlich auf den Aufbruch ins Heilige Land wartete, hatte der Truchsess nicht lange gefackelt und mit der Unterstützung des Adeligen Heinrich von Kalden erbarmungslos zurückgeschlagen, während der Kaiser sicher in der Festung von Messina ausharrte. Keiner wusste, wie viele Normannen ihr Leben verloren, doch es war nun Heinrichs einfache Aufgabe, über die beiden überführten und inhaftierten Häupter der Verschwörung und ihre Helfershelfer zu Gericht zu sitzen. Mittlerweile kam es nicht nur Wolfram so vor, als wäre die Kaiserin eine Gefangene ihres eigenen Gatten. Längst wurde hinter vorgehaltener Hand kolportiert, der Kaiser verdächtige seine Frau, an der Verschwörung beteiligt gewesen zu sein oder zumindest von ihr gewusst zu haben. Wolfram zweifelte, dass der Kaiser seine Frau öffentlich anklagen würde. Aber irgendetwas musste Heinrich vorhaben. Wen er einmal im Verdacht hatte, der kam nicht ungeschoren davon.

Auf Konstanzes Zuruf öffnete sich die Tür. Im Rahmen erschien Markward von Annweiler, eskortiert von sechs schwer bewaffneten Rittern. Sein Grinsen traf Wolfram, der sich zusammenreißen musste, um nicht sein Schwert gegen den verhassten Truchsess zu erheben. Es wäre seine letzte Tat gewesen.

„Kaiser Heinrich erwartet Euch auf dem Turnierplatz, meine Kaiserin." Und mit einem geringschätzigen Blick auf Wolfram: „Du hast ebenfalls dort zu erscheinen, Leibdiener."

Ohne den Annweiler eines Blickes zu würdigen, erhob sich Konstanze und nickte ihrer Zofe zu. Es war der jungen Kammerdienerin anzusehen, wie sehr sie um das Wohl ihrer Herrin besorgt war. Zusammen mit Wolfram an ihrer Seite schritt Konstanze durch die weitläufigen Gänge des Normannenpalastes, mit dem sie eine unbeschwerte Kindheit verband. Und doch wurde sie auch hier mit dem Einfluss ihres Mannes konfrontiert. Denn sie mussten an einem Freskenzyklus vorbeigehen, den der Kaiser persönlich in Auftrag gegeben hatte. Über sechs Zimmer erstreckten sich die farbenprächtigen Wandbilder, die die Erschaffung der Welt, die Sintflut, das Wirken Abrahams, den Tod der Ägypter im Roten Meer und König David zeigten. Schließlich schritten Wolfram und die Kaiserin durch ein Zimmer, das ausschließlich Kaiser Friedrich Barbarossa gewidmet war. Wolfram erkannte auf den ersten Blick Motive des Kreuzzuges, an dem er selbst teilgenommen hatte, sah das Bildnis Heinrichs und das seines Bruders Philipp.

Was den Charakter angeht, hat der Sohn nichts von seinem Vater geerbt, dachte Wolfram verächtlich.

Es folgte der Weg durch die Gärten, in denen Konstanze als junges Mädchen verträumte Stunden verbracht hatte; weiter gingen sie eine Allee aus Pinienbäumen entlang, bis sie schließlich den Turnierplatz erreichten, der in der prallen Mittagssonne lag. Dort hatten sich auf den Tribünen bereits zahlreiche Menschen eingefunden. Beim Näherkommen war deutlich zu sehen, dass ungefähr die Hälfte von ihnen deutsche Adelige und Ritter waren, auf deren Gesichtern eine sensationslüsterne Erwartung lag. Die anderen waren Normannen, darunter viele Kinder, die mit Sicherheit nicht freiwillig hierhergekommen waren. Ihre Gesichter waren gezeichnet von der Ungewissheit darüber, was sie erwartete.

Markward von Annweiler brachte die Kaiserin und ihren Begleiter zielstrebig zu der überdachten Loge, in der neben Kaiser Heinrich auch der ihm nicht minder ergebene Kanzler Walther von Pagliara saß. Diener fächelten ihnen Luft zu. Auch etliche Geistliche, Ministeriale und enge Vertraute Heinrichs saßen bereits auf ihren Plätzen. Sie erhoben sich augenblicklich, als sie Konstanze kommen sahen.

„Ich freue mich, dass es Euch trotz der Hitze möglich war, zu Uns zu kommen“, begrüßte Heinrich seine Frau mit einem falschen Lächeln und ebenso falscher Höflichkeit. „Auch du, werter Wolfram, sei Uns willkommen. Zwar bist du nur von niederem Adel. Dennoch wollen Wir es dir ausnahmsweise gestatten, neben Uns Platz zu nehmen.“

Während Konstanze brüsk den Kopf zur Seite wandte, neigte Wolfram leicht sein Haupt, obwohl er dem Kaiser am liebsten nur ein ironisches Lächeln geschenkt hätte. Natürlich war er von niederem Adel. Doch wie oft hatte der Staufer in den vergangenen Jahren seinen Rat eingeholt. Wie oft hatte er ihn an seiner Tafel speisen lassen, zusammen mit hochrangigen Ministerialen. Doch das alles gehörte spätestens mit dem heutigen Tag der Vergangenheit an. Wolfram gab sich keinen Illusionen hin. Er würde das Ende dieses Tages nicht mehr erleben. Davon war er in diesem Moment überzeugt. Er hatte in das Gesicht des Kaisers gesehen und in dessen Augen eine wilde Entschlossenheit erkannt. Heinrich VI. wollte endgültig mit allen aufräumen, die ihm im Weg waren. Mit Sicherheit hatte der Annweiler ihm längst zugeflüstert, dass auch Wolfram von Rheinbod dazu gehörte. Angst verspürte Wolfram in diesem Moment nicht. Er hatte ein erfülltes Leben gehabt und sich nichts vorzuwerfen. Nur der Gedanke, dass vielleicht Markward von Annweiler sein Henker sein könnte, ließ eine kaum zu unterdrückende Wut in ihm aufsteigen.

Plötzlich aufkommender Lärm unterbrach seine Überlegungen. Er folgte den Blicken der anderen und verengte seine von der Sonne geblendeten Augen zu schmalen Schlitzen. Dann konnte auch er es sehen: Am Ende der breiten Allee, die er vor wenigen Minuten noch selbst entlanggegangen war, erschien ein laut wieherndes Pferd, das von seinem Reiter mit heftigen Peitschenschlägen zu einem halsbrecherischen Tempo genötigt wurde. Bevor sich Wolfram über dieses Schauspiel wundern konnte, sah er, dass das Pferd einen Menschen hinter sich herschleifte.

Durch die Menge, die auf der Tribüne ausharrte, ging ein Aufschrei. Noch konnte man nicht sehen, wer das Menschenbündel war und ob es überhaupt noch lebte. Mit einem entsetzten Schrei auf den Lippen wollte sich Konstanze abwenden, doch Heinrich war längst aufgestanden und hatte den Arm um die Schulter seiner Frau gelegt. Mit diesem eisenharten Griff nötigte er die Kaiserin, in die Richtung des immer schneller näher kommenden Pferdes zu schauen. Wieder musste Wolfram sich zwingen, nicht das Schwert zu ziehen, das man ihm erstaunlicherweise gelassen hatte. Es hätte nichts genutzt. Wolfram war sich sicher, dass bestens ausgebildete Scharfschützen den Kaiser und seine nächste Umgebung ständig beobachteten. Seine Hand am Knauf des Schwertes, und er war ein toter Mann, getroffen vom Bolzen einer Armbrust, durchbohrt vom Pfeil eines Sennebogens.

„Man kann ihn kaum wiedererkennen", flüsterte Heinrich seiner Gattin ins Ohr. „Aber hier kommt tatsächlich Graf Richard von Acerra, der Bruder König Tankreds. Viel wird freilich nicht mehr von ihm übrig sein."

„Du widerst mich an!" Konstanze konnte nur noch wimmern, als der Reiter auf den Turnierplatz einbog. Sie hatte mit dem Grafen einige Male zu tun gehabt und erkannte ihn sofort, obwohl sein Gesicht blutverschmiert war.

Augenblicklich stürzten Knappen auf das Pferd zu und banden den geschundenen Körper des Grafen los. Der lebte tatsächlich noch. Doch über und über mit blutenden Schürfwunden waren Körper, Kopf und Gesicht verunstaltet. Zu viert schleppten die Knappen den Bruder König Tankreds zu einer galgenartigen Konstruktion und knüpften den Verschwörer, dessen Arme hinter dem Rücken gefesselt waren, an den Füßen auf. Während die dieser langsamen Hinrichtung (der Tod würde mit Sicherheit erst in vielen Stunden eintreten) beiwohnenden Normannen entsetzt schwiegen, brannte aus den deutschen Kehlen frenetisches Gebrüll.

„Tod den feigen Verschwörern!"

„Ein schneller Tod wäre ein Entgegenkommen, das diesem Menschen nicht zusteht", nickte Heinrich zufrieden. „Setzt Euch wieder, meine werte Gemahlin. Auch das Nachfolgende wird seine Zeit dauern, und bei dieser Hitze möchte ich Euch die Bequemlichkeit nicht vorenthalten."

Der kalte Blick traf jetzt den von Wolfram. „Und du nimmst neben deiner Kaiserin Platz, Leibdiener!"

Nachdem sich Konstanze und Wolfram auf den mit weichen Kissen ausgelegten freien Stühlen niedergelassen hatten, kamen augenblicklich Diener und fächelten auch ihnen Luft zu. Sogar Feigen und Wein bekamen sie angeboten.

„Ihr solltet etwas trinken", raunte Wolfram der Kaiserin zu, was Heinrich sofort mit einem höhnischen Lächeln quittierte.

„Hört auf Euren Leibdiener, der sich in den vergangenen drei Jahren so rührend um Euch und Unseren Sohn gekümmert hat und der Euch immer ein treuer Ratgeber war."

Als Konstanze nicht antwortete, hielt ihr Heinrich den mit Wein gefüllten Kelch direkt an die Lippen. „Trinkt!"

Als Wolfram einen Schluck nahm, konnte er einen Hustenanfall kaum unterdrücken. Der Wein war schwer, warm und unerträglich süß. Bei dieser Hitze genossen, würde die bleierne Schwere, die sich über den Turnierplatz gelegt hatte, Konstanze noch mehr zusetzen.

Die Kaiserin trank ebenfalls einen Schluck und verzog angewidert das Gesicht.

„Aber nicht doch“, höhnte Heinrich weiter. „Für das nun kommende Schauspiel haben Wir keine Mühen gescheut und Euch den besten Wein kommen lassen, der im königlichen Palast lagert. Wein, der an den lieblichen Hängen Apuliens gereift ist. Den mögt Ihr doch ganz besonders, meine Kaiserin.“

Wieder nötigte er Konstanze, einen Schluck zu trinken. „Doch jetzt wollen wir keine Zeit verlieren. Auch Uns beginnt die Hitze zuzusetzen.“

Jetzt gab er den auf dem Turnierplatz wartenden Schergen einen Wink. Sofort entfernten sich vier von ihnen und kamen wenige Augenblicke mit rund zwanzig an den Händen gefesselten Männern zurück.

„Hier seht Ihr die gedungenen Helfer der beiden Verschwörer, mein Kaiser“, erhob jetzt Markward von Annweiler seine Stimme.

Konstanze schaute entsetzt in die Gruppe. Zahlreiche der auf den Tod wartenden Männer kannte sie seit der Zeit, da sie ein junges Mädchen gewesen war. Zwei von ihnen waren noch halbe Kinder, kaum älter als dreizehn Jahre. Die ältesten dagegen waren so schwach, dass sie sich kaum auf den Beinen halten konnten. Um nichts in der Welt konnte Konstanze sich vorstellen, dass diese Geistlichen und Adligen in der Lage waren, eine Verschwörung gegen den Kaiser zu planen, mochte dieser das Volk auch noch so sehr ausgepresst haben.

„Diese Verbrecher sind bereits zum Tode verurteilt, die entsprechenden Urkunden von Euch, mein Kaiser, unterzeichnet“, fuhr der Truchsess mit lauter Stimme fort. „Das Urteil wird sofort vollstreckt.“

Auf dieses Stichwort gab einer der Schergen dem Erstbesten einen Schubs.

„Tod den feigen Verschwörern!“, brüllten erneut die Deutschen.

Konstanze erkannte einen Grafen, der sich in den vergangenen mehr als fünf Jahrzehnten große Verdienste um die Stadt Palermo erworben hatte. Weiter kam sie in ihren Gedanken nicht, denn in diesem Augenblick flog der Kopf des Grafen in den Sand, rollte einige Ellen, bis er kurz vor der Tribüne liegen blieb. Der schmächtige Körper kippte zur Seite, während das Blut fontänenartig aus dem Halsstumpf schoss.

Und weiter ging das Morden. Einer nach dem anderen bekam von den Helfern des kaiserlichen Henkers einen Schubs. Die meisten machten gar nicht erst Anstalten, sich zu wehren. Die Geistlichen unter den Verurteilten knieten sich hin und murmelten ein Gebet, solange der Kopf noch auf den Schultern saß.

„Tod den feigen Verschwörern!"

Nur einer wollte sich seinem Schicksal nicht ergeben. Mit der Verzweiflung eines Menschen, der den sicheren Tod vor Augen hat, entging der junge Kerl dem tödlichen Schwerthieb und rannte weg. Einer der Schergen wollte schon seinen Bogen spannen, doch Heinrich machte eine abwartende Handbewegung. Unter dem Gelächter der Deutschen rannte der Normanne davon, obwohl er einsehen musste, dass eine Flucht unmöglich war. Erst nach einer Weile gab Heinrich mit einem Kopfnicken einem der unsichtbaren Scharfschützen ein Zeichen. Der Bolzen einer Armbrust durchschlug die Stirn des Normannen. Tödlich getroffen sank er in den Staub.

Als endlich der letzte der Verurteilten hingerichtet war, glich dieser Bereich des Turnierplatzes einem Schlachthof. Nur dass hier keine Tiere zur Schlachtbank geführt worden waren, sondern Menschen. Der eigentümliche Geruch des Blutes zog zu den Tribünen und brachte so manchen Zuschauer dazu, sich die Seele aus dem Leib zu kotzen.

Wolfram sah, dass Konstanze ebenfalls leichenblass geworden war. Die mittlerweile unerträgliche Hitze und das Abschlachten der in ihren Augen unschuldigen Menschen hatten der Kaiserin, die stumm in sich zusammengesunken war, schlimm zugesetzt. Es war nur eine Frage der Zeit, bis sie endgültig zusammenbrechen würde.

„Wir möchten Euch bitten, noch eine Weile auszuhalten", flötete Heinrich ungerührt weiter. „Zum Abschluss haben Wir eine ganz besondere Vorstellung zu bieten."

Er schnippte mit den Fingern, und auf der Stelle entfernten sich zwei Schergen. Kurz darauf kamen sie mit einer stuhlartigen Konstruktion zurück. Sie stellten sie direkt an der Loge auf, sodass derjenige, der darauf Platz nahm, in Richtung des Kaisers und der Kaiserin schaute. Wolfram sah auf den ersten Blick, dass dieser seltsame Stuhl aus Eisen gefertigt war.

„Der königliche Hofschmied hat ganze Arbeit geleistet“, freute sich Heinrich. „Findet Ihr nicht auch?“

Wolfram wollte sich schon wundern, was dieses Gestühl sollte, als Heinrich im sanften Plauderton weitersprach. „Wie Ihr ja wisst, meine Gemahlin, braucht jeder König einen Thron. Der Euch so verehrende Graf Giordano hätte es sich nur zu gerne auf dem Normannenthron bequem gemacht. Doch daraus wird nun leider nichts. Allerdings wollen Wir ihm das Gefühl, einmal auf einem königlichen Stuhl zu sitzen, nicht vorenthalten. Es wird ein ganz besonderes Erlebnis sein.“

Auf ein weiteres Zeichen kamen erneut die beiden Schergen angelaufen. Einer von ihnen trug eine große Pfanne mit glühenden Kohlen, der andere einen Stoß mit dünnen Holzscheiten. Flugs hatten sie direkt unter dem eisernen Stuhl ein loderndes Feuer entfacht. Wolfram schloss die Augen. Er konnte sich ausmalen, was den Grafen erwartete. Und auch Konstanze hatte längst erkannt, mit welchen Qualen ihr Mann den vermeintlichen Verschwörer bestrafen wollte. Die Deutschen unter den Zuschauern der Hinrichtung hatten nun ihr Geschrei eingestellt. Fast totenstill warteten sie auf das grausame Schauspiel.

„Das kannst du nicht tun“, flüsterte Konstanze tonlos. „Ich bitte dich, ich flehe dich an, ihn nicht so zu quälen. Lass ihn enthaupten, lass ihn hängen, aber quäl ihn nicht auf diese Weise.“

Doch wieder hatte der Kaiser für seine Gattin nur ein verächtliches Lächeln übrig. „Und wer hätte an meine Qualen gedacht? Wir haben das vom Gift durchtränkte Brot einem Gefangenen gegeben. Minutenlang lag er zuckend auf dem Boden, zu keinem vernünftigen Satz mehr fähig, bis schließlich weißer Schaum aus seinem Mund trat und die blutunterlaufenen Augen aus ihren Höhlen quollen. Solche Qualen hatten diese normannischen Bastarde Uns, dem römisch-deutschen Kaiser, zugedacht. Und da verlangt Ihr von Uns, kaiserliche Gnade walten zu lassen?“

„Aber wer sagt Euch, dass Graf Giordano …?"

„Die Beweise sind eindeutig", kam Heinrich jetzt außer sich vor Zorn brüllend dem Rest der Frage entgegen. Es dauerte eine Weile, bis er sich wieder unter Kontrolle hatte. Er führte ein parfümiertes Tuch an den Mund und holte tief Luft. „Und nun harrt gespannt der Inthronisierung des Mannes, der so gerne König von Sizilien geworden wäre."

Ein letzter Wink zum Henker, und sie brachten den Grafen auf den Turnierplatz. Mit ebenfalls gefesselten Händen schritt der Adlige erhobenen Hauptes in Richtung der Loge. Kaiser Heinrich und seinen Vertrauten würdigte er keines Blickes. Dafür fixierte er die Kaiserin, die dem stumm übertragenen Gedanken allerdings nicht lange standhielt. Mit Tränen in den Augen senkte sie ihren Kopf.

Jetzt erhob sich Kaiser Heinrich und gebot mit erhobenen Armen der Menschenmenge, in die wieder Unruhe gekommen war, still zu sein, was augenblicklich geschah. Nur mit wenigen Sätzen ging er auf den geplanten Mordanschlag ein und erwähnte, dass Graf Giordano eindeutig der Rädelsführerschaft für schuldig befunden sei. Dies konnte nur eines zur Konsequenz haben: die Todesstrafe.

Längst hatten auch die Zuschauer, ob sie nun freiwillig oder unfreiwillig gekommen waren, den Zweck des Eisenstuhls erkannt. Die Konstruktion glühte stellenweise rot, so groß war die Hitze des unter der Sitzplatte lodernden Feuers.

Der Kaiser verzog das Gesicht zu einem spöttischen Grinsen. „Setzt ihn jetzt auf seinen Thron!"

Mit schnellen Griffen riss der Henker dem hilflosen Grafen Beinkleider und Hemd vom Leib. Völlig nackt stand der Adelige nun vor der Kaiserin, das brüllende Gelächter der deutschen Besatzer erntend. Widerstandslos ließ er sich die Füße zusammenbinden und zu dem Eisenstuhl tragen. Mit einer schnellen Bewegung drückten der Henker und sein Gehilfe den hochgewachsenen Grafen in den glühend heißen Stuhl. Was folgte, war ein unmenschlicher, ein markerschütternder Schrei. Unter dem begeisterten Gebrüll der einen Hälfte der Zuschauer stieg augenblicklich eine weiße Rauchwolke auf, die von einem sanften Wind in Richtung der Loge getragen wurde. Der süßliche Geruch verbrannten Fleisches ließ die Kaiserin würgen, und selbst der hartgesottene Markward von Annweiler hielt sich unauffällig die Hand vor die Nase. Mit einem Holzbalken hinderten die kaiserlichen Schergen den zum Tode Verurteilten daran, mit letzter Kraft den Höllenqualen zu entkommen. Immer langsamer wurden die Bewegungen des Grafen, bis er endlich die Besinnung verlor.

Lass dein Schwert stecken, schoss es Wolfram angesichts dieser nirgendwo sonst erlebten Menschenquälerei durch den Kopf. Das war der Moment, in dem er sogar den Kaiser getötet hätte.

Sichtlich zufrieden wandte sich der Staufer an Konstanze. Graf Giordano konnte nicht mehr am Leben sein. Für alle deutlich sichtbar war der Rücken schwarz verbrannt, die Arme und Beine waren bis zur Unkenntlichkeit verkohlt.

„Damit hätten wir fast alle Verschwörer bestraft. Fast alle."

Noch immer leichenblass im Gesicht war die Kaiserin, als ihr Blick auf Wolfram fiel. „Nein! Er hat damit nichts zu tun. Kein einziges Mal ist in meiner Gegenwart ein Wort über eine Verschwörung gegen Euch gefallen, mein Kaiser. Das müsst Ihr mir glauben. Das beeide ich beim Leben unseres Sohnes."

Und wieder nur ein verächtliches Lächeln. „Wahrscheinlich werdet Ihr als Nächstes die Verdienste Wolframs aufzählen, der bereits meinem Vater diente. Und Ihr werdet Uns daran erinnern, dass er mir zweimal das Leben rettete. Ihr braucht Euch nicht zu bemühen. Wegen ebenjener Verdienste lassen Wir bei Unserem treuen Ritter Wolfram Gnade vor Recht ergehen. Er hat das Glück, bis an sein Lebensende im tiefsten Kerker des Normannenpalastes zu schmachten. Nicht weit entfernt davon wartet bereits Wolframs guter Freund Ludger auf seine Erlösung. Wie Ihr seht, meine werte Gemahlin, sind die beiden sogar in ihren einsamsten Stunden vereint."

Irgendwann verlor die Zeit ihre Bedeutung. War es nun Tag oder war es Nacht? Wie sollte er das wissen. Hatte er eine Stunde geschlafen oder zehn? Es war völlig ohne Belang. Es gab keine Zeit mehr, es gab nur noch das Warten.

Sie hatten ihn noch in der kaiserlichen Loge entwaffnet und danach in den Palast abgeführt. Am Eingang zu den Verliesen hatten sie ihn entkleidet und ihm einen grauen, längst zerschlissenen Leinenkittel zugeworfen, den er sich überstreifen musste. Zu Wolframs Überraschung war noch einmal Markward von Annweiler erschienen.

„Sage mir, dass ihr von der Verschwörung gewusst habt. Du, der Benediktinermönch und die Königin. Sage es mir, und der Kaiser wird dich irgendwann aus diesem Verlies entlassen“, hatte der Truchsess gesagt.

Wolfram hatte dem triumphierenden Blick des Annweilers mühelos standgehalten. „Fahrt zur Hölle!“, war der Satz, dem er seinem ärgsten Widersacher entgegenschleuderte. „Irgendwann werden wir uns wiedersehen, Markward von Annweiler. Vergesst nicht, was ich Euch einst auf dem Trifels gesagt habe!“

„Du wirst da unten verrotten, Rheinboder!“

Auf ein Zeichen des Annweilers hin warfen sie ihn schließlich in den Kerker. Als die Tür krachend zufiel, senkte sich eine undurchdringliche Schwärze über Wolfram. Selbst nach einer Weile, als sich seine Augen eigentlich an die Dunkelheit gewöhnt haben mussten, war noch immer alles schwarz. Kein Lichtstrahl drang in diesen Kerker, und nur wenn einer der Wächter mit einer Fackel vor der schweren Eichentür vorbeilief, konnte Wolfram für einen winzigen Augenblick Einzelheiten seiner kleinen, nach kaltem Moder und Kot stinkenden Zelle erkennen. Ab und zu öffneten sie die Tür, warfen ihm etwas halbwegs Essbares entgegen und stellten einen Krug brackiges Wasser ab. Seine Notdurft musst er in einer Ecke verrichten, wo etwas Sand aufgeschüttet war.

Nach einer Weile – er wusste nicht, ob seit dem Blutgericht zwei Tage, zwei Wochen oder zwei Monate vergangen waren – war Wolfram, der sich in seinem Leben immer frei hatte bewegen können, so weit, sich das Leben zu nehmen, wenn er dazu in der Lage gewesen wäre. Er tastete seine Haare und seinen Bart ab. Der Länge nach mussten seit seiner Einlieferung zwei Wochen vergangen sein. Zwei Wochen! Was war in zwei Monaten, was in zwei Jahren? Und was erst in zwanzig Jahren? Bei dieser Vorstellung übermannte ihn die Verzweiflung, und die Tränen schossen in wahren Sturzbächen seine Wangen hinunter. Irgendwann spürte er, wie sich sein Verstand benebelte. Er machte sich keine Hoffnungen. Er hatte auf dem Trifels und in anderen Burgen Leichen von Gefangenen gesehen, die der Herr erst nach zwanzig, dreißig und mehr Jahren im Verlies erlöst hatte. Und wenn doch einer lebend aus seinem Kerker herauskam, dann war er ein Krüppel, meist dem Wahnsinn verfallen und bis zum Skelett abgemagert. Doch Wolfram schaffte es nicht, seinen Kopf mit voller Wucht gegen die aus massiven Bruchsteinen gefertigte Kerkermauer zu schlagen. Zu schwach war bereits sein Körper, der sich nur einen kurzen Moment auf den Beinen halten konnte. Was folgte, war eine tiefe Niedergeschlagenheit. Fortan lebte er nur noch für die wenigen Augenblicke, wenn die Wärter den Verschlag öffneten. Manchmal hatten sie sogar ein freundliches Wort für den Gefangenen übrig, manchmal verloren sie keinen Ton, manchmal gaben sie dem Verwahrlosten zum Spaß noch einen Tritt. Aber keiner beantwortete seine Frage, wie es der Kaiserin und seinem Freund Ludger ging, ob sie überhaupt noch lebten.

Und dann kamen die Träume. Mal liebkoste Maria ihn, mal sprach seine Mutter ihm Mut zu, mal ging er mit Gunther in den Wäldern oberhalb des Rheins zwischen Trechtingshausen und Boppard jagen und fischen. So wirklich waren diese kurzen Ausflüge in die Freiheit, dass er nur noch tiefer im Nichts versank, wenn er aus diesen Träumen wieder in der Finsternis aufwachte.

Einmal träumte er davon, dass Ludger neben ihm kniete. Die Tür zu seinem Kerker stand weit offen, und im Rahmen stand die junge und so schöne Claudia und lächelte ihn an. Warum quälte Gott ihn bloß mit diesen Träumen?

„Wach auf, Wolfram!“ Ludger kniete sich augenblicklich neben den zusammengekrümmten Körper und berührte vorsichtig seinen Rücken. „Er lebt noch!“

Claudia, die in der Kerkertür stand, lächelte erleichtert. Im selben Moment schossen ihr die Tränen in die Augen. „Vielleicht kommen wir zu spät. Vielleicht ist er so schwach, dass er jeden Moment stirbt.“

Doch Ludger schüttelte energisch den Kopf. „Ich habe den Kerker überlebt. Dann sollte so ein Martyrium einen Ritter wie Wolfram auch nicht töten. Er ist nur völlig entkräftet. Wahrscheinlich haben sie ihm schon seit Tagen nichts mehr zu essen und zu trinken gegeben. Ich bin es als Mönch ja schließlich gewohnt zu fasten. Doch einer wie Wolfram muss drei Mal am Tag eine ordentliche Mahlzeit zu sich nehmen.“

Jetzt schlug Wolfram die Augen auf, schloss sie aber auf der Stelle wieder, weil die Helligkeit der Fackeln ihn blendete. Er wollte etwas sagen, doch über seine rissigen Lippen kam nur Gekrächze.

Jetzt konnte sich auch Ludger nicht mehr zurückhalten. „Sie haben dich nicht kleinbekommen, mein Freund“, stammelte er unter Tränen. Er griff nach dem Krug mit frischem Wasser, den Claudia ihm reichte. „Trink erst einmal!“

Begierig schüttete Wolfram das klare Wasser in sich hinein. Doch zu sehr war der Magen entwöhnt, und so erbrach er auf der Stelle alles wieder. Mit winzigen Schlucken trank Wolfram den Rest des Wassers. Dann lehnte er sich erschöpft an die Kerkerwand.

„Hat Heinrich uns begnadigt?“ Kaum zu vernehmen war die Stimme des Eingekerkerten, der noch immer die Augen geschlossen hielt und nur ab und zu blinzelte.

Ludger schüttelte den Kopf und stieß die Luft aus. „Heinrich ist tot. Konstanze hat nach seinem Ableben sofort befohlen, die Gefangenen freizulassen. Dafür ist vor wenigen Stunden Kanzler Walter von Pagliara inhaftiert worden. Markward von Annweiler ist bereits geflüchtet. Die Kaiserin hat angeordnet, dass sämtliche Kaisergetreuen Sizilien zu verlassen haben. Andernfalls sollen sie eingekerkert werden. Sie braucht dich jetzt dringender denn je, mein Freund.“

Es war Wolfram anzusehen, dass er den Worten kaum Glauben schenken konnte. Aber es musste so sein, schließlich standen keine kaiserlichen Schergen in seiner Zelle, sondern zwei Menschen, denen er seit Jahren vertraute.

„Aber … ich meine, wie lange …?“

„Wir schreiben den 29. September 1197. Kaiser Heinrich starb gestern Abend an Malaria. Wochenlang rang er mit dem Tod. Doch Geduld, mein Freund, du wirst schon alles erfahren. Kaiserin Konstanze hat ausdrücklich angeordnet, dass du auf dem schnellsten Weg wiederhergestellt werden sollst. Ihre besten Ärzte werden sich um dich kümmern.“

„Und um Euch auch, Meister Ludger“, warf jetzt Claudia ein, der die überschwängliche Freude über das Wiedersehen mit Wolfram im Gesicht stand. Sofort packte sie mit an, als sie zusammen mit zwei Dienern der Kaiserin den geschwächten Ritter aufrichteten.

Keine zwei Stunden später saßen die beiden Deutschen in zwei großen, mit warmem Wasser gefüllten Waschzubern. Der Bartscherer hatte ganze Arbeit leisten müssen, um die in den vergangenen Monaten gewucherten und völlig verlausten Haare zu stutzen. Jetzt ließen sich Wolfram und Ludger kalten Braten, frisches Brot, getrocknete Früchte und mit viel Wasser verdünnten Wein schmecken.

„Ich kann immer noch nicht glauben, dass ich frei bin“, murmelte Wolfram stets aufs Neue.

„Glaub es ruhig, mein Freund. Die kurze, aber schreckliche Ära Kaiser Heinrichs VI. ist vorbei. Aber ob die Zeiten dadurch besser geworden sind?“

„Wie meinst du das? Hast du das Wüten des Kaisers schon vergessen?“

„Natürlich nicht, aber mit seinem Tod kommt das Reich ins Wanken. Nur Gott weiß, was uns die Zukunft bringt.“

„Sie wird zumindest das alte normannische Königreich wiederbringen.“ Unversehens war Konstanze mit ihrer Kammerzofe in der Kammer, in der Ludger und Wolfram ihr Bad nahmen, erschienen. Wolfram wollte schon aufstehen, als er sich im letzten Moment darauf besann, dass er natürlich völlig nackt war. Lachend gebot Konstanze den beiden Männern, sitzen zu bleiben. Während Claudia ihre Blicke nicht von Wolfram reißen konnte, unterrichtete ihre Herrin die beiden Freigelassenen. Und so erfuhren sie, dass Heinrich nicht dazu gekommen war, den versprochenen Kreuzzug anzutreten. Nach Wochen heftiger Fieberschübe, die in einem tiefen Delirium geendet hatten, war Heinrich VI. am späten Abend des 28. September 1197 in Messina verstorben.

„Ich werde veranlassen, dass die Leiche meines Gatten in Messina beigesetzt wird. Die Stadt hat ihm bis zuletzt die Treue erwiesen. Auch möchte ich Papst Coelestin dazu bewegen, die Exkommunikation, die sich Heinrich mit der Gefangennahme von Richard Löwenherz eingehandelt hatte, aufzuheben. Bischof Berard wird deshalb in den nächsten Tagen nach Rom aufbrechen."

Sie blickte Wolfram fest ins Auge. „Meine Diener haben die strikte Anweisung, Euch wieder zu alten Kräften zu bringen, Ritter Wolfram von Rheinbod. Verlangt was Ihr wollt, man wird es Euch bringen. Wenn Ihr wieder ganz der Alte seid, habt Ihr die Wahl. Ihr könnt als freier Mann nach Deutschland zurückkehren. Ich sorge dafür, dass Ihr ausreichend Mittel, eine frische Ausrüstung und ein starkes Pferd bekommt. Ihr würdet unter dem Schutz meiner Getreuen Sizilien verlassen. Oder Ihr bleibt hier am normannischen Königshof, wenn Ihr Euch nicht zu schade seid, auch weiterhin mein Leibdiener zu sein. Ich werde meinen Sohn Friedrich hierherbringen und ihn so bald als möglich zum sizilischen König krönen lassen. Damit werde ich sämtliche Verbindung zu Deutschland und den Staufern kappen. Erst jetzt habe ich erfahren, dass mein Schwager, der liebenswürdige Philipp, im Auftrag meines Mannes versucht hatte, Friedrich während des Umsturzversuches nach Deutschland zu bringen. Glücklicherweise ist es gelungen, diesen Plan zu vereiteln. Ich bin gewillt, mit den Staufern zu brechen."

Sie hielt inne, weil die Erinnerung sie wieder übermannte. „Niemals werde ich das Blutgericht auf dem Turnierplatz vergessen. Was Ihr nicht wissen könnt, Wolfram, Graf Richard von Acerra hing noch bis zum übernächsten Tag an seinem Galgen. Und wisst Ihr, wie er letztlich zu Tode kam? Der Hofnarr meines Mannes umklammerte den Kopf des Grafen, schwang wie ein Affe solange hin und her, bis ihm das Genick brach. Was sind das für Menschen, die sich so etwas ausdenken? Das ist nicht mehr meine Familie. Ich bin überzeugt, dass Papst Coelestin meine Pläne billigen und unterstützen wird."

Eine ganze Weile ließ sie ihre Worte wirken. „Wie entscheidet Ihr euch, Wolfram von Rheinbod?"

Der einunddreißig Jahre alte Ritter, der in den vergangenen dreizehn Jahren zwei Kaisern gedient hatte, schaute für einen winzigen Augenblick in die Augen der Kammerzofe Claudia. Vielleicht war es das, was er dort zu erkennen glaubte, was ihn schließlich antworten ließ: „Ich bleibe bei Euch, meine Kaiserin."

Während Claudia sich einen freudigen Laut der Erleichterung nicht verkneifen konnte, hob Konstanze den rechten Zeigefinger. „Ich fühle mich nicht mehr als Kaiserin. Aber ich bin die Königin von Sizilien."

Ein Räuspern lenkte sie ab. „Und wer fragt mich?" Es war Ludger anzusehen, dass er sich ein wenig überflüssig vorkam.

Konstanze nahm den Ball auf. „Und wie entscheidet Ihr Euch, Mönch Ludger? Auch Euch würde ich ausreichend Geld und zwei Ritter als Begleitung zur Hand geben, sodass Ihr ohne Probleme nach Deutschland ins schöne Kaufbeuren zurückkehren könnt."

Für einige Sekunden gab Ludger vor, angestrengt nachzudenken. „Ich bleibe bei Euch, meine Königin", sagte er schließlich und alle vier brachen in ein erleichtertes Lachen aus.

Ich habe mit eigenen Augen gesehen, wie du zur Welt kamst. Du bist ein prächtiger Bursche.

Wolfram konnte seine Blicke kaum von Friedrich reißen. Der kleine Sohn von Konstanze spielte ausgelassen mit einem bunten Stoffball, den er immer wieder seiner Mutter zuwarf. Friedrich wusste nicht, warum die Erwachsenen um ihn herum heute noch aufmerksamer waren als sonst. Wie konnte er das auch als kleines

Kind, das die weitreichenden Ereignisse der vergangenen Monate nicht einzuordnen vermochte! Heute war sein dritter Geburtstag, aber auch das schien den kleinen Jungen nicht im Geringsten zu beeindrucken. Jauchzend warf er jetzt den Ball zu Wolfram, der ihn auffing und in Richtung des kleinen Friedrich zurückrollte.

„Irgendwann möchte ich auch einen Sohn von dir“, raunte ihm Claudia zu, die das muntere Spiel ebenfalls beobachtete.

Wolfram lächelte milde zurück. Längst hatte er es aufgegeben, sich den Gefühlen, die er schon lange für die Leibdienerin Konstanzes hegte, zu widersetzen. Bereits vor einigen Tagen hatten sie vereinbart: Sobald Friedrich zum sizilischen König gekrönt war, wollte er Claudia heiraten. Wenn er in sich hineinhorchte, freute sich der Ritter sogar darauf, endlich wieder eine Frau an seiner Seite zu haben.

Die vergangenen Wochen waren die angenehmsten seit langer Zeit gewesen. Im Königspalast von Palermo war wieder so etwas wie Ruhe eingekehrt. Der kleine Friedrich hatte sich eingelebt, sich wieder an seine Mutter und auch an die vielen ihm fremden Personen gewöhnt, und er war ein richtiger Sonnenschein.

Nur spärlich waren die Nachrichten, die in den zurückliegenden Monaten aus Deutschland bis nach Palermo vorgedrungen waren. Ludger hatte recht gehabt. Der alte Streit zwischen den Welfen und den Staufern war nach dem Bekanntwerden des Todes des Kaisers schnell wieder ausgebrochen. Diesmal ging es um nichts weniger als um die Frage, wer für Deutschland die Königskrone tragen sollte. Heinrichs Sohn Friedrich, eigentlich zum deutschen König gewählt und gekrönt, war unerreichbar weit weg. Das wussten beide Lager. Die Staufer freilich hatten ein ureigenes Interesse, die Krone für den einzigen Sohn des verstorbenen Kaisers zu bewahren. Wie würde sich der Papst entscheiden? Es war kaum anzunehmen, dass er in dieser Situation die Staufer unterstützte.

Doch das alles interessierte den Rheinboder kaum. An einem milden Dezembertag vor drei Wochen war Wolfram einem spontanen Impuls folgend nach Neapel geritten und hatte die Stelle aufgesucht, an der er vor Jahren seine geliebte Maria hatte bestatten müssen. Die markante Pinie mit dem seltsam geformten Stamm stand noch immer dort, wo nur ein paar Ellen weit entfernt die sterblichen Überreste seiner Frau ruhten. Doch nichts zeugte mehr davon, dass nur wenige hundert Ellen von der Stadtmauer entfernt, hier unter der Erde die Leichen zahlreicher Teilnehmer des damaligen Sizilienfeldzuges begraben waren. Nur kurz hatte Wolfram innere Zwiesprache mit Maria gehalten und unter der Pinie ein kleines Blumengebinde niedergelegt. Danach war er wieder zurück nach Palermo geritten. Claudia ahnte, wo sich ihr geliebter Wolfram für zwei Tage aufgehalten hatte. Er hatte ihr erst vor einigen Wochen vom Tod seiner Frau erzählt. Zunächst war sie gekränkt gewesen, doch sie wusste, warum der Ritter nach Neapel reiten musste. Mit keinem Wort ging sie nach seiner Rückkehr auf das Thema ein.

Ob sie ihm denn nicht mehr ihre Lieblingsfrage stellen wollte, hatte Wolfram seine Claudia Tage später geneckt, und die Kammerzofe Konstanzes hatte zunächst nicht gewusst, auf was er hinauswollte. Doch dann sah sie in seine Augen, erkannte, dass er mit seiner Vergangenheit abgeschlossen hatte, und wiederholte noch einmal ihre Frage, ob er sie nicht doch heiraten wolle. Eine überglückliche Claudia war danach zu ihrer Herrin gestürmt, die sie darauf aufmerksam machte, mit der Heirat noch ein wenig zu warten. Eben so lange, bis der kleine Friedrich gekrönt war.

Früher wäre es auch gar nicht möglich gewesen. Denn Anfang des neuen Jahres überschlugen sich wieder einmal die Ereignisse. Am 8. Januar 1198 starb der greise Coelestin, der sich bis zuletzt geweigert hatte, die Exkommunikation Heinrichs aufzuheben. Am 22. Februar wurde der erst siebenunddreißig Jahre alte Lothar von Segni, ein energischer Mann, der für seinen messerscharfen Verstand bekannt war, zum neuen Papst geweiht. Er nahm den Namen Innozenz III. an. Sofort reiste eine Delegation mit Wolfram und Ludger an der Spitze von Sizilien nach Rom, um dem neuen Papst nicht nur die Ehrerbietung der sizilischen Königin und ihres Sohnes zu übermitteln. Nach kurzen Verhandlungen zeigte sich Innozenz, der für die Expansionsbestrebungen der Staufer nie viel übrig gehabt hatte, immerhin bereit, die Exkommunikation Heinrichs aufzuheben. Anfang Mai wurde der Leichnam des Kaisers nach Palermo überführt, wo er im

Dom in einem prächtigen Porphyrsarkophag in unmittelbarer Nähe der letzten Ruhestätte Rogers II. beigesetzt wurde.

Ende April erreichte Palermo die Kunde, dass sich Heinrichs Bruder Philipp von Schwaben im März zum deutschen König hatte wählen lassen. Eigentlich war dies eine politische Unmöglichkeit, denn mit Friedrich hatte das Reich bereits einen gewählten König.

Konstanze winkte nur ab, als sie davon hörte. „Möge mein Schwager deutscher König sein. Ich werde noch heute eine Botschaft schreiben lassen, dass ich auf den deutschen Königstitel verzichte. Das Schreiben soll noch vor der Krönung Friedrichs nach Deutschland gebracht werden."

Pfingstsonntag des Jahres 1198 wurde der nunmehr dreieinhalbjährige Friedrich in der Kathedrale zu Palermo zum sizilischen König gekrönt. Eine Woche später gaben sich Wolfram von Rheinbod und Claudia von Falcon im Beisein der Königin das Jawort. Vor Jahren hatte Wolfram ein Mädchen namens Maria an sich gebunden und sie nach Deutschland gebracht. Diesmal band sich Wolfram an eine Frau, mit der Aussicht, vielleicht nie mehr in seine Heimat zurückzukehren.

Und wieder erreichte eine Nachricht aus Deutschland den sizilischen Königshof: Mit Otto von Braunschweig war am 9. Juni ein Welfe ebenfalls zum deutschen König gewählt worden. Hinter dieser Wahl, so wurde kolportiert, stecke der englische König Richard Löwenherz, der damit die Gelegenheit wahrgenommen hatte, sich für seine einstige Gefangennahme an den Staufern zu rächen. Mit viel Geld hatte er deutsche Fürsten gekauft, damit sie den Welfen zum König wählten. Somit war etwas eingetreten, was es so zuvor noch nie gegeben hatte: Das deutsche Reich hatte drei Könige und wurde von kriegerischen Auseinandersetzungen zwischen den Staufern und den Welfen erschüttert, die die Bevölkerung mit unsäglichem Leid und Qualen überhäuften.

Diesmal riss das Stöhnen sogar Wolfram aus dem Schlaf. Er sah, dass seine Frau bereits aufgesprungen war und sich einen Umhang übergezogen hatte. „Es ist wieder schlimmer geworden", flüsterte Claudia ihrem Mann zu und verließ hastig die gemeinsame Kammer.

Vor gut einem Monat hatten die Kopfschmerzen, die die Königin schon früher heimgesucht hatten, erstmals ein unerträgliches Ausmaß erreicht. Zu keinem klaren Gedanken mehr fähig, konnte Konstanze tagelang kaum den Regierungsgeschäften nachgehen. Ihr erfahrener Leibarzt, der sie bereits von Friedrich entbunden hatte, fand keine Erklärung für die Schmerzen, die aus dem Nichts zu kommen schienen. Er verordnete der Herrscherin Ruhe und beauftragte Claudia, ihrer Herrin regelmäßig Salben und Tinkturen zu verabreichen und den Kopf regelmäßig mit einem kalten Wickel zu kühlen. Tatsächlich ließen die Schmerzen nach einer knappen Woche nach und verschwanden schließlich ganz.

Doch Anfang November traten das Hämmern und das Pochen wieder auf, und diesmal gab es keine Linderung. Perioden dumpfer Umnachtung wechselten sich mit Stunden ab, in denen Konstanze laut schreiend durch den Palast lief, die Fäuste an die Schläfen gepresst. Als vor wenigen Tagen die Schmerzen ein klein wenig abklangen, schöpfte der gesamte Hofstaat Hoffnung, dass sich vielleicht doch noch alles zum Guten wenden könnte.

„Tut Mama wieder der Kopf weh?" Unvermittelt war der kleine König in der Tür erschienen und schaute Wolfram mit seinen großen Augen an. Längst hatte auch Friedrich mitbekommen, wie sehr seine Mutter leiden musste.

Der Ritter richtete sich sofort auf, warf sich einen wollenen Umhang über und ging vor dem Sohn Heinrichs in die Knie. Behutsam fasste er den Jungen an dessen schmalen Schultern und schaute ihm in die Augen. „Deiner Mutter wird es bald wieder besser gehen, du wirst schon sehen. Wenn du morgen früh aufgewacht bist, wird sie ein Lied für dich singen, so wie sie es immer morgens macht."

Friedrich nickte tapfer. „Claudia soll mich wieder ins Bett bringen. Ich fürchte mich alleine."

Wolfram schenkte dem Jungen ein Lächeln. „Natürlich bringt dich Claudia ins Bett. Sie schaut nach deiner Mutter und ist gleich wieder zurück. Du kannst hier auf sie warten, mein Junge."

Tatsächlich erschien Wolframs Frau nur wenige Augenblicke später. Auch sie drückte den kleinen König erst einmal an sich, bevor sie ihn in sein Bett zurückbrachte. Als sie kurz darauf zurückkehrte, blickte Wolfram sie fragend an. Die Nachtruhe war dahin, jederzeit konnte die Königin erneut nach ihr verlangen.

„Sie hat wieder fürchterliche Schmerzen." Claudia schüttelte den Kopf. „Der Kräutersud hilft nicht viel. Und auch die kalten Umschläge haben so gut wie nichts gebracht. Ich weiß bald nicht mehr, was ich machen soll."

Wolfram machte ein besorgtes Gesicht. „Was kann das nur sein? Ich kenne Kopfschmerzen nur nach dem Genuss von zu viel Wein. Spätestens am Abend sind sie wieder verschwunden."

„Diese Art von Kopfschmerz, den die Königin erdulden muss, raubt dir die Sinne. Davon kann ich dir ein Lied singen. Ab und zu überkommt es auch mich, wenn auch längst nicht so heftig. Aber selbst der schlimmste Kopfschmerz sollte spätestens nach ein, zwei Tagen verschwunden sein. Ich habe auch keine Erklärung dafür, warum der Herr ausgerechnet meine Königin mit solch einem Martyrium quält. Sie hat in den vergangenen Jahren so viel durchgemacht."

Sie wurde unterbrochen, weil in diesem Moment Ludger an die Tür klopfte. „Ich soll sofort zu Konstanze kommen", flüsterte er bewegt. „Sie hat mir auftragen lassen, dass ich meine Schreibutensilien mitbringen soll."

Erst jetzt sahen Claudia und Wolfram, dass der Benediktinermönch Pergament, die Schreibfeder, ein kleines Tintenfass und sogar das königliche Siegel dabeihatte.

„Was kann die Königin zu so später Stunde von dir wollen, Ludger?", fragte Claudia verwundert, doch dann sah sie in Wolframs versteinertes Gesicht.

„Du meinst …?"

„Sie spürt, dass es zu Ende geht. Sie will Ludger ihr Testament diktieren", murmelte Wolfram mit stockender Stimme.

Als Ludger nur nickte, brach Claudia in Tränen aus. „Ich muss sofort zu meiner Königin", rief sie, doch Wolfram hielt sie zurück.

„Nicht jetzt! Sie wird Ludger erst ihren letzten Willen diktieren wollen."

Der Benediktinermönch eilte von dannen, und es folgte eine Zeit des quälenden Wartens. Als sei es erst gestern gewesen, erinnerte sich Wolfram wieder an die erste Begegnung mit Konstanze. Als Claudia auf sein Lächeln ein fragendes Gesicht machte, erzählte er ihr noch einmal die Geschichte, obwohl seine Frau sie schon ein Dutzend Male von ihm gehört hatte.

Der Morgen graute bereits, als Ludger wieder zurückkam. Wolfram und Claudia hatten sich längst angekleidet und erwarteten den Mönch ungeduldig.

„Ihr sollt jetzt zu ihr kommen", flüsterte er mit stockender Stimme. „Bringt den kleinen Friedrich mit! Und seid auf das Schlimmste gefasst."

Kein Wort über das Testament. Selbstverständlich war Ludger zu absoluter Verschwiegenheit verpflichtet. Doch es war seinem Gesicht anzusehen, wie sehr ihm das zusetzte, was er in den vergangenen Stunden gehört und niedergeschrieben hatte. Auf dem Weg zum Gemach der Königin kamen sie an der Hofkapelle vorbei, in der mindestens zwanzig Geistliche und Bedienstete für Konstanze beteten. Die Menschen, denen sie in den Gängen und Sälen begegneten, machten bestürzte und besorgte Gesichter. Längst hatte sich herumgesprochen, dass sich der Zustand der Königin dramatisch verschlechtert hatte.

Nur Friedrich ahnte nicht, wie es um seine Mutter stand. „Wird Mama für mich singen?", krähte er frohgelaunt.

„Natürlich wird sie für dich singen", antwortete Claudia mit belegter Stimme. Es gelang ihr nur mit größter Mühe, ihre Tränen zurückzuhalten.

Im Gemach der Königin hatten sich bereits die engsten Vertrauten der Herrscherin um ihr Bett versammelt. Als sie Friedrichs Stimme vernahm, richtete sich die völlig ermattete Konstanze noch einmal auf. „Mein kleiner Sohn. Wie gerne hätte ich erlebt, wie du erwachsen wirst."

Jetzt konnte sich Claudia nicht mehr zurückhalten. Damit Friedrich ihre Tränen nicht sah, wandte sie sich ab und vergrub ihr Gesicht in ihren Händen. Auch Wolfram musste ständig gegen den Kloß anschlucken, der sich in seinem Hals gebildet hatte. Jetzt vernahm er die schwache Stimme seiner Königin. Konstanze gelang es tatsächlich noch einmal, ihrem kleinen Friedrich ein Lied zu singen.

„Und jetzt geh zurück in deine Kammer, mein Sohn", forderte Konstanze mit matter Stimme ihren Sohn auf, nachdem sie geendet hatte. „Ich habe mit den Herren meines Hofstaates Wichtiges zu besprechen."

Eine Dienerin führte den kleinen König hinaus, der seiner Mutter noch einmal zuwinkte. „Später will ich mit dir spielen, Mama."

Konstanze gelang es gerade noch, ihrem Sohn ebenfalls zuzuwinken, bevor sie völlig erschöpft in ihr Kissen zurückfiel. „Jetzt spüre ich den Schmerz kaum noch", flüsterte sie. „Und doch ist etwas in meinem Kopf, das mich töten wird."

„Ihr solltet Euch schonen, meine Königin", warf der Leibarzt ein. Es war ihm anzusehen, wie sehr er darunter litt, dass er seiner Königin nicht helfen konnte.

Doch Konstanze schüttelte den Kopf. Ihr Blick fiel auf Claudia. „Mehr als fünf Jahre hast du mir treu gedient. Wie schüchtern du warst, als du mir zum ersten Mal vorgestellt wurdest, Claudia von Falcon."

„Meine Königin ...", wollte Claudia beginnen, doch erneut schossen ihr die Tränen aus den Augen.

„Schon gut, meine Liebe. Ich habe dafür gesorgt, dass du einen ansehnlichen Geldbetrag bekommen wirst. Er soll dich auch für meine Launen entschädigen, die du ertragen musstest." Ihr Blick wandte sich jetzt Wolfram zu. „Mein guter Ritter vom schönen Rhein. Als es darauf ankam, hast du dich für mich entschieden und damit gegen meinen kaiserlichen Gemahl, dem du so viele Jahre gedient hattest. Was kann ich dir als Lohn für deine jahrelange Treue geben? Ein wenig Geld, neues Rüstzeug, und das edelste Pferd aus der königlichen Zucht, ja das möchte ich dir alles hinterlassen. Aber ich habe dich, wie auch deine Frau, in mein Herz geschlossen. Vielleicht ist das auch ein wenig Lohn für deine Mühen."

Wolfram nahm seine Frau in den Arm. „Das ist es, meine Königin. Und es bedeutet uns mehr als alles Gold auf dieser Welt."

Noch einmal richtete sich Konstanze auf. „Ich muss dich in dieser Stunde aber auch an dein Versprechen erinnern, Wolfram von Rheinbod. An das Versprechen, das du mir in Jesi gegeben hast."

Wolfram schloss die Augen, als die Erinnerung an die Tage vor der Geburt Friedrichs noch einmal auf ihn einströmten. „Versprecht es mir. Roger Konstantin darf nicht von Menschen eines Schlages wie Markward von Annweiler erzogen werden. Versprecht Ihr mir das?" Das waren die Worte, die Konstanze damals zu ihm gesagt hatte. Fast vier Jahre waren seitdem vergangen.

„Ich habe mein Versprechen nicht vergessen, meine Königin."

Erleichtert sank Konstanze zurück in ihre Kissen. Die Geistlichen murmelten Gebete, denen sich die anderen nach und nach anschlossen. Und während draußen eine milchige Sonne an diesem kalten Spätherbsttag immer höher stieg, glitt Konstanze vom Diesseits ins Jenseits.

Es war der Mittag des 28. November 1198, als der Leibarzt feststellte: „Das Herz der Königin hat aufgehört zu schlagen."

*

Ludger hämmerte ungeduldig gegen die Tür von Wolframs Kammer. „Beeil dich, Wolfram, wir haben nicht mehr viel Zeit."

Kein Laut drang aus dem Zimmer. Jetzt wurde der Benediktinermönch doch ungehalten und ließ sich sogar zu einem Fluch hinreißen. „Verdammt noch mal, Wolfram, Claudia, beeilt euch. Wir dürfen keine Zeit verlieren."

Endlich öffnete der Ritter die Tür. Er hatte sein Kettenhemd angelegt und sein Schwert umgegürtet. In seinem Gesicht lag wilde Entschlossenheit. „Niemals werden wir von hier fliehen. Wie du dich vielleicht erinnerst, habe ich der Königin ein Versprechen gegeben. Ich muss hier in Palermo bleiben."

Der Benediktinermönch atmete tief durch. „Wolfram, ich dachte, wir hätten das längst besprochen. Markward von Annweiler wird dich töten, wenn er dich hier vorfindet. Hast du schon vergessen, wie sehr er dich hasst?"

Wolfram schüttelte den Kopf. „Wenn es sein muss, werde ich für meinen König bis zum letzten Atemzug kämpfen."

Jetzt war es Ludger, der den Kopf schüttelte. „Aber darum geht es ja. Der Truchsess hat angekündigt, die Waffen ruhen zu lassen, wenn wir den Königspalast übergeben. Friedrich soll König von Sizilien bleiben, ganz so, wie es sein Vater und seine Mutter gewünscht haben. So hat es der Annweiler uns in einer schriftlichen Botschaft zukommen lassen. Der Truchsess will auf Sizilien wieder geordnete Verhältnisse herstellen, heißt es darin weiter. Und er hat uns wissen lassen, dass Heinrichs Bruder Philipp die deutsche Königskrone praktisch nur in Vertretung für seinen Neffen angenommen hat."

Wolfram stieß ein verächtliches Lachen aus und schüttelte ungläubig den Kopf. „Und das glaubst du? Du vertraust diesem Mann, der durch unfassbare Grausamkeiten und feige Morde zu dem aufgestiegen ist, was er heute ist? Ich fasse es nicht! Markward von Annweiler ist ein Mann, der nur eines will: Macht für sich selbst, und dazu ist ihm jedes Mittel recht. Glaubst du ernsthaft, dass er dabei auf ein kleines Kind Rücksicht nimmt, auch wenn dieses Kind der König ist?"

Ludger fasste seinen alten Freund, den er seit mehr als zehn Jahren kannte, an den Schultern. „Es gibt nur noch eine Möglichkeit, dich und Claudia sicher aus der Stadt zu bringen. Doch uns läuft die Zeit davon."

Wie zur Bekräftigung zog Wolfram sein Schwert aus der Scheide und ließ es durch die Luft kreisen. „Ich bleibe!"

Ludgers Blick fiel auf Claudia, die sich im Hintergrund gehalten hatte. „Und was sagst du dazu?"

Claudias Antwort war unmissverständlich. „Ich bin da, wo auch mein Mann ist."

Ludger stieß resigniert die Luft aus. Konstanzes Testament hatte einen Strudel von Ereignissen ausgelöst. Wichtigster Aspekt des von Ludger aufgesetzten Schriftsatzes war die Einsetzung von Papst Innozenz III. zum Vormund von Friedrich. Eine Vormundschaft, die erst mit Friedrichs vierzehntem Geburtstag, dem Tag seiner Mündigkeit, also am 26. Dezember 1208, enden würde. Damit hatte Konstanze den Papst praktisch zum Regenten über Sizilien gemacht. Als er davon hörte, zögerte der Stellvertreter Christi auf Erden nicht lange und benannte eine Regierung aus vier Erzbischöfen, die bereits zu den engen Vertrauten Heinrichs VI. gezählt hatten. Dieser Regierung gehörte zudem der bislang inhaftierte Kanzler Walther von Pagliara an. Unter ihrer Herrschaft war die Insel in den fast drei Jahren seit der Testamentseröffnung in Anarchie und Chaos versunken.

Im Frühjahr des Jahres 1201 erreichten weitere bestürzende Nachrichten den Königshof. Markward von Annweiler war kurz davor, die Insel Sizilien einzunehmen. Nie hatte der machtlüsterne Truchsess das sizilische Reich verlassen, nie war er nach Deutschland zurückgekehrt. Auf dem italienischen Festland hatte er in den Staufern freundlich gesinnten Städten ausgeharrt, im Laufe der Zeit eine große Schar Söldner um sich geschart und auf seine Stunde gewartet. Und die war nach dem Tod der Königin irgendwann gekommen. Mit seinen Rittern setzte der Truchsess schließlich vom Festland über und nahm Sizilien ohne nennenswerte Gegenwehr ein. Nun stand er vor den Toren Palermos. In friedlicher Absicht, wie er in einem Schreiben an König Friedrich bekundet hatte.

Viele am Königshof wollten dem nur zu gerne Glauben schenken. Auf den Papst konnten sie in diesen Tagen nicht zählen. Nicht nur, dass Innozenz über keinerlei Streitmacht verfügte. Ihm war es in all der Zeit seit Heinrichs Tod nur darum gegangen, den Kirchenstaat aus der politischen Umklammerung zu lösen. Dies war dem hochintelligenten Juristen auf dem Stuhl Petri in den Verhandlungen mit Konstanze auch gelungen. Die innenpolitischen Wirrnisse in Sizilien kümmerten den Stellvertreter Christi auf Erden nur wenig, wenn nur die über Konstanzes Testament verfügte Entlohnung für Friedrichs Vormundschaft nicht ausblieb.

Lediglich Wolfram war und blieb skeptisch. Niemals würden sich Markward von Annweiler und die anderen deutschen Heerführer an das Friedensangebot halten. Doch er sah auch, dass Sizilien dem Söldnerheer nichts entgegenzusetzen hatte. Feige Flucht kam für ihn allerdings nicht infrage.

„Ich bleibe bei meinem König", wiederholte er zur Bekräftigung und stieß Ludger zur Seite.

Dem blieb nichts anderes übrig, als seinem alten Freund nachzulaufen, wobei er sich noch einmal zu einem saftigen Fluch hinreißen ließ.

„Mein König! Ich bin erfreut, Euch nach so langer Zeit endlich wiederzusehen!" Es gelang Markward von Annweiler sogar so etwas wie ein gewinnendes Lächeln, als er in den Saal eintrat, in dem Friedrich auf ihn wartete.

Der kleine, mit einem prächtigen Mantel bekleidete Junge saß auf dem Thron und sah den stiernackigen Krieger mit einer Mischung aus Neugierde und Angst an. Erst als Markward von Annweiler wenige Schritte vor ihm stehen blieb und seinen Kopf beugte, entspannten sich die Gesichtszüge des nunmehr sechseinhalb Jahre alten Kindkönigs. Denn das hatte Friedrich schnell gelernt. Jeder, der vor ihm seinen Kopf beugte, war ihm untertan. So hatten es ihm seine Lehrer und Erzieher beigebracht.

„Ich entbiete Euch die liebevollsten Grüße Eures Onkels Philipp, der im fernen Deutschland Eure Interessen nördlich der Alpen wahrt, mein König", fuhr der in Begleitung von zwölf Rittern gekommene Truchsess fort, obgleich offensichtlich war, dass Friedrich mit diesen Worten nichts anfangen konnte. Dafür spitzte Kanzler Walther von Pagliara, der direkt neben dem Thron stand, die Ohren. Für den Kanzler war jedes Wort wichtig, das der Deutsche sagte. Und es war wichtig, die Nuancen seiner Wortwahl zu deuten. Friedrich dagegen gähnte und schielte zu Claudia hinüber, die in Sichtweite des kleinen Königs stand.

Und Markward von Annweiler fuhr fort. Wie schwer die Zeiten seien und dass Sizilien eine starke Hand dringend brauche. Und noch einmal bekräftigte der Deutsche, dass Friedrich auf alle Fälle sizilischer König bleibe. Das zustimmende Gemurmel der anwesenden Normannen ließ ihn zufrieden lächeln.

Als er nach der Audienz den Thronsaal des Palastes verließ, fiel sein Blick auf den abseitsstehenden Wolfram. Sofort steuerte der Annweiler auf den Ritter zu, den er einst persönlich in den Kerker geworfen hatte, und streckte ihm die Hand entgegen. „Wolfram von Rheinbod, Ihr glaubt gar nicht, wie sehr ich mich freue", flötete er mit falscher Freude. „Heute bedaure ich die Umstände, unter denen wir uns das letzte Mal sahen."

Er streckte auch weiterhin seine Hand aus, obwohl Wolfram offenkundig zögerte. Erst nach einer Weile schlug der Rheinboder ein. Markward von Annweiler lächelte und nickte mit dem Kopf. „Ich denke, wir haben einiges zu besprechen, werter Wolfram. Doch alles zu seiner Zeit."

Zwei Tage später zeigte sich, was der Truchsess mit seinen Worten gemeint hatte. In der frühen Morgenstunde erschienen vor Wolframs Kammer vier Ritter. Ihre Absicht war unmissverständlich. „Wolfram von Rheinbod, im Namen Markwards von Annweiler, Ihr seid verhaftet!"

Während Claudia entsetzt und ungläubig den Anführer der vier anstarrte, blieb Wolframs Gesicht unbeweglich. „Was wirft man mir vor?"

„Darüber wird Euch der Truchsess informieren. Und jetzt folgt uns!"

Widerstandslos ließ sich der Rheinboder abführen, und erneut schloss sich wenig später eine Kerkertür hinter ihm.

Als sich die schwere Tür Stunden später wieder öffnete, erkannte Wolfram auf den ersten Blick die gedrungene Gestalt des Annweilers, obwohl ihn das Fackellicht unangenehm blendete.

„Wolfram von Rheinbod", begann der Truchsess mit einem süffisanten Lächeln. „Ich dachte es mir, Euch am Königshof hier in Palermo wiederzusehen. Mir scheint, Ihr habt Gefallen an diesem

Land gefunden. Deutschland scheint Euch jedenfalls nicht mehr zu interessieren. Auch habe ich mittlerweile gehört, dass Ihr Euer Liebesglück hier gefunden habt."

Inzwischen hatten sich Wolframs Augen an das Fackelfeuer gewöhnt. Markward von Annweiler war nicht alleine gekommen. Vor der Tür sah Wolfram mindestens vier Ritter stehen.

„Was wollt Ihr, Annweiler?"

Der Truchsess lächelte gleichgültig. „Eigentlich gar nichts. Was mit Euch geschieht, Rheinboder, darüber habe ich mir noch keine Gedanken gemacht. Vielleicht lasse ich Euch exekutieren, vielleicht auch nicht. Aber auf eines könnt Ihr Euch verlassen. Diesmal werdet Ihr diesen Kerker nicht lebend verlassen."

Wolfram fixierte die kleinen Augen des Truchsess. „Der Kanzler wird es nicht zulassen, dass ..."

„Der Kanzler hat keine andere Wahl", unterbrach ihn der Annweiler mit kalter Stimme. „Er weiß, dass ich mit einem Heer von fünftausend Söldnern nach Sizilien gekommen bin. Er weiß, dass ich ohne Probleme innerhalb von drei Tagen weitere dreitausend Ritter mobilisieren könnte. Die von Papst Innozenz eingesetzte Regierung kann froh sein, wenn sie von uns nicht zum Teufel gejagt wird."

„Friedrich ist der gekrönte König dieses Landes!"

Jetzt stieß der Truchsess ein höhnisches Gelächter aus. „Ja, ja, natürlich. Hattet Ihr wirklich geglaubt, dass ich mich von einem kleinen Kind aufhalten lasse?"

„Markward von Annweiler", begann Wolfram jetzt langsam. „Ihr seid ein Schwein und als solches werdet ihr auch sterben."

Von diesen Worten gereizt, zog der Truchsess blitzschnell sein Schwert aus der Scheide und hielt es an Wolframs Hals. „Ich könnte dich jetzt auf der Stelle töten, Rheinboder, und keiner würde mich dafür zur Rechenschaft ziehen. Aber ich habe es mir eben anders überlegt. Du wirst in diesem Verlies schmachten, und diesmal wird dich nichts vor dem Verrotten retten. Um diesen halbnormannischen Bengel auf dem Königsthron brauchst du dir keine Gedanken zu machen. Ich vergreife mich nicht an kleinen Kindern. Er kann tun und lassen, was er will. Soll er doch den König spielen. Solange er mich nicht bei meinen Plänen stört, werde ich ihn in Frieden lassen."

Nach diesen Worten schlug erneut die schwere Kerkertür vor Wolfram zu.

Nachdem der Annweiler gegangen war, hätte Wolfram vor Wut toben können. Das friedfertige Gehabe des Deutschen war nur Täuschung gewesen, auf das alle, sogar sein sonst so weitsichtiger und besonnener Freund Ludger, hereingefallen waren. Dem Truchsess ging es einzig und allein um die Macht. Doch wie einst nach dem Blutgericht des Kaisers war dem eingekerkerten Wolfram auch diesmal jede Möglichkeit des Handelns genommen. Aber diesmal senkte sich keine Nacht über den Ritter. Es dauerte keine drei Tage, bis sich die schwere Tür erneut öffnete. Und wie schon einmal standen im Türrahmen sein alter Freund Ludger und seine Frau Claudia.

„Diesmal will ich keine Widerrede hören, Wolfram", zischte der Benediktinermönch seinem Freund entgegen, bevor dieser sich von seiner Überraschung erholt hatte. Er warf dem Ritter dessen Schwert zu. „Die Wachen können jederzeit wieder aufwachen."

Wolfram gürtete seine Waffe um und blickte seine Verbündeten verwundert an. „Diesmal war es wohl keine Malaria, die mich gerettet hat. Wie habt ihr es geschafft …?"

Ludger unterbrach ihn mit einer energischen Handbewegung. „Keine Fragen, Wolfram. Du musst von hier verschwinden, mit deiner Frau. Am Hafen wartet ein Schiff auf euch."

Jetzt hob der Ritter seine Hände. „Ich habe dir schon einmal gesagt, dass ich für meinen König …"

Und wieder unterbrach ihn Ludger. „Wolfram, du hast nur eine Wahl: entweder Kerker oder Flucht! Habe ich mich deutlich ausgedrückt?"

Der Rheinboder schaute hilflos seine Frau an. „Ludger hat recht", bekräftigte Claudia. „Es gibt keine andere Möglichkeit. Friedrich geht es gut, das kannst du mir glauben. Die Deutschen lassen ihn in Ruhe. Doch solange Markward von Annweiler das Sagen hat, bist du nicht sicher. Jeden Tag hat er davon gesprochen, dich vielleicht doch noch hinrichten zu lassen."

„Und wenn er dich nicht öffentlich hinrichten lässt, dann stirbst du durch einen feigen Mordanschlag", zischte Ludger.

Es war Wolfram anzusehen, wie sehr er mit der Entscheidung kämpfte. Doch er sah ein, dass Ludger und Claudia recht hatten. Im Kerker konnte er Friedrich nicht dienlich sein, als Toter schon gar nicht.

Er gab den beiden ein Zeichen. „Na schön, gehen wir!"

Als er die schnarchenden Wachen sah, warf er Ludger einen fragenden Blick zu. „Schwerer Wein, vermischt mit einem speziellen Kräutersud", zwinkerte der Mönch mit dem rechten Auge. „Das hat schon immer gewirkt."

Ohne aufgehalten zu werden, gelang es ihnen, den Kerkertrakt des Palastes zu verlassen. Durch die Straßen des nächtlichen Palermo eilten die drei zum Hafen. Im hellen Mondlicht sah Wolfram betrunkene Matrosen, aufgetakelte Huren, die auf Kundschaft warteten, und die ersten Bauern, die für den Markt ihre Stände aufbauten. Jetzt schlug das Herz des Ritters bis zum Hals. Er wusste, dass ein entscheidender Abschnitt seines Lebens bevorstand. Zum ersten Mal befand er sich auf der Flucht.

„Wir haben es gleich geschafft", drängte Ludger zur Eile.

Wolframs Blick folgte dem ausgestreckten Arm des Benediktinermönchs. Am Kai des Hafens, den sie mittlerweile erreicht hatten, lag ein Segelschiff, das leicht im Spiel der Wellen schaukelte.

„An Bord befinden sich der Rest deiner Ausrüstung und deine Kleidung. Das Schiff bringt euch nach Nizza. Von dort aus müsst ihr euch bis an den Rhein durchschlagen oder wohin auch immer euch der Weg führt. Das Gold dürfte dazu ausreichen."

Ludger reichte seinem Freund ein schwarzes Säckchen. Doch statt es zu nehmen, hob Wolfram abwehrend die Hände. „Was hat das zu bedeuten? Willst du nicht mitkommen?"

Ludger nickte kaum merklich. „Ich habe mich entschlossen, hier in Palermo zu bleiben."

Jetzt verstand Wolfram die Welt nicht mehr. „Ja, aber … Willst du dich unnötig in Gefahr begeben?“

Ludger presste die Lippen zusammen. „Für Markward von Annweiler bin ich ein Nichts, von dem keine Gefahr ausgeht. Das ist genau das Richtige. So kann ich in Friedrichs Nähe bleiben. Er wird jemanden brauchen, der sich um ihn kümmert.“

Wolfram warf seiner Frau einen hilflosen Blick zu. In ihren Augen sah er, dass sie die ganze Zeit von Ludgers Plänen gewusst hatte. „So ist es am besten, Liebster“, bekräftigte sie.

Dem Benediktinermönch gelang ein aufmunterndes Lächeln. „Wir werden uns wiedersehen, mein Freund. Das verspreche ich dir.“

Minutenlang standen sich die beiden Männer gegenüber. Keiner konnte ein Wort sagen. Erst ein Räuspern ließ sie aufblicken. Ein baumlanger Kerl stand vor ihnen und machte ein ungeduldiges Gesicht. „Wir wollen auslaufen. Was ist nun mit dem geheimnisvollen Passagier, den du angekündigt hast, Mönch?“

Ludger klopfte seinem Freund auf die Schulter. „Er ist bereit.“

Er hielt Wolfram die rechte Hand hin, der sofort einschlug und seinen Freund noch einmal in die Arme schloss. „Pass gut auf unseren König auf!“

„Das verspreche ich euch.“

Jetzt nahm Claudia ihren Mann an der Hand, und zusammen mit dem Baumlangen gingen sie an Bord. Als das Segelschiff bald darauf ablegte und der winkende Ludger immer kleiner wurde, verkrampfte sich in Wolfram doch noch einmal alles. Im Schutz der Nacht musste er aus Palermo fliehen, aus der Stadt, die in den vergangenen Jahren zu seiner Heimat geworden war.

Mainz
1235

Jetzt reibt sich der am Mittelrhein geborene Ritter müde über die Augen. „Ich sah die immer kleiner werdende Silhouette Palermos, und alles in mir sträubte sich dagegen, diese großartige Stadt zu verlassen. Du musst wissen, Gunther, damals kehrte ich meiner Heimat den Rücken. Außerdem musste ich meinen besten Freund Ludger und nicht zuletzt auch König Friedrich, dem ich die Treue geschworen hatte, zurücklassen."

„Sizilien war wirklich zu Eurer Heimat geworden, Meister?"

Wolfram nickt bedächtig. „So war es. Die Offenheit seiner Bewohner, diese Toleranz, und dazu eine Landschaft wie im Garten Eden."

„Und die Hitze?", unterbricht ihn sein Schützling lachend. „Ihr habt selbst erzählt, wie sehr Euch die Hitze zusetzte."

„Ich hatte mich sogar an die Hitze gewöhnt."

„So, wie auch ich mich schnell an das Klima auf Sizilien gewöhnt habt", ergänzt Ludger. Von dem alten Mönch erfährt Gunther, wie es damals in Palermo weiterging. Tatsächlich ließ Markward von Annweiler den kleinen Friedrich in Ruhe. Das bedeutete aber auch, dass der Junge nicht die Erziehung genoss, wie sie einem König dieses Alters zugestanden hätte. In all den Jahren wich Ludger dem Jungen nicht von der Seite, zumindest bemühte er sich darum.

„Wenn ich ihn für einen kurzen Moment aus den Augen ließ, nutzte er die Gelegenheit und büxte aus dem Palast aus", berichtet Ludger mit einem Schmunzeln auf den Lippen. „Und wisst ihr, wo ich ihn meistens wiederfand? Am Hafen! Und in was für einer Gesellschaft! Ob Juden oder Christen, Griechen oder Sarazenen, Huren oder Nonnen, Gesetzlose oder beflissene Kaufleute, Friedrich fand überall schnell Freunde. Und die wussten ja gar nicht, mit wem sie es zu tun hatten. Die meisten steckten ihm immer wieder etwas zum Essen zu oder luden ihn zu sich nach Hause ein, und er lernte von ihnen ihre Sprache, ihre Art zu schreiben, ihre Sitten und Gebräuche. Natürlich musste er auch lernen, sich in den dunklen Gassen gegenüber dem lichtscheuen Gesindel durchzusetzen. Ich habe noch nie einen Zehnjährigen gesehen, der mit solch einer Körperkraft und Geschicklichkeit gesegnet war, wie zu dieser Zeit der Staufersohn Friedrich. Ich glaube, jene Jahre, in denen der heranwachsende König fast mittellos durch die Gassen von Palermo streifte, haben ihn zu dem geformt, was er heute darstellt."

„Hat sich Markward von Annweiler denn nie um den jungen König gekümmert?", fragt Gunther erstaunt.

Ludger schüttelt den Kopf. „Für den Annweiler und dessen Getreue, die auf Sizilien ein Schreckensregiment errichtet hatten, war er ein Faustpfand, nicht mehr und nicht weniger. Je nach seiner Laune war der frühere Gefolgsmann des Kaisers an Friedrichs Wohlergehen manchmal brennend interessiert, dann wieder war es ihm völlig gleichgültig. Und wann immer sich die Gelegenheit ergab, verbreitete er das Gerücht, Friedrich sei gar nicht der leibliche Sohn des verstorbenen Kaisers, sondern nur ein untergeschobener Bastard. Aber er musste wenigstens den Schein der Legalität seines verbrecherischen Handelns wahren. Und so gab sich der Annweiler nach außen doch meist als der großzügige Gönner und Förderer des jungen Königs."

„Wie ging es mit diesem Menschen weiter?"

Jetzt muss der Mönch doch grinsen. „Eines Morgens wurde ich in seine Gemächer gerufen. Da lag der mächtige Markward von Annweiler, mit dem Tode ringend. Wie sein großes Vorbild Heinrich ging auch er an dem furchtbaren Fieber elendig zugrunde. Er wollte, dass ich ihm die Beichte abnahm."

Auf den fragenden Blick des jungen Gunther hin, muss nun auch Wolfram grinsen. „Der gute Ludger tat etwas, was ich ihm nie zugetraut hätte."

Als keiner der beiden Anstalten macht, die Geschichte weiterzuerzählen, wird der junge Kerl ungeduldig.

„Er sagte ihm, dass er sich zum Teufel scheren solle, was er ja dann auch zwei Tage später getan hat", lacht Wolfram bei der Vorstellung dessen, was er nicht mit eigenen Augen gesehen, sondern viele Jahre später auch nur erzählt bekommen hatte.

Jetzt muss auch der junge Ritter lachen. Erst nach einer Weile wird er wieder ernst. „Es waren viele Jahre der Trennung, die euch beide getrennt hatten."

Wolfram nickt und berichtet nun, wie es nach seiner Flucht zusammen mit Claudia weiterging. Wie geplant erreichten sie mit dem Schiff die Hafenstadt Nizza. Von dort aus schlugen sie sich durch die westlichen Ausläufer der Alpen nach Norden bis an den Rhein durch. Bei Kehl nahmen sie ein Schiff, das die beiden Flüchtlinge bis nach Bacharach am Mittelrhein brachte.

„Viele Jahre hatte ich meine Heimat nicht mehr gesehen, und ich kam mir vor wie ein Fremder. Überall herrschten Misstrauen und Feindseligkeit. Wo immer man hinschaute, bekämpften sich Staufer und Welfen. Das war nicht das Land, auf das ich gegenüber meiner Claudia stolz sein konnte. Doch was blieb uns anderes übrig. Im November des Jahres 1201 erreichten wir die Burg meines Vaters, auf der nur noch er selbst und mein Onkel lebten. Schnell wurde uns klar, dass die beiden zu räuberischen Erpressern geworden waren. Das Auspressen der Leibeigenen und der Bauern hatte ihnen nicht gereicht. Jetzt vergriffen sie sich auch an durchziehenden Kaufleuten und Handwerkern, denen sie mit Hilfe gedungener Gestalten Wucherzölle abnötigten. Meine Mutter war drei Jahre zuvor verstorben, meine Schwestern, von denen damals nur noch zwei lebten, waren verheiratet und hatten die Burg längst verlassen."

Als Wolfram die Augen schließt, legt ihm sein junger Begleiter spontan die Hand auf den Arm. „Ich weiß Meister, wie sehr Euch die Rückkehr zu Eurer väterlichen Burg geschmerzt hat. Ihr braucht nicht weiter zu erzählen."

Doch Wolfram schüttelt energisch den Kopf. „Ich will es erzählen. Ich muss mich von dieser Last endgültig befreien."

Er schüttelt den Kopf. „Ich habe mich immer gewundert, warum ich es so lange unter einem Dach mit meinem gesetzlosen Vater und dessen noch schlimmeren Bruder ausgehalten habe. Jahrelang habe ich die Augen vor dem verbrecherischen Tun der beiden verschlossen. Das lag vielleicht auch daran, dass im April 1202 unsere erste Tochter und im Oktober des darauffolgenden Jahres unsere zweite Tochter zur Welt kam. Einige Male habe ich versucht, Kontakt mit meinem alten Kampfgefährten Gunther aufzunehmen. Doch immer wieder ließ er mich abweisen, bis ich einsah, dass es keinen Zweck mehr hatte, ihn ständig an unsere alte Freundschaft zu erinnern."

Jetzt nickt der junge Ritter versonnen mit dem Kopf. „Ich habe meinen Großvater nie kennenlernen dürfen. Nur durch die Erzählungen meines Vaters habe ich mir ein Bild von ihm gemacht. Eure Erzählungen haben dazu beigetragen, dieses Bild zu ergänzen."

Er unterbricht seinen Redefluss, als er sieht, dass Wolfram eingeschlafen ist. Vorsichtig bettet der junge Ritter das Haupt seines Meisters auf eine gefaltete Decke.

Ludger schaut ihm dabei nachdenklich zu. „Diese Zeit war schlimm für ihn. Jahrelang hatte er dem Kaiser gedient. Der Preis dafür war, dass er sich immer mehr von seiner Heimat und seiner Familie entfremdet hatte. Zu dieser Zeit war er ein Entwurzelter. Im Dorf begegneten sie ihm und seiner Familie mit Scheu und abweisender Kälte. Für alle war Wolfram nur ein Fremder. Und dann diese unglückselige Auseinandersetzung zwischen den Staufern und den Welfen. Das Ringen von Heinrichs Bruder Philipp mit dem Welfen Otto um die Krone, beide hin und hergerissen zwischen den Fürsten und dem Papst. Wolfram hat sich in all den Jahren immer aus diesen Auseinandersetzungen herausgehalten. Er hat mir später nie erklären können, warum er nicht für Philipp in die Schlacht zog. Feigheit war es freilich keine. Es war wohl eher eine nie gekannte Gleichgültigkeit, die meinen Freund in jenen Jahren ergriffen hatte. Ich war ja nicht bei ihm und konnte ihm deshalb nicht helfen. Während mein Schützling Friedrich zu einem jungen Mann heranreifte, um schließlich am 26. Dezember 1208 offiziell die Regentschaft über Sizilien übernehmen zu können, steuerte Deutschland auf eine Katastrophe zu."

„Ich weiß so wenig über diese Zeit, Meister Ludger. Könnt Ihr mir nicht davon berichten?"

Doch der alte Mönch schüttelt nur den Kopf. „Mir fallen ebenfalls bald die Augen zu. Und außerdem hat Wolfram diese Zeit erlebt. Wenn er heute Abend wieder bei Kräften ist, wird er mit Sicherheit einiges zu berichten haben.“

Am Rande des Abgrunds
1207 bis 1209

„Bis du dir sicher, dass wir das Richtige tun?“ Es war Claudia anzusehen, wie schwer ihr der Abschied von Burg Reichenstein jetzt doch fiel. In all den Jahren seit ihrer Flucht von Palermo hatte ihr Schwiegervater Gerhard sie spüren lassen, wie wenig sie ihm bedeutete. Und daran hatte auch die Geburt der beiden Töchter Berta und Konstanze nichts geändert. Wie sehr hatte sie sich in den vergangenen Jahren stets nach Sizilien und Palermo gesehnt. Nach dem milden Klima, der Freundlichkeit der Menschen. Und wie oft war es vorgekommen, dass sie am liebsten weggelaufen wäre. Weg von dieser kalten Burg und diesem kalten Land, in dem so selten die Sonne schien, weg von dem noch kälteren Schwiegervater. Jetzt war dieser Augenblick gekommen. Doch jetzt spürte sie, dass dieser Abschied von Reichenstein nur bedeutete, erst einmal kein Zuhause mehr zu haben.

Wolfram erwiderte darauf nichts, doch sein Gesicht drückte alles aus, was er in diesem Moment fühlte. Als vor drei Tagen der ihm flüchtig bekannte niedere Adlige Dieter von Homberg mit vier Rittern vor dem Burgtor stand und um Einlass bat, konnte er nicht ahnen, dass sie ihn in Deutschland doch noch nicht vergessen hatten. Papst Innozenz habe sich vom Welfen Otto abgewandt und favorisiere nun wieder Philipp von Schwaben für das Amt des deutschen Königs, hatte der Adlige berichtet, der schon unter Friedrich Barbarossa gekämpft hatte. In dieser Situation brauche der Staufer jeden, auf den er sich verlassen könne, und dabei sei auch der Name Wolfram von Rheinbod gefallen.

„Ich kann nicht glauben, dass sich Philipp tatsächlich an mich erinnert“, hatte Wolfram in diesem Moment noch gezweifelt, doch der königliche Bote konnte ihn überzeugen. Nie habe man die ruhmreichen Taten des Rheinboders am staufischen Hof vergessen. Jetzt werde er wieder gebraucht, um mit seiner Erfahrung und seiner Weisheit dazu beizutragen, dass der nunmehr dreißigjährige Staufer bald auch die Krone der römisch-deutschen Cäsaren tragen würde.

Das hatte genügt. Das dunkle Tuch der Niedergeschlagenheit, das in den vergangenen Jahren über Wolframs Seele gelegen hatte, begann sich zu heben. Am nächsten Tag bereitete sich der Ritter auf die Abreise von Reichenstein vor. Sorgsam schärfte er sein Schwert, das er zuletzt bei der Eroberung Siziliens durch Kaiser Heinrich gegen einen Feind geführt hatte. Er brachte sein Kettenhemd und seinen Schild in Ordnung, suchte sich im Marstall der Burg die beiden besten Pferde aus. Dabei kam es zur letzten Auseinandersetzung mit seinem Vater.

„Du willst tatsächlich noch einmal wegziehen? Dem künftigen Kaiser dienen?“, hatte Gerhard von Rheinbod bemerkt, und seine Stimme triefte vor Spott. Noch immer war der Vogt ein Bild von einem Mann, der jetzt mit vor der Brust verschränkten Armen in der Stalltür stand. In seinem wie aus Stein gemeißelten Gesicht stand die ganze Verachtung geschrieben, die er seinem Sohn entgegenbrachte. „Und dafür willst du mir meine besten Pferde aus dem Stall nehmen!“

„Lieber will ich auf Jahrmärkten den Lebensunterhalt meiner Familie verdienen, als weiterhin auf dieser von Erpressern und Räubern bewohnten Burg zu leben“, hatte Wolfram mit scharfer Stimme entgegnet und dabei das Maß überzogen. Wutentbrannt hatte Gerhard von Rheinbod seinem Sprössling eine Ohrfeige verpasst und sein Schwert gezogen. Nur einen Augenblick später standen sich Vater und Sohn als Todfeinde auf dem Burghof gegenüber. Es war ein ungleicher Kampf des noch immer kräftigen einundvierzigjährigen Sohnes gegen einen unversöhnlichen Vater, der die sechzig fast schon erreicht hatte. Claudia trennte schließlich die beiden in tiefstem Hass einander gegenüberstehenden Männer und bewahrte den alten Rheinboder damit vor dem Tod durch das Schwert seines eigenen Sohnes.

„Morgen verlassen wir auf Nimmerwiedersehen die Burg", hatte Wolfram gesagt und dabei vor seinem im Staub des Burghofes knienden Vaters nur kurz ausgespuckt. „Längst bin ich froh, dass Mutter das alles nicht mehr miterleben musste. Du wirst uns nicht mehr wiedersehen!"

Als Gerhard von Rheinbod nichts erwiderte, wandte sich Wolfram ab. Auch Claudia sah nicht die Tränen, die in seinen Augen standen.

Am 26. Oktober des Jahres 1207 machten sie sich auf den Weg nach Worms, wo sich Philipp von Schwaben zu dieser Zeit aufhielt. Sie ritten an Dörfern wie Bingen, Weinheim und Budenheim vorbei, deren Bewohner nach den vielen Jahren der blutigen Auseinandersetzung zwischen Welfen und Staufern nun auf einen dauerhaften Frieden hofften. Die Fischer zollten ihnen respektvolle Blicke, die Waschweiber winkten ihnen freundlich zu. Während des gesamten Ritts von einem und einem halben Tag sprach Wolfram kaum ein Wort zu seiner Frau und seinen beiden Töchtern. Schweigend saß er in seinem Sattel und dachte an seinen Vater. An seinen düsteren Gedanken änderte sich auch nichts, als sie in Mainz übernachteten und Wolfram am nächsten Morgen am Rheinufer saß und auf das Wasser des Flusses starrte. Nur mühsam gelang es ihm, die ihn noch immer aufwühlenden Erinnerungen beiseite zu schieben und stattdessen die Ereignisse der vergangenen Jahre um König Philipp zu ordnen. Wie er von Dieter von Homberg und anderen Rittern, die in den vergangenen Jahren auf Reichenstein übernachtet hatten, wusste, war Philipp am 8. September 1198 im Mainzer Dom vom burgundischen Erzbischof Aimon von Tarentaise zum König gekrönt worden. Sein Gegenspieler, der Welfe Otto von Braunschweig, war bereits am 12. Juli desselben Jahres in Aachen vom Kölner Erzbischof Adolf von Altena gekrönt worden. Danach erklangen auf jeder Dorfkirmes im Reich die Spottlieder darüber, dass Philipp am falschen Ort mit den richtigen Insignien, der vom Papst zur damaligen Zeit unterstützte Otto dagegen am richtigen Ort, allerdings mit einer nachgemachten Reichskrone inthronisiert worden war. Erst am 6. Januar 1205, das Blatt hatte sich inzwischen nach zahlreichen militärischen Auseinandersetzungen zugunsten von Philipp gewendet, wurde der Staufer noch einmal gekrönt, diesmal am richtigen Ort: in Aachen.

Das Zetern von drei alten Waschweibern lenkte Wolfram ab. Vor mehr als zwanzig Jahren war er zum ersten Mal in dieser Stadt gewesen und kaum etwas hatte sich seitdem verändert. An dieser Stelle des Rheins waren er und Gunther mit der Fähre auf die Maaraue zum unvergesslichen Pfingstfest Barbarossas übergesetzt. Zuvor hatten sie sich an den am Rheinufer aufgestellten Buden noch einmal mit Wein und gebratenem Fleisch gestärkt und sich ausgemalt, wie das Fest verlaufen würde. Doch nicht in den kühnsten Träumen hätte sich Wolfram die Entwicklung der folgenden Jahre vorgestellt.

Auch jetzt fiel der Blick des Ritters noch einmal auf die zahlreichen Katen, in denen es nicht nur Essbares und Trinkbares gab. An vielen Ständen, viele nicht breiter als drei Ellen, wurden Heiligenfiguren und Reliquien angeboten. Aus einem unerfindlichen Antrieb heraus näherte sich der Ritter einer dieser Buden und betrachtete die Auslagen. Das uralte, nur mit dreckigen Lumpen bekleidete Weib, das in der Bude hockte, straffte sich sofort, als sie sah, wer sich da für ihre Heiligtümer interessierte.

„Ihr seid ein weitgereister Mann, werter Herr. Das sieht man sofort", schmeichelte sie ihrem vermeintlichen Kunden unterwürfig. „Und Ihr wisst bestimmt, dass man auf seinen Reisen des besonderen Schutzes des heiligen Christophorus bedarf", flüsterte sie mit beschwörender Stimme und wies mit ihrer verkrüppelten Hand in eine Ecke ihrer Auslage, wo drei knapp ellengroße Christophorus-Figuren standen.

Als sie Wolframs abweisendes Gesicht bemerkte, ließ sie sich keineswegs entmutigen. Stattdessen bedeutete sie ihrem Gegenüber mit dem Zeigefinger, noch ein Stück näher zu kommen. „Euch, werter Herr, lass ich einen Blick auf einen ganz besonderen Schatz werfen", wisperte sie, nachdem sie mit ihren trüben Augen schnell nach rechts und nach links geblickt hatte, ganz so, als vermute sie einen heimlichen Lauscher in der Nähe ihrer kleinen Bude.

Als Wolfram nichts erwiderte, kramte sie in einer kleinen Kiste und holte eine winzige Flasche hervor, die mit einem Korken verschlossen und an einer Schnur befestigt war. „Ihr könnt Euch nicht vorstellen, was sich darin befindet“, flüsterte sie.

Als Wolfram wieder nichts sagte, öffnete sie die kleine Flasche und träufelte vorsichtig, als handele es sich um Gold oder Purpur, eine winzige Menge vom Inhalt der Flasche auf ihre verschrumpelte Fingerkuppe. „Das stammt von unserem großen Friedrich Barbarossa, der auf seinem Kreuzzug gegen die Ungläubigen sein Leben verlor. Mutige Kreuzfahrer haben einen Knochen vom Bein unseres großen Kaisers zermahlen und das wertvolle Pulver in deutsche Lande überführt. Ihr könnt Euch gar nicht vorstellen, wie viel Mühe es mich gekostet hat, wenigstens …“

„Gestorben am 10. Juni 1190 im Fluss Saleph“, murmelte Wolfram beim Anblick des grauen Staubs.

Die Alte runzelte die Stirn. „Was meint Ihr, werter Herr?“

„Ich sah ihn sterben. Ich war dabei, als Friedrich Barbarossa vor siebzehn Jahren sein Leben aushauchte.“

Die Alte räusperte sich. Sie wusste nicht, ob sie den Worten ihres Gegenübers Glauben schenken sollte. Aber sie wusste, aus was auch immer dieser Staub beschaffen war, den irgendeiner in eine winzige Flasche gefüllt hatte, aus den Knochen des ersten Stauferkaisers war das Pulver ganz sicherlich nicht.

Mit einem schnellen Griff riss Wolfram die kleine Flasche an sich. „Was wollt Ihr dafür haben?“, keuchte er, bevor die Alte entrüstet loskeifen konnte.

„Zehn Kupfermünzen sollten es …“

Weiter kam sie nicht, denn Wolfram hatte längst mehr als die geforderte Summe auf die Auslage gelegt. Er drehte sich wortlos um, betrachtete sich die kleine Flasche und hängte sie sich schließlich um. Auch er wusste tief in seinem Innern, dass er einer Betrügerei aufgesessen war. Doch er wollte daran glauben, dass er fortan etwas von den sterblichen Überresten des großen Kaisers bei sich trug, den er seit der ersten Begegnung hier in Mainz fast wie einen Heiligen verehrt hatte.

„Was hast du bei der Alten gekauft?“, unterbrach Claudia die Gedanken ihres Mannes. „Ich habe dich die ganze Zeit beobachtet, wie du bei ihr an der Bude standst.“

„Das geht dich nichts an, Weib“, fuhr der Ritter seine Frau ungewohnt grob an, die daraufhin den Kopf senkte und nichts erwiderte. Auch die beiden Töchter schauten betreten auf den Boden. Sie konnten nicht ahnen, welche Gefühle ihren Vater durchtosten.

„Wir ziehen weiter!“, ordnete Wolfram mit rauer Stimme an. Auf dem Rest des Weges sagte er kein einziges Wort.

Fünf Stunden später erreichten sie Worms, wo Philipp mit seinem Tross lagerte. Die Begegnung mit dem König, der vor vielen Jahren schon zum Kleriker geweiht worden war, verlief äußerst herzlich. Der letzte noch lebende Sohn Friedrich Barbarossas empfing den Ritter, der schon seinem Vater und seinem Bruder gedient hatte, mit einem offenen Lächeln. „Wolfram von Rheinbod, Ihr könnt Euch gar nicht vorstellen, wie sehr es mich freut, Euch in meinem Gefolge willkommen zu heißen. Ihr habt in den vergangenen Jahren ein äußerst zurückgezogenes Leben geführt.“

„Euer Majestät“, wollte Wolfram mit gesenktem Kopf beginnen, doch Philipp winkte nur ab.

„Keine übertriebenen Förmlichkeiten, mein werter Ritter. Du kanntest mich schon, als ich noch als kleines Kind an der Seite meines Vaters und meiner Brüder sitzen durfte.“ Jetzt verdüsterte sich der Blick des achtundzwanzigjährigen Staufers. „Vieles hat sich seitdem verändert, und wahrlich nicht alles zum Besseren. Doch der Papst hat sich, dank göttlicher Führung, für die richtige Seite entschieden. Die Welfen sollten sich von ihren Machtansprüchen endgültig verabschieden, denn spätestens in einem Jahr werde ich zum Kaiser des römisch-deutschen Reiches gekrönt sein und die Nachfolge meines Bruders antreten. Willst du mir dabei zur Seite stehen, Ritter Wolfram von Rheinbod? Willst du wieder auf der Seite der Staufer kämpfen? Ich weiß, du hast Gefallen an der normannischen Lebensweise gefunden und hast eine Normannin zur Frau genommen. Du hast meinem kleinen Neffen und meiner Schwägerin in vorbildlicher Weise beigestanden, auch wenn du dadurch deine eigentliche Heimat vergessen musstest. Doch jetzt bist du wieder zurück in Deutschland, und ich will dich an meiner Seite wissen, Ritter.“

Glücklich lächelnd nickte Wolfram mit dem Kopf und schlug in die angebotene Rechte ein. „Ja, mein König, das will ich ebenfalls! Ich will an Eurer Seite stehen!“

Philipps Optimismus war tatsächlich nicht übertrieben. Noch in derselben Woche empfingen er und seine engsten Vertrauten zwei päpstliche Legaten. Was die verkündeten, ließ alle aufatmen. Der Papst wolle Philipp von Schwaben von dem vor nunmehr sechs Jahren verhängten Kirchenbann befreien, den Welfen Otto offiziell zum Thronverzicht auffordern und damit den Staufer als König der Deutschen anerkennen. Im Herbst 1208 wolle er Philipp in Rom zum Kaiser krönen. In den kommenden Monaten war der königliche Tross damit beschäftigt, die Krönung vorzubereiten. Wolfram hatte ein Enthusiasmus ergriffen, wie er ihn schon lange nicht mehr erlebt hatte. Zum zweiten Mal in seinem Leben würde er Zeuge einer Kaiserkrönung sein.

Im Juni 1208 zog Philipp mit seinem Gefolge feierlich in Bamberg ein, von wo aus er den direkten Weg über die Alpen nach Rom nehmen wollte. Doch vorher sollte in der Bischofsstadt Hochzeit gefeiert werden. Philipps Nichte Beatrix, die Erbtochter von Otto I., dem Herzog von Burgund, und Herzog Otto VII. von Andechs-Meranien wollten vor Bischof Eckbert in den heiligen Stand der Ehe treten. Zu diesem bedeutenden Ereignis wurden Adlige aus ganz Deutschland in Bamberg erwartet.

Am Abend des 20. Juni führte Wolfram seine Claudia durch die zweihundert Jahre alte Bischofsstadt. Er zeigte ihr das Grab von Clemens II., der als einziger Papst nördlich der Alpen bestattet worden war, in der Stadt, in der er viele Jahre als Bischof gewirkt hatte. An zahlreichen Kirchen und Klöstern gingen die beiden vorbei, und kenntnisreich erläuterte Wolfram seiner Frau, dass die architektonische Pracht der Stadt Kaiser Otto I. zu verdanken war, der das von Heinrich II. gegründete Bistum zu neuer Blüte geführt hatte und die Stadt großzügig erweitern ließ. Mit strahlenden Augen lauschte die Sizilianerin, die die deutsche Geschichte nur aus den Erzählungen anderer kannte, den Worten ihres Mannes. Noch glücklicher war sie allerdings über die neue Begeisterung, die ihr Wolfram endlich wieder versprühte.

Als sie Stunden später wieder im bischöflichen Palais eintrafen, sahen sie, wie gerade der bayrische Pfalzgraf Otto VIII. von Wittelsbach von seinem Pferd stieg. Königliche Ordonnanzen hatten den verschlossen dreinblickenden Adligen in Empfang genommen.

„Was will der denn in Bamberg?“, entfuhr es Wolfram. Auf den fragenden Blick seiner Frau erzählte der Rheinboder von dem Zwist, der zwischen dem Bayer und dem König herrschte. Schon 1203 hatte Philipp seine damals erst fünfjährige Tochter Beatrix mit dem zu dieser Zeit fünfundzwanzig Jahre alten Otto verlobt. Doch inzwischen hatte Philipp von den Heiratsabsichten Abstand genommen und die Verlobung seiner Tochter annulliert, weil er sie lieber einem Neffen des Papstes zur Frau geben wollte. Das musste den Pfalzgrafen, der immer loyal zu den Staufern stand, bis ins Mark gekränkt haben.

„Vielleicht kommt es ja zu einer Aussöhnung zwischen den beiden“, mutmaßte Wolfram, nachdem er Claudia mit knappen Worten die Geschichte erzählt hatte. „Ich werde gleich den König aufsuchen.“

„Und ich werde bei Königin Irene nach dem Rechten sehen. Die Schwangerschaft macht ihr doch mehr zu schaffen, als sie erwartet hat.“

Wolfram warf seiner Frau einen langen Blick nach. Gleich nach der Ankunft in Worms war Claudia als Kammerzofe der Königin zugeteilt worden. Seit Februar stand fest, dass die Tochter des byzantinischen Kaisers Isaak Angelos erneut schwanger war. Die Leibärzte datierten die Geburt des vierten Kindes auf Anfang September. Das Kind, von dem alle in Philipps Gefolge hofften, dass es nach drei Töchtern endlich der ersehnte Sohn und Thronfolger sein würde, sollte etwa dann zur Welt kommen, wenn sein Vater zum Kaiser gekrönt werden würde. Philipp von Schwaben, den viele früher als das „süße Kind“ Barbarossas bezeichnet hatten, schien das Glück gepachtet zu haben.

Am Mittag des 21. Juni war König Philipp bester Laune. In einem festlichen Gottesdienst hatte Bischof Eckbert der königlichen Nichte und dem stolzen Bräutigam, der ein Bruder des Bischofs war, den göttlichen Segen für die politisch wichtige Verbindung gegeben. Und jetzt wurde gefeiert. Während die adligen und klerikalen Gäste des Königs in dem festlich hergerichteten Saal zechten, speisten und ausgelassen die schüchtern dreinblickende Braut und ihren schon reichlich angetrunkenen Bräutigam hochleben ließen, nahm Philipp Wolfram zur Seite. „In spätestens zwei Monaten werde ich die Kaiserkrone tragen. Ich möchte die Gunst der Stunde nutzen und nach der Niederkunft meiner Gemahlin nach Sizilien ziehen."

Wolframs Herz machte einen Sprung. Sizilien! Wie lange hatte er dieses großartige Land schon nicht mehr gesehen! Sofort fielen ihm der kleine Friedrich und sein alter Freund Ludger ein. Der Sohn Heinrichs war längst zu einem jungen Mann herangewachsen. Wie sehr sehnte sich Wolfram gerade jetzt danach, die beiden endlich wiederzusehen.

Der König schien die Gedanken seines Ritters erraten zu haben. „Ich wusste doch, dass dich diese Aussicht verzücken würde. Doch im Gegensatz zu meinem seligen Bruder will ich nicht als Eroberer nach Sizilien ziehen, sondern meinem Neffen Friedrich als Freund begegnen." Mit einem Kopfnicken deutete er auf das neben ihm sitzende Brautpaar. „Die besten Allianzen schmiedet man mit der richtigen Hochzeit", sagte er mit einem verschwörerischen Unterton. „Wer miteinander verwandtschaftlich eng verbunden ist, der führt keine Kriege gegeneinander. Friedrich wird bald zwölf Jahre alt. Genau das richtige Alter, um an seine familiäre Zukunft zu denken."

Wolfram schloss die Augen. Nach den vielen Jahren der Wirrnis hatte das Reich endlich wieder einen Herrscher, der trotz seiner jungen Jahre bereits mit der Weisheit des Alters gesegnet war. Mit Sicherheit hatte der König die richtige Braut ausgesucht, um seinen

Neffen enger an das deutsche Reich zu binden. Wolfram betete zu Gott, dass Philipp ein so langes Leben zuteil werden möge, wie dies schon bei seinem Vater Friedrich Barbarossa der Fall gewesen war. Er schloss die Augen und lauschte den Weisen des Spielmanns, der die Gäste mit seinen Liedern unterhielt. In diesem Moment war der Rheinboder zufrieden und glücklich wie schon seit vielen Jahren nicht mehr. Er hatte sogar den Zwist mit seinem Vater vergessen.

Nachdem er ebenfalls eine Weile gelauscht hatte, stand ein sichtlich ermüdeter Philipp von seinem Stuhl auf, hob noch einmal seinen goldenen Becher und trank mit einem geistreichen Spruch dem Brautpaar zu. Auch die anderen Gäste schlossen sich lauthals dem Trinkspruch an. Scherze flogen hin und her, die weiblichen Dienstboten mussten sich vor so manchem vorwitzigen Griff unter den Rockschoß in Acht nehmen. Doch zwischen manchem Weiblein, das in der Küche ihren Dienst verrichtete, und nicht wenigen Gästen der Tafel wurden mit kurzen Blicken und knappen Gesten auch Verabredungen getroffen für die Nacht, die noch nicht angebrochen war.

„Und jetzt werde ich mich für einige Stunden zurückziehen“, raunte der König Wolfram zu. „Wir werden morgen gleich bei Sonnenaufgang nach Rom aufbrechen und im Morgengrauen dafür Gottes Segen erhalten. Dazu möchte ich ausgeruht sein. Begleitest du mich bitte zu meinen Gemächern!“

Wolfram erhob sich augenblicklich. Nur aus den Augenwinkeln heraus bemerkte er, dass auch der bayrische Pfalzgraf, der sich während des Mahls ungewöhnlich still verhalten hatte, von seinem Stuhl aufstand. Wenige Augenblicke später verließ Wolfram das Gemach seines Königs und blickte unverhofft in das breite Gesicht Ottos. Der Adlige aus Bayern hatte vor der Tür der königlichen Kammer gewartet und machte einen ungeduldigen Eindruck.

„Ich muss unbedingt mit dem König sprechen“, verlangte er.

Doch Wolfram hob abwehrend die Hand. „König Philipp hat sich schon entkleidet und gerade zur Ruhe begeben, werter Pfalzgraf. Ich muss Euch bitten, bis zum Abend zu warten. Mit Sicherheit wird Euch der König empfangen, bevor er sein Abendmahl einnehmen wird. Ihr wisst, dass wir morgen früh nach Rom aufbrechen werden."

Doch der Bayer ließ sich nicht abwimmeln. „Ich verlange, auf der Stelle zu meinem König geführt zu werden", polterte er jetzt.

In diesem Moment öffnete sich die Tür, und ein verärgerter Philipp stand im Rahmen. Wolfram verzog den Mund und hob die Schultern an. Augenblicklich bestürmte der Pfalzgraf den Staufer, ihm Gehör zu schenken. Es werde nur wenige Augenblicke dauern. Nach einem kurzen Blick auf Wolfram deutete der Herrscher in sein Gemach. „Aber nur einen Augenblick, Pfalzgraf!"

Wolfram seufzte und schloss hinter den beiden ungleichen Männern die Tür. Kurze Zeit später hörte er albernes Gekicher, das eindeutig von dem Pfalzgrafen stammte. Auch Philipp lachte, aber es war ein gekünsteltes, weil aus reiner Höflichkeit von sich gegebenes Lachen. Wolfram wollte sich schon von dem Gemach entfernen, als das Lachen des Königs in einen entsetzten Schrei überging, der in einem lauten Röcheln endete. In diesem Moment flog die Tür zum königlichen Gemach auf. Pfalzgraf Otto von Wittelsbach stand mit blutverschmiertem Schwert vor Wolfram. Bevor dieser seine eigene Waffe aus der Scheide ziehen konnte, hatte der jetzt vor Wut völlig außer sich geratene Adlige sein Eisen in Wolframs Seite gerammt. Schwer verwundet taumelte der nur mit leichtem Leder bekleidete Ritter in das Schlafgemach des Königs, wo Philipp blutüberströmt und regungslos auf dem Boden lag. In diesem Moment erkannte Wolfram trotz seiner Schmerzen, dass alle Pläne wieder zunichte waren. Dann versank alles um ihn herum in tiefer Schwärze.

Geschrei und Schluchzen ließen ihn aus der Ohnmacht erwachen. Er lag nackt in seiner kleinen Kammer auf dem Bett. Die linke Seite seines mit weißem Leinen verbundenen Unterleibs schmerzte pochend, doch noch mehr peinigte ihn die Erinnerung, die augenblicklich einsetzte. An seinem von brennenden Kerzen erleuchteten Bettlager standen seine Frau Claudia, der Bamberger Bischof Eckbert und einige Geistliche. Wolfram wollte sich aufrichten, doch ein fürchterliches Stechen raubte ihm die Sinne und zwang ihn liegen zu bleiben.

„Es ist nur eine Fleischwunde. Sie ist bereits genäht und wird schnell verheilen“, versuchte Eckbert ihn zu beruhigen.

„Was ist mit dem König?“, flüsterte Wolfram matt. Doch statt einer Antwort sah er nur das stumme Kopfschütteln des Bischofs. Claudia hielt sich mit der rechten Hand den Mund zu, doch in wahren Sturzbächen schossen ihr nun die Tränen aus den Augen.

„Ihr müsst uns alles erzählen, Wolfram, auch wenn es Euch schwerfällt“, bat Eckbert mit fahriger Stimme. Es war dem sonst so besonnenen Geistlichen anzumerken, dass er kaum seine Gedanken ordnen konnte. „Wir haben Geschrei gehört und sind auf der Stelle zum königlichen Gemach gerannt, wo wir den König und Euch vorfanden. Doch wir konnten nichts mehr für ihn tun. Das Herz Philipps hat vor drei Stunden aufgehört zu schlagen. Königin Irene will trotz ihrer Schwangerschaft auf der Stelle nach Hohenstaufen aufbrechen. Sie hat jeden Rat ihres Leibarztes in den Wind geschlagen. Wir können sie nicht davon abhalten.“

Wolfram blickte seine Frau an. „Du musst gut auf sie aufpassen. Sie darf ihr ungeborenes Kind nicht verlieren. Ich komme nach, sobald ich wieder reiten kann.“

Wortlos umfasste Claudia die rechte Hand ihres Mannes und verließ das Zimmer.

„Warum nur?“ Das war alles, was Wolfram in diesem Moment herausbrachte.

Auch der Bischof konnte seine Tränen kaum zurückhalten. „Wenn es Euch wieder etwas besser geht, wollen wir wissen, was passiert ist. Otto von Wittelsbach hat fluchtartig Bamberg verlassen. War er es …?“

„Er hat Philipp auf dem Gewissen“, stammelte Wolfram mit letzter Kraft. „Der König war bereits entkleidet und gewährte dem Pfalzgrafen auf sein Drängen hin eine kurze Audienz. Ich habe es nur gehört. Er muss Philipp heimtückisch mit dem Schwert niedergestochen haben.“

Bischof Eckbert nickte. „Dann war tatsächlich er es, der den Hals des Königs durchstach. Jegliche Hilfe kam zu spät. Es ist unfassbar, aber wir glauben, er hat sich dafür gerächt, dass Philipp die ihm bereits versprochene Ehe mit der königlichen Tochter annulliert hat."

Jetzt schloss Wolfram erneut die Augen und noch einmal versank er in tiefer Ohnmacht.

Am übernächsten Tag saß der Ritter leichenblass und noch immer geschwächt an der Tafel, wo zuvor die fröhliche Hochzeitsgesellschaft gezecht hatte. Der Hofarzt des verstorbenen Königs hatte seine schmerzende Wunde mit einer heilenden Salbe versorgt und neu verbunden. In ein paar Monaten würde nur noch eine Narbe an den Angriff des hinterhältigen Pfalzgrafen erinnern. Bischof Eckbert war zugegen, außerdem zahlreiche hochrangige Ministerialen und Reichsmarschall Heinrich von Kalden, der eigentlich die Romfahrt des Königs anführen sollte. Der schon über sechzig Jahre alte Adlige saß mit versteinertem Gesicht in der Mitte der Runde. Als er sich erhob, erstarb auf der Stelle das allgemeine Gemurmel. Mit kurzen Worten schilderte von Kalden die Lage: Nach dem gewaltsamen Tod Philipps gab es aus den Reihen der Staufer nur noch einen einzigen legitimen Thronerben.

„Doch der Sohn Heinrichs lebt im fernen Sizilien. Und keiner von uns weiß, wie es um ihn steht, ja ob er überhaupt die deutsche Sprache beherrscht", donnerte von Kalden und wischte sich den Schweiß von seiner hohen Stirn. Selbst zu dieser späten Stunde lastete eine schwere Hitze in dem Saal, die von den vielen brennenden Fackeln noch verstärkt wurde. Diener brachten schweigend Krüge mit Wein und Bier, die sofort geleert wurden. Die Heiterkeit, die diese Hallen vor zwei Tagen erfüllt hatte, war weggeblasen wie eine Handvoll Mehl im Sturm.

Wolfram hob zögerlich die Hand. „Ich könnte nach Sizilien reisen und Friedrich eine Botschaft zukommen lassen."

Doch statt der Zustimmung erntete der Rheinboder ein abweisendes Lachen. „Ihr seid schwer verletzt. Wenn Euch die Strapazen nicht schon vorher umbringen, seid Ihr frühestens in zwei Monaten in Sizilien. Und selbst wenn Friedrich sich auf Anhieb dazu bewegen lassen sollte, nach Deutschland zu kommen, würden weitere zwei bis drei Monate ins Land gehen. So lange werden uns die Welfen nicht Zeit lassen. Nein, werte Freunde. Die Fürsten des Reiches werden nicht lange brauchen, um zu den Welfen umzuschwenken."

„Aber Philipps Tochter Beatrix ist doch jetzt mit Otto von Braunschweig verheiratet", warf Wolfram unsicher ein.

Wieder musste von Kalden lachen, es war ein kaltes Lachen. „Das hat nur so lange funktioniert, wie Philipp am Leben war." Er schüttelte resigniert den Kopf. „In den nächsten Tagen wird sich der feige Mord rumsprechen wie ein Lauffeuer. Auch der Papst wird bald davon erfahren. Wir müssen damit rechnen, dass sich Otto noch in diesem Herbst zum neuen deutschen König wählen lassen wird. Und danach wird er so schnell als möglich nach der Kaiserkrone greifen. Und ich kann mir schon denken, wie sich der Papst entscheiden wird." Er lachte abgehackt. „Der nächste Kaiser wird Otto der Vierte heißen!"

Das sofort einsetzende Gemurmel ließ er diesmal gewähren. Statt dessen gürtete er sich sein Schwert um und streifte sich die schwarzen Lederhandschuhe über. „Was habt Ihr vor, Reichsmarschall?", fragte der Bamberger Bischof verwundert.

Heinrich von Kalden schlug die rechte Faust in die linke Hand. „Alles, wovon wir in den vergangenen Jahren geträumt haben, ist zunichte. Ein in seiner Ehre gekränkter Pfalzgraf hat alles zerstört. Ich werde sofort aufbrechen und den Mörder meines Königs jagen und zur Strecke bringen, und wenn es das Letzte ist, was ich auf dieser Erde vollbringe."

„Und wenn Ihr Otto von Wittelsbach gefunden habt?"

Der Reichsmarschall zog demonstrativ sein Schwert aus der Scheide und durchtrennte mit einer blitzschnellen Bewegung eine vor ihm brennende Kerze. Dabei verzog er keine Miene. „Wenn ich ihn gefunden habe, werde ich ihn auf der Stelle töten." Danach verließ er ohne ein weiteres Wort den Saal.

Heinrich von Kaldens Worte sollten sich bewahrheiten. Als Otto von dem Tod des Königs erfuhr, berief er auf der Stelle die Reichsfürsten für November zu einer Reichsversammlung in Frankfurt ein.

Gestärkt wurde der Welfe durch eine Botschaft des Papstes, der den Mord an König Philipp als Fingerzeig Gottes interpretierte. Wieder hatten die Staufer jegliche Unterstützung seitens des Vatikans verloren. Doch vorher suchte das Schicksal das Haus der Staufer noch einmal heim. Am 27. August erlitt Irene auf der Burg Hohenstaufen eine Fehlgeburt, an deren Folgen die Witwe des ermordeten Königs starb. Claudia, die bis zum Schluss an der Seite ihrer Herrin weilte, war untröstlich. Zum zweiten Mal in ihrem Leben musste sie miterleben, wie ihre königliche Herrin starb. Doch die hohe Politik gab ihr und ihrem Mann keine Gelegenheit, neue Kräfte zu sammeln. Ende Oktober brachen der inzwischen wieder voll genesene Wolfram und seine Frau zusammen mit den Kindern und einem jungen Knappen namens Roland nach Frankfurt auf, wo sich der Welfe am 11. November 1208 zum neuen König wählen lassen wollte. Und es gab keinen im Reich, der daran zweifelte, dass der neue König Otto heißen würde. Die Krönung des baumlangen Welfensprosses zum Kaiser war dann nur noch eine Frage der Zeit. Es oblag Wolfram, die im Besitz der Staufer befindlichen Krönungsinsignien an die Welfen auszuhändigen.

Es war für den Rheinboder kaum ein Trost, dass auch zahlreiche Anhänger der Staufer den Welfen mittlerweile akzeptierten und in kleinen Kreisen darauf verwiesen, dass mit Beatrix immerhin eine Stauferin Kaiserin sein würde. Auch als nach einer eindringlichen Rede der Tochter Philipps, in der sie darum bat, den Tod ihres Vaters zu rächen, der designierte König die Reichsacht über den Mörder Otto von Wittelsbach verhängte und dessen Tat verfluchte, blieb Wolfram im Hintergrund. Er war sich sicher: Die Staufer hatten die Macht ein für allemal an die Welfen verloren.

Drei Tage nach der Wahl verließ Wolfram mit seiner Familie und seinem Knappen die Stadt Frankfurt. Er war fest entschlossen, erneut an den Mittelrhein zu reiten und auf der Burg seines Vaters für geordnete Verhältnisse zu sorgen, indem er den vom Kloster Kornelimünster eingesetzten Vogt notfalls mit Gewalt in seine Schranken wies. Wolfram hatte nichts mehr außer seinem legitimen Erbe. Dieses Erbe wollte er in Würde antreten, notfalls gegen den Willen seines mittlerweile sechzigjährigen Vaters. Unterwegs erreichte sie die Kunde, dass welfenhörige Raubritter den Mittelrhein stromaufwärts zogen und dabei schon einige kleine Dörfer heimgesucht hatten. Um ihnen nicht in die Hände zu fallen, bog Wolfram von der Rheinroute ab, nachdem sie Nieder-Ingelheim passiert hatten. Einen Bogen nach Westen machend, wollte er erst bei Bingen wieder an den Rhein stoßen und dem Fluss folgen, bis sie Reichenstein erreicht hatten.

Simon hörte es als erster und hob augenblicklich den Kopf. Wilhelm, der auf der Bettstatt direkt neben ihm lag, richtete sich jetzt ebenfalls auf. Die anderen schliefen noch.

„Er geistert wieder durch den Garten“, flüsterte Wilhelm, ein junger Novize von gerade einmal vierzehn Jahren.

„Und er führt dabei seine Selbstgespräche“, entgegnete Simon ebenso leise. „In all den Jahren hat dieser Mann wohl kaum eine Nacht durchgeschlafen.“

Wilhelm zog die Mundwinkel nach unten. Der fahle Schein der Nachtleuchte zauberte ein eigentümliches Schattenspiel auf sein breites Gesicht. „Er ist mir unheimlich. Ich frage mich immer noch, warum ihn unser Abt damals aufgenommen hat. Er hätte ihn auch den Dörflern überlassen können.“

Simon schüttelte den Kopf. „Du warst damals noch nicht bei uns. Ohne die Heilkünste unserer Mitbrüder wäre er gestorben. Und wie die Dorfbewohner ihn behandelt hätten, weiß der Himmel. Es war ein Akt gütigster Nächstenliebe. Auch ich habe ihm anfangs nicht über den Weg getraut. Aber er ist ein tüchtiger Knecht, der zupacken kann. Und er scheint ein überaus gutmütiger Mensch zu sein. In all den Jahren habe ich nicht einmal erlebt, wie er der Katze oder dem Hund einen Tritt verpasst hat.“

„Aber er spricht nicht. Außer diesem nächtlichen Gemurmel ist nichts aus ihm rauszubringen.“

Das verärgerte Räuspern des Mitbruders, der die Nachtwache hielt, brachte die beiden jungen Mönche zum Schweigen. Denn eigentlich war es strikt verboten, im Schlafsaal zu sprechen. Wenige Augenblicke später war in dem Dormitorium des kleinen Klosters am Rande des Hunsrücks nur das vereinzelte Schnarchen und Seufzen tief schlafender Mönche zu hören.

Am nächsten Morgen wölbte sich ein blauer Himmel über dem Kloster. Es war ein wunderschöner Septembertag, und Simon war gerade im Kräutergarten beschäftigt, als er eine flüchtige Bewegung wahrnahm. Der junge Mönch warf dem wesentlich älteren Mann, der gerade einen Sack Getreide zu der kleinen Klostermühle brachte, einen schnellen Blick zu. Wie immer grüßte Manfred, wie alle den stummen Knecht nannten, den sie vor knapp vier Jahren aufgenommen hatten, nur durch einen kurzen, aber festen Blick. Manfred, das war der Name, den die Mönche dem Unbekannten gegeben hatten. Am Abend bevor der damals Schwerverletzte ins Kloster gebracht worden war, hatten sie Abschied von ihrem von allen geliebten und geschätzten Mitbruder Manfred nehmen müssen, der mehr als sechs Jahrzehnte in dem Kloster gelebt hatte und einer heftigen Fieberattacke erlegen war. Auch als der Fremde längst genesen war, konnte keiner von ihnen ein Wort aus ihm herausbringen. Geduldig ließ er kalte und heiße Wassergüsse über sich ergehen, inhalierte den Rauch verbrennenden Eichenlaubs und fastete wochenlang. Nichts half. Der Fremde blieb stumm, akzeptierte stillschweigend den Namen Manfred und verrichtete alles, was ihm aufgetragen wurde. Selbst vor schwerster Arbeit drückte er sich nicht. Drei Säcke Getreide, schwere Mühlsteine, ja sogar ein volles Weinfass konnte er mühelos schultern. Auch hatte er keine Angst, sich alleine in den Wald zu wagen, um dort Pilze zu sammeln, Wild zu erlegen oder die Früchte des Eichenbaumes einzusammeln. Trotz seines Alters von bestimmt weit über vierzig Jahren war er noch immer muskulös und hatte lückenlose Zahnreihen. Nachts schlief er in einem kleinen Verschlag außerhalb der Klostermauern. Seine ab und zu auflodernden Gelüste nach Frauen befriedigte er, wenn sich eine junge Magd aus dem Dorf in dem Kloster blicken ließ, um hier Getreide, Gemüse oder Obst zu kaufen. Doch selbst bei diesem eigentlichen Akt der Liebe, der Simon fremd war und der ihn dennoch faszinierte, gab der Fremde kein Wort von sich. Die Dörfler beäugten Manfred mit einer Mischung aus Respekt und Argwohn. Doch keiner wagte es, sich mit dem Fremden anzulegen, der es vor mehr als zwei Jahren mit drei Männern gleichzeitig aufgenommen hatte, die seine verloren gegangene Sprache aus ihm herausprügeln wollten. Nur mit einem langen Ast bewaffnet, hatte Manfred den drei Dörflern gezeigt, dass mit ihm nicht gut Kirschen essen war, wenn man ihn reizte. Ein ganz anderes Gesicht zeigte der seltsame Mann, als er im Frühjahr darauf ein kleines Kind aus einem reißenden Bach rettete. Ohne auch nur einen Augenblick nachzudenken, war er in das eiskalte Wasser gesprungen und hatte den einzigen Jungen des Dorfschmieds vor dem Ertrinken bewahrt. Den überschwänglichen Dank nahm der Fremde ebenfalls mit Schweigen hin. Kurze Zeit später lag er bereits wieder teilnahmslos in seinem Verschlag und starrte an die Decke.

Der junge Mönch wurde von seinen Erinnerungen abgelenkt, als er auf zwei Konfratres aufmerksam wurde, die sich leise, aber intensiv unterhielten. Was Simon mitbekam, ließ sein Herz schneller schlagen. Raubritter, so hieß es, hätten in der jüngsten Vergangenheit etliche Dörfer überfallen und die Bewohner niedergemacht und dabei selbst Alte, Sieche und Kinder in ihrem mörderischen Tun nicht verschont. Simon säuberte die Harke von der feuchten Erde. Ein mulmiges Gefühl beschlich ihn. Warum sollten diese gedungenen Mörder ausgerechnet vor einem Kloster haltmachen, wenn es gerade auf ihrem Weg lag?

Doch als er nach dem Mittagsgebet in der Schreibstube an seinem Pult stand, hatte er das mitgehörte Gespräch bereits wieder vergessen. Mehrere Stunden verbrachte der fünfundzwanzig Jahre alte Mönch täglich an diesem Stehpult. Vor fast zehn Jahren war er, der sechstgeborene Sohn eines Markgrafen in diesem in den südwestlichen Ausläufern des Hunsrücks gelegenen Kloster aufgenommen worden. Nach dem harten Noviziat war er mit dem Verfassen von Chroniken betraut worden, eine für ihn angenehme Abwechslung zur ebenfalls täglichen Arbeit im Garten und auf den Äckern des Klosters. Wichtige politische Beschlüsse und ihre Konsequenzen schrieb er in dem ewig düsteren Licht der Kerzen und Öllampen nieder. Oft musste er auch Urkunden ausschreiben, wenn beispielsweise das Kloster einem Dorf eine Feldparzelle oder einen Weinberg verpachtete. Wie oft schweiften seine Gedanken dabei ab, und er versuchte sich das Aussehen der Menschen, über deren Tun er schrieb, ihre Beweggründe und Gedanken vorzustellen.

In diesem Moment betrat Manfred das Scriptorium. Er trug mit beiden Händen ein kleines Fass, um an den Schreibpulten die Tinte nachzufüllen. Als er die tiefblaue Flüssigkeit in Simons Tintenglas goss, nutzte der Mönch die Gunst des Augenblicks. Mit einem sanften Händedruck auf Manfreds Unterarm veranlasste er den Knecht zum Bleiben. Die beiden ungleichen Männer schauten sich wortlos an.

„Ich habe gehört, wie du heute Nacht wieder …“, wollte Simon beginnen, doch dann unterbrach er sich. Mit einem Blick erkannte er, dass ein gebrochener Mann vor ihm stand. Doch die Ausdruckslosigkeit seiner Augen stand in keinem Verhältnis zu der stattlichen Erscheinung des Fremden, der nie zu verstehen gegeben hatte, wer er war und von wo er kam.

Simon senkte den Kopf. „Entschuldige bitte meine aufflammende Neugierde. Aber ich würde gerne …“

Wieder unterbrach er sich, weil er sah, dass Manfreds Blick dem gerade Niedergeschriebenen galt. „Es war der 21. Juni, nicht der 23. Juni“, murmelte er.

Es war das erste Mal, dass dieser Mann von sich heraus einen Satz an einen anderen Menschen richtete. Augenblicklich blickten auch die anderen im Scriptorium beschäftigten Mönche von ihrer Arbeit auf und schauten verwundert zu Simons Stehpult hinüber.

„Was meinst du damit?“, fragte dieser, nachdem er seine erste Überraschung überwunden hatte.

„Es war der 21. Juni, nicht der 23. Juni“, wiederholte Manfred mit brüchiger Stimme.

Simon schaute auf seine Dokumente. Er war völlig perplex. Dieser Mann, der in dem Kloster die niedersten Frondienste verrichtete, war des Lesens kundig und nicht nur das. Er hatte ihn auf einen vermeintlichen Fehler in seiner Schreibarbeit aufmerksam gemacht. Hatte er vielleicht einen ehemaligen Mönch vor sich stehen, der dem klösterlichen Leben im Glauben abgeschworen hatte? „Wie willst du das wissen?“, war alles, was ihm in diesem Moment einfiel. Seine Konfratres schwiegen atemlos. Lüftete sich in diesem Moment vielleicht das Geheimnis um den Fremden?

Doch bevor irgendeiner etwas sagen konnte, flog die Tür zum Scriptorium auf. Im Türsturz stand Bruder Siegbert, ein dicklicher Mönch, der bei der geringsten Anstrengung in Schweiß geriet. Auch jetzt ging sein Atem stoßweise und nur mühsam brachte er die Worte heraus. „… überfallen. Wir werden überfallen.“

Augenblicklich brach in dem Scriptorium der Tumult aus. Die Mönche schrien durcheinander, stürmten auf Siegbert zu und bedrängten ihren Konfrater, ihnen Genaueres zu sagen. Doch der hielt abwehrend die Hände hoch. „Sie haben bereits die Vorratskammern gestürmt. Es sind mindestens vier Mann, vielleicht sogar mehr“, japste er. „Bruder Bernhard will mit ihnen verhandeln, damit sie von ihrem frevelhaften Tun ablassen.“

Noch immer aufgeregt durcheinanderrufend, drängten die Mönche nun aus dem Scriptorium. Keiner achtete mehr auf Manfred.

„In Gottes Namen, lasst ab von eurem Tun!“ Bruder Bernhard, seit nunmehr sechzehn Jahren Abt dieses vor mehr als achtzig Jahren gegründeten Klosters, war leichenblass. Ihm gegenüber standen fünf Hünen, allesamt bewaffnet mit Schwertern, Streitäxten und Dolchen.

Der Anführer der Raubritter grinste den alten Mönch an. „Warum sollten wir, Mönch? Ihr habt bis an den Rand gefüllte Vorratskammern, und in eurer Kapelle stehen wahrscheinlich Messbecher aus Gold und mit Edelsteinen besetzte Kruzifixe.“

„Das ist nicht wahr“, schrie in diesem Moment Wilhelm mit sich überschlagender Stimme.

Weiter kam er nicht, denn ohne ein weiteres Wort zu verlieren, zog der Anführer sein Schwert und spaltete dem Jungen mit einem Streich den Schädel. Entsetzt schlugen die übrigen Mönche die Hände vor das Gesicht, machten ein Kreuzeichen. Manche von ihnen sanken wimmernd zu Boden.

„Und jetzt rück schön eure Schätze raus, Pfaffe. Sonst ...!" Der Raubritter ließ den Rest des Satzes offen, während seine Kumpane höhnisch lachten.

„Bruder Wilhelm hatte recht. Unsere Messbecher und Kreuze sind aus Kupfer. Sie sind kaum von Wert."

Erneut sank einer der Mönche tödlich verwundet zu Boden. Ohne mit der Wimper zu zucken, hatte ihm der Raubritter das Schwert ins Herz gebohrt. „Du hast die Wahl, Pfaffe. Entweder ihr rückt alles freiwillig raus, dann ziehen wir weiter, oder ..."

Diesmal war er es, der verstummte. Er wusste, dass der unterdrückte Schrei von seinem schräg hinter ihm stehenden jüngeren Bruder kam. Als er sich umdrehte, sah er gerade noch, wie ein in verdrecktes Leinen gekleideter Mann mit einer Eisenstange auf seinen Bruder einschlug, blitzschnell dessen Schwert zog und damit einem anderen Raubritter den Kopf abschlug.

Sofort entstand ein heilloses Durcheinander. Während die Mönche entsetzt auseinanderstoben, formierten sich die drei verbliebenen Raubritter augenblicklich. Mit Staunen beobachteten Simon und sein Abt, wie sich ihr Knecht den Halunken entgegenstellte. Mit einer geschmeidigen Bewegung, die keiner dieser zerlumpten Gestalt zugetraut hätte, ließ der den jüngsten der verbliebenen drei Raubritter ins Leere laufen und versetzte ihm dabei einen tödlichen Hieb. Zwischen den beiden letzten Raubrittern und dem Knecht des Klosters entwickelte sich ein zäher Kampf, den die Mönche aus ihren Verstecken verfolgten. Nur Bernhard und Simon standen wie vom Donner gerührt keine zwanzig Ellen vom Ort des Kampfes entfernt. Als Manfred am linken Oberarm verletzt wurde, hielten sie unwillkürlich den Atem an. Doch es gelang dem wie ein Bär kämpfenden Knecht, sich aus der Umklammerung zu lösen und einem der beiden Raubritter einen tödlichen Stich in den Hals zu versetzen.

Nun war der Anführer der Bande der einzig Überlebende. Mit verzerrtem Gesicht schaute er auf die Leichen seiner Spießgesellen. Sie hatten sich von einem tumben Knecht überrumpeln lassen und dafür mit ihrem Leben bezahlen müssen. In unbändiger Wut hob der letzte Raubritter sein Schwert und stürmte auf seinen Gegner zu. Es entbrannte ein mörderischer Zweikampf, der hin und herwogte. Manfred war am Ende seiner Kräfte. Als der Raubritter mit aller Macht zuschlug, zerbrach mit einem hellen Klang die Klinge des Schwerts, das der Knecht an sich genommen hatte. Es war Simon zu verdanken, dass er dennoch nicht das Leben verlor. Geistesgegenwärtig warf er Manfred die Eisenstange zu, die dieser geschickt auffing. Mit letzter Kraft gelang es dem Kämpfenden, seinen Gegner zu täuschen. Mit einem hohen Bogen flog nun dessen Schwert auf das Dach eines kleinen Schuppens. Um die drohende Niederlage doch noch abzuwenden, machte der Raubritter einen schnellen Schritt auf Bernhard zu und schnappte sich den bewegungslos dastehenden Mönch mit einem schnellen Griff.

Manfred schaute heftig atmend in das höhnisch grinsende Gesicht des letzten noch verbliebenen Raubritters, der sein Messer an Bernhards Kehle setzte. „Was wirst du nun tun, Fremder?“, grinste der nun mit immer noch vor Wut verzerrter Fratze. „Wenn du nur einen Schritt näher kommst, werde ich ihn töten.“

Der Knecht schloss die Augen. Wie betäubt ließ er die Eisenstange fallen. Zufrieden grinsend stieß der Raubritter den Abt von sich und machte einen Schritt auf Manfred zu. Im selben Augenblick fühlte er, wie Blut seinen Oberkörper herunterlief, sein eigenes Blut. Langsam sank er auf die Knie, tastete ungläubig danach und kippte schließlich tot zu Seite. Mit zitternden Händen und einem Aufschluchzen ging Simon zu Boden und weinte hemmungslos. Er war es gewesen, der mit dem Hieb eines Schwertes, das in einem der vielen Büsche lag, dem Leben des letzten Raubritters ein Ende bereitet hatte. Sein Abt starrte sprachlos auf die Leiche und machte ein Kreuzeichen. Nun trauten sich auch die übrigen Mönche aus ihren Verstecken und umringten die drei Männer. Einige trösteten den noch immer fassungslosen Simon, die anderen musterten ihren Knecht mit einer Mischung aus Bewunderung und Angst.

Erst nach einigen Minuten fand Bernhard seine Sprache wieder. „Gütiger Himmel, du hast vier Raubritter getötet. Du hast gekämpft wie ein Bär, nein, wie ein … Wer bist du, der wir dich immer nur Manfred nannten?“

Doch der Knecht ging nicht auf die Frage ein. Er achtete auch nicht auf das immer lauter werdende Gemurmel der übrigen Mönche. Wie Blitze am Gewitterhimmel zuckten die Erinnerungen durch seinen Kopf. Er presste die Hände an die Schläfen und begann zu schreien, dass die Geistlichen unwillkürlich ruhig wurden. Selbst Simon hörte mit seinem hysterischen Schluchzen auf. Es dauerte eine Weile, bis Manfred sich beruhigt hatte und dem Abt ins Gesicht schaute. Verschwunden waren seine Niedergeschlagenheit, sogar seine Körperhaltung hatte sich verändert. Nun stand vor den Mönchen nicht mehr länger ein Knecht, sondern ein Mann, der es gewohnt war, die Initiative zu ergreifen.

„Ich muss ins Dorf!“

Bevor der Abt etwas erwidern konnte, ließ Manfred die noch immer fassungslosen Geistlichen zurück und rannte los. Er kümmerte sich nicht um die Schürfwunden, die er sich nach einem Sturz zuzog. Er achtete nicht auf das verwunderte Gesicht des ersten Dorfbewohners, der ihm begegnete. Nach einer Weile hatte er endlich den Friedhof erreicht. Die vier namenlosen Kreuze fand er sofort. Wie oft war er schon hier gewesen und hatte die unscheinbaren und namenlosen Gräber nicht selten stundenlang angestarrt. Er fiel auf die Knie und begann, mit seinen bloßen Händen zu graben. Der Friedhofswächter, ein hagerer Mann mit einem hohen Schädel, wollte ihn von seinem frevelhaften Tun abhalten. Ihm schlug der ganz offensichtlich wahnsinnig gewordene Knecht die Faust in die Magengrube und stieß ihn weg. Und weiter grub er mit bloßen Händen, bis die ersten Knochen zum Vorschein kamen. Es waren die Überbleibsel eines Kindes, das keine fünf Jahre alt gewesen sein musste, als es starb. In seinem kleinen Schädel klaffte ein fingerlanger Spalt. Erst jetzt hielt Manfred inne, richtete sich auf und stieß noch einmal einen markerschütternden Schrei aus, der in cin hemmungsloses Schluchzen überging.

Manfred stand schwer atmend am Klosterbrunnen, als er Schritte hinter sich vernahm und für einen kurzen Augenblick eine Hand auf seiner rechten Schulter spürte. Es war Bruder Bernhard. „Ich habe gehört, was im Dorf vorgefallen ist“, sagte er mit ruhiger Stimme. „Ich kann nicht unbedingt behaupten, dass es mich unberührt lässt, wenn ich höre, dass ein Grab gewaltsam geöffnet wird. Aber …“

Weiter kam er nicht. Der Mann, der sich in dem kleinen Kloster jahrelang als Knecht verdingt hatte, war herumgefahren und blickte den Abt mit klaren Augen an. „Wie Schuppen ist es mir von den Augen gefallen, als die Raubritter ihr mörderisches Handwerk verrichteten. Plötzlich war mir wieder alles klar. Ja, ich habe die Gräber gewaltsam geöffnet. Vier Leichname fand ich in den namenlosen Erdgruben. Zwei davon waren die von kleinen Kindern, der andere gehörte einer Frau. Die sterblichen Überreste des vierten Körpers waren die eines jungen Mannes.“

Bernhard nickte bedächtig. „Und jetzt erinnerst du dich wieder!“

Sein Gegenüber presste die Hände an seine Schläfen, weil erneut ein Sturm der Erinnerungen über ihn hinwegfegte. „Ich weiß wieder, wer ich bin, und ich weiß, wer die vier Toten sind“, presste er heraus. „Es sind meine Ehefrau Claudia, meine beiden Töchter Berta und Konstanze und mein Knappe Roland. Ich selbst bin Wolfram von Rheinbod, ein Ritter, der zuletzt König Philipp von Schwaben gedient hat, der am 21. Juni anno 1208 heimtückisch ermordet wurde. Wir kamen gerade von Frankfurt, wo der Welfe Otto zum König gewählt worden war. Wir wollten zu meiner Stammburg Reichenstein bei Trechtingshausen reiten. Doch bei Gau-Algesheim wurden wir von Raubrittern überfallen. Das ist das Letzte, woran ich mich erinnere.“

Bruder Bernhard schloss die Augen. „Ich hatte es dir Dutzende Male erzählt. Dass wir dich schwer verletzt an der Klosterpforte vorfanden. Dass es mehrere Tote gegeben hatte, einen jungen Mann, eine Frau, zwei Kinder, offensichtlich deine Familie, und einen Raubritter. Doch es wollte einfach nicht deinen Verstand erreichen. Dorfbewohner brachten dich vor nunmehr fast vier Jahren zu uns. An der Schwelle des Todes standest du, und ein halbes Jahr lang dachten wir, dass dich der Herr jederzeit zu sich rufen würde. Doch dann besserte sich langsam dein Zustand, nur dein Gedächtnis schien für immer ausgelöscht. Und die Sprache hattest du verloren, zumindest anderen Menschen gegenüber. Wir hatten die uns unbekannten Leichen längst beerdigt, wie es Christenmenschen zusteht. Doch wir konnten nur namenlose Kreuze aufstellen. Jetzt haben die Toten endlich einen Namen bekommen. Und du bist nicht mehr länger unser Knecht, dem wir den Namen Manfred gaben."

Wolfram hörte nicht mehr auf die letzten Worte des Abts. Als wäre es gestern gewesen, durchlebte er noch einmal, was damals geschehen war. Vier Raubritter hatten sie in einen Hinterhalt gelockt und überfallen. Einen hatte er töten können, einen weiteren verwundete sein Knappe Roland schwer. Doch der mutige Junge bezahlte als Erster die Wut der gottlosen Gesellen mit seinem Leben. Dann das verzweifelte Schreien seiner beiden Kinder. Dass einer der verbliebenen Raubritter Claudia mit einem höhnischen Grinsen die Kehle durchschnitt, war das Letzte, an das er sich in diesem Moment erinnerte. Nein, dies war nicht das letzte Bild, das er nun wieder vor Augen hatte. Es waren der verzweifelte Blick seiner geliebten Claudia und das angsterfüllte Wimmern der Töchter. Einer der gottlosen Halunken hatte den Moment genutzt und ihn schwer verwundet. Aber er hatte wie durch ein Wunder das Massaker überlebt, weil er einen steilen Abhang herunterrutschte und in dichtem Buschwerk hängen blieb. Die Raubritter hatten sich wohl kaum oder nur kurz die Mühe gemacht, nach ihm zu suchen. Hätten sie ihn gefunden, hätten sie auch seinem Leben ein Ende bereitet.

Die Tränen liefen Wolfram über die Wangen, als er das alles noch einmal durchleben musste. Eine nie gekannte Leere überkam ihn.

„Warum lebe ich noch? Alles habe ich verloren. Meinen Kaiser, meinen König und zum zweiten Mal meine Familie. Warum konnte ich nicht das bleiben, was ich in den letzten Jahren war – der einfache Knecht, den ihr Manfred nanntet!“

Der Abt legte noch einmal die Hand auf Wolframs Schulter. „Gott wollte, dass du lebst. Und es war letztlich auch Gottes Wille, der die Raubritter in unser Kloster geführt hat. Gütiger Himmel, ein kaiserlicher Ritter. Nur zu gerne wüsste ich, was du in deinem Leben alles erlebt hast.“

Wolfram straffte sich und wischte sich die Tränen aus dem Gesicht. „Ich begleitete Kaiser Friedrich Barbarossa auf seinem letzten Kreuzzug. Ich sah ihn sterben und erlebte, wie sein Sohn Heinrich zum Kaiser gekrönt wurde. Ich war dabei, als Heinrichs Sohn Friedrich zur Welt kam. Ich sah dessen Mutter Konstanze sterben und konnte nicht verhindern, dass sein Onkel Philipp von Schwaben ermordet wurde.“

Jetzt musste der sichtlich beeindruckte Bernhard lächeln. „Da hatten wir all die Jahre einen Ritter des kaiserlichen Hofes bei uns und nicht die geringste Ahnung. Wir haben übrigens bei deiner ermordeten Familie ein Schwert und einen Schild gefunden und aufbewahrt. Ich nehme an, es handelt sich dabei um dein Schwert. Keiner hat es in den vier Jahren, in denen du bei uns weiltest, gepflegt. Wir Mönche sind den Umgang mit Schwertern nicht gewohnt. Es grenzt schon an ein Wunder, dass Simon den verbliebenen Raubritter töten konnte. Ich werde es dir gleich holen lassen. Vielleicht kannst du es noch verwenden.“

„Vier Jahre! Was ist in all den Jahren geschehen? Ich muss alles wissen.“

Der Abt lächelte milde. „Du wendest dich am besten an Simon. Er führt die historischen Bücher. Wenn einer weiß, was in den …“

Weiter kam er nicht, denn der Ritter hatte den Abt geradewegs stehen lassen und war von dannen gestürmt. Simon schien Wolfram schon erwartet zu haben. Er hatte die tödlich verlaufende Konfrontation mit den Raubrittern offensichtlich gut verkraftet und mitgeholfen, so schnell als möglich wieder halbwegs normale Verhältnisse in dem Kloster zu schaffen. Zunächst hatten sie die Leichname der fünf Männer weggeschafft und weit außerhalb des Klosters beerdigt. Die getöteten Konfratres fanden ihre letzte Ruhe auf dem Klosterfriedhof. Danach hatte der Abt das durch den Überfall entweihte Kloster in einer feierlichen Zeremonie neu gesegnet und Simon die Beichte abgenommen. Jetzt stand der junge Mönch wieder an seinem Schreibpult, auch wenn er einen fahrigen Eindruck machte. Von ihm erfuhr der Rheinboder alles, was er wissen wollte: vom Tod Ottos von Wittelsbach, den Heinrich von Kalden im Februar 1209 stellte und wie angekündigt sofort tötete, um dann den Stammsitz des Bayern schleifen und die Leiche des Königsmörders köpfen zu lassen. Von Simon ließ sich Wolfram berichten, dass Otto IV. am 4. Oktober 1209 von Papst Innozenz zum Kaiser gekrönt worden war. Doch schon ein Jahr später sprach das kirchliche Oberhaupt den Bann über den baumlangen Welfen aus. Der bei jeder Kleinigkeit aufbrausende Otto hatte sich schon kurz nach der Krönung von seinem päpstlichen Mentor abgewandt, war gen Süden marschiert und hatte dem jungen Friedrich, der noch immer ein Mündel des Papstes war, den Krieg erklärt. Im Reich bildete sich daraufhin schnell eine Gegenpartei, die unter der Führung des Mainzer Erzbischofs Siegfried den Staufer ermutigte, den Spieß umzudrehen und die Herrschaft nördlich der Alpen an sich zu reißen.

„Soweit wir wissen, hat sich Friedrich unverzüglich auf den Weg gemacht. Kundschafter haben uns erst vor wenigen Tagen berichtet, dass er bereits die Alpen passiert haben muss. Das soll man sich einmal vorstellen: Ein siebzehnjähriger Halbsizilier greift mit einer Handvoll Getreuer nach der deutschen Krone. Die einen verspotten ihn als Zaunkönig, andere sprechen von ihm als dem süßen Kind aus Apulien."

Bei diesen Worten zog Wolfram verwundert die Augenbrauen hoch. „Apulien? Friedrich ist auf Sizilien groß geworden!"

Als Simon nur mit den Schultern zuckte, ging des Rheinboders Blick in die Ferne. „Ich muss Friedrich finden. Wenn das alles einen Sinn haben soll, so muss ich ihn finden. Er ist der legitime Herrscher dieses Reiches. Es kann kein Zufall sein, dass ich ausgerechnet in dieser Zeit meine Erinnerung wiedergefunden habe."

Simon nickte. „Du bist kein Stallknecht. Ich wusste von Anfang an, dass es nicht deine Bestimmung gewesen sein konnte, in klösterlichen Stallungen zu arbeiten. Und dann dein Hinweis auf das falsche Todesdatum Philipps. Wer bist du wirklich?

Wolfram legte ihm die Hand auf die Schulter. „Das ist eine lange Geschichte. Aber ich fürchte ich habe keine Zeit mehr, sie dir zu erzählen."

Bernhard knetete unruhig seine fleischigen Finger. „Du wirst uns noch heute verlassen, nicht wahr?"

Wolfram legte das Schwert zur Seite und blickte Bernhard fest in die Augen. „Ich werde zur Mittagsstunde losziehen."

Der Abt nickte bedächtig. „Geht es dir gut? Ich meine, jahrelang warst du …"

Wolfram hob abwehrend seine Hand. „Ich weiß, was du meinst. Es kommt mir vor, als hätte ich vier Jahre geschlafen. Jetzt bin ich aufgewacht und erinnere mich nur leidlich an den Traum, den ich hatte. Der Verlust meiner Familie ruft in mir ein eigentümlich schweres Gefühl hervor. Aber dieses Gefühl lähmt mich nicht mehr länger. Ich bin wieder Herr über mich selbst. Gestern Abend war ich noch einmal am Grab und habe von den Toten Abschied genommen. Ich bitte euch, die Gräber zu pflegen und an jedem Jahrestag, als diese Räuber das Kloster hier überfielen, eine Kerze zu entzünden."

Als der Abt nichts erwiderte und nur nickte, stand Wolfram auf. Mit ruhigen Worten teilte er dem alten Mönch mit, dass er seinen Dolch und die von den getöteten Raubrittern erbeuteten Schwerter und Pferde in der nächstgrößeren Stadt versetzen und davon eine neue Ausrüstung kaufen werde. Danach wolle er den Rhein entlang gen Süden ziehen. Irgendwo, so hoffte er, werde er auf Friedrich und sein Gefolge treffen. Ihm wolle er sich anschließen. Wenn er den Worten Simons Glauben schenkte, war der junge König auf jeden Mann angewiesen. Und vielleicht würde er auch wieder auf den Mann treffen, den er seit vierzehn Jahren nicht mehr gesehen hatte. Mit knappen Worten berichtete Wolfram dem Abt von seinem Freund Ludger.

„Ich bete für dich und Simon, dass ihr das erreicht, was du dir wünschst."

Wolfram zog verdutzt die Augenbrauen hoch. „Simon?"

Bernhard lächelte gütig. „Er wird dich, dein Einverständnis vorausgesetzt, bei deinem nicht ungefährlichen Vorhaben begleiten. Indem er den letzten Raubritter tötete, hat er uns wahrscheinlich alle vor dem Tod bewahrt. Doch ich kenne Simon gut. Das Erlebte wird ihn noch Monate, wenn nicht gar Jahre verfolgen. Ein wenig Abwechslung wird ihm deshalb sicherlich helfen. Er weiß, dass die Tür zu unserem Kloster für ihn stets offen steht."

Der Rheinboder lächelte befreit. „Ich freue mich aufrichtig, dass Simon mich begleitet. Er ist einer, der sich in der rauen Welt zurechtfindet. Aber wir dürfen keine Zeit verlieren."

„Er packt bereits sein Bündel, seine Beichte habe ich ihm schon abgenommen."

Wolfram streckte dem Geistlichen die Hand entgegen. „Ich habe Eurer Gemeinschaft viel zu verdanken. Ich hoffe, dass ich irgendwann einmal etwas von dem zurückgeben kann."

Der Abt schlug ein. „Du bist uns gegenüber zu nichts verpflichtet. Und du bist uns ebenfalls jederzeit willkommen. Ich verspreche dir, dass wir uns um die Gräber deiner Familie kümmern werden. Wir werden dich niemals vergessen, Ritter Wolfram von Rheinbod."

Eine Stunde später saßen Wolfram und Simon zu Pferde vor der Pforte des kleinen Klosters. Es war ein bewegender Abschied. Einige Mönche konnten ihre Tränen kaum zurückhalten. Siegbert überreichte Wolfram einen Beutel mit Reiseproviant. Simons Gesicht drückte aus, was er in diesem Moment fühlte. Schon immer hatte ihn die Welt fasziniert, die er nur dadurch kannte, was er in den vergangenen Jahren tagein, tagaus niedergeschrieben hatte. Nun stand er vor einem neuen Lebensabschnitt, und sein Herz schlug bis zum Hals. Auch musste er mit dem ungewohnten Umstand zurechtkommen, dass er nun auf dem Rücken eines Pferdes saß. Ein Pferd, das bis vor Kurzem noch einem gedungenen Mörder gehört hatte. Wolfram machte sich darüber nicht die geringsten Gedanken. Auch einige Kleidungsstücke, die er in diesem Moment auf dem Leib trug, hatte er einem der toten Raubritter abgenommen. Als die letzten Worte endlich ausgesprochen waren und der Segen erteilt war, gab er seinem Pferd die Sporen. Simon folgte unbeholfen seinem Beispiel. Schließlich erreichten sie eine Wegbiegung, an der sie das Kloster aus den Augen verloren. Dort hielt der Rheinboder seinen Hengst noch einmal an.

„Hast du es dir auch wirklich gut überlegt, Simon?“, fragte er mahnend. „Ich selbst weiß ja noch nicht einmal, was die nächsten Wochen und Monate bringen werden. Von dem Erlös der Schwerter und der drei Pferde können wir uns eine Weile über Wasser halten. Doch es ist nicht ausgeschlossen, dass wir am Ende des Jahres als Bettler durch die Lande vagabundieren werden. Ich würde es dir also nicht übel nehmen, wenn du wieder zu deinen Mitbrüdern zurückkehren wolltest.“

Simon schüttelte den Kopf. „Ich bleibe bei Euch, Ritter Wolfram, seht mich als Euren Knappen an.“

Jetzt musste der Rheinboder lächeln. „Wenn wir gemeinsam ziehen, dann als Freunde.“ Ebenfalls lächelnd schlug der junge Mönch in die ihm angebotene Rechte des Ritters ein.

„Aber ein Problem plagt mich schon jetzt“, meinte Wolfram nach einer Weile. „Wo sollen wir nach Friedrich und seinem Gefolge suchen? Wo wird er die Alpen überqueren? Was meinst du?“

„Wäre ich an Friedrichs Stelle, würde ich nördlich der Alpen eine Stadt aufsuchen, die den Staufern immer freundlich gesonnen war.“

Wolfram nickte anerkennend. „Ein guter Gedanke. Und welche Stadt fällt dir dazu ein?“

Jetzt musste der junge Mönch eine Weile nachdenken. „In meinen Aufzeichnungen der jüngsten Vergangenheit war oft von Konstanz die Rede. Es ist nur ein Gefühl, aber Konstanz scheint mir angesichts der für Friedrich sinnvollsten Route über die Alpen am wahrscheinlichsten zu sein.“

Wolfram ließ die Worte auf sich wirken. Dann nickte er mit dem Kopf. „Mein lieber Simon, ich glaube, wir beide kommen ausgezeichnet miteinander aus. Und jetzt lass uns keine Zeit verlieren. Auf an den Rhein und von dort nach Konstanz! Friedrichs Mutter hieß Konstanze. Vielleicht ist es ja ein gutes Zeichen."

Mainz
1235

„Der Kaiser kommt in die Stadt! Der Kaiser kommt in die Stadt!“ Wie ein Lauffeuer verbreitet sich in Mainz die Kunde, dass Kaiser Friedrich jeden Augenblick am Fischtor ankommen muss. Selbst in dem Pilgerhospiz, in dem Ludger und Wolfram weilen, geht die Kunde von Männlein zu Weiblein und macht schnell die Runde durch alle Säle und Gänge. Alte und Sieche rappeln sich noch einmal auf, um vielleicht einen Blick auf den Herrscher werfen zu können.

Ludger lächelt seinem Freund zu, als ein zwergenhafter Greis an ihnen vorbeihumpelt, dem sie ein Bein amputiert haben. „Du kannst dir gar nicht vorstellen, wie aufgeregt ich bin. So viele Jahre habe ich meinen Kaiser, den ich schon so lange kenne, nicht mehr gesehen. Es wird das letzte Mal sein, dass ich ihn hier in Mainz in die Arme schließen werde. Das kann ich spüren.“

Der alte Ritter nickt bedächtig. „Auch ich werde meinem Kaiser hier in dieser Stadt ein letztes Mal in die Augen schauen.“

Ein entrüsteter Laut lässt die beiden Alten innehalten. Es ist Gunther, der im Türrahmen steht und ungeduldig mit den Fingern gegen das Eichenholz trommelt. „Ich will davon nichts mehr hören“, tadelt er die beiden Freunde milde. „Ich denke, wir sollten uns sofort auf den Weg zum Fischtor machen, wo der Kaiser bereits von Bischof Siegfried erwartet wird. Glücklicherweise ist es von diesem Hospiz nicht weit bis dort hin.“

Die beiden Alten lassen sich nicht lange bitten. Sie nehmen Gunther in die Mitte und legen einen Schritt an den Tag, der den jungen Ritter jetzt doch verwundert. Haben sie eben noch davon gesprochen, bald unter der Erde zu liegen, eilen sie nun dahin wie der Bräutigam zur Brautstatt. Auf dem Weg zum Fischtor kommt der junge Gunther mehr und mehr ins Staunen. Sämtliche Bürger von Mainz, vom einfachen Bauern bis hin zu den Vertretern von Klerus und Adel, scheinen sich auf den Weg zum Fischtor gemacht zu haben. Und überall sieht er Bauern, Bäcker, Bierbrauer und Winzer, die aus dem Spektakel Kapital schlagen wollen, indem sie durch impertinentes Schreien Wein, Bier, Brot, Wurst und Obst feilbieten. Gaukler und Spielleute zeigen ihr Können, Huren werfen den Männern verführerische Blicke zu. Auf dem weitläufigen Platz zwischen Dom und Fischtor herrscht eine Stimmung, die einem ausgelassenen Jahrmarktstreiben gleicht. Es kostet den jungen Ritter bald alle Mühe, seine beiden Begleiter unbeschadet durch die aufgeregte Menge zu führen. Einige Male muss er rücksichtslose Kerle zur Seite stoßen, die sofort zurückprallen, als sie sehen, mit wem sie sich anlegen.

Endlich haben sie das Fischtor erreicht, wo bereits Erzbischof Siegfried mit seinen engsten Beratern steht. Gunther und seine beiden Begleiter halten sich bescheiden im Hintergrund, auch als die ersten begeisterten Ausrufe das Nahen des Kaisers ankündigen. Aber auch sie recken neugierig die Köpfe, als sie die erstaunten Laute vernehmen. „Ein lebender Turm! Der Kaiser führt einen lebenden Turm mit sich!“

Jetzt kann sich Wolfram ein Grinsen nicht verkneifen. „Ich wusste doch, dass kein Mainzer in seinem Leben jemals eine Giraffe zu Gesicht bekommen hat.“

Und tatsächlich, in diesem Moment sehen auch Gunther und Ludger das riesenhafte Tier mit seinem mächtigen Oberkörper und seinem mehrere Ellen langen Hals. Viele Ellen lang sind auch die vier Beine, auf denen sich die Giraffe langsam und staksig über den festgestampften Boden bewegt. In diesem Moment bleibt das seltsame Etwas, das von einem Sarazenen geführt wird, stehen und tut sich an den Blättern einer gewaltigen Eiche gütlich. Nur ein wenig muss das Tier sich recken, um an die saftigen, in großer Höhe wachsenden Blätter heranzukommen. Die Mainzer lachen, und auch über Ludgers Gesicht stiehlt sich ein Lächeln. Er kann sich noch bestens an frühere Auftritte des Kaisers erinnern, bei denen Friedrich stets mit seiner exotischen Menagerie Eindruck machte.

Hinter der Giraffe können die neugierigen Bürger der Stadt mächtige, katzenähnliche Tiere erkennen, deren messerscharfe Zähne allen einen Schauer über den Rücken jagen. Als eine der großen, schlanken Katzen, die von muskulösen, schwarzhäutigen Männern an dicken Seilen geführt werden, ein lautes Fauchen ausstößt, suchen einige Frauen mit einem entsetzten Aufschrei das Weite. Ein übermütiger Bauer reizt die Katze mit einem langen Stecken, das Untier macht einen schnellen Schritt zur Seite und schlägt mit seiner mächtigen Tatze zu. Mit einer klaffenden Wunde am Oberschenkel bricht der Bauer vor Schmerzen laut schreiend zusammen. Jetzt machen die Mainzer von selbst respektvoll Platz, obwohl vom Kaiser selbst noch nichts zu sehen ist.

Und wieder kommen die Männer, Frauen und Kinder ins Staunen, als sie lustige kleine Tiere sehen, die mal auf allen vieren, mal auf zwei Beinen laufen, allerlei Unfug anstellen und dabei schnatternde Laute von sich geben. Eines der Tiere schwingt sich behände auf die Schulter einer Bäuerin und stibitzt der Alten mit einer blitzschnellen Bewegung die getrockneten Apfelstücke, die sie in der Hand hält. Jetzt kann sich auch Ludger nicht mehr zurückhalten. Er bricht in schallendes Gelächter aus, um wenige Augenblicke später gleich wieder zu verstummen.

„Ich kann den Kaiser sehen“, flüstert er mit belegter Stimme. „Mein Kaiser!“

In der Tat kann jetzt auch Wolfram den Staufer erkennen. Friedrich sitzt kerzengerade auf einem weißen Hengst, dessen Rücken mit einem wertvollen, purpurfarbenen Tuch bedeckt ist. Mit gemächlichen Schritten bewegt sich der Schimmel über den festgestampften Weg, flankiert von mindestens zwanzig, mit scharfen Krummschwertern bewaffneten Sarazenen. Langsam macht die Gruppe einen Bogen und steuert nun genau auf den Dom zu. Wenige Augenblicke später hat Friedrich den wartenden Mainzer Erzbischof Siegfried fast erreicht, als er sein Pferd zügelt und mit einer geschmeidigen Bewegung absteigt. Die letzten Schritte will der Kaiser dem obersten

Geistlichen zu Fuß entgegenkommen, um mit ihm gemeinsam zum Dom zu schreiten, wo bereits alles für den Gottesdienst vorbereitet ist.

In diesem Moment treffen sich die Blicke des Kaisers und die seiner beiden engsten Freunde. Für einen winzigen Augenblick huscht ein überraschtes und erleichtertes Lächeln über das sonst unbewegliche Gesicht des Herrschers. Gunther weiß, was dieses Lächeln zu bedeuten hat.

Wolfram entfährt ein gerührter Seufzer. „Gütiger Himmel, was ist aus dem ungestümen, mittellosen Jungen geworden, der vor mehr als zwanzig Jahren nach der deutschen Krone griff!"

„Aus dem süßen Kind von Apulien ist längst der Beherrscher der Welt geworden", gibt Ludger ungerührt zur Antwort.

Das süße Kind von Apulien 1212 bis 1215

„Schau dir das an, mein lieber Simon, es werden immer mehr.“ Wolfram konnte kaum fassen, was er auf diesem weiten Feld nahe der Stadt Karlsruhe sah. Hunderte, wenn nicht gar an die tausend Kinder und Halbwüchsige hatten sich hier versammelt. Der Ritter und sein Mönch wussten längst, welche Bedeutung das alles hatte. Schon seit Monaten machten sich Kinder und Jugendliche zu einem Kreuzzug ins gelobte Land auf. Am Anfang hatte Wolfram, der die Mühsal eines Kreuzzuges am eigenen Leib hatte erleben müssen, noch versucht, die Wahnwitzigen von ihrem Tun abzuhalten. Doch nur ausgelacht hatten sie den erfahrenen Ritter, ihn als alten Mann verspottet. Spärlich bekleidet, die meisten verwahrlost und verlaust, auf keinen Fall für ihr Vorhaben ausgerüstet, marschierten die Kinder und Jugendlichen zweifelsohne in ihr Verderben.

„Sie sind geblendet von Fanatikern und Sektierern“, murmelte Simon.

„Vielleicht waren wir damals, anno 1190, auch nur geblendet“, entgegnete Wolfram.

Die beiden Männer lagerten auf ihrem Weg nach Konstanz ebenfalls bei Karlsruhe. Es war ein milder Septemberabend, am nächsten Mittag wollten sie die Stadt am Bodensee erreicht haben. Simon hatte nämlich richtig kombiniert. Friedrich von Hohenstaufen wurde mit seinem dreihundert Mann starken Tross am Bodensee erwartet. Schnell hatte die beiden aber auch die Kunde erreicht, dass Kaiser Otto von Thüringen kommend ebenfalls auf dem Weg nach Konstanz war. Dabei erfuhr Wolfram, dass Kaiserin Beatrix am 11. August verstorben war. Auch hatten sich Bayern und Schwaben von Kaiser Otto losgesagt. Der vom Schicksal gebeutelte Welfe musste um seine Macht fürchten und setzte mit Sicherheit alles daran, Friedrich so schnell als möglich in seine Schranken zu weisen.

Die beiden Männer machten es sich vor ihrem Zelt am Lagerfeuer bequem. „Erzähl mir noch ein bisschen aus deinem Leben, Wolfram", bat Simon und reichte seinem Begleiter eine getrocknete Wurst. Er selbst ließ sich ein Stück Käse schmecken. „Ich weiß noch immer nicht alles über dich."

Wolfram schmunzelte. „Meine letzten Jahre auf Sizilien, davon habe ich dir noch nicht erzählt. Ich hoffe, dass auch du irgendwann einmal diese wunderbare Insel kennenlernen wirst."

Stunden später hatte sich die Nacht über das Feld gesenkt. Wolframs letzter Gedanke vor dem Einschlafen galt seinem alten Freund. Würde er Ludger ebenfalls in Konstanz treffen? Oder war sein einstiger Weggefährte vielleicht gar nicht mehr am Leben? Doch Wolfram war zu müde, um sich darüber länger Gedanken zu machen. Er hörte noch das wehleidige Klagen der jungen Kreuzfahrer, als er auch schon eingeschlafen war.

Am frühen Nachmittag des nächsten Tages erreichten sie Konstanz. In der Stadt am Bodensee herrschte das alltägliche geschäftige Treiben. Bäuerinnen priesen lauthals Gemüse, Obst und Eier an, Schmiede, Metzger, Gerber und andere Handwerker gingen ihren täglichen Verrichtungen nach. Dazwischen drückten sich lichtscheues Gesindel, Taschenspieler, Huren und Bettelmönche herum. Aber es war offensichtlich, dass etwas in der Luft lag. Simon konnte sich an dem Treiben kaum sattsehen. Noch nie in seinem Leben war er in einer Stadt gewesen, die letzten Jahre hatte er nur mit etwa zwei Dutzend Mönchen zusammengelebt. Entsetzt schlug er die Augen nieder, als eine junge Frau nur drei Ellen entfernt von ihm feixend ihren Rock hob und den Blick auf ihr unverhülltes Geschlecht freigab. Wolfram grinste in sich hinein, als er sah, wie Simon hochrot anlief, und wollte zu einer launigen Entgegnung ansetzen. Da hörte er, wie sich unweit von ihnen das mächtige Stadttor mit einem krachenden Laut verschloss und von Stadtknechten augenblicklich verriegelt wurde. Wolfram konnte deutlich hören, dass auch die Zugbrücke hochgezogen wurde. Scharfschützen postierten sich auf den Brüstungen der Stadtmauer und brachten ihre Armbrust in Anschlag. Kinder und Weiber eilten ängstlich in die Hütten und Häuser.

„Ihr hattet Glück, Fremder, dass Ihr noch rechtzeitig reingekommen seid", antwortete ein geistlicher Würdenträger, als Wolfram ihn darauf ansprach. „Bald wird Kaiser Otto durch das nördliche Stadttor einmarschieren. Die Köche des Bischofs bereiten für seinen Empfang bereits das Festmahl vor. Allerdings begehrt auch dieser Zaunkönig namens Friedrich aus Sizilien hier am südlichen Tor Einlass." Er lachte amüsiert. „Bischof Konrad will ihn abweisen."

Diese Worte stießen Wolfram vor den Kopf. War Friedrichs mutiger Griff nach der Macht bereits fehlgeschlagen? Konstanz zumindest, die einflussreiche Stadt am Bodensee, hatte sich für den Welfen entschieden. Auch Simon machte ein bestürztes Gesicht. Er und Wolfram hatten ganz auf den Staufer gesetzt. Der junge Mönch wusste, dass es für den Rheinboder niemals in Frage kam, sich den Welfen anzuschließen.

„Noch ist nicht alles verloren", wollte Simon den Ritter trösten.

Doch der schüttelte nur den Kopf. „Otto steht ein mächtiges Heer zur Verfügung. Es ist dem Gefolge Friedrichs zehnmal und mehr überlegen. Ohne den Rückhalt durch die Stadt kann er nichts ausrichten."

In diesem Moment ertönte von der Stadtmauer Geschrei. Augenblicklich verschafften sich Wolfram und Simon Zugang zu dem mächtigen Wehrgang und ließen sich auch von vier Stadtknechten nicht davon abhalten. Wolframs entschlossener Blick und ein kurzes Tippen mit dem Schwert auf sein Familienwappen überzeugten die rauen Gesellen. Vor dem verschlossenen und mit dicken Balken gesicherten Tor hatten sich etwa einhundert Berittene versammelt, die lauthals Einlass in die Stadt forderten. Auf den ersten Blick erkannte Wolfram zahlreiche Geistliche und Ritter. In diesem Moment machte sein Herz einen Sprung. Seine rechte Armbeuge umklammerte ungestüm Simons Nacken. „Ich kann Ludger sehen. Ich fasse es einfach nicht. Mein alter Freund aus Kaufbeuren lebt. Dann kann der junge Mann, der neben ihm auf dem Pferd sitzt, nur König Friedrich sein. Mein Gott, er ist wirklich zu einem stattlichen jungen Mann herangereift."

Bevor der junge Mönch etwas erwidern konnte, drehte sich der geistliche Würdenträger, der direkt neben Wolfram stand und eben noch das Begehren der Sizilier abgelehnt hatte, zur Seite. „Ihr scheint den König von Sizilien und seine Berater gut zu kennen", richtete er seine Worte an den Rheinboder, der sich erst einmal sammeln musste.

Sofort erkannte der, dass es kein Geringerer als der Bischof Konrad von Konstanz war, der neben ihm stand. „Ja, ich kenne Friedrich. Ich kannte seinen Vater Heinrich, seine Mutter Konstanze, seinen Onkel Philipp und seinen Großvater Friedrich Barbarossa. Ich stand in treuen Diensten all dieser Herrscher."

Jetzt zog der Bischof verwundert die rechte Augenbraue nach oben und musterte den Rheinboder mit einem schnellen Blick von oben bis unten. „Wir vermögen das zwar kaum zu glauben, doch uns fehlt die Zeit, Eure Behauptungen zu überprüfen. Dennoch wollen wir Euch, der Ihr tatsächlich ein erfahrener Ritter zu sein scheint, um Rat fragen. Denn wir stehen hier vor einer schwerwiegenden Entscheidung."

Wolfram nickte und senkte kaum merklich den Kopf. „Ich weiß. Da unten seht Ihr einen fast mittellosen Jüngling, der sich erdreistet, den Kaiser des römisch-deutschen Reiches herauszufordern. Wenn Ihr tatsächlich einen Rat von mir hören wollt, dann diesen: Schaut in das Gesicht des jungen Königs und dann entscheidet, was Euch Euer Herz sagt."

In diesem Moment schälte sich aus dem unmittelbaren Gefolge von Friedrich ein Reiter heraus. „Ich kenne diesen Mann", murmelte Bischof Konrad beeindruckt. „Das ist der päpstliche Legat Berard, seines Zeichens Erzbischof von Bari. Er ist einer der wichtigsten Vertrauten des Papstes."

Der graumelierte Geistliche las mit fester Stimme den Wortlaut des päpstlichen Banndekrets vor, das über Otto IV. verhängt worden war. Danach befestigte er das Schriftstück an einer langen Stange und ließ es dem Konstanzer Bischof reichen. Der warf nur einen kurzen Blick darauf und nickte den Stadtknechten zu. „Öffnet Friedrich von Hohenstaufen, König von Sizilien, das Tor. Und schließt auf der Stelle das nördliche Stadttor. Kaiser Otto wird der Einzug verwehrt."

Simon schaute Wolfram erleichtert an. Der gestandene Ritter war den Tränen der Erleichterung nahe. Im letzten Moment hatte sich Konstanz zugunsten der Staufer entschieden.

Eine Stunde später stand der Rheinboder im Eingang der prächtigen Gästehalle des bischöflichen Palais von Konstanz. Ein Wort von Bischof Konrad hatte genügt, um Wolfram Eintritt zum Gastmahl zu Ehren des sizilischen Königs zu verschaffen. Jetzt schaute sich der Ritter gespannt um. Allerdings waren unter den gut einhundert Männern, die sich bereits eingefunden hatten, weder Friedrich noch Ludger zu sehen. Der Rheinboder konnte seine Ungeduld kaum noch zügeln. Doch schon wenige Augenblicke später machte Wolframs Herz einen Sprung. Der junge Mann, der in Begleitung von Bischof Konrad den Speisesaal betrat, war eindeutig König Friedrich von Hohenstaufen. Obwohl er den König zuletzt gesehen hatte, als dieser noch ein kleines Kind gewesen war, hätte er den heute Siebzehnjährigen unter allen anderen Menschen dieser Welt wiedererkannt. Bekleidet war Friedrich mit einem weit geschnittenen hellen Gewand, das von einem ledernen Gürtel mit goldener Schnalle zusammengehalten wurde. Rotblond waren die Haare, stahlblau die Augen, die vor ungezügeltem Tatendrang regelrecht zu sprühen schienen.

Gütiger Himmel, fuhr es Wolfram durch den Kopf. Er ist wirklich ein Staufer durch und durch.

Der König unterbrach seinen Redefluss und blickte verwundert auf Wolfram, der ihm mit schnellen Schritten entgegenging und den weiteren Weg versperrte. Unfähig auch nur ein Wort herauszubringen, starrte der Ritter dem Staufer ins Gesicht. Er hat die Züge seiner Mutter, und doch ist er ein ganzer Mann, dachte er begeistert, um im nächsten Moment über die markante Stimme des Jünglings zu staunen.

„Wer ist dieser ungehobelte Kerl, der es wagt, Uns den Weg zu versperren und dabei Maulaffen feilhält wie ein arabischer Feigenhändler?“ Augenblicklich stimmten die Begleiter Friedrichs ein schallendes Gelächter ein.

„Majestät, darf ich Euch …“, wollte Bischof Konrad ansetzen, als ihm Friedrich mit einer Handbewegung das Wort abschnitt.

„Haltet ein, werter Freund!“, grinste der junge König spöttisch. „Wir wollen ihm selbst die Möglichkeit geben, Uns zu informieren.“

Einem Impuls folgend hätte sich Wolfram beinahe auf den jungen Staufer gestürzt und ihn umarmt. Im letzten Augenblick hielt er sich zurück. Doch erneut brachte er kein Wort über die Lippen.

„Es scheint ihm die Sprache verschlagen zu haben.“ Jetzt hatte Friedrich seine Fäuste in die Seiten gestemmt. „Vielleicht sollten wir den Medicus herbemühen, damit er sich diesen stummen Fisch einmal anschaut.“

Wieder brachen die Begleiter Friedrichs in schallendes Gelächter aus, das von einer vor Überwältigung brüchigen Stimme unterbrochen wurde. „Dieser Mann braucht keinen Arzt, denn es wundert mich nicht, dass es ihm die Sprache verschlagen hat. Eigentlich kennst du ihn, mein König. Er war Augenzeuge, als du in Jesi zur Welt kamst. Er sah dich zuletzt, als du sechs Jahre alt warst. Er ist einer der mutigsten und rechtschaffensten Menschen, die ich kenne. Und ich kenne wahrlich viele Menschen.“

Jetzt konnte sich Wolfram nicht mehr zurückhalten. Mit einem Aufschrei stürzte er an Friedrich und seinem Gefolge vorbei und fiel seinem Freund in die Arme. „Mein Gott, Ludger, wie lange haben wir uns nicht mehr gesehen! Wie oft habe ich in all den Jahren an dich denken müssen. Ich befürchtete schon, wir würden uns nie mehr wiedersehen.“

Auch der Benediktinermönch wollte seinen Freund am liebsten gar nicht mehr loslassen. „Du weißt doch, Unkraut vergeht nicht. Auch ich kann dir versichern, dass ich jeden Tag an dich dachte und dich immer in meine Gebete eingeschlossen habe.“

Ein Räuspern ließ die beiden Männer innehalten. „Ich störe euch beide nur ungern. Vielleicht stellst du mir deinen Freund vor, werter Ludger.“

Der grau gewordene Mönch umfasste Wolfram an den Schultern und deutete mit der rechten Hand auf dessen Brust. „Darf ich dir, mein König, Ritter Wolfram von Rheinbod vorstellen!“

Die freudige Erwartung, die auf Friedrichs Gesicht lag, wich der Enttäuschung. „Ein Ritter …“

Ludger, der damit gerechnet hatte, atmete tief durch. „Ich habe dir als Kind oft von ihm erzählt. Es ist der Mann, der dabei war, als dein Vater in Rom zum Kaiser gekrönt wurde. Er begleitete deinen Großvater Friedrich Barbarossa auf dessen Kreuzzug und musste mit ansehen, wie er im Fluss Saleph sein Leben verlor. In jenem schicksalsträchtigen Jahr 1190 lernten wir uns kennen, seitdem verbindet uns eine tiefe Freundschaft, der auch die lange Trennung nichts anhaben konnte.“

Jetzt straffte sich Friedrich. Mit festen Schritten kam er näher und schaute Wolfram in die Augen, wobei er den Kopf leicht in den Nacken legen musste. „Ihr kanntet auch meine Mutter!“

Wolfram beugte seinen Kopf. „Es war mir damals vergönnt, Majestät, Eure Mutter zu ihrem zukünftigen Schwiegervater, also zu Eurem Großvater, zu führen. Später diente ich der Kaiserin viele Jahre als Leibdiener. Leider hat Gott Eure Mutter viel zu früh zu sich gerufen, Majestät. Meine inzwischen verstorbene Frau Claudia war ihre Kammerzofe. Wir beide waren dabei, als die Kaiserin starb, mein König.“

Jetzt schauten sich die beiden Männer schweigend an. „Ich erinnere mich. Mein Freund Ludger hat mir oft von einem Ritter erzählt, der am Rhein aufwuchs und der später den beiden aus meiner Familie stammenden Kaisern diente“, sagte Friedrich nach einer Weile. „Es sind schon einige Jahre vergangen, als ich ihm einmal im Spaß sagte, dass dieser Ritter, wenn es das Schicksal so will, auch dem dritten Kaiser aus dem Geschlecht der Staufer dienen wird. Ich werte es als Zeichen Gottes, dass sich ausgerechnet hier in Konstanz unsere Wege kreuzen. Seid willkommen in meinem bescheidenen Gefolge.“

Wolfram senkte erneut leicht den Kopf. „Seht es mir nach, mein König, dass ich an dieser Stelle für meinen Begleiter, den Geistlichen

Simon spreche, auch wenn Ihr ihn nicht kennt. Ich kann es nicht zulassen, dass sich unsere Wege trennen!“

Während die Begleiter Friedrichs empört die Augen aufrissen, verzog sich Ludgers Mund zu einem spöttischen Lächeln.

Friedrichs Augen verengten sich zu schmalen Schlitzen. „Er stellt gleich zu Beginn Forderungen! Doch im Gegensatz zu vielen anderen, geht es ihm nicht um Geld, sondern um einen ihm wichtigen Menschen. Das gefällt mir. Dieser Simon kann sich uns ebenfalls anschließen.“ Mit einem Fingerschnippen deutete er auf die gedeckte Tafel. „Und jetzt genug geschwatzt. Ich will endlich speisen. Ich bin gespannt, werter Bischof, was Eure Köche dem ehrenwerten Kaiser Otto zubereitet haben. Ist es nicht tatsächlich ein Wink des Schicksals? Wäre ich nur eine Stunde später vor Konstanz eingetroffen, säße jetzt der Welfe hier an der Tafel und würde mit Euch, lieber Konrad, Allianzen gegen mich schmieden.“

Der Angesprochene lächelte weise. „Wie Ihr schon sagtet, mein König, es war Gottes Wille.“

Mit einem weiteren Fingerschnippen bedeutete Friedrich seinem neuen Gast, dass er neben Ludger, also an der Stirnseite der Tafel Platz nehmen durfte. Der Rheinboder registrierte es mit Genugtuung, mit welchem Erstaunen die Ritter und Geistlichen aus Friedrichs Hofstaat darauf reagierten.

Das Morgengrauen zeichnete sich bereits am östlichen Horizont ab, als Wolfram endlich auf sein Lager sank. Das ganze Festmahl über und die Stunden danach hatten Wolfram und Ludger damit verbracht, einander von den vergangenen Jahren zu erzählen. Erfreut hatte Ludger zur Kenntnis genommen, dass Wolfram sich erneut einen Mönch als Reisebegleiter ausgesucht hatte, wenngleich der Rheinboder ihm sofort davon berichtete, wie er Simons Bekanntschaft gemacht hatte.

„Das war mit Sicherheit die schwerste Prüfung, die Gott dir auferlegt hat“, hatte Ludger tröstende Worte gefunden.

In den kommenden Wochen lief alles nach Friedrichs Wunsch. Der Staufer gewann die Geistlichkeit von Chur, St. Gallen und Straßburg für sich. Der Straßburger Bischof führte Friedrich eine Streitmacht von fünfhundert Rittern zu, die die Schlagkraft des

Königs immens steigerte. Dennoch rieten ihm seine Berater von einer militärischen Konfrontation mit dem Kaiser ab.

„Otto ist noch immer zu stark für Euch, Majestät“, warnte Wolfram bei einem Abendessen in Hagenau. In der Lieblingspfalz seines Großvaters hielt Friedrich Hoftag und setzte dort auch ein politisches Zeichen. Denn er übertrug während dieses Hoftages dem Speyrer Bischof Konrad von Scharfenberg, einst Kanzler bei Friedrichs Onkel Philipp und später bei Kaiser Otto, zusätzlich das Bistum Metz. Das stand dem jungen König zwar nicht zu, doch der erwartete Protest aus Rom blieb aus. Friedrich hatte einen diplomatischen Erfolg errungen und seinen welfischen Gegenspieler zusätzlich geschwächt.

Und der junge Staufer spielte noch einen Trumpf aus. „Konrad von Scharfenberg hat ausgezeichnete Kontakte zum französischen Hof“, erläuterte Friedrich bei diesem Abendessen seinen engsten Beratern.

Ludger klatschte begeistert in die Hände. „Du willst, dass er einen Kontakt zu König Philipp August herstellt!“

Friedrich grinste. „Bist du es nicht gewesen, der mir immer von dem freundschaftlichen Verhältnis meiner Familie väterlicherseits zu Frankreich erzählt hat!“

„Ein sehr gutes Verhältnis, Majestät, das Werk Eures Großvaters Barbarossa“, ergänzte Wolfram.

„Es wird Zeit, die guten Verbindungen wieder aufzufrischen. Philipp August kann einen Bündnispartner gegen die Welfen und die mit ihnen paktierenden Engländer bestimmt gut gebrauchen.“

Konrad von Scharfenberg erwies seinem neuen Herrn gerne den Dienst. Mitte November traf Friedrich in Vaucouleurs bei Tours mit dem französischen Herrscher zusammen. Mit einem jungen Adler und einem wertvollen, von einem arabischen Künstler gefertigten Schachspiel als Gastgeschenke traf Friedrich am französischen Hof ein. Mit einem staufisch-französischen Bündnisvertrag und zwanzigtausend Silbermark verließ er Vaucouleurs wieder.

„Wo, Majestät, werdet Ihr diese gewaltige Geldsumme aufbewahren?“, fragte ihn Wolfram während des Ritts zurück nach Deutschland.

Friedrich zwinkerte ihm und seinen übrigen Getreuen zu. „Bei den deutschen Fürsten! Bei ihnen ist es am besten aufgehoben!“

Am 8. Dezember anno 1212, einem für den Winter außergewöhnlich milden Tag, ritt Wolfram nach vielen Jahren wieder einmal in Mainz ein. Vier Tage zuvor hatten die deutschen Fürsten und die wichtigsten Bischöfe während einer Fürstenversammlung in Frankfurt die Absetzung Ottos IV. bekräftigt. Das Geld des französischen Königs hatte seine Wirkung nicht verfehlt. Am 9. Dezember 1212 sollte Friedrich von Hohenstaufen im Mainzer Dom zum deutschen König gekrönt werden.

„Du weißt ja, dass hier in dieser schönen Stadt schon einmal eine Königskrönung unter denkwürdigen Umständen zelebriert wurde“, sagte Ludger, als sie am Mittag zu dritt über den Marktplatz schlenderten.

„Was meinst du?“, fragte Simon verwundert, um sich dann selbst vor die Stirn zu schlagen. „Natürlich, die Krönung Philipps von Schwaben, Friedrichs Onkel.“

Wolfram blieb bei einem Bierbrauer stehen und ließ drei Becher mit frisch gebrautem Gerstensaft füllen. „Ludger meint bestimmt die falschen Insignien. Wie damals Philipp muss sich auch Friedrich morgen mit den falschen Krönungsinsignien begnügen. Die richtigen Insignien lagern im welfentreuen Aachen, für Friedrich also unerreichbar.“

„Es wird Friedrichs neue Macht kaum schmälern“, warf Simon ein, nachdem alle einen kräftigen Schluck genommen hatten. „Er ist der designierte König und baldige Kaiser.“

Wolfram beobachtete eine Weile das rege Markttreiben rund um den Mainzer Dom, bevor er antwortete. „Ich glaube, Ludger meint etwas anderes. Philipp, im September 1198 ebenfalls hier in Mainz gekrönt, war keine lange Amtszeit vergönnt. Am 21. Juni 1208“, er warf Simon einen schnellen Blick zu, „wurde er ermordet.“

„Hoffen wir, dass die Vorzeichen kein solch tragisches Schicksal für Friedrich bereithalten“, murmelte Ludger und trank den Becher Bier in einem Zug aus.

„Rentmeister Wölfflin wird eingekerkert. Zehn Jahre lang hat sich niemand um die Hofkammer hier auf Hagenau gekümmert. Dies ermöglichte Unterschlagungen nie da gewesenen Ausmaßes." Friedrichs Gesicht war hochrot vor Zorn. „Ich will, dass er noch heute hinter Schloss und Riegel verschwindet."

Nach der planmäßig verlaufenen Krönung zum deutschen König und zahlreichen Hoftagen in den verschiedenen Städten des südwestlichen Teils des deutschen Reiches hatte sich Friedrich mit seinem Tross für den Rest des Winters nach Hagenau zurückgezogen. In der Lieblingspfalz seines Großvaters fühlte sich Friedrich am wohlsten. Die mit dichten Wäldern gesegneten lieblichen Hügel rings um die Pfalz, die den jungen König am ehesten an seine Heimat Sizilien erinnerten, luden zu ausgedehnten Jagdausflügen ein. Hagenau hatte außerdem eine umfangreiche Bibliothek mit deutscher und ausländischer Literatur, in der sich Friedrich täglich regelrecht vergrub. Er beherrschte mehrere Sprachen und hatte einen ungeheuren Wissensdurst. Auch schätzte er das Disputieren über die unterschiedlichsten Themen. Wie oft hatte er Wolfram und Simon mit Fragen über den Sinn des Lebens, über die Gerechtigkeit oder die Bestimmung des Menschen erstaunt.

Die Zeit in Hagenau nutzte der junge Herrscher aber auch, um die staufischen Hausgüter einer strengen Inventur zu unterziehen. Dabei deckte er die Unterschlagungen des altgedienten Rentmeisters auf.

Wolfram tätschelte den Hals seines Jagdpferdes, dessen Körper in der kalten Winterluft dampfte. Die Ankündigung Friedrichs, nur wenige Augenblicke, nachdem er mit einem gezielten Speerwurf einen Eber erlegt hatte, überraschte ihn. Der Rheinboder hatte mitbekommen, dass der Verwalter von Hagenau etwas abgezweigt hatte. Den gestandenen Verwaltungsbeamten, der die sechzig schon überschritten hatte, deshalb in den Kerker zu werfen, schien ihm eine etwas zu harte Strafe. „Es steht mir nicht zu, die Entscheidungen Eurer Majestät infrage zu stellen. Aber vielleicht solltet Ihr Eure …“

Mit vor Wut verzerrtem Gesicht riss Friedrich den Kopf seines Hengstes zurück, dass das Tier laut wiehernd hochstieg. „Da hat er vollkommen recht, der ehrenwerte Ritter von Rheinbod“, zischte Friedrich scharf. „Es steht ihm nicht zu.“ In wildem Galopp preschte er davon.

Kanzler Konrad von Scharfenberg, der den König auf diesem Jagdausflug ebenfalls begleitete, warf Wolfram einen beruhigenden Blick zu. „Eben war er ganz sein Vater.“

Der Rheinboder sog tief die kalte Luft ein. „Ich glaube, Ihr habt meine Gedanken erraten.“

Die für Wolfram unschöne Auseinandersetzung geriet jedoch schnell in Vergessenheit, denn Friedrich war ein Mensch, der anderen nichts nachtrug, es sei denn, es handelte sich um Verrat und Betrug. Schon am Abend, als alle zusammen im Saal der Hagenauer Pfalz tafelten und Jagdanekdoten austauschten, prostete der junge König dem erfahrenen Ritter zu. „Ich habe veranlasst, dass der gute Wölfflin vor dem nächsten Osterfest wieder in Freiheit kommt. Aber er soll sich nichts mehr zuschulden kommen lassen. Wir wollen unsere Entscheidung nicht bereuen. Doch genug damit. Ich habe andere Dinge im Kopf. Sobald der Winter vorbei ist, geht es gegen die Welfen. Ich möchte es dem Baumlangen endlich zeigen.“

Mit einem erleichterten Lächeln und einem Kopfnicken dankte der Rheinboder seinem König für diese Entscheidung.

Im Frühling 1213 brach das Heer des Staufers ins böhmische Eger auf, wo Friedrich seinen Feldzug gegen Otto IV. vorbereiten wollte. Doch der für Wolfram erste Heereszug seit vielen Jahren verlief ohne besondere Vorkommnisse. Lediglich in Thüringen kam es zu vereinzelten Auseinandersetzungen mit welfentreuen Truppen. Der Welfenkaiser selbst zog es vor, sich in der für die Staufer uneinnehmbaren Stadt Braunschweig zu verschanzen. Und so zog das Stauferheer unverrichteter Dinge wieder ab. Friedrichs ungestümer Expansionsdrang hatte einen Dämpfer erhalten. Ein knappes Jahr später erreichte den König in Gelnhausen der Ruf seines französischen Verbündeten. Philipp August stand kurz vor der entscheidenden Schlacht gegen eine welfisch-englische Allianz. Das Stauferheer brach augenblicklich Richtung Niederrhein auf, kam jedoch zu spät. Der französische Herrscher hatte bereits einen grandiosen Sieg errungen, bei dem Otto IV. nur knapp dem Tode entronnen war.

„Ihr hättet es erleben sollen, mein lieber Federico", säuselte Philipp August während eines Gastmahls im königlichen Zelt unweit der Schlachtfelder bei Lille.

Friedrich neigte ehrerbietend seinen Kopf. „Erzählt mir alles, mein werter Bundesgenosse, strahlender Held der Schlacht bei Bouvines."

Die Schmeichelei tat dem eitlen Franzosen gut. Nachdem er ein Stück Fasanenfleisch und einige Feigen in sich hineingestopft hatte, legte er schmatzend los. „Tollkühn ritt der Welfe auf mich los, und ich hatte nur einen Herzschlag Zeit, meine Lanze in Anschlag zu bringen. Mörderisch war der Zusammenprall, das könnt Ihr mir glauben, mein lieber Federico. Der Lanzentreffer warf Otto aus dem Sattel, und er erwartete schon den Todesstoß, den Wir ihm wahrlich ohne Gnade versetzt hätten. Doch im letzten Moment schwang sich der geschlagene Kaiser auf das Pferd eines Knappen und flüchtete Hals über Kopf vom Schlachtfeld. Meine tapferen Ritter schickten ihm noch ein höhnisches Gelächter hinterher. Und was soll ich Euch sagen, lieber Federico, der Kaiser wäre bei der halsbrecherischen Flucht fast vom Pferd gefallen."

Friedrich zwinkerte Ludger und Wolfram zu. Mit Sicherheit übertrieb der Franzosenkönig maßlos. Denn Otto IV. galt als beinharter Kämpfer, den so schnell nichts und niemand in die Flucht schlug. Auch war der Zweifel berechtigt, dass der affektierte französische König, dessen Gesicht stets weiß gepudert war, tatsächlich von Anfang an in vorderster Linie gekämpft hatte. Und trotzdem: Die Franzosen hatten den Welfen besiegt und damit Friedrich einen großen Dienst erwiesen.

Dennoch gelang es Philipp August, seinen staufischen Verbündeten an diesem Abend zu überraschen. Nach einem Fingerschnippen schleppten zwei Knappen ein langes, in weiches Tuch gehülltes

Bündel herein. „Nehmt dies als Geschenk, werter Federico", säuselte Philipp galant und hüstelte in ein parfümiertes Tuch.

Mit einem vielsagenden Blick öffnete Friedrich das Bündel, um dann einen Laut des Erstaunens auszustoßen. Zum Vorschein kam die goldene Standarte der Welfen. Die symbolisch wertvollste Beute des erfolgreichen Feldzugs überließ der französische König seinem staufischen Freund. Und der war sichtlich gerührt, als er sich bedankte.

„Ich hoffe, du weißt zu schätzen, was hier geschehen ist", zischte Ludger, kaum dass Friedrich wieder Platz genommen hatte.

Der junge König zuckte mit den Schultern. „Keine Sorge, diese Standarte wird immer einen Ehrenplatz haben."

Der Benediktinermönch verzog das Gesicht. „Ich meine nicht diese Kriegsbeute. Hoffentlich bist du dir bewusst, dass Philipp August für dich die Kaiserkrone errungen hat."

Wolfram bog sein Kreuz durch, verzog das Gesicht und wischte sich den Schweiß von der Stirn. Seit Stunden saß er nun schon im Sattel. Die Hitze war drückend schwül und lag sogar unter dem grünen Blätterdach des dichten Eichenwaldes, den sie gerade durchquerten, wie ein schweres Tuch auf allem, was sich hier bewegte. Der Rheinboder setzte seine Wasserflasche an und nahm einen tiefen Schluck. „Ich sag es dir ganz offen, Ludger, die Jahre sind nicht spurlos an mir vorübergegangen."

Der Benediktinermönch machte ein mitfühlendes Gesicht. „Rückenschmerzen, mein Freund?"

Wolfram nickte. „Vor zehn Jahren hat mir ein solcher Ritt nicht das geringste ausgemacht. Doch jetzt, da ich bald seit fünfzig Jahren auf dieser Erde wandele, spüre ich jeden Stein, auf den mein Pferd tritt."

Simon, der ebenfalls neben ihm ritt, machte eine tröstende Handbewegung. „Wir haben Aachen bald erreicht, meine Freunde. In der

Stadt gibt es heiße Quellen, die schon Karl der Große zu schätzen wusste. Ein Bad in diesen Quellen wird deine Schmerzen schnell lindern."

„Heiße Quellen! Bei dieser Hitze!" Wolfram verzog das Gesicht, als ihn die Erinnerung an den Tag übermannte, da er mit seinem Freund Gunther einst durch Kostheim nahe der Maaraue ritt. Auch Gunther hatte ihm bei schwüler Hitze vorgeschlagen, die heißen Quellen einer Stadt namens Wiesbaden zu besuchen. Drei Jahrzehnte waren seitdem vergangen, ein halbes Menschenalter. Jetzt ritt er in Friedrichs Tross auf Aachen zu, wo der Staufer sich noch einmal zum König krönen lassen wollte. Diesmal mit den richtigen Insignien und am richtigen Ort, dem Mariendom der alten Kaiserstadt. Die feierliche Krönung, die der Mainzer Bischof Siegfried vornehmen wollte, war für den 25. Juli anno 1215 vorgesehen.

Vielleicht war Simons Rat gar nicht so verkehrt, dachte sich der Ritter. Die verbleibenden vier Tage bis zur feierlichen Zeremonie wollte Wolfram nutzen, seinem Körper wieder etwas mehr Ruhe zu gönnen. Seit einiger Zeit schon spürte er, dass er sich längst nicht mehr alles abverlangen konnte. Nach den regelmäßigen Schwertkämpfen mit den königlichen Knappen fühlte er sich oft ausgelaugt und von einer bleiernen Müdigkeit befallen. Doch Wolfram wollte sich keine Schwächen eingestehen, schon gar nicht gegenüber anderen.

Ludger nahm jetzt ebenfalls einen Schluck Wasser. „Zwei Stunden musst du noch aushalten, mein Freund. Dann haben wir Aachen erreicht, und du kannst dich ein wenig ausruhen."

Wolfram bog nochmals seinen Rücken durch und verzog den Mund. „Noch bin ich kein seniler Tattergreis", murmelte er, wenngleich sich sein Körper förmlich nach einem kühlen Wein und einem weichen Bettlager sehnte.

Am Mittag des 25. Juli stand ein sichtlich erholter Wolfram zusammen mit den hochrangigsten Fürsten, Rittern, Ministerialen und geistlichen Würdenträgern im Mariendom zu Aachen und verfolgte angespannt die Krönungszeremonie. Mit klopfendem Herzen beobachtete der Rheinboder, wie der in ein blütenweißes Gewand gehüllte Friedrich langsam die sechs Stufen des prächtigen Marmorthrons hinaufstieg und sich dort niederließ. Wolfram wusste, dass der Thron im Jahre 936 für die Krönung Ottos des Großen aus wertvollem Marmor gefertigt worden war.

Mehr als eine Stunde hatte die Krönungsmesse bereits gedauert, und nun stand der entscheidende Moment unmittelbar bevor. Wolfram musste schlucken, als Erzbischof Siegfried dem Staufer die silberne Krone des deutschen Königs aufsetzte und ihm Schwert und Zepter überreichte. Damit war jeder Zweifel beseitigt. Friedrich von Hohenstaufen war der rechtmäßige König des deutschen Reiches, und er war nach Konrad, seinem Großvater Friedrich Barbarossa, seinem Vater Heinrich und seinem Onkel Philipp der fünfte Staufer, der dieses Amt innehatte. Vor knapp achtzig Jahren, am 7. März 1138, war Konrad III. an dieser Stelle zum ersten Stauferkönig gekrönt worden.

„Deine Mutter wäre so stolz auf dich gewesen“, murmelte Wolfram und konnte seine Tränen nur mit Mühe zurückhalten.

Doch wenige Augenblicke später erstarrte nicht nur der altgediente Ritter. Unmittelbar nach der Krönungszeremonie nahm Friedrich das Kreuz an sich, das Erzbischof Siegfried beim Einzug in den Mariendom getragen hatte, hob es hoch und richtete seinen Blick gen Himmel. „Hiermit gelobe ich feierlich, ins Heilige Land zu ziehen und das zu vollenden, was meinen Vorvätern versagt geblieben war.“

Wolframs Herz machte einen Sprung. Vor Hunderten von Zeugen, mit dem Kreuz in der Hand und in Gegenwart des höchsten geistlichen Würdenträgers des Reiches hatte Friedrich völlig unerwartet ein feierliches Gelübde abgelegt. Er wollte einen Kreuzzug unternehmen. Wolfram warf dem neben ihm stehenden Ludger einen schnellen Blick zu, doch der zuckte nur mit den Schultern. Die Gedanken des Ritters wirbelten durcheinander. In den knapp drei Jahren an Friedrichs Seite hatte er schnell dessen Verbundenheit mit dem Islam und den arabischen Ländern schätzen gelernt, wo Christen zwar als Ungläubige galten, aber stets toleriert wurden. Wie sein König so hatte auch Wolfram viele Jahre in Palermo verbracht, jenem

Schmelztiegel der Nationen, Religionen und Kulturen. Warum wollte Friedrich gegen ein Land ziehen, dessen Bewohnern er selbst so große Anerkennung zollte?

Während des großen Gastmahls am Abend dieses bedeutenden Tages ging Friedrich nur mit einem knappen Satz auf das Thema ein. „Abwarten, werter Freund“, entgegnete er auf Ludgers entsprechende Frage, wann und wie er den Kreuzzug in Angriff nehmen wolle. Vielmehr hatte der junge König in diesem Moment sein Augenmerk auf die üppigen Speisen und auf ein junges Mädchen gerichtet. Die Siebzehnjährige saß nur wenige Ellen entfernt. Ihre kecken Brüstchen hatte sie raffiniert hochgebunden und mit einer dünnen Kordel verschnürt. Den jungen König bedachte sie alle paar Augenblicke mit einem koketten Augenaufschlag. Wolfram sah, dass Friedrich immer unruhiger wurde. Den Fasanenschenkel, an dem er eben noch geknabbert hatte, warf er ungeduldig auf das Holzbrett. Der Rheinboder wusste, dass der Grund für die königliche Ungeduld die Tochter eines deutschen Grafen war, die eigentlich bereits einem anderen Mann versprochen war. Das hinderte den frisch gekrönten König jedoch überhaupt nicht daran, dem jungen Weib ständig schmachtende Blicke zuzuwerfen, die diese mit kindlichem Schmollmund erwiderte. Wolfram wusste längst, dass Friedrich mit Konstanze von Aragon verheiratet war. Papst Innozenz III. hatte die Ehe mit der neun Jahre älteren Witwe bereits im Jahr 1209 eingefädelt. Konstanze war die Tochter von König Alfons II. von Aragon. Im Frühjahr 1211 gebar sie Friedrich einen Sohn, den das Paar auf den Namen Heinrich taufen ließ. Nur wenige Monate später hatte Friedrich seinen Sohn auf Anweisung des Papstes zum sizilischen Mitregenten krönen lassen. Dadurch, so die Spekulation des gerissenen Kirchenoberhauptes, sollte Sizilien dauerhaft vom römisch-deutschen Kaiserreich getrennt bleiben. Eine Umklammerung des Kirchenstaates, wie zu Zeiten Heinrichs VI., wollte der Papst unter allen Umständen verhindern.

Wolfram hatte schnell mitbekommen, dass Friedrich in den Jahren, seitdem er in Deutschland weilte, immer wieder nach anderen Frauen geschielt hatte. Oft war es ein Dienstmädchen für ein schnelles Abenteuer gewesen, doch diese Tochter eines angesehenen Adligen schien eine feste Liaison zu sein. Wolfram wusste vom Getuschel der Dienstboten, dass jene Lydia bereits dreimal beim Verlassen des königlichen Gemaches beobachtet worden war. Er selbst hatte es längst aufgegeben, seinen König zu mehr Treue gegenüber seinem noch immer auf Sizilien weilenden Weib anzuhalten. Nur Gott wusste, wie viele uneheliche Nachkömmlinge Friedrich bereits in die Welt gesetzt hatte. Allein Wolfram hatte in diesen Jahren zweimal eine höhere Geldsumme übergeben müssen, um größeres Aufsehen um eine Schwangerschaft zu vermeiden.

„Viel wichtiger ist doch", fuhr der von reichlich Alkohol beseelte König in diesem Moment fort, „dass Wir in Bälde zum Kaiser gekrönt werden. Nach der Krönung hier in Aachen, der Hauptstadt und dem Sitz deutschen Königtums, steht dem nichts mehr im Wege. Wie man Uns mitgeteilt hat, hat sich Unser welfischer Gegenspieler Otto in die schöne Stadt Köln zurückgezogen, wo sein Weib beim Würfelspiel Steuergelder verprasst. Die Tage von Otto dem Vierten sind gezählt. Bald bricht das Zeitalter von Friedrich dem Zweiten an. Und jetzt möchte ich den Rest der Nacht ungestört in meinen Gemächern verbringen. Ich hoffe, Ludger, dass alles nach meinen Wünschen arrangiert ist."

Sprach's, erhob sich und warf sich seinen leichten Umhang über. Ludger hastete seinem König hinterher, nachdem er zwei Dienern ein Zeichen gegeben hatte. Diese begaben sich augenblicklich zu Friedrichs Angebeteter und gaben ihr lediglich durch kurze Blicke und Kopfbewegungen zu verstehen, was der König erwartete. In diesem Moment konnte sich Wolfram ein Lächeln nicht verkneifen. Er setzte seinen Becher an die Lippen und ließ den gekühlten Wein die Kehle hinunterrinnen. Friedrich genoss sämtliche Privilegien eines jungen, vor Kraft und Tatendrang strotzenden Monarchen. Wer sollte es ihm verübeln, seine fleischlichen Gelüste so zu befriedigen, wie er es wollte. Schließlich war er der König.

Am nächsten Tag setzte der deutsche Herrscher erneut ein Zeichen, um seine Machtansprüche nach außen zu demonstrieren. „Seid um Gottes willen vorsichtig", wies Ludger an diesem Morgen die fünf Mann an, mit denen er bereits zu Sonnenaufgang zusammen mit Wolfram und Simon den Aachener Mariendom aufgesucht hatte. Der Rheinboder hielt unwillkürlich den Atem an. Diese in graues Leinen gehüllten Gebeine, die die Männer vorsichtig aus der von ihnen geöffneten Gruft trugen, stammten von keinem Geringeren als Kaiser Karl dem Großen. Der legendäre Karolinger war vor mehr als vierhundert Jahren, nämlich an Weihnachten des Jahres 800, zum ersten Kaiser des römisch-deutschen Reiches gekrönt worden. Nach seinem Tod anno 814 war er hier in Aachen beigesetzt worden.

Behutsam trugen die Männer nun die sterblichen Überreste zu einem prachtvollen Schrein, der Wolfram beim ersten Anblick beinahe die Sinne geraubt hatte. Aus Gold und Silber war der knapp zehn Ellen lange Schrein gefertigt, den bereits Friedrich Barbarossa in Auftrag gegeben hatte. Viele Jahrzehnte hatten die berühmtesten Goldschmiede des Niederrheins damit verbracht, an den Wänden des Schreins sämtliche deutsch-römischen Kaiser bis hin zu Friedrich Barbarossa selbst abzubilden.

„Ich schaue in die Gesichter meiner Vorfahren“, hörte der Rheinboder in diesem Moment die vertraute Stimme des Enkels von Barbarossa. Friedrich war in Begleitung von einem halben Dutzend hochrangiger Ministerialen und Geistlicher in den Dom gekommen, um die Umbettung des von den Staufern in höchstem Maße verehrten Karolingers zu vollenden. „Legt die Gebeine jetzt auf das frische Leinen.“

Nachdem die Männer getan hatten wie ihnen geheißen, ließ sich Friedrich ein großes Tuch reichen. Wolfram erkannte auf den ersten Blick, dass es sich um feinste Webarbeiten handelte, zweifelsohne entstanden in einer Werkstatt eines fernen islamischen Landes, denn jegliches christliche Symbol fehlte. Mit diesem Mantel deckte Friedrich die Gebeine des legendären Karolingers ab und verharrte anschließend in minutenlangem Schweigen.

„Und nun verschließt den Schrein“, wies Ludger den Meister der fünf Männer an, als er sah, dass Friedrich seine stille Andacht beendet hatte.

Doch der machte eine bestimmende Geste. „Nein, gebt mir den Hammer!“, befahl er. Mit gesenktem Kopf überreichte der Werkmeister dem König den kleinen Hammer, der daraufhin sämtliche Nägel der Schreindeckels einschlug und damit den Schrein für immer verschloss.

„Er kam in Italien zur Welt und wuchs in Sizilien auf. Doch spätestens jetzt hat er sich zu seinen deutschen Vorfahren bekannt“, murmelte ein sichtlich beeindruckter Ludger beim Hinausgehen. „Er wird ein würdiger Kaiser des römisch-deutschen Reiches sein.“

Der gebrannte Herrscher 1228 bis 1229

„Was glaubst du, mein lieber Wolfram, werden nachfolgende Generationen einmal über mich lesen?“ Der Rheinboder blickte den dreiunddreißig Jahre alten Kaiser an, der vor ihm in dem großen Waschzuber saß. „Ich bin mir nicht sicher, Majestät, was ich darauf antworten soll“, entgegnete er in leicht spöttischem Unterton. „Gebe ich nicht die Antwort, die du dir erhoffst, lande ich vielleicht im Kerker.“

Bei diesen Worten wurde Friedrich ernst. „Ich weiß, dass du zweimal in deinem Leben eingekerkert warst. Und ich weiß natürlich von den Umständen deiner Haft. Aber du solltest dir bewusst sein, dass ich dir nie vergessen werde, was du für meine Familie und mich getan hast. Außerdem solltest du dir nach all den Jahren durchaus im Klaren sein, wie sehr ich deine offene Art schätze.“

Wolfram nickte. „Nun gut, wo fange ich an? Die Menschen werden zum Beispiel lesen, dass der zweite Stauferkaiser mit dem Namen Friedrich sein Versprechen, einen Kreuzzug zu unternehmen, nicht eingehalten hat und dass er deswegen vom Papst mit dem Bannfluch belegt wurde.“

Friedrich drückte den großen Schwamm in das angenehm warme Wasser und ließ es sich danach über Gesicht und Oberkörper laufen. „Sind es denn immer nur die schlechten Seiten und das schlechte Tun eines Menschen, das im Gedächtnis anderer haften bleibt? Meinen Vater hat dieses Schicksal ereilt, und nun droht es deiner Meinung nach auch mir.“

Jetzt nahm Wolfram den Schwamm und rieb damit den Rücken des Kaisers ab. „Natürlich wird man auch deine großen Taten rühmen, angefangen von dem waghalsigen Griff nach der deutschen

Krone. Dass du viele Jahre später an die sechzehntausend auf Sizilien lebende Sarazenen nicht wie von dir erwartet hast töten lassen, sondern hier in Apulien ansiedeln ließest."

„Was Papst Gregor IX. die Zornesröte ins Gesicht trieb", konnte sich Friedrich ein Lachen nicht verkneifen. „Die Söhne des Verderbens nannte er die Sarazenen."

„Die seitdem zu deinen treuesten Verbündeten zählen. Dass du ihnen gestattet hast, mitten in Italien ihre Moscheen und Minarette zu bauen, werden sie dir nicht vergessen."

„Als Lohn meiner Toleranz bewachen sie mittlerweile den Normannenschatz, den ich vom Trifels zurück in das Königreich meiner Mutter gebracht habe."

Abrupt stand der Kaiser in diesem Moment auf, dass das Wasser über den Rand des Zubers schwappte. „Ich werde mir deine Worte zu Herzen nehmen."

Wolfram reichte Friedrich ein frisches Tuch. Der trocknete sich ab und kleidete sich an. „Und jetzt möchte ich nach Jolande sehen. Du weißt, ihre Niederkunft steht unmittelbar bevor. Und ich möchte die Geburt meines zweiten Sohnes nicht verpassen." Beim Hinausgehen gab er der Dienerin ein Zeichen. „Lass für meinen Freund Wolfram ein frisches Bad mit wohltuenden Ölen und Kräutern ein. Danach soll man ihm seinen alten Körper massieren. Dafür darf er in der nächsten Stunde nicht gestört werden."

Minuten später saß auch Wolfram in dem großen Zuber und genoss das warme, nach ätherischen Ölen duftende Wasser. Endlich hatte er die Zeit, sich zu entspannen und sich einzig seinen Gedanken hinzugeben. Was war in den vergangenen Jahren nicht alles geschehen! Nach dem Tod von Papst Innozenz III. nur ein Jahr nach der Krönung Friedrichs zum deutschen König war Honorius III. zu seinem Nachfolger gewählt worden. Im Herbst desselben Jahres ließ Friedrich seine Frau Konstanze und seinen Sohn Heinrich nach Deutschland kommen, wo er den Fünfjährigen zum Herzog von Schwaben ernannte. Dreieinhalb Jahre später wurde Heinrich, seines Zeichens der siebte dieses Namens, an der Seite seines Vaters ebenfalls zum deutschen König gewählt, wofür Friedrich die Fürsten erneut mit materiellen Zugeständnissen belohnte. Im August 1220 folgte schließlich die Reise nach Rom, wo Friedrich am 12. November 1220 zum Kaiser gekrönt wurde, fast dreißig Jahre nach der Krönung seines Vaters. Zwei Wochen später setzte der Herrscher erstmals seit acht Jahren wieder seinen Fuß auf sizilisches Territorium. Doch zur Überraschung aller ließ sich der Kaiser nicht in Palermo nieder, sondern in Apulien, im Castell von Melfi. Von dort aus sorgte der Staufer innerhalb weniger Wochen für Ordnung in dem während seiner Abwesenheit von Korruption durchdrungenen Netz aus Beamten und Ministerialen.

Wolfram tauchte seine Hände in das warme Wasser und benetzte damit sein Gesicht. Von Schicksalsschlägen war aber auch der Stauferkaiser nicht verschont geblieben. Am 23. Juni 1222 verstarb Konstanze. An ihrem Totenbett vergoss der Herrscher bittere Tränen. Eine neue Frau fand er mit Isabella von Brienne, der blutjungen Erbin des Königreiches Jerusalem. Der Papst hatte die Begegnung eingefädelt, doch Friedrich war von diesem Manöver überhaupt nicht begeistert. Jolande, wie die unbekümmerte Frau von allen genannt wurde, ließ den Staufer ziemlich kalt. Dennoch heiratete er am 9. November 1225 die bildhübsche Vierzehnjährige, die er in der Hochzeitsnacht allerdings nicht einmal anrührte. Zuvor hatte sich der Kaiser noch einmal feierlich verpflichtet, den von ihm gelobten Kreuzzug endlich anzutreten. In die Vorbereitungen zu diesem Unternehmen platzte im März 1227 die Nachricht aus Rom: Papst Honorius III. war einer schweren Krankheit erlegen. Sein Nachfolger im Lateranpalast hieß Gregor IX. Am 8. September des Jahres 1227 verließ eine mächtige Flotte das italienische Festland. Friedrich hatte seinen vor zwölf Jahren versprochenen Kreuzzug endlich gestartet. Doch die Kreuzritter hatten sich bald mit einem unsichtbaren Feind auseinanderzusetzen. Viele erkrankten unmittelbar nach der Abreise an heftigem Fieber, darunter auch Ludger und der Kaiser. Die Leibärzte Friedrichs rieten dem Herrscher, augenblicklich zurückzukehren und sich in Apulien auszukurieren.

Wolfram, der von der Krankheit verschont geblieben war, seufzte, als er an seinen drei Jahre älteren Freund dachte. Ludger erholte sich nur sehr langsam von dem Fieber. Und noch immer hatte er mit Schwächeanfällen zu kämpfen, die ihn urplötzlich übermannten. Friedrich dagegen konnte das Krankenlager im Castell von Melfi bereits nach einer Woche wieder verlassen. Da kam eine weitere Nachricht aus Rom: Gregor IX. hatte den Staufer wegen seines Rückzuges mit dem Kirchenbann belegt. Auch die Beteuerung Friedrichs, dass er einen Kreuzzug unter diesen widrigen Umständen sehr schnell mit seinem Leben bezahlt hätte, konnte den obersten Kirchenfürsten nicht umstimmen. Friedrich blieb ein gebannter Herrscher. Eine weitere Nachricht von Bedeutung kam von den Ärzten des Hofstaates. Kaiserin Jolande war schwanger. Ihre Niederkunft datierten sie auf das Ende des Monats April, spätestens in die erste Maiwoche des Jahres 1228.

Bald wird es so weit sein, dachte sich Wolfram, als er an diesem außergewöhnlich ungemütlichen 25. April im Badzuber noch einmal das Wasser über sein Gesicht laufen ließ. Als er wieder klar sehen konnte, fiel sein Blick auf das Schwert, das an einem Stuhl gelehnt in der Ecke des von einem knisternden Feuer gewärmten Zimmers stand. Es war das Schwert, das er sich kurz nach seinem Aufbruch aus dem Hunsrücker Kloster bei einem Schmied in Bingen am Rhein beschafft hatte. Es war keine sonderlich gut geschmiedete Waffe, aber nicht ein einziges Mal hatte er sie im Kampf gegen einen Menschen erhoben, keinen damit verletzt, keinen damit getötet.

„Diese Zeiten sind vorbei“, murmelte er und betastete die Narben an seinem rechten Unterleib, seinem linken Oberarm und beiden Schultern. Die Erinnerungen an den Vorabend der geplanten Romreise König Philipps und an seine ermordete Familie schmerzten noch immer. „Es war der letzte Tag vollkommenen Glücks“, murmelte er erneut, und seine Gedanken schweiften ab an den Mittelrhein. Praktisch jeden Winkel des Reiches hatte er in seinem Leben gesehen, doch ausgerechnet jetzt packte ihn das Heimweh nach seiner väterlichen Burg, obwohl er in all den Jahrzehnten im Dienste der Kaiser nur wenige Male und immer nur für ein paar Tage bei seinen Eltern geweilt hatte. Mit Sicherheit waren sein Vater, sein Onkel und seine Schwestern längst tot. Besonders der Gedanke an Gerhard von Rheinbod versetzte ihm einen Stich. Es war ihm versagt geblieben, seinen Frieden mit ihm zu schließen. Frieden zu schließen mit dem Mann, der seinen Sohn, den kaiserlichen Ritter, immer nur geringgeschätzt und im Grunde genommen stets nur verachtet hatte. Entweder war die Burg, auf der er aufgewachsen war, verfallen, oder es herrschte ein anderer über Reichenstein. Der Gedanke, Reichenstein vielleicht nie mehr wiederzusehen, schmerzte den erfahrenen Ritter.

Zweiundsechzig Jahre alt war der Ritter nun, und es verging kaum ein Tag, an dem er sich nicht fragte, wann Gott ihn endlich zu sich berufen würde. Sicherlich, von gelegentlich auftretenden Rückenschmerzen abgesehen, war er mit einer für sein Alter ausgezeichneten Gesundheit gesegnet, was mit an den hervorragenden Heilkünsten der Ärzte lag, denen er im Laufe der vielen Jahrzehnte begegnet war. Erst vier Zähne hatten sie ihm ziehen müssen, die verbliebenen bereiteten glücklicherweise keine Schmerzen, ebenso wenig das Wasserlassen, ganz im Gegensatz zu anderen Männern seines Alters, die damit zum Teil erhebliche Probleme hatten. Sein noch immer dichtes Haupthaar war zwar mittlerweile grau geworden, doch das Liebesspiel, so war es ihm zumindest vor einigen Tagen erst wieder vergönnt gewesen, bereitete ihm noch immer Freude. Es war vielmehr eine gewisse Müdigkeit, die nicht mehr vergehen wollte. Dazu trug auch das Schicksal seines Freundes Ludger bei, der kaum noch am Hofleben teilnehmen konnte. Erst vor einigen Tagen hatte ihm der Mönch, den er seit nunmehr fast vierzig Jahren kannte, wieder einmal gesagt, wie sehr er sich nach dem Tod und dem ewigen Frieden sehne.

Ein Geräusch an der Tür riss Wolfram aus seinen melancholischen Gedanken. Es war Plinia, die Leibdienerin der Kaiserin, die mit einem spitzbübischen Lächeln und einer geschmeidigen Bewegung ins Zimmer eintrat. Sofort machte Wolframs Herz einen Sprung. Er und die Tochter einer angesehenen apulischen Adelsfamilie waren sich in den vergangenen Monaten nähergekommen. Während die dreißigjährige Plinia aus ihren Gefühlen für den Rheinboder keinen Hehl machte, wollte Wolfram nicht zu weit gehen. Obwohl mittlerweile zwanzig Jahre vergangen waren, schmerzte den Ritter der

Verlust seiner geliebten Frau Claudia und seiner beiden Töchter noch immer. Seitdem hatte sich Wolfram anderen Frauen verschlossen. Erst der stets fröhlichen Leibdienerin Jolandes war es gelungen, das versteinerte Herz des Ritters ein wenig zu öffnen. Doch eine offizielle Verbindung kam für ihn nicht infrage.

„Die Kaiserin kommt wohl bald nieder", rief Plinia freudig erregt.

Augenblicklich wollte Wolfram sich erheben, doch Plinia hielt ihn mit sanftem Druck zurück. „Du musst dich nicht beeilen, mein Ritter. Es wird noch Stunden, vielleicht sogar bis in die Nacht dauern. Der Kaiser hat mich gebeten, nach dir zu schauen und dich zu benachrichtigen. Doch wir sollten noch ein wenig den Augenblick genießen."

Wolfram schloss die Augen, als Plinia begann, seinen Rücken zu massieren. „Mein Held", flüsterte die kaiserliche Dienerin dem Rheinboder verführerisch ins Ohr. „Wie stark du noch immer bist. Erst kürzlich habe ich meiner besten Freundin Maschka anvertraut, wie alt du bist. Du hättest ihre Augen sehen sollen. Sie konnte es kaum glauben."

Wolfram drehte sich um und schüttelte Plinias Hände unwirsch ab. „Dein Ritter ist müde geworden, Plinia. Das rastlose Leben an der Seite dreier Kaiser hat seine Spuren hinterlassen. Alle Ecken des Reiches nördlich und südlich der Alpen habe ich gesehen, doch eine richtige Heimat hatte ich nie. Du solltest deine Gefühle lieber einem jüngeren Mann schenken. Es wird mir nicht vergönnt sein, auf dem Schlachtfeld zu sterben. Wahrscheinlich werde ich eines Morgens tot in meiner Bettstatt aufgefunden. Und dieser Morgen ist bestimmt nicht mehr fern."

Jetzt blitzte es in Plinias schwarzen Augen. „Rede keinen Unsinn, Wolfram. Der Kaiser wird noch viele Jahre deinen Rat und deine Treue zu schätzen wissen. Und was jüngere Männer angeht, so kannst du dir gewiss sein, dass du diese in vielen Belangen in den Schatten stellst."

Wolfram wollte etwas entgegnen, als sich nach einem kurzen Klopfen erneut die Tür öffnete. Es war Simon, der aufgeregt mit der rechten Hand winkte. „Kommt sofort in das kaiserliche Gemach. Es kann nicht mehr lange dauern, bis Jolande niederkommt."

Wolfram erhob sich und warf Plinia einen spöttischen Blick zu. „Es wird vielleicht noch bis in die Nacht dauern, sagtest du!"

Die Leibdienerin der Kaiserin senkte verstohlen den Blick. „Diesmal bist du mir noch einmal davongekommen", raunte sie ihm zu, bevor sie vorauseilte, nicht jedoch ohne Wolfram mit einer blitzschnellen Handbewegung nass zu spritzen.

Der Ritter richtete sich langsam auf, trocknete sich in Ruhe ab und kleidete sich wieder an. Danach gürtete er sein Schwert um und steckte seinen Dolch an den Gürtel. Er atmete tief durch. Das Bad und auch Plinias Liebesbekundungen hatten ihm gut getan. Mit straffen Schritten eilte auch er in das von zwei jungen Sarazenen scharf bewachte kaiserliche Gemach, wo er sofort vorgelassen wurde. Als er den großen Raum betrat, wurde er augenblicklich an Friedrichs Geburt erinnert. Mindestens zwanzig Personen hielten sich hier auf. Wolfram erblickte neben Ministerialen und Geistlichen auch seine beiden Freunde Simon und Ludger, die sich leise unterhielten. Der alte Benediktinermönch begrüßte ihn mit einem freundlichen Nicken. Friedrich stand zusammen mit seinen beiden Leibärzten direkt neben dem Bett, in dem Jolande lag. Dienerinnen brachten ständig Schüsseln mit heißem Wasser. Wolfram fühlte augenblicklich, dass eine besorgte Stimmung das Gemach erfüllte. In diesem Moment war das laute Stöhnen der Kaiserin zu vernehmen. Wolfram sah, dass die beiden Leibärzte bestürzte Gesichter machten.

„Die Geburt verläuft nicht sehr gut", flüsterte Simon ihm zu. Ludger hatte sich inzwischen setzen müssen und blickte starr geradeaus. In diesem Moment fiel Wolfram auf, wie eingefallen das Gesicht seines geschwächten Freundes war. Licht war das Haar geworden, schmächtig die Gestalt, an der die braune Kutte nur so schlotterte. Ludger bemerkte, dass sein alter Freund ihn besorgt musterte und lächelte unsicher. Als erneut eine Dienerin an ihnen vorbeihastete, konnte der Rheinboder sehen, dass die Schüssel voller Blut war.

„Gütiger Himmel", entfuhr es Ludger. „Die Kaiserin wird verbluten."

Wie die anderen Geistlichen murmelte er sofort ein Gebet, in dem er um göttlichen Beistand für diese schwere Geburt bat. Als Jolande aufschrie, zuckte Wolfram zusammen. Wie durch dichten Nebel hörte er das aufmunternde Rufen der Hebamme und erneut das Schreien der Kaiserin. Friedrich stand breitbeinig an der Bettstatt und verfolgte scheinbar teilnahmslos den Kampf, den seine Ehefrau austrug. Eine Stunde, nachdem Wolfram das Gemach betreten hatte, war es endlich so weit. Die Kaiserin brachte einen gesunden Sohn zur Welt.

„Sein Name soll Konrad sein", rief Friedrich triumphierend, als man ihm seinen Stammhalter zeigte. Der zweite offizielle Nachkomme Friedrichs, der auf der Stelle laut losplärrte, wurde sofort mit Salz eingerieben und in weißes Leinen gewickelt.

Jolandes Schreien war mittlerweile einem leisen Stöhnen gewichen. Die Leibärzte machten noch immer besorgte Gesichter, während Friedrich ihre Hand hielt. „Du hast mir einen gesunden Sohn geschenkt", flüsterte er bewegt. „Das werde ich dir nie vergessen."

Die Kaiserin entgegnete diesen Worten mit einem schwachen Lächeln. Zu mehr war sie nicht fähig. Und es kam schlimmer. Obwohl die Ärzte verzweifelt um ihr Leben kämpften, verschlechterte sich ihr Zustand von Tag zu Tag. Sechs Tage nach der Geburt starb die junge Kaiserin. Mehr als zwei Tage lang sprach ein in seinen Gefühlen versteinerter Friedrich mit niemandem ein Wort. Und auch Plinia war untröstlich. Wolfram, der nie ein Mann großer Worte gewesen war, fühlte sich hilflos, weil er den Schmerz der beiden nicht lindern konnte.

„Konrad ist ein wahrer Sonnenschein, nicht wahr?"

Wolfram atmete auf, als der Kaiser unvermittelt diesen Satz aussprach. Der Rheinboder war gerade damit beschäftigt, dem Staufer den Bart zu scheren. Für den nächsten Tag war die Beisetzung der Kaiserin vorgesehen, und endlich hatte der trauernde Friedrich seine Sprache wiedergefunden.

„Wie recht du hast", stimmte Wolfram zu. „Die Kaiserin wäre stolz auf ihren Sohn gewesen."

„Wenn Jolande beigesetzt ist, will ich mir eine weitere Woche der Trauer nicht nehmen lassen", fuhr Friedrich mit befehlsgewohnter

Stimme fort. „Danach leitest du alles in die Wege, damit ich endlich diesen Kreuzzug hinter mich bringe."

„Wie du willst, Friedrich", war alles, was Wolfram dazu sagte. Er wusste, dass der kleine Konrad in den besten Händen war. Plinia, die über den Tod ihrer Kaiserin noch immer nicht hinweggekommen war, kümmerte sich zusammen mit der Amme Tag und Nacht um den zweiten Sohn des Staufers. Mehr als zwei Monate sollte es eigentlich nicht dauern, die Vorbereitungen zum Abschluss zu bringen. Doch da war etwas, was ihm nicht behagte.

„Stimmt etwas nicht, mein Freund?", schien Friedrich die Gedanken des Ritters erraten zu haben. „Kann es sein, dass dich der bevorstehende Abschied von Plinia so nachdenklich stimmt?"

Wolfram fühlte sich ertappt. „Sie ist eine wirklich liebevolle Frau, aber ich ..."

Friedrich fasste seinen erfahrenen Leibdiener, der längst zu einem persönlichen Freund geworden war, an der Schulter. „Ich kann dir, was Frauen angeht, keine Ratschläge geben, lieber Wolfram, auch wenn ich nun ebenfalls die zweite Ehefrau verloren habe. Aber beide habe ich nicht geliebt, wenngleich ich zu Konstanze in den Jahren vor ihrem Tod zumindest ein gutes, ein freundschaftliches Verhältnis hatte. Die Heirat mit Jolande war eine Verpflichtung dem Papst gegenüber. Es hat sie das Leben gekostet. Und doch will ich dir einen Rat geben. Weise Plinia nicht länger ab, wenn wir wieder zurück sind. Denn im Gegensatz zu mir bist du zu wahrer Liebe durchaus fähig, Wolfram von Rheinbod."

Und wieder schien der Kaiser die Gedanken Wolframs erraten zu haben. „Keine Bange, mein Lieber, ich habe nicht vor, mich auf ein jahrelanges Abenteuer einzulassen. Du wirst deine Plinia also nicht lange missen."

Am 28. Juni stand Wolfram an der Reling der kaiserlichen Galeere und starrte auf das kleiner werdende Brindisi. Die Flotte des Kaisers nahm Kurs auf Akkon in Palästina. Wolframs zweiter Kreuzzug hatte begonnen.

*

„Ich soll was?“ Wolfram konnte es immer noch nicht glauben, was der Kaiser ihm befohlen hatte. „Du verlangst, dass wir Johann von Ibelin übers Ohr hauen, wie es die Gaukler auf den Jahrmärkten mit den tumben Bauern machen?“

Friedrich lag nur mit einer leichten Toga bekleidet bequem auf einem übergroßen Kissen und knabberte an einem Apfel. Dazu trank er klares Wasser, das mit ein wenig Honig gesüßt war. Als er die Zornesfalte sah, die sich auf Wolframs Stirn gebildet hatte, richtete er sich auf und zuckte unschuldig mit den Schultern. „Jetzt stell dich bitte nicht so an, lieber Wolfram. Ich will diese Insel, aber ich will dafür keinen Krieg auf mich nehmen. Ich hatte es dir doch vor unserer Abreise gesagt: Ich möchte mich nicht auf ein jahrelanges Abenteuer einlassen. Und außerdem, dieser Kerl schuldet dem Reich eine Menge Geld. Ich werde vom ihm den Reingewinn des Steueraufkommens der vergangenen zehn Jahre einfordern.“

„Aber durch irgendwelche schäbigen Machenschaften!“

Jetzt zog der Stauferkaiser hörbar die Luft ein. „Wolfram, ich bitte dich darum. Als mein Freund.“

„Es ist schon viele Jahre her, da habe ich mich für deinen Vater zu einem Schurkenstück hinreißen lassen. Damals musste ich …“ Er winkte ab. „Ach, was erzähle ich dir. Du weißt ja selbst am besten, was ich meine.“

Friedrich grinste über das ganze Gesicht. „Ich wusste doch, dass du nicht nein sagen kannst. Ich persönlich stelle dir einen kleinen, aber schlagkräftigen Trupp Ritter zusammen, auf die ich mich absolut verlassen kann. Ein Ritter, in den ich besonderes Vertrauen setze, wird diesen Trupp führen. Und mach dich auf eine weitere Überraschung gefasst.“

Bevor Wolfram auf die kryptischen Äußerungen seines Kaisers eingehen konnte, hatte der sich demonstrativ gähnend wieder auf das weiche Kissen zurückgelegt, die Augen geschlossen und der Dienerin ein Zeichen gegeben. Wolfram wusste, in den nächsten Stunden wollte Friedrich nicht gestört werden. Leise vor sich hinfluchend verließ Wolfram das Gemach. Nachdenklich schaute er auf einen malerisch blühenden Garten, ein Anblick, wie er ihn nur aus den Jahren in Palermo kannte. Doch erfreuen konnte er sich an der süß duftenden Blütenpracht nicht, denn es wollte ihm nicht aus dem Kopf gehen, was der Kaiser ihm aufgetragen hatte.

Vor neun Wochen hatten sie Apulien verlassen, und noch immer waren sie nicht in Akkon eingetroffen, was jedoch daran lag, dass Friedrich auf der Insel Zypern eine Zwischenstation eingelegt hatte. Es ging um eine heikle Mission, denn Zypern, ehemals staufisches Reichslehen, war Friedrichs Familie nach dem Tod Heinrichs verloren gegangen. Jetzt stand die Insel de facto unter der Herrschaft Johanns von Ibelin, eines der mächtigsten Barone Syriens. Der Potentat war ein messerscharfer Denker, der das Grobe seinen Söhnen und seiner Leibwache überließ. Er hatte seinen Besuchern, die er zuvorkommend wie Gäste behandelte, den Palast zur Verfügung gestellt und sich selbst in seine Sommerresidenz Dieu d'Amour zurückgezogen. Friedrich wusste, dass er erst das staufische Verhältnis zu Zypern klären musste, bevor er seinen eigentlichen Kreuzzug anging. Er tat es auf seine Weise.

Nach Sonnenuntergang herrschte in dem großen Saal des Palastes von Limassol eine ausgelassene Stimmung. Leicht bekleidete Griechinnen tanzten auf der längst leer geräumten Tafel, Feuerschlucker vollführten atemberaubende Kunststücke, kleine Tiere mit pfiffigen Gesichtern und langen Schwänzen turnten auf den Stühlen und zur Belustigung aller auch auf den Schultern der kaiserlichen Gäste. Vor vier Stunden war Johann von Ibelin zusammen mit seinen drei Söhnen und dreißig Leibwächtern zum Gastmahl, das der Stauferkaiser ihm zu Ehren gab, eingetroffen. Nach anfänglichen Ressentiments hatte es Friedrich mit seinen geistreichen Bemerkungen schnell erreicht, die Stimmung zu lockern. Seinen Zweck erfüllte dabei auch der süße Wein, den die Diener, die alle im Dienste der Staufer standen, ständig nachfüllten. Es fiel dem brillanten Gelehrten aus Syrien und seinen stets finster dreinblickenden Söhnen nicht im Geringsten auf, dass ihre Gastgeber allerdings nur Wasser tranken. Auch die Leibwächter schöpften keinen Verdacht. Viel zu sehr waren sie mit den Tänzerinnen beschäftigt. Denn auch die hatten von Wolfram genaue Anweisungen bekommen. Sie durften ausschließlich die Syrier umgarnen. Etliche klimpernde Münzen ließen die Tänzerinnen keine weiteren Fragen stellen. Den Rest überließ der Rheinboder der Fantasie der Frauen.

Wolfram tastete mit der rechten Hand vorsichtig unter die Tischplatte. Das kühle Eisen, das er mit seinen Fingerspitzen spürte, ließ sein Herz höher schlagen. Zum ersten Mal seit vielen Jahren sollte er den Stahl wieder gegen Menschen führen. Er ertappte sich bei dem Gedanken, dass es so weit hoffentlich nicht kommen musste. Verärgert schob er den Gedanken beiseite. Er sah sich um. Der neben ihm sitzende Ritter – der vielleicht Fünfunddreißigjährige hatte sich ihm mit dem Namen Gernot vorgestellt – nickte ihm beruhigend zu. Nur Geduld, sollte der Blick des Ritters, der den in den Plan eingeweihten Trupp anführte, wohl ausdrücken. Friedrich hatte soeben zweimal laut gehustet, das vereinbarte Zeichen, dass es gleich losgehen sollte. Wolfram fixierte seinen Kaiser, der entspannt auf einem weichen Seidenkissen saß und in diesem Moment ein kleines weißes Tuch an die Nase führte und zweimal nieste.

Mit einem Ruck zog der Rheinboder sein Schwert unter der Tischplatte hervor, aus den Augenwinkeln sehend, dass mindestens zwanzig kaiserliche Ritter, die alle keinen Tropfen Wein getrunken hatten, ebenfalls zu ihren unter den Tischplatten befestigten Waffen griffen. Aus glasigen Augen beobachtete der heimliche Herrscher von Zypern, wie er, seine Söhne und seine Leibwächter im Handumdrehen entwaffnet wurden. Die leicht bekleideten Mädchen hatten längst das Weite gesucht, die Spielleute waren augenblicklich verstummt.

„Exzellenz, Ihr seid unser Gefangener“, hüstelte Wolfram in arabischer Sprache, nachdem ihn Friedrich mit einem Blick aufgefordert hatte, das Gespräch zu führen.

Ein Schrei ließ ihn herumfahren. Er sah gerade noch, wie der Ritter, der den ganzen Abend neben ihm gesessen hatte, einem der

Leibwächter dessen Dolch aus der Hand schlug und ihm mit der flachen Seite seines Schwertes eine Backpfeife gab. Der bullige Syrier brodelte vor Wut, doch er sah ein, dass es besser für ihn war, Ruhe zu bewahren. Mit Sicherheit hätte er sich am liebsten auf Wolfram gestürzt, der mit dem Rücken zu ihm stand.

Über Friedrichs Gesicht huschte nur der Ansatz eines Grinsens. Er schnippte mit den Fingern. „Bringt unseren geschätzten Freund Johann in meine Gemächer, damit wir uns dort unter vier Augen unterhalten können. Seine Söhne mögen in den danebenliegenden Kammern ausharren und ihren Rausch ausschlafen, die Leibwächter mögen in die Ziegenställe gebracht werden."

Eine knappe Stunde später hatte Wolfram die Gelegenheit, sich bei Gernot zu bedanken. Der Ritter schlug in die dargebotene Rechte ein. „Wo kommt Ihr her, werter Freund? Ihr seid Deutscher, so viel ist gewiss!"

Jetzt druckste der andere herum. „Ihr habt recht, Wolfram von Rheinbod. Ich stamme aus einer Gegend, die auch Euch bestens bekannt ist. Ich wuchs auf Burg Rheinfels auf."

Jetzt wurde es Wolfram schwindelig vor Augen. „Rheinfels? Ihr kommt von der Burg Rheinfels? Dann müsst Ihr ..."

Sein Gegenüber nickte. „Ich bin Gernot von Katzenelnbogen. Mein Vater war Gunther von Katzenelnbogen."

„Ich sah dich nur einmal im Leben. Damals warst du ein kleiner Bub, und dein Großvater hatte mir gerade alles über deinen Vater erzählt." Wolfram konnte es noch immer kaum glauben, dass er dem Sohn seines alten Freundes Gunther gegenüberstand und dass ausgerechnet dieser ihm das Leben gerettet hatte.

„Du bist deinem Vater sehr ähnlich. Eigentlich hätte ich sofort wissen müssen, wer du bist. Erzähle mir alles. Über dich und wie es deinem Vater geht! Mein Gott, ich kann es immer noch nicht fassen!"

Der Angesprochene hob abwehrend die Hände. „Wo soll ich nur anfangen? Es wird Euch betrüben, werter Wolfram, wenn Ihr erfahrt, dass Vater längst tot ist. Er starb nur wenige Monate nach der Ermordung König Philipps."

Jetzt verfinsterten sich Wolframs Blicke. „Dieses unglückselige Jahr. Ich war auf dem Weg an den Mittelrhein, als auch ich alles verlor, was mir lieb war. Was hätte das Schicksal für uns bereitgehalten, wenn ich die Burg meines Vater erreicht und deinen Vater noch einmal wiedergesehen hätte!"

Obwohl Gernot nicht wusste, was Wolfram gemeint haben könnte, nickte er mitfühlend. „Vater sprach bis zuletzt von Euch in einem Übermaß an Güte und Bewunderung wie über sonst keinen anderen Menschen. Und er bedauerte, dass er Euch damals so schroff abgewiesen hatte. Er wusste, dass es für ihn keine Möglichkeit mehr gab, an Eurem Leben teilzuhaben. Aber er wollte Euch, Wolfram von Rheinbod, nicht zur Last fallen. Und er bat mich, Euch mitzuteilen, dass er nie einen besseren Freund hatte als Euch. All die Jahre trug ich diesen Willen in meinem Herzen. Als ich erfuhr, wer den Kreuzzug Friedrichs vorbereitete, sattelten mein Knappe und ich augenblicklich die Pferde. Wir schafften es gerade noch rechtzeitig, uns einzuschiffen. Vor einigen Tagen kam der Befehl, Johann von Ibelin festzusetzen. Der Kaiser ließ mich durch einen Mönch namens Simon wissen, mich Euch so lange nicht erkennen zu geben, bis die Festnahme Johanns abgeschlossen wäre."

Wolfram verzog das Gesicht. Jetzt war ihm die rätselhafte Äußerung Friedrichs mit einem Male klar. „Es wundert mich schon, dass der Kaiser dich kennt", meinte er leicht indigniert.

Gernot gelang ein entwaffnendes Lächeln. „Ich stehe in Diensten von Hermann von Salza. Er gestattete mir, mit hierher nach Zypern zu kommen."

Jetzt musste Wolfram anerkennend nicken. Der Hochmeister des Deutschen Ordens war in den vergangenen Jahren zu einem der wichtigsten Berater des Kaisers geworden. Wolfram wusste, dass der vornehme Ritter in Akkon auf das Eintreffen Friedrichs wartete.

Wolfram wollte noch etwas entgegnen, als er Simon kommen sah. Der junge Mönch trug eine Pergamentrolle und die Siegelutensilien mit sich und warf Gernot einen schnellen Blick zu. Und er strahlte über das ganz Gesicht. „Sie haben die Verträge unterzeichnet. Das Reich erhält Zypern als kaiserliches Lehen zurück. Und nicht nur das. Johann von Ibelin wird mit einem zypriotischen Aufgebot dem Kaiser ins Heilige Land folgen. Es ist dem Kaiser gelungen, sich Respekt auf Zypern zu verschaffen."

Wolfram atmete auf. Nicht nur, dass die Mission auf Zypern ohne Blutvergießen geglückt war. Das Schicksal hatte ihn auch mit dem Sohn seines ältesten Freundes zusammengeführt.

Wolfram atmete tief durch. In diesem Moment lief die kaiserliche Galeere im Hafen von Akkon ein. Es war der 7. September des Jahres 1228, und über der Stadt lag leichter Dunst. Unwillkürlich wurde Wolfram an Gallipoli erinnert, wenngleich ihn heute keine Übelkeit plagte. Knapp vierzig Jahre waren seit den Monaten vergangen, als er Friedrichs Großvater, den großen Barbarossa, in das Heilige Land begleitet hatte. Unwillkürlich musste er lächeln, als er zu dem Enkel des ersten Stauferkaisers hinübersah. Hatte Barbarossa damals eine prächtige Rüstung getragen, war sein Enkel Friedrich in wallende Gewänder gekleidet und hatte sich erst am Morgen die Hände pflegen lassen. Jetzt ruhte der dritte Stauferkaiser auf einer breiten Bank, die mit weichen Kissen ausgelegt war. Ihm zur Seite standen die Erzbischöfe Berard von Palermo und Jakob von Capua, die den Staufer verehrten wie kaum ein anderer Kirchenfürst. Während die Geistlichen leise auf den Kaiser einredeten, ließ sich Friedrich frische Früchte schmecken. Er machte einen desinteressierten Eindruck, doch Wolfram konnte genau erkennen, dass in den Augen des Kaisers eine wilde Entschlossenheit lag. Wolfram wusste, dass Friedrich den Kreuzzug zu einem guten Ende bringen wollte. Der Rheinboder war sich sicher, dass der Kaiser noch eine Überraschung in petto hatte.

Das Rufen Gernots lenkte ihn ab. Der Ritter des Deutschen Ordens hatte sein Schwert gezogen und deutete damit auf die Hafenmole. Dort hatten sich Tausende Menschen eingefunden: Ritter, Pilger, Mönche und auch Einwohner Akkons waren zu erkennen. „Ich kann Hermann von Salza sehen", jubelte der Ritter vom Mittelrhein.

Wolfram lächelte gütig. „Wenn wir angelegt haben, wird der Moment des Abschieds kommen. Du wirst dich wieder Hermann von Salza und seinen Rittern anschließen. Ich habe gehört, es sollen fünfhundert Männer sein."

Gernot nickte. Er schaute Wolfram in die Augen. „Einen Wunsch meines Vaters habe ich vor einigen Tagen erfüllt." Er packte sein Schwert am Schaft und richtete den Griff auf Wolfram. „Sein zweiter Wunsch war, dass Ihr sein Schwert bekommen sollt. In all den Jahren habe ich es gehegt und gepflegt. Es hat mich nie im Stich gelassen, und es wird auch Euch nicht im Stich lassen."

Zunächst war der Rheinboder sprachlos. „Das kann ich nicht annehmen", stammelte er. „Ich bin zu alt für den Kampf, ganz im Gegensatz zu dir, mein Freund."

Gernot schüttelte den Kopf und drückte das Schwert gegen Wolframs Brust. „Nehmt es an Euch, nichts hätte meinen Vater glücklicher gemacht. Und macht Euch keine Sorgen. Noch heute wird mir der Waffenschmied ein neues Eisen fertigen."

Wolfram umklammerte das Schwert mit seiner linken Faust. „Er wäre der beste Ritter des Reiches geworden, wenn das Schicksal ihm nicht so übel mitgespielt hätte. Aber er hat einen Sohn, der sein Erbe weiterführt."

Gernot schlug in die Rechte ein, die ihm der Rheinboder entgegenhielt. Einen Augenblick später lagen sich die beiden Männer in den Armen. „Wir werden uns wiedersehen, mein Freund, davon bin ich überzeugt", murmelte Wolfram.

Längst hatte die Galeere angelegt und die Passagiere drängten über die Planke. Gernot schaute dem Freund seines verstorbenen Vaters noch einmal kurz in die Augen und verließ ebenfalls das Schiff. Simon, der alles mit angesehen hatte, schaute betreten auf den Boden des Schiffes. Er wollte Wolfram nicht in Verlegenheit bringen.

„Mein lieber Wolfram“, riss die vertraute Stimme Friedrichs die beiden aus ihren Gedanken. „Was willst du mit zwei Schwertern?“

Der Rheinboder schaute nur kurz auf das wertvolle Geschenk. Dann zog er mit der rechten seine alte Waffe aus der Scheide und schleuderte sie im hohen Bogen über die Reling. Der Kaiser verzog keine Miene, als das Schwert auf dem Wasser aufschlug und sofort unterging. „Irgendwann wirst du mir sicherlich erzählen, welche Bewandtnis dein Tun hat.“

Wolfram schaute betreten auf seine Stiefelspitzen. „Ich kann dir nichts anderes sagen. Nur die Deutschordensritter werden weiter zu dir halten, mein Kaiser, auch kleinere Einheiten aus Pisa und Genua. Alle anderen hat der päpstliche Bannfluch, der noch immer auf dir lastet, verschreckt. Zusammen mit dem Fußvolk reicht das bei weitem nicht aus, den Kreuzzug in unserem Sinne weiterzuführen.“

Friedrichs Gesicht versteinerte sich. Die Befreiung Jerusalems, die trotz der widrigen Umstände so vielversprechend begonnen hatte, schien erneut gefährdet. „Verschreckt, sagst du! Sie haben mich schmählich im Stich gelassen! Dabei haben sie mir bei unserer Ankunft noch die Füße geküsst. Doch ich hätte misstrauisch werden sollen, spätestens als mir der Patriarch von Jerusalem den Bruderkuss verweigerte.“

„Und nicht nur das.“ Es war Wolfram anzusehen, wie sehr das in ihm nagte, was er nun aussprach. „Man mag es kaum glauben, aber es sind Christen gewesen, die sich im Namen des Papstes an den Sultan wandten mit der eindringlichen Bitte, Jerusalem auf keinen Fall in deine Hände fallen zu lassen, mein Kaiser. Papst Gregor, und das ist nicht nur meine Meinung, würde den Kreuzzug lieber scheitern sehen, als sich eines Tages deinen Erfolg vermelden zu lassen.“

Längst war der Kaiser aufgesprungen und schritt in dem großen Zelt auf und ab wie ein eingesperrtes Tier. Wolfram konnte genau erkennen, wie es im Kopf des Staufers arbeitete. Plötzlich blieb Friedrich abrupt stehen, goss sich aus dem auf einem Tisch stehenden Krug klares Wasser ein und stürzte den Inhalt des großen Bechers in einem Zug hinunter.

Dann gab er Simon ein Zeichen. „Ich möchte, dass du an Sultan El-Kamil einen Brief verfasst, in arabischer Sprache." Als der Mönch seine Utensilien geordnet hatte, begann Friedrich zu diktieren: „Beherrscher der Gläubigen, nicht um Euer Land zu erobern, sind wir über das Meer gefahren, denn Länder besitzen Wir mehr als irgendein Herrscher dieser Erde. Ruhe sollt Ihr haben vor den Christen und nicht gezwungen sein, das Blut Eurer Untertanen im Kampf gegen Uns zu vergießen."

Wolfram stieß einen überraschten Laut aus. „Du setzt voll und ganz auf Verhandlungen!"

Über Friedrichs Gesicht stahl sich ein jungenhaftes Grinsen. Scheinbar in Gedanken schnappte er sich sein Schwert, das neben der Bettstatt lag und richtete es gegen den Rheinboder. Der Ritter ging auf das Spiel ein, riss augenblicklich sein eigenes Eisen aus der Scheide und bot dem gespielten Angriff seines kaiserlichen Gegenübers mühelos Paroli. Der zwinkerte mit dem rechten Auge. „Du siehst, mein treuer Ritter. Ich bin mit dem Schwert so ungeschickt, wie es ein Eunuche aus meinem Harem wäre, während du trotz deines Alters meinen Angriff, ohne mit der Wimper zu zucken, abwehrst. Mein Vater und mein Großvater machten ihre Eroberungen mit dem Schwert. Ich ziehe den diplomatischen Weg vor."

Er warf einen nachdenklichen Blick auf seine wertvolle Waffe, die aus der Esse einer sarazenischen Schmiede stammte und in ihrer Härte und Schärfe alle im Abendland gefertigten Schwerter bei Weitem übertraf. „Und um meinem Schreiben Nachdruck zu verleihen, werde ich dem Sultan ein Geschenk machen." Er legte sein Schwert auf das Bett, dazu seinen Helm und sein Kettenhemd. „Berittene Boten sollen dies alles zusammen mit dem Brief sofort zu Sultan El-Kamil bringen."

Der Rheinboder nickte bedächtig. „Eine noble Geste, mein Kaiser. Die Zukunft wird zeigen, ob dein eingeschlagener Weg der richtige war."

Die Verhandlungen mit dem Sultan zogen sich über Monate hin. Immer wieder musste die christliche Delegation unverrichteter Dinge von dannen ziehen. Hinzu kam, dass schlimme Herbststürme den Nachschub aus Sizilien und Zypern unterbrachen. Und wieder musste Wolfram miterleben, wie im Kreuzfahrerheer eine Hungersnot ausbrach. Irgendwann verlor der Kaiser die Geduld. „Wir marschieren gen Jaffa und werden die Stadt zu einer Festung machen", sagte er eines Abends im Kreise seiner Vertrauten. „El-Kamil soll nicht denken, dass ich nur zum Plaudern in dieses Land gekommen bin."

Anfang Dezember erreichte Friedrich mit den Rittern, die ihm die Treue gehalten hatten, die Stadt, die keinen Widerstand leistete. Friedrich marschierte in Jaffa ein und ließ augenblicklich Maßnahmen ergreifen, um die Burg zu befestigen.

Es war in der dritten Woche des Jahres 1229, als ein berittener Bote mit halsbrecherischem Tempo in Jaffa einritt und sofortigen Zutritt zum kaiserlichen Gemach verlangte. Es war Thomas von Acerra, einer der Boten, die in den vergangenen Monaten bei Sultan El-Kamil in Nablus ein- und ausgegangen waren. Was der sizilische Adlige zu berichten hatte, ließ die Stimmung in Friedrichs Gefolge noch schlechter werden. „Päpstliche Truppen sind in Sizilien eingefallen, mein Kaiser. Eure Gegner gewinnen immer mehr Anhänger", stieß der Ritter, der sofort zum Kaiser vorgelassen wurde, atemlos hervor.

„Wie steht es um den Sultan?", fragte Wolfram an Friedrichs Statt.

Thomas von Acerra trank hastig einen Schluck Wein. „Er steht in kriegerischen Auseinandersetzungen mit seinem Neffen Nasir Daud. Wenn Ihr es mir erlaubt, mein Kaiser, meine Einschätzung ist, dass auch El-Kamil an einer Einigung mit Euch in dieser Situation nur gelegen sein kann. Es wurde mir persönlich zugetragen, dass Fahr ed-Din, der engste Vertraute des Sultans, die Verhandlungen führen würde."

Friedrich schlug mit seiner rechten Faust in die linke Handfläche. „Ich muss mich mit El-Kamil einigen." Er schaute Wolfram mit einem entschlossenen Blick an. „Ich werde uns alle in einen Raum sperren und die Tür erst öffnen lassen, wenn wir einen akzeptablen Vertrag ausgehandelt haben."

Es war ein Moment der Ruhe, den sich Wolfram nicht nehmen lassen wollte. Langsam schritt der Rheinboder durch das Lager, das die Kreuzfahrer nordwestlich von Jerusalem aufgeschlagen hatten. Soeben hatte Kaiser Friedrich eine Entscheidung getroffen, die noch für Wogen der Aufregung sorgen würden, davon war Wolfram überzeugt. Längst war die Sonne untergegangen, und überall im Lager prasselten Feuer. An einer dieser Feuerstellen, wo ein Knappe ein Spanferkel briet, ließ sich der Ritter nieder. Der junge Knappe warf ihm einen respektvollen Blick zu und reichte Wolfram einen Becher Wein, den dieser mit einem dankbaren Nicken annahm. Jetzt hatte er endlich die Zeit, alleine seinen Gedanken nachzugehen.

Was hatten sie in den vergangenen Wochen nicht alles erlebt. Geheimbotschaften waren zwischen dem Lager der Kreuzfahrer und dem Lager von Sultan El-Kamil ausgetauscht worden. Eine hektische, aber nach allen Regeln der Kunst ausgeführte Diplomatie war in Gang gebracht worden. Am 18. Februar war es schließlich so weit gewesen. Fahr ed-Din brachte die Siegel seines Sultans ins kaiserliche Lager, um den Vertrag von dem Kaiser und dem Deutschordensmeister Hermann von Salza unterzeichnen zu lassen.

„Der Kaiser wird sich zum König von Jerusalem krönen lassen!"

Der begeisterte Ausruf eines Kreuzfahrers ließ Wolfram schmunzeln. Es hatte nicht lange gedauert, bis sich der Entschluss des Kaisers wie ein Lauffeuer herumgesprochen hatte. Er sah, wie sich zwei Männer, offensichtlich ein Deutscher und ein Sizilier, in die Arme fielen. Immer mehr Menschen kamen aus ihren Zelten und nahmen die Neuigkeiten begierig auf. Doch es entging dem erfahrenen Ritter keinesfalls, dass sich längst nicht alle von der Begeisterung anstecken ließen.

„Ich denke nicht daran, von meinem geplanten Einzug in Jerusalem abzulassen.“ Es war Friedrich beim Mittagsmahl des übernächsten Tages anzumerken, wie enttäuscht er war. Kaum hatte sich die Absicht der Königskrönung herumgesprochen, waren sie nämlich aus ihren Deckungen gekommen, die Mahner und Kritiker. Der Papst werde einen Tobsuchtsanfall bekommen, der Papst werde den Staufer verfluchen.

„Die Templer und Johanniter lehnen es ab, mit dir in Jerusalem einzuziehen, weil du, wie sie es sagen, den Ungläubigen den heiligen Bezirk der Stadt überlassen hast.“ Wolfram hatte in den vergangenen beiden Tagen fast stündlich schlechte Nachrichten entgegennehmen müssen. Gedankenverloren spießte er mit seinem Dolch ein Stück Karotte auf und schob es sich in den Mund, bevor er fortfuhr. „Und die syrischen Barone fühlen sich brüskiert, weil du sie von den Verhandlungen ausgeschlossen hast.“

„Ritter Wolfram von Rheinbod hat recht“, warf jetzt Hermann von Salza ein. Der Deutschordensmeister stand mit vor der Brust verschränkten Armen inmitten des Zeltes und ignorierte die köstlichen Speisen, die Diener kurz zuvor aufgetischt hatten. Wolfram kam nicht umhin, die imposante Erscheinung des Ritters auch in diesem Moment wieder zu bewundern. „Den größten Widerstand leistet Patriarch Gerold von Jerusalem, dem ich zum wiederholten Male die Versöhnung angeboten habe, allerdings vergeblich.“

Friedrich knetete seine Finger. „Was lässt der Patriarch Uns wissen.“

Hermann von Salza verzog keine Miene. „Er hält den Vertrag, den Ihr, Majestät mit Sultan El-Kamil abgeschlossen habt, für ein unsinniges Verbrechen, und Euch bezichtigt er der Bosheit.“ Erst jetzt schnappte sich der Hochmeister des Deutschen Ordens eine Fasanenkeule, um sich ebenfalls zu stärken. Beflissene Diener, die von dem, was in dem großen Zelt an Meinungen und Neuigkeiten ausgetauscht wurde, nichts begriffen, füllten sofort die Becher nach.

Wolfram zog scharf die Luft ein und griff reflexartig nach seinem Schwert. Friedrich machte eine beschwichtigende Handbewegung. „Lass nur gut sein, mein lieber Wolfram. Was haben Wir denn schon erreicht? Wir haben ja nur einen zehnjährigen Friedensvertrag abgeschlossen. Und der Sultan hat sich ja nur verpflichtet, die Heilige Stadt Jerusalem den Christen zurückzugeben."

„Mit Ausnahme des Bezirks Haram-esch-Scharif, wo die El-Aqsa-Moschee und die Omar-Moscheen stehen", warf Hermann von Salza mit ironischem Unterton ein.

„Er hat recht, wie konnten Wir das nur übersehen! Ihr, mein lieber Hochmeister, habt allerdings vergessen zu erwähnen, dass die christlichen Pilger jederzeit freien Zugang zu den heiligen Stätten haben werden."

„Du hast Großartiges geleistet, mein Kaiser", nickte Wolfram. „Spätere Generationen werden dies zu würdigen wissen."

„Natürlich, spätere Generationen. Dafür wird unser lieber Simon mit seinen wohlformulierten Niederschriften schon sorgen. Aber hier in der Gegenwart haben wir uns erst einmal mit all diesen Neinsagern und Querulanten auseinanderzusetzen. Ich jedenfalls bleibe dabei. Ich werde nach Jerusalem ziehen und das vollenden, was meinem Großvater und meinem Vater versagt geblieben ist."

Jetzt hob wieder Hermann von Salza die Hand. „Ich darf Euch daran erinnern, kaiserliche Majestät, dass noch immer der päpstliche Bannfluch auf Euch lastet. Ich weiß, was Ihr vorhabt, aber eine offizielle Krönungszeremonie wird jegliche Aussicht auf eine Versöhnung mit Papst Gregor auf der Stelle zunichte machen."

Zunächst verzog der Staufer das Gesicht. „Jetzt redet auch er schon wie diese Banausen." Doch dann stahl sich ein diebisches Grinsen über sein Gesicht. „Ihr scheint mich immer noch nicht so gut zu kennen wie unser Freund Wolfram, lieber Hermann. Sonst wüsstet Ihr, dass ich auch dafür schon vorgesorgt habe."

Am 17. März anno 1229 zog Wolfram von Rheinbod in Jerusalem ein. Vier Jahrzehnte nach dem schicksalhaften Scheitern des Kreuzzuges von Friedrich Barbarossa passierten die Kreuzfahrer aus dem Abendland unter der Führung von Barbarossas Enkel Friedrich das Stadttor. An der Seite des Kaisers ritten Hermann von Salza und zahlreiche Erzbischöfe. Die Straßen der Heiligen Stadt waren eigentümlich leer, aber trotzdem mit Fahnen, Wimpeln, Teppichen und Blumen geschmückt. Wolfram wusste, dass es überwiegend deutsche Pilger waren, die auf diese Weise ihrem Kaiser huldigten. Der Rheinboder, der nur wenige Ellen hinter dem Kaiser ritt, konnte genau erkennen, welches Hochgefühl den Staufer in diesem Moment ergriffen hatte.

Doch der grandioseste Geniestreich des Kaisers stand noch bevor. Es war der Mittag des 18. März, als Wolfram zusammen mit dem Kaiser, mit Hermann von Salza und einem Dutzend Sarazenen vor der Grabeskirche stand. Der Rheinboder wusste, dass im Innern der ehrwürdigen Kirche gerade eine Liturgiefeier abgehalten wurde, an der Friedrich als Exkommunizierter nicht teilnehmen konnte. Dennoch spiegelte sich auf dem Gesicht des Staufers der pure Triumph wider.

„Ich glaube, wir können jetzt gehen." Die Worte des Hochmeisters des Deutschen Ordens holten den Rheinboder aus seinen Gedanken. Augenblicklich rissen zwei Sarazenen die bronzene Flügeltür der Grabeskirche auf. Flankiert von seinen beiden Beratern schritt Kaiser Friedrich über die Schwelle. Als sich Wolframs Augen an das diffuse Licht Hunderter Kerzen gewöhnt hatten, sah er, dass deutsche Pilger und Dutzende Ordensritter, die alle ihre blütenweißen Mäntel über die Rüstung gezogen hatten, in der Kirche versammelt waren. Der Raum war erfüllt vom Duft des Weihrauchs und dem leisen Murmeln der Gebete.

Von Templern und Johannitern war wie erwartet keiner zu sehen. Im Altarraum warteten bereits Bischof Berard von Palermo und Bischof Jakob von Capua. Während Wolfram von Rheinbod und Hermann von Salza vor dem Altarraum zunächst stehen blieben und dann zur Seite traten, machte Friedrich noch einige Schritte und wandte sich schließlich um. Sein Blick richtete sich auf den Eingang der Grabeskirche, durch die in diesem Moment Simon trat. Der Mönch ging mit entschlossenen Schritten auf den Kaiser zu. Auf seinen Händen trug er ein seidenes Kissen, auf dem eine goldene Krone lag. Genau eine Schrittlänge vor Friedrich blieb der Mönch stehen und streckte seine beiden Arme aus. Wolframs Herz schlug bis zum Hals, als er sah, wie der Kaiser nach der Krone griff.

Ohne ein Wort zu sagen, setzte sich der Staufer die Krone selbst auf das Haupt. In der Grabeskirche war es totenstill geworden. Hunderte waren Zeugnis der Selbstkrönung Friedrichs zum König von Jerusalem. Es war ein Akt ohnegleichen, mit dem der gebannte Kaiser geschickt eine offene Brüskierung des Papstes vermied. Eine von den Bischöfen geleitete und vollzogene Krönungszeremonie hätte Papst Gregor wie ein Schlag ins Gesicht erscheinen müssen. Doch der Staufer war einen anderen Weg gegangen. Er war jetzt nicht nur der römisch-deutsche Kaiser, sondern auch der König von Jerusalem.

Die Worte Ludgers hallten in Wolframs Kopf wider. „Ich habe meinen Entschluss gefasst. Ich weiß, was ich mir vorgenommen habe."

Soeben hatte ihm sein langjähriger Freund mitgeteilt, dass er nach Deutschland ziehen wolle. Einer Gruppe von Pilgern wolle er sich anschließen, die aus Jerusalem kommend ebenfalls in Brindisi an Land gegangen waren. Am vorgestrigen 10. Juni hatte die kaiserliche Galeere das Festland erreicht, in Begleitung von einem guten Dutzend Schiffen mit Hunderten Pilgern.

Wolfram wusste noch immer nicht, was er sagen sollte. „Aber warum, Ludger? Warum noch einmal diese Mühsal auf sich nehmen?"

Der Benediktinermönch sah seinen Freund fest an. „Das ist genau der Punkt, Wolfram. Es wird meine letzte Prüfung sein, die Gott mir auflegen wird. Ich will mein altes Kloster aufsuchen, das ich vor mehr als vierzig Jahren verließ, auch wenn dort wohl fast alle früheren Konfratres gestorben sind und sich vielleicht keiner mehr an mich erinnern kann. Aber ich brauche einen friedlichen Ort, wo ich mich in Ruhe auf das Sterben vorbereiten kann."

Wolfram verzog verzweifelt das Gesicht. „Deine Heimat ist hier bei Kaiser Friedrich, so wie sein Hofstaat auch meine Heimat geworden ist.“

Jetzt lächelte Ludger gütig. „Bist du es nicht gewesen, der mir so oft sein Leid darüber geklagt hat, keine Heimat zu haben? Die Bitternis, die in deinen Worten stets mitschwang, habe ich nur zu gut verstehen können.“

Wolfram ging auf diese listige Entgegnung nicht ein. „Aber was sagt Friedrich dazu? Ich werde alles in meiner Macht Stehende daransetzen, dass er dich nicht ziehen lassen wird.“

Erneut musste der Mönch lächeln. „Der Kaiser ist bereits über mein Vorhaben informiert. Er war nicht davon begeistert, doch er akzeptiert meinen letzten Wunsch. Simon ist ein hervorragender Schreiber, der mittlerweile das Arabische und das Französische so gut beherrscht wie das Deutsche. Er wird endgültig meinen Platz einnehmen.“

Wolfram musste einsehen, dass er seinen alten Freund nicht umstimmen konnte. Viele Jahre waren sie getrennt gewesen, seit der Zeit, als Friedrich noch ein Kind war. Doch damals hatte Wolfram immer gewusst, dass er seinen Freund irgendwann einmal wiedersehen würde. „Wird es diesmal ein Abschied für immer sein?“, war alles, was er in diesem Moment herausbrachte.

Ludger hob leicht die Schultern an. „Das liegt allein in Gottes Händen.“

Zwei Stunden später lag Wolfram bäuchlings auf seiner Bettstatt und ließ sich von Plinia den Rücken massieren. Die überschwängliche Freude der jungen Frau, endlich ihren geliebten Ritter in die Arme schließen zu können, wurde schnell überschattet von der Ankündigung des alten Benediktinermönchs. Plinia wusste natürlich um die besondere Beziehung der beiden Männer. „Vielleicht lässt er sich ja noch umstimmen. Wir müssen ihn davon überzeugen, dass in seinem Alter eine Reise über die Alpen einem Selbstmord gleichkommen würde.“

Wolfram drehte sich auf den Rücken und kratzte sich an seiner Narbe. „Davon bin ich nicht überzeugt. Ich habe während meines

Lebens Gläubige gesehen, die waren wesentlich älter als Ludger und sind bis Santiago de Compostela gepilgert. Ich habe Einarmige und Einbeinige gesehen, die nur von einem Wunsch beseelt waren, nämlich ihr Ziel zu erreichen. Nein, Ludger wird sich nicht davon abhalten lassen."

Jetzt ließ Plinia ihre Hand über die Brust des Ritters wandern. „Und ich werde mich jetzt ebenfalls nicht abhalten lassen", flüsterte sie.

Wolfram schloss die Augen, und tatsächlich gelang es ihm, den bevorstehenden Abschied von Ludger für eine Weile zu vergessen.

Doch bald war der Moment der Trennung gekommen. So gut es ging, hatte sich der alte Benediktinermönch gestärkt und von den Ärzten Friedrichs untersuchen lassen. Die hatten gegen den Plan nichts einzuwenden, rieten dem Mönch nur dazu, auf seinem langen Weg mehrmals mehrtägige Pausen einzulegen.

Am 20. Juni stand Ludger bei Sonnenaufgang auf dem Marktplatz von Brindisi. Auf dem Kopf trug er den markanten Korbhut einfacher Pilger, am Leib eine graue Kutte. Wolfram hatte es sich nicht nehmen lassen, den Pilgerstab, die robusten Lederschuhe und den breiten Gürtel, an dem allerlei Nützliches für die beschwerliche Reise baumelte, persönlich in den kaiserlichen Werkstätten in Auftrag zu geben. Plinia reichte dem Mann, der auch zu ihrem Freund geworden war, einen Beutel mit getrocknetem Fisch, Würsten und Käse. Ein zweiter Beutel war gefüllt mit frischem Quellwasser.

Hatten Ludger und Wolfram eben noch lebhaft geschwatzt, so machte sich jetzt ein schwermütiges Schweigen breit. Simon, der ebenfalls zu Ludgers Abschied gekommen war, knetete nervös seine Nase. Wolfram hatte sein Schwert gezogen und ließ es mit der Spitze über dem Steinboden kreisen.

Ein Räuspern schreckte alle auf. Joachim, der Abt eines Klosters aus dem Norddeutschen, räusperte sich. Der kugelrunde Mönch war etwa vierzig Jahre alt und würde die aus anfangs zehn Männern und drei Frauen bestehende Pilgergruppe anführen. „Bruder Ludger, es wird langsam Zeit", mahnte der mit einem tiefen Bass gesegnete Joachim.

Ludger sog tief die Luft ein, reichte Plinia die Hand und umfasste kurz Simons Schultern. „Ich will nicht mehr viele Worte machen. Die sind gestern Abend schon gefallen."

Als er seinem langjährigen Freund in die Augen schaute, konnte dieser sich nicht mehr zurückhalten. Stumm fiel Wolfram von Rheinbod dem Mönch in die Arme und drückte ihn an sich. „Pass gut auf dich auf, mein Freund", murmelte er. „Ich werde jeden Tag zu Gott beten, dass wir uns vielleicht doch noch einmal wiedersehen."

Ludger löste sich mit sanfter Gewalt aus der Umarmung. „Wenn nicht in dieser, dann in einer anderen Welt."

Was hätten sich die beiden Freunde nicht noch alles zu sagen. Ausgerechnet jetzt strömten auf Ludger noch einmal die Erinnerungen ein. Die erste Begegnung während Barbarossas Kreuzzug, die Trennung am Hafen von Palermo, als Markward von Annweiler mit seinen Truppen die Insel Sizilien besetzt hielt. Die Jahre der Trennung und das unerwartete Wiedersehen in Konstanz. Doch es blieb keine Zeit, die Erinnerungen in Worte zu fassen. Noch einmal räusperte sich der Anführer der Pilgergruppe.

„Sie warten auf dich." Wolfram hatte Mühe, die Worte über die Lippen zu bringen.

Als die Gruppe wenige Augenblicke später hinter der Kirche von Brindisi verschwunden war, stand Wolfram noch immer regungslos an der Stelle, wo er sich von seinem besten Freund verabschiedet hatte. Erst als er die Hand von Plinia auf seiner Schulter spürte, fuhr er mit einem Ruck herum. „Lass die Pferde satteln", fuhr er seine Geliebte ungewohnt grob an. „Wir reiten nach Barletta. Der Kaiser wartet schon auf uns."

Friedrich tätschelte den Hals seines Hengstes und rückte seinen Umhang zurecht, den er über seinem Kettenhemd trug. „Wie fühlst du dich, mein Freund? Das erste Mal seit langer Zeit wieder auf dem Schlachtfeld! Aber bist du sicher, dass du das auch durchstehen wirst?"

Statt sofort eine Antwort zu geben, zog Wolfram sein Schwert aus der Scheide. „Ich möchte, dass wir es ihnen zeigen. Johann von Brienne hat den Bogen überspannt. Dass er während unseres Kreuzzuges mit seinen Truppen ins Reich eingefallen ist, war ein unglaublicher Akt, sanktioniert vom Papst in Rom."

Der Kaiser riss den Hals seines Pferdes herum. „Ja, das haben sich unsere Gegner so schön ausgemalt. Einfach das Gerücht meines Todes in die Welt setzen und papsthörige Ritter und ketzerische Bettelmönche loshetzen. Doch sie haben sich verrechnet."

Wolfram nickte. Vor wenigen Wochen hatte sich der kaisertreue Rainald von Spoleto zu Friedrich durchgeschlagen. In seinen Reihen standen neben christlichen Rittern auch bestens ausgebildete Sarazenen, die nur darauf brannten, endlich an der Seite ihres christlichen Kaisers zu kämpfen, den sie verehrten wie kaum einen anderen Menschen.

An diesem 25. August 1229 standen sie nun bei Capua, vor sich wissend das aus papsttreuen Rittern und lombardischen Reitern bestehende Heer Johanns von Brienne, des früheren Schwiegervaters Friedrichs. Denn Johann von Brienne war der Vater der verstorbenen Jolande. Wolfram schaute sich um, während sein Herz wieder schneller schlug. Er blickte über eine Ebene, an deren Horizont sich im grauen Dunst der Feind abzeichnete. Der Augenblick der Konfrontation war nicht mehr fern. Plinia hatte entsetzt die Hände vor ihr Gesicht geschlagen, als sie erfuhr, dass Wolfram mit seinem Kaiser in die Schlacht ziehen wollte. Der Rheinboder hatte sich allerdings nicht davon abhalten lassen. Dreiundsechzig Jahre alt war er, und doch oder gerade deswegen hatte der Kaiser nicht auf die Erfahrung seines langjährigen Freundes verzichten wollen. Noch einmal ritt der Rheinboder in vorderster Reihe in den Kampf. Und als das Signal ertönte und er seinem Pferd die Sporen gab, war er von einer regelrechten Euphorie erfüllt. Der Gedanke, hier auf dem Schlachtfeld vielleicht sterben zu müssen, bestärkte sogar dieses Gefühl.

Doch es kam zu keinem Abschlachten. Als die Lombarden und ihre Verbündeten sahen, dass Kaiser Friedrich keineswegs tot war, sondern quicklebendig ein gewaltiges Heer anführte, traten sie augenblicklich den Rückzug an. Es blieb Johann von Brienne nichts anderes übrig, als dem Heer seines früheren Schwiegersohns das Feld zu überlassen. Wolfram musste sein Schwert nur einmal gegen den Feind erheben. Als er den Stahl aus der Schulter eines toten Lombarden zog, durchströmte ihn ein eigentümliches Gefühl. Die Euphorie war weggeblasen wie Staub im Wind. Nachdenklich betrachtete er das Blut, das wenige Augenblicke zuvor noch durch einen Menschen geflossen war und das jetzt von der Schneide seines Schwertes tropfte.

„Es war das letzte Mal", murmelte Wolfram von Rheinbod. „Ich kann es nicht mehr."

Mainz
1235

Friedrich legt seine Hand auf die Schulter seines Freundes. „Du warst des Kämpfens einfach müde, mein Freund. Niemand hat dir deswegen einen Vorwurf gemacht, ich schon gar nicht.“

Seite an Seite gehen der Kaiser des römisch-deutschen Reiches und sein treuester Ritter durch die belebten Straßen von Mainz. Es ist der Vormittag des zweiten Tags, den Friedrich in der alten Bischofsstadt am Rhein verbringt. Der Kaiser und sein Begleiter wissen, dass sie nichts zu befürchten haben. Ein Dutzend sarazenischer Leibwächter sichert die Plätze und Gassen, auf denen die beiden nach außen hin so ungleichen Männer entlangschlendern. Wer ihnen zu nahe kommt, wird freundlich verwiesen, einen anderen Weg zu gehen. Wer sich dem widersetzt, sieht sich schneller auf dem Boden liegen als eine Motte mit den Flügeln schlägt.

„Ich hätte damals nie gedacht, dass es einmal so weit kommt“, entgegnet Wolfram. Er fühlt sich an diesem Morgen so ausgeruht und frisch wie seit Wochen nicht mehr. Als der Kaiser unerwartet im Hospiz erschienen ist, um seinen langjährigen Freund und Berater zu besuchen, hat der sich wie ein kleines Kind gefreut. Da sich Ludger nicht sonderlich wohl fühlte, sind sie zu zweit zu einem kleinen Spaziergang aufgebrochen, kurz nachdem der Benediktinermönch eingeschlafen war. Auch dem Kaiser tut der Spaziergang ohne die hochrangigen Ministerialen und geistlichen Würdenträger, die ihn ständig umgeben und ihm ihre Ratschläge zuraunen, sichtlich gut. Der Staufer führt an einer langen Schnur einen Pfau mit sich, dessen bunt schillerndes Gefieder allein die Aufmerksamkeit der Mainzer erregt. Einfache Handwerker und niedere Bauern bleiben stehen und sperren die Münder auf, dass ausgewachsene Gänse hineinfliegen könnten. Junge Ratsherren verneigen sich ehrfurchtsvoll, ein dicklicher Mönch macht ein seliges Gesicht. Dass der Kaiser in Mainz weilt, war in den vergangenen Stunden bis in die letzte Hütte und den armseligsten Verschlag gedrungen.

„Du hattest dir deine Ruhe verdient, mein Freund." Friedrich ist stehen geblieben und starrt auf das bunte Treiben des Marktes im Schatten des mächtigen Doms. In diesem Moment kommt ein kleines Mädchen schüchtern näher und reicht dem mächtigsten Mann im Reich einen Bund frisch gepflückter Blumen. Friedrich geht vor dem Kind in die Knie und streicht ihm liebevoll durch das Haar. Dabei lächelt der vierzigjährige Staufer aufrichtig. Vollends in Verzückung gerät das Mädchen, als es ganz vorsichtig dem Pfau über das zarte Gefieder streichen darf. „Kinder!", murmelt der Kaiser, als das Mädchen wieder zu seiner Mutter zurückgelaufen ist. „Solange sie noch Kinder sind, wissen sie nichts von der Last des Lebens, die jeden von uns drückt."

„Und was bedrückt dich in diesem Moment, mein Kaiser?", fragt Wolfram schleppend. Er spürt, dass Friedrich mit den Gedanken woanders ist, und er ahnt auch, um was sich die Gefühle des Staufers drehen.

Doch der Enkel Barbarossas geht zunächst nicht auf die Frage ein. „Dich verbindet etwas ganz Besonderes mit Mainz, mein Freund", lenkt er ungeschickt ab. „Vor einem halben Jahrhundert kamst du erstmals in diese Stadt, und bald schließt sich hier der Kreis."

Wolfram nickt. „Ich bin dir unendlich dankbar, dass du mich hierher hast zurückkehren lassen, mein Kaiser. Du hast recht, hier in Mainz wird sich der Kreis schließen."

Jetzt schüttelt der Kaiser energisch den Kopf. „Du musst dich nicht bedanken, mein Freund. Du musst vielmehr meine Entschuldigung dafür annehmen, dass ich dich mit meinen unbedachten Worten vor den Kopf gestoßen habe. Aber ich spüre, dass sich in meinem Leben eine Wende vollzieht und dass ich den Rest meines Weges ohne lieb gewonnene Freunde gehen muss."

Wolfram beißt sich auf die Unterlippe. „Ich weiß, Ludger hat uns schon vor Jahren verlassen. Aber er hat es sich nicht nehmen lassen, nach Mainz zu kommen, um dich noch einmal wiederzusehen. Auch er wird wohl hier in Mainz sein Leben beschließen. Ich glaube nicht, dass er noch einmal nach Kaufbeuren zurückkehren wird. Zu schwach ist auch er geworden, um die Strapazen einer solchen Reise noch einmal auf sich zu nehmen. Und Simon …“

„Simon wird seinen Weg gehen. Ich kann mir einfach nicht vorstellen, dass so ein überaus kluger Mann den Rest seines Lebens in einem unbedeutenden Kloster irgendwo im Hunsrück verbringen will. Ich kann nur hoffen, dass dieser Weg an meiner Seite sein wird. Simon, Ludger und natürlich du, mein Freund, ihr wart mir die wichtigsten Ratgeber. Nie habt ihr versucht, mir Ratschläge zu geben, aus denen ausschließlich ihr einen Vorteil hättet ziehen können. Im Gegenteil, oft genug habt ihr mich daran erinnert, dass auch ich letztlich nur ein Mensch bin.“

Wolfram bleibt stehen und schaut dem Kaiser in die Augen. „Einen Wunsch habe ich noch.“

Friedrich nickt. „Sage ihn mir, und er wird dir erfüllt werden.“

Wolfram holt tief Luft. „Nimm Gunther von Katzenelnbogen bei dir auf. Wie du weißt, ist er der Enkel meines nach Ludger besten Freundes, der beim Kreuzzug deines Großvaters Barbarossa dabei war.“

Wieder nickt der Kaiser ohne zu zögern. „So soll es geschehen! Dieser Gunther scheint mir ein strebsamer und loyaler Ritter zu sein.“

Wolfram macht ein dankbares Gesicht, in dem sich die Erleichterung abzeichnet. „Du weißt gar nicht, was das für mich bedeutet. Nie hatte ich einen Sohn. Und auch das Glück, einen Enkel heranwachsen zu sehen, ist mir versagt geblieben. Der junge Gunther ist …“ Er unterbricht sich, als er sieht, wie sich Friedrichs Miene verdüstert. Der Kaiser hat sich zur Seite gedreht und die Fäuste in die Seiten gestemmt. „Ich wusste doch, was dich bedrückt“, fährt Wolfram mit gesenkter Stimme fort. „Wie du eben gesagt hast: Solange sie noch Kinder sind. Ich weiß natürlich, was in dir vorgeht, wenn du an deinen Sohn denkst. Und du hast an Heinrich gedacht! Habe ich recht, mein Kaiser?“

Friedrich dreht sich wieder um. „Stimmt genau, ich dachte an Heinrich. Aber ich bin mir nicht sicher, ob ich dabei an meinen Sohn gedacht habe."

„Heinrich ist dein Sohn, den du hast einkerkern lassen!"

Jetzt wirft der Kaiser dem alten Ritter einen eiskalten Blick zu. „Nur die Tatsache, dass du mich seit meiner Geburt kennst, entschuldigt diese Entgleisung!"

Wolfram schweigt und schüttelt unmerklich den Kopf. Schweigend gehen Friedrich und Wolfram am Dom vorbei. An den großen Fässern eines Bierbrauers bleibt Wolfram stehen und macht eine einladende Geste. „Willst du mit mir einen Becher frisch gebrautes Mainzer Bier trinken?"

Friedrich gelingt ein versöhnliches Grinsen. „Du weißt noch immer, wie du mir den Wind aus den Segeln nehmen kannst."

Der Rheinboder wertet dies als Zustimmung und lässt sich zwei Becher einschenken. Schweigend nippen die beiden Männer an dem kühlen Bier.

Und wieder ist es ein kleines Kind, das dem Kaiser etwas schenkt. Ein kleiner Junge kommt mutigen Schrittes auf Friedrich zugelaufen und überreicht dem Herrscher mit einem braven Diener ein auf einem alten Brettstück mit Holzkohle gezeichnetes Bild, das einen Mann mit einer Krone zeigt. Nachdenklich betrachtet der Staufer das mit ungelenken Strichen gezeichnete Bild. „Glaubst du allen Ernstes, mein lieber Wolfram, dass es mir nicht in meinem Inneren weh tut, wenn ich meinen eigenen Sohn einkerkern lassen muss? Glaubst du allen Ernstes, dass es mir nicht weh tat, als Heinrich in Worms vor mir im Staub lag und mich, seinen Vater, um Gnade bat. Aber ich bin nicht nur Vater, sondern auch und ganz besonders der Kaiser des römisch-deutschen Reiches, der die Interessen dieses Reiches mit allen Mitteln zu wahren hat. Im Namen der Staatsräson werden nicht nur Ehen geschlossen zwischen Menschen, die keinen Funken Liebe füreinander empfinden."

„Staatsräson? Die von dir auf Lebenszeit bestimmte Einkerkerung des deutschen Königs war ein Akt der Staatsräson? Ich kann es einfach nicht glauben, dass es so weit kommen musste."

Mit einem tiefen Zug leert der Staufer den Becher. „Du musst doch wissen, wie es dazu gekommen ist!“

Wolframs Blick geht ins Leere. Der Zwist zwischen dem Kaiser und dem deutschen König bewegt ihn mehr, als er sich anmerken lassen will. In diesem Fall lässt ihn sein Gedächtnis nicht im Stich. Der Rheinboder weiß genau, wann der Vater-Sohn-Konflikt zum ersten Mal offen zutage trat.

Der Sohn gegen den Vater
1231 bis 1235

Wie die Bürger von Ravenna staunten. An einem trüben Novembertag zog der Kaiser in die alte Stadt ein, wohin er die Fürsten zum Reichstag einberufen hatte. Und was er alles mitgebracht hatte: riesige katzenartige Tiere, zottelige Kreaturen mit zwei und einem Höcker auf dem Rücken und ein dunkelgraues Ungetüm mit vier stämmigen Beinen und einer viele Ellen langen Nase. Eine ganze Menagerie exotischer Tiere, wie sie die Bürger Ravennas noch nie in ihrem Leben gesehen hatten, führte der Staufer mit sich.

„Die Riesennase“, riefen einige Männer vorlaut, als das riesige Vieh im selben Moment einen trompetenartigen Schrei ausstieß. Entsetzt wichen die Männer, Frauen und Kinder zurück. Einige Alte suchten mit leichenblassen Gesichtern das Weite.

Für Aufsehen sorgten auch die nicht sehr groß gewachsenen, aber umso gewandteren Sarazenen und muskulösen Schwarzhäutigen, die der Kaiser in seinem Gefolge mit sich führte. Mit unbeweglichen Gesichtern bildeten sie die Leibeskorte des Herrschers. Wolfram schaute grinsend seinen Freund Simon an. Der erwiderte den Blick des Ritters mit einem Lächeln. Die beiden Männer, die sich seit vielen Jahren kannten, verstanden sich auch ohne viele Worte. Der Kaiser hatte es wieder einmal geschafft, das Volk zu beeindrucken.

„Seht ihr“, rief Friedrich in diesem Moment triumphierend. „Oft braucht man gar kein Heer, um seine Ziele zu erreichen.“ Er atmete tief durch. „Ich bin gespannt, wie mein geschätzter Sohn Heinrich darauf reagieren wird“, setzte er nach einer Weile nach.

Stunden später lief Friedrich im Empfangssaal des Bischofspalastes von Ravenna wütend auf und ab. Die Genugtuung, die ihn Stunden zuvor noch erfüllt hatte, war einer dumpfen Wut gewichen.

„Seid Ihr Euch da ganz sicher?“, brach es nach einer Weile aus ihm heraus.

Luciano di Boso, der Bischof von Ravenna, machte ein unglückliches Gesicht. „Wie ich Euch schon gesagt habe, mein Kaiser, noch ist kein Fürst aus Deutschland in Ravenna eingetroffen.“

Jetzt stieg dem Staufer die Zornesröte ins Gesicht. „Das ist unglaublich. Ich habe die hohen Herrschaften ausdrücklich wissen lassen, wann ich hier in Ravenna ankommen werde. Das ist ein unglaublicher Affront.“ Er dachte eine Weile nach. „Dass überhaupt keiner der Fürsten gekommen ist, macht mich allerdings stutzig. Da ist irgendetwas faul. Das kann ich spüren.“

In diesem Moment öffnete sich die Tür des Empfangssaales, und ein junger Knappe stürmte herein. Wolfram musste unwillkürlich lächeln. Der junge Kerl war kein anderer als Gunther von Katzenelnbogen, der Enkel seines verstorbenen Freundes. Der älteste Sohn Gernots von Katzenelnbogen gehörte dem Hofstaat des Kaisers erst seit einigen Monaten an. Der Deutschordensritter hatte sich an Wolfram gewandt mit der Bitte, für die Erziehung seines Sohnes zu sorgen. Jetzt war dieser auf dem besten Wege, ein redlicher Ritter zu werden. Doch in diesem Moment stand ihm die Aufregung im Gesicht geschrieben. Auch zitterte er leicht. Gunther beugte sein Haupt und verharrte in dieser Stellung, bis Friedrich näher gekommen war. „Rede er.“

„Majestät“, stammelte Gunther völlig außer Atem. „Wir haben es eben erfahren. Die Alpenpässe sind gesperrt. Keiner kann das Gebirge überqueren.“

Jetzt rang auch Friedrich nach Luft. „Was hat er da eben gesagt?“

Der Knappe straffte sich. „Die lombardischen Städte haben sämtliche Alpenpässe gesperrt. Über diese Wege kann keiner nach Italien gelangen.“

Mit einer Handbewegung schickte Wolfram den angehenden Ritter weg, nicht ohne ihm vorher einen aufmunternden Blick zugeworfen zu haben. Als der Knappe die Tür hinter sich geschlossen hatte, schaute der Rheinboder Friedrich in die Augen. „Die lombardischen Städte haben sich gegen Dich zusammengeschlossen!“

Friedrich nickte. „Und ich habe lediglich einige Ritter und Sarazenen mitgenommen. Das reicht für einen Feldzug gegen die Lombardei bei Weitem nicht aus."

„Manchmal braucht man kein Heer, um sein Ziel zu erreichen", wiederholte Simon, während er mit Unschuldsmiene auf seine Fingernägel schaute.

Friedrich warf dem Mönch, der längst zu seinen engsten Vertrauten gehörte, einen vernichtenden Blick zu. Und auch Wolfram sog hörbar die Luft ein. Im selben Augenblick entspannte sich der Kaiser wieder. „Du hast recht, Simon, mich auf diese Weise zu tadeln. Aber hast du vielleicht auch einen Vorschlag, was wir jetzt unternehmen können?"

Der Mönch dachte eine Weile nach. „Eine friedliche Annäherung an die lombardischen Städte ist mit der Blockade zunichte gemacht", sagte er nach einer Weile bedächtig. „Eine militärische Lösung kommt ebenfalls nicht in Frage. Aber du könntest über die Städte die Acht verhängen. Das wäre zumindest ein Signal, dass du nicht mit dir scherzen lässt."

Friedrich ließ den Vorschlag eine Weile auf sich wirken. „Und was sagst du dazu?" Er blickte Wolfram an.

„Ich stimme meinem alten Freund zu. Du verhängst über die lombardischen Städte die Reichsacht. Das wird ihnen eine Lehre sein, sich gegen den Kaiser zu wenden. Und es wird andere davon abhalten, sich mit ihnen zu verbünden."

„Aber was wird der Papst dazu sagen? Es wird ihn mit Sicherheit verärgern", erhob Bischof di Boso einen zaghaften Einwand. Doch der geringschätzige Blick, mit dem Friedrich ihn bedachte, brachte ihn sofort zum Schweigen. Er nickte Simon zu. „Lass die entsprechenden Schriftstücke verfassen. Ich will sie heute noch unterzeichnen."

In den folgenden Tagen trafen dennoch einige deutsche Fürsten in Ravenna ein. Sie waren an den gesperrten Alpenpässen zwar unverrichteter Dinge wieder umgekehrt, allerdings nicht, um nach Deutschland zurückzureisen. Vielmehr hatten sie Italien über Umwege und teure Schiffspassagen erreicht. Der deutsche König Heinrich VII. war allerdings nicht darunter.

„Er verfolgt mittlerweile seine eigene Politik", murmelte Friedrich, als er eines Abends am Fenster seines Gemachs stand und in die Nacht hinausstarrte. „Er will die deutschen Fürsten schwächen und den niederen Adel stärken. Ich bin überzeugt, dass er noch nicht einmal versucht hat, bis nach Ravenna durchzukommen. Zwölf Jahre der Trennung haben genügt, dass wir uns entfremdeten."

„Er erinnert mich manchmal sehr an dich."

Friedrich fuhr herum und fixierte Simon mit einem scharfen Blick. „Wie meinst du das?"

Der Mönch hob leicht die Schultern an. „Hast du es schon vergessen? Heinrich wuchs nach seinem achten Lebensjahr im Kreis schwäbischer und pfälzischer Ministerialen und ohne Eltern auf, wenngleich diese noch am Leben waren, im Gegensatz zu deinen Eltern, mein Kaiser. Allerdings hat er seine Mutter nie mehr wiedergesehen, nachdem er nach Deutschland gebracht worden war. Und mit vierzehn Jahren musste er eine Frau heiraten, die ihm unendlich alt vorgekommen sein muss. Auch in dieser Hinsicht teilt ihr beide eine prägende Erfahrung. Du weißt, was der Minnesänger Walther von der Vogelweide über deinen Sohn dichtete?"

„Wildwachsen Kind, du bist zu krumm, da niemand grad dich biegen kann", zitierte Simon, als Friedrich nur mit den Schultern zuckte.

„Gab es eine Alternative?"

Simon machte ein ratloses Gesicht. „Wahrscheinlich nicht. Es scheint das Schicksal vieler Könige zu sein, darauf verzichten zu müssen, die Frau zu heiraten, die sie lieben."

„Ich musste es nicht."

„Du nicht, und auch dein Großvater nicht."

Wieder warf der Kaiser seinem engsten Getreuen einen scharfen Blick zu. „Du redest von meinem Vater."

Simon hob abwehrend die Hände. „Mit keiner Silbe erwähnte ich ihn."

Friedrich grinste breit. „Aber zwischen den Zeilen war er allgegenwärtig."

„Dein Vater war ein außergewöhnlicher Mann, und er heiratete eine außergewöhnliche Frau. Wolfram und Ludger haben mir oft von deinen Eltern erzählt."

Friedrich rieb sich die rechte Schulter. „Aber die Heirat geschah gegen seinen Willen, weil sein Vater, mein Großvater, es so von ihm verlangte."

„Das ist schon so lange her, mein Kaiser."

Friedrich verzog mürrisch das Gesicht und rieb sich weiter die Schulter. „Das, mein lieber Simon, sagst du immer, wenn du mir ausweichen willst. Aber du hast recht. Lassen wir die Vergangenheit ruhen. Wenden wir uns lieber der Gegenwart mit ihren kleinen Pläsierchen zu."

Als er sich erneut stöhnend an die Schulter fasste, kam Simon mit einem besorgten Gesicht näher. „Fehlt dir etwas, mein Kaiser?"

Friedrich nickte. „Das Gelenk schmerzt mich schon seit geraumer Zeit, mal mehr, mal weniger. Doch heute Nacht konnte ich mich kaum zur Seite drehen. Der Zahn der Zeit nagt auch an den kaiserlichen Knochen."

„Du solltest dir ein heißes Bad gönnen. Danach wird dich Julia massieren."

Jetzt begannen sich Friedrichs Gesichtszüge zu entspannen. „Bei dieser angenehmen Aussicht verschwindet der Schmerz fast von alleine."

Simon nickte beifällig. „Doch bevor es in den Zuber geht: Wie entscheidest du dich, was den Reichstag angeht?"

Friedrich dachte nur kurz nach. „Wir verschieben ihn auf das kommende Frühjahr. Lass gleich morgen die entsprechenden Dokumente aufsetzen, damit ich sie unterzeichnen kann. Vielleicht kommt in dieser Zeit ja auch der deutsche König wieder zur Besinnung."

Doch in den kommenden Monaten zeichnete sich ab, dass sich der Konflikt zwischen Friedrich II. und Heinrich VII. nur verschärfte, statt sich abzuschwächen. Der Sohn Friedrichs betrieb nördlich der Alpen weiterhin eine Politik, die die Städte, das Bürgertum und den niederen Adel stärkte. Das war Heinrichs Art, sich gegenüber den mächtigen Fürsten zu profilieren. Seinem Vater freilich war das immer mehr ein Dorn im Auge. Schließlich gaben sich die Fürsten redliche Mühe, beim Papst für den noch immer gebannten Kaiser zu intervenieren. Obwohl er für das Königreich Sizilien im Prinzip das geschaffen hatte, wofür sein Sohn in Deutschland kämpfte, setzte sich Friedrich weiterhin mit aller Macht für die Rechte der Fürsten ein. Der in Ravenna nicht zustande gekommene Reichstag wurde auf Ostern verschoben. Diesmal wollte Friedrich am Golf von Triest, in Aquileia, Einzug halten.

Wolfram atmete tief durch. „Das ist ein starkes Stück. Dass er so weit gehen würde, hätte ich nicht gedacht. Immerhin ist er sein Sohn."

„Der die Politik seines Vaters in ärgster Weise hintertrieben hat", ergänzte Simon.

Gerade hatte er seinem Freund erzählt, dass Friedrich dem deutschen König regelrecht befohlen hatte, zum Hoftag zu erscheinen. Der Kaiser hatte seine ganze Macht demonstriert. Unmissverständlich hatte er Heinrich angewiesen, auf keinen Fall nach Aquileia zu kommen, sondern stattdessen im benachbarten Cividale auf weitere Nachrichten seines Vaters zu warten. Wie ein Bittsteller musste der König auf dem bescheidenen Anwesen eines Grundherrn ausharren.

„Er behandelt ihn …" Wolfram suchte nach dem passenden Wort. „Er behandelt ihn wie einen Lakaien. Das ist demütigend."

„Das ist noch milde ausgedrückt, mein Freund. Wenn du mich fragst, hat Friedrich seinen Sohn entmachtet, ja regelrecht abgesetzt."

Wolfram schlug sich mit der rechten Faust in die linke Handfläche. „Ich verstehe das nicht. Friedrich Barbarossa wäre niemals so mit seinem Sohn Heinrich umgesprungen."

Jetzt verzog Simon sein Gesicht. „Du kanntest den alten Barbarossa besser als alle anderen hier im Hofstaat. Aber ich muss dir widersprechen. Heinrich VI. gab seinem Vater niemals die Gelegenheit, so zu reagieren. Heinrich VII. hat das Problem, sich mit einer übermächtigen Vaterfigur auseinandersetzen zu müssen. Friedrich kann nicht anders. Er muss seinen Sohn in die Schranken weisen."

Wolfram schaute seinem Freund lange in die Augen. „Du weißt, wie das enden kann, wenn Heinrich nicht zur Vernunft kommt!"

„Ich bete jeden Tag, dass es so weit nicht kommt", murmelte Simon und schaute in die Ferne.

Zwei Tage später hielt Friedrich Hofstaat. Er saß in einem riesigen Zelt auf einem prächtigen Thron, vor dem eine Raubkatze lag. Der Thron war flankiert von sechs mit ihren markanten Krummsäbeln bewaffneten Sarazenen und zwei Falknern, die zwei prächtige Tiere auf ihren Unterarmen hielten. Im Hintergrund hielten sich Hermann von Salza zusammen mit Wolfram und Simon sowie weiteren Geistlichen und beobachteten den Fortgang der Audienz. In gebührendem Abstand verharrten die Reichsfürsten. In den kommenden Stunden hörte sich Friedrich an, was sie zu sagen hatten. Der Kaiser machte Zusagen, lehnte Ansinnen ab, gab sich bei besonders heiklen Angelegenheiten diplomatisch. Zwischendurch naschte er von den kandierten Früchten, die vor ihm in einer Schale auf einem kleinen Tisch standen. Nur selten nippte er an dem Becher mit gewürztem Wein.

Wolfram und Simon schauten sich hin und wieder kurz an. Es war Friedrich anzusehen, dass er sich Zeit ließ. Dabei wartete eine halbe Meile entfernt sein Sohn, der deutsche König Heinrich VII., darauf, von seinem Vater empfangen zu werden. Doch Friedrich machte keine Anstalten, sich zu beeilen. Ausgiebig scherzte er mit dem Herzog von Spoleto, dem er normalerweise nur wenige Minuten Aufmerksamkeit schenkte. Dann gab er endlich das verabredete Zeichen. Wolfram musste sich auf den Weg machen und den deutschen König abholen. Kaiser Friedrich bequemte sich dazu, seinen Sohn zu empfangen.

König Heinrich erschien in voller Rüstung. Über dem Kettenhemd trug er den Wappenrock der Staufer, dazu eine Kettenkapuze und lederne Handschuhe. An seiner Linken hing das Schwert. Mit unbeweglicher Miene und geradem Oberkörper schritt der König auf den Kaiser zu. Wenige Schritte vor dem Thron hielt er inne, beugte das Haupt und senkte das rechte Knie. Mit undurchdringlichem

Gesicht musterte Friedrich seinen Sohn. Mehr als zehn Jahre hatten sich Vater und Sohn nicht gesehen. Doch Friedrich machte keine Anstalten, sein eigen Fleisch und Blut zu begrüßen. Stattdessen musterte er den König mit Augen, die sich zu schmalen Schlitzen verengt hatten. In dem Zelt herrschte Grabesstille. Keiner der Fürsten wagte es, seine Stimme zu erheben. Wie lange wollte der Kaiser den König in dieser Stellung verharren lassen?

Nach einer halben Ewigkeit schnippte Friedrich mit dem Finger seiner rechten Hand. „Er soll sich erheben!"

Heinrich kam der Aufforderung nach und schaute seinen Vater an. Auch in seinem Gesicht war nicht zu erkennen, was er in diesem Moment fühlte.

Erneut verging eine ganze Weile, bis Friedrich Simon ein Zeichen gab. Der Mönch zog eine Pergamentrolle hervor, breitete sie vor seinem Gesicht aus und verlas die Anklagepunkte, die der Vater seinem Sohn entgegenhielt. Und wieder zeichnete sich auf dem Gesicht des gedemütigten Königs keine Regung ab. Einige Fürsten konnten sich ein verstohlenes Grinsen nicht verkneifen. Noch einmal hielt der Kaiser durch den Mund des Mönchs Simon seinem Sohn vor, die Rechte der deutschen Fürsten beschneiden zu wollen. Noch einmal warf er ihm vor, entgegen dem Willen seines Vaters die Rechte der Städte und Bürger stärken zu wollen. Zu guter Letzt tadelte er den König sogar dafür, dass der sich von seiner Frau Margarethe getrennt hatte, um Agnes von Böhmen zu heiraten.

„Wir befehlen, dass Agnes von Böhmen sich Seiner entsagt und in ein Kloster geht", sagte Friedrich, nachdem Simon geendet hatte.

Heinrich nahm die Weisung entgegen, ohne mit der Wimper zu zucken. Doch was nun folgte, musste in ihm einen Sturm der Entrüstung entfacht haben. Denn Friedrich verlangte nicht nur, dass Heinrich seinen Ungehorsam gegenüber dem Kaiser eingestand. Heinrich musste zudem auf das schwören, was Friedrich den deutschen Fürsten zugestanden hatte. Mit halblauter Stimme schwor Heinrich.

Und nicht nur das: Ein Raunen ging durch die Versammelten, als Friedrich von seinem Sohn verlangte, die Fürsten zu bitten, sich gegen ihn zu erheben, sollte er diesen Schwur brechen. Und wieder gehorchte der Sohn.

Als alle schon glaubten, die Demütigungen hätten endlich ein Ende, winkte Friedrich noch einmal Simon herbei. Der überreichte dem König eine weitere Pergamentrolle.

„Er möge vorlesen", forderte Friedrich mit gleichgültiger Stimme auf.

Heinrich entrollte das Papier, überflog die Zeilen und wurde leichenblass. „Das könnt Ihr nicht verlangen, mein Kaiser!"

Es waren die ersten Worte, die der Sohn direkt an seinen Vater richtete. Doch Friedrich ließ sich nicht erweichen. „Er möge vorlesen", wiederholte er mit Nachdruck in der Stimme, der keinen weiteren Widerspruch duldete.

Und so erfuhren die Fürsten, dass Heinrich einen an den Papst gerichteten Brief unterzeichnen musste, in dem der König den Stellvertreter Gottes ausdrücklich um seine Exkommunikation bat, sollte er jemals den heute geleisteten Schwur brechen.

Die Fürsten und die Gefolgsleute Friedrichs schwiegen betroffen. Mit solchen Maßnahmen hatten sie nicht gerechnet.

„Unterschreibe er dieses Dokument!"

Es war dem König deutlich anzusehen, mit welchem Sturm der Gefühle er zu kämpfen hatte. Mit tränenverschleierten Augen schaute er Friedrich an. „Vater!"

„Unterschreibe er dieses Dokument!"

Als Heinrich mit zitternder Hand endlich seinen Namen unter das Schreiben gesetzt hatte, reichte Simon das Dokument an Friedrich weiter. Der überzeugte sich von der Unterschrift und gab die Pergamentrolle an Simon zurück. Dieser wusste, dass er noch in der selben Stunde einen Boten nach Rom zu entsenden hatte. Papst Gregor IX. musste das Schreiben so schnell als möglich erhalten.

Damit war die direkte Konfrontation zwischen Vater und Sohn vorerst beendet. Ohne Heinrich eines Blickes zu würdigen, entfernte sich der Kaiser in Begleitung seiner sarazenischen Leibwächter. Seine Berater folgten ihm in gebührendem Abstand. Auch die Fürsten verließen die Halle, zuletzt die Falkner. Zurück blieb ein gemaßregelter König, in dessen Innerem es brodeln musste.

*

Es kam nicht oft vor, dass Simon und Wolfram ihren Kaiser so erlebten. Mit einem nie da gewesenen Tobsuchtsanfall hatte Friedrich auf das Schreiben reagiert, das den kaiserlichen Palast in Palermo Ende Oktober 1234 erreichte. König Heinrich hatte sich tatsächlich mit den lombardischen Städten, mit den Erzfeinden des Kaisers, verbündet. Als Gegenleistung wollten sie den Sohn Friedrichs als König anerkennen.

Simon und Wolfram hielten unwillkürlich die Luft an. Hatten beide noch geglaubt, die Spannungen zwischen Vater und Sohn würden nach dem Hoftag von Aquileia nachlassen, dass sich Friedrich und Heinrich vielleicht sogar wieder annähern könnten, sie wurden bald bitter enttäuscht. Der König setzte seine kaiserfeindliche Politik gegen die Reichsfürsten weiter fort. Und nicht nur das: Er ging massiv gegen die Ketzerverfolgung in seinem Reich vor und erließ ein entsprechendes Gesetz. Das hatte zur Folge, dass der schärfste Inquisitor nördlich der Alpen, Konrad von Marburg, von seinen Gegnern gestellt und grausam getötet wurde. Gregor IX. war außer sich vor Zorn, und Friedrich beantragte persönlich die Exkommunikation seines Sohnes. Die Reaktion aus Deutschland ließ nicht lange auf sich warten: In aberwitzigem Trotz, der nur in der Jugendlichkeit des dreiundzwanzig Jahre alten Königs begründet sein konnte, schloss Heinrich mit den kaiserfeindlichen Städten ein Bündnis.

„Was ratet ihr mir?“ Friedrich hielt einen Becher Wein in seiner Hand und wirkte in diesem Moment erstaunlich ruhig. Simon und Wolfram schauten sich an. Es war schließlich der Rheinboder, der als Erster das Wort ergriff.

„Ich rate dir abzuwarten, mein Kaiser. Noch gibt es keinen Grund, die Angelegenheit zu überstürzen. Welche Auswirkungen das

Bündnis hat, wird sich erst noch zeigen. Gut möglich, dass Heinrich die Folgen überschätzt."

Friedrich nickte, aber es war ihm anzusehen, dass ihn diese Antwort nicht sonderlich zufriedenstellte. „Und was sagt mein weiser Mönch dazu?", fragte er mit ironischem Unterton.

Simon ließ sich Zeit mit seiner Antwort. „Du hast dich in Aquileia als harter, aber gerechter Herrscher erwiesen, mein Kaiser. Heinrich hat dieses Entgegenkommen eindeutig unterlaufen. Und er hat seinen Schwur gebrochen."

„Im Gegensatz zu damals kann ich ihm in diesem Moment allerdings nicht persönlich entgegentreten." Er schritt eine Weile auf und ab. „Ich glaube es wird an der Zeit, dass ich mich wieder einmal im Land meiner Väter sehen lasse."

Simon machte ein überraschtes Gesicht. „Du willst nach Deutschland ziehen?"

Als Friedrich nur nickte, hob Wolfram die Hand. „Bedenke, mein Kaiser, dass du kein großes Heer zur Verfügung hast."

Jetzt lächelte Friedrich geringschätzig. „Wozu brauche ich ein schlagkräftiges Heer, wenn ich in ein Land ziehe, in dem mir die wichtigsten Fürsten gewogen sind? In diesem Fall brauche ich zwar schon einige Zehntausende, die mit mir ziehen. Doch die Münzen haben bequem in den großen Schatullen Platz, die die Maultiere schleppen werden."

Und wieder grinste er. Auch Wolfram hatte verstanden. Mit Geld und Gold wollte Friedrich seine Interessen in Deutschland durchsetzen. Der Rheinboder hatte keinerlei Zweifel, dass dies auch gelingen würde.

„Wann willst du über die Alpen ziehen?", fragte jetzt Simon seinen Kaiser.

„Ich denke, der Sommer nächsten Jahres wäre ein guter Zeitpunkt. Aber ich will, dass du, mein lieber Simon, schon in den nächsten Wochen mit einer zwanzigköpfigen Vorhut nach Deutschland aufbrichst."

Der Mönch tat wie ihm geheißen. Deshalb erlebte er nicht, dass wenige Monate später Plinia starb. Wieder musste Wolfram den Tod eines geliebten Menschen betrauern. Und diesmal ließ er nicht zu, dass andere, auch nicht der Kaiser, seine Trauer mit ihm teilten. Ganz alleine stand er am 14. Dezember 1234 an Plinias frischem Grab. „Wann erlöst mich Gott endlich von diesem Dasein auf Erden, das mir längst zu einer Last geworden ist?“, murmelte der Rheinboder, nachdem er eine Kerze entzündet und in das noch lockere Erdreich gesteckt hatte.

Mainz
1235

„Es ist so heiß!“ Nur noch flüstern kann Wolfram von Rheinbod, der in Begleitung von Gunther und dem jungen Mönch Georg ein schattiges Plätzchen im Garten des Hospizes aufgesucht hat. Unsägliche Mühe hat es ihn gekostet, die wenigen Schritte zu gehen. Hat die erwartete Begegnung mit dem Kaiser noch einmal alle Lebensgeister in dem alten Ritter wecken können, so ist schon kurz darauf der körperliche Verfall umso schneller fortgeschritten.

„Ihr müsst Euch schonen, Meister. Solange es noch so unerträglich heiß ist, dürft Ihr keine unnötigen Strapazen auf Euch nehmen. Und dazu zählen auch die Spaziergänge durch die Stadt.“ Es ist Gunther anzusehen, wie schwer es ihm fällt, seinen Meister zu tadeln, weiß er doch zu gut, dass es nicht allein die Hitze ist, die dem alten Ritter zusetzt.

Der scheint die Gedanken seines jungen Begleiters zu erraten. „Es geht zu Ende, Gunther. Ich kann es spüren.“

Jetzt kann der junge Ritter seine Tränen nicht mehr zurückhalten. „Ich bitte Euch, Meister, gebt Euch nicht auf!“ Und auch der junge Georg beißt sich auf die Lippen.

Bei diesen Worten winkt Wolfram nur müde ab. Er will sich erheben, als ihn eine nie gekannte Schwäche überfällt. Der Ritter spürt nicht, dass seine Beine wegknicken, dass er zur Seite kippt und mit der linken Schulter gegen die steinerne Bank schlägt. Mit sich überschlagender Stimme ruft Georg nach den Pflegern und Nonnen, während Gunther verzweifelt den Kopf des Rheinboders an sich drückt.

Wenig später haben sich alle um die Bettstatt des Ritters versammelt. Als Wolfram wieder das Bewusstsein erlangt und noch einmal die Augen öffnet, sieht er in das Gesicht seines Freundes. Der Rheinboder ist mit sich und der Welt im Reinen, als er nach der Hand von Ludger greift. „Mein Freund, mein Bruder, vor einem Menschenalter sind wir uns das erste Mal begegnet. Du bist mit das Wertvollste, das Gott mir geschenkt hat."

Der Benediktinermönch schenkt seinem alten Freund ein herzliches Lächeln. „Schone Deine Kräfte, Wolfram."

„Ich werde das Ende dieses Tages nicht mehr erleben, Ludger." Ein Hustenanfall erschüttert den schmächtigen Körper des einst vor Kraft strotzenden Ritters. Sofort eilen zwei Nonnen herbei, um dem Rheinboder einen kräftigen Kräutersud einzuflößen.

„Wo ist mein Kaiser?" Wolfram hat kaum noch Kraft, seine Stimme zu erheben.

Ludger nimmt Wolframs rechte Hand und drückt sie leicht. „Friedrich ist auf dem Weg hierher. Er hat wichtige Konsultationen mit dem Erzbischof zu führen. Aber er hat versprochen, das Hospiz auf alle Fälle heute noch aufzusuchen."

„Ich habe gesehen, wie er auf die Welt kam. Heute wird er dabei sein, wenn ich von dieser Welt gehe."

Ludger muss den Kloß, der sich in seinem Hals gebildet hat, erst einmal hinunterschlucken. „Rede keinen Unsinn, Wolfram."

Der Rheinboder schüttelt den Kopf. „Gib dir keine Mühe, mein alter Freund. Ich weiß, dass meine Zeit gekommen ist. Ich hatte ein erfülltes Leben. Ich kann reinen Gewissens vor meinen Schöpfer treten. Dann werde ich hoffentlich all die Menschen wiedersehen, die mir in meinem Leben so viel bedeutet haben."

Er wendet seinen Blick Gunther zu, der sich wie Georg im Hintergrund gehalten hat. „Und dazu zählt ganz besonders dein Großvater. Wir werden uns viel zu erzählen haben. Ich ..."

Weiter kommt er nicht, denn in diesem Moment sind vom Eingang des Hospizes Geräusche aufgeregter Geschäftigkeit zu hören. „Wo ist er? Ich möchte ihn auf der Stelle sehen!"

Jetzt sammelt Wolfram noch einmal all seine Kräfte und richtet seinen Oberkörper auf. „Simon! Ich kann es nicht glauben. Du bist tatsächlich nach Mainz gekommen."

Der Mönch aus dem Hunsrück eilt schnellen Schrittes an die Bettstatt seines Freundes und begrüßt mit einem kurzen Nicken den jungen Gunther. Als er Ludger erkennt, kann er seine Überraschung kaum unterdrücken. Doch der erschreckende Anblick seines Freundes Wolfram erlaubt es nicht, den Glaubensbruder in gebührendem Maße zu begrüßen. „Den ganzen Weg vom Hunsrück hierher habe ich gebetet, dass es nicht zu spät sein möge und dass Er mir noch einmal ein Wiedersehen mit dir schenkt. Gott hat mein Flehen erhört."

Wolfram greift mit einer fahrigen Bewegung nach Simons Hand. „Versprich mir, dass du bei Kaiser Friedrich bleibst. Und nimm dich Gunthers an. Er ist jetzt schon ein Ritter durch und durch. Sorge du dafür, dass er seine gute und redliche Gesinnung nicht verliert."

Bei diesen Worten kann Simon nur nicken. Seine Kehle ist wie zugeschnürt, spürt doch nun auch er, dass sein Freund die Augen bald für immer schließen wird. Gunther und Ludger sind ebensowenig in der Lage, einen Ton herauszubringen.

In diesem Moment ist vom Eingangstor des Hospizes erneut Lärm zu hören. Pfleger, Nonnen und Ärzte des Spitals eilen dorthin, um sofort in Ehrfurcht zu erstarren. Wenige Augenblicke später sehen auch alle, die sich an Wolframs Krankenstatt versammelt haben, den Grund für die Aufregung. In Begleitung von einem Dutzend Männer seiner sarazenischen Leibwache ist tatsächlich Kaiser Friedrich erschienen. Der Staufer verschwendet keinen Blick auf seine Umgebung. Mit schnellen Blicken sucht er nach dem Bett seines langjährigen Vertrauten. Als er es entdeckt hat, gibt er seinen Leibwächtern einen schnellen Wink und eilt mit forschen Schritten in die mit Fackeln beleuchtete Ecke des großen Saals.

„Wolfram, mein Freund", schon von Weitem breitet der Kaiser seine Arme aus. „Die Gespräche im erzbischöflichen Palais wollten einfach kein Ende nehmen."

Mit skeptischen Blicken schaut sich der mächtige Kaiser in dem spartanisch eingerichteten Saal um. „Fehlt es dir auch an nichts, mein Freund? Wenn ich zurück im Lager bin, werde ich auf der Stelle meine besten Ärzte hierher beordern, damit sie sich um dich kümmern."

Wolfram schüttelt schwach den Kopf und lehnt sich wieder zurück. „Ich brauche keine Ärzte, mein Kaiser. Ich bin völlig ruhig und warte auf meine Stunde. Jetzt, wo du endlich bei mir bist, kann diese Stunde nicht mehr fern sein."

Die Miene Friedrichs drückt die ganze Besorgnis aus, die den Kaiser ergriffen hat. „Ich erwarte, dass mein Freund alles bekommt, was er verlangt", ruft er mit befehlsgewohnter Stimme.

Ein Röcheln unterbricht ihn. Wolfram schnappt nach Luft, doch es ist ganz offensichtlich, dass sein Körper den Bemühungen nicht mehr gehorcht.

„Der Arzt!" Friedrichs Stimme überschlägt sich fast. „Auf der Stelle soll der Arzt kommen, sonst lasse ich ihn köpfen!"

Es kostet den sterbenden Ritter alle Kraftanstrengung, sich noch einmal aufzurichten. „Lass es gut sein, mein Kaiser. Niemand kann mir jetzt noch helfen." Er greift nach Ludgers Hand, der die Rechte seines alten Freundes sofort umfasst. „Ich sehe einen langen, gewundenen Weg. Ich sehe ein Meer von Tränen. Und ich sehe eine Tür, durch die ich treten muss."

In diesem Moment sinkt der Kopf Wolframs von Rheinbod zurück auf das Kissen. In seinen starren Augen ist kein Leben mehr. Der Ritter, der drei Kaisern gedient hat, stirbt am 13. August des Jahres 1235 in Mainz.

Obwohl er die Tränen nicht unterdrücken kann, murmelt Ludger sofort die Segensformel, der sich ein sichtlich erschütterter Simon anschließt. Er will gerade seine rechte Hand nach vorne strecken, als ihn der Staufer zurückhält. Es ist Kaiser Friedrich selbst, der dem toten Ritter die Augen schließt.

„Wolfram von Rheinbod, edelster Ritter des Reiches", murmelt der Herrscher, der Mühe hat, seine sonst befehlsgewohnte Stimme unter Kontrolle zu halten. „Du hast meinem Vater zweimal das Leben gerettet und damit meines erst möglich gemacht. Meine Familie hat dir so viel zu verdanken."

Jetzt lässt auch der Kaiser seinen Tränen freien Lauf. Erst nach einer Weile richtet er sich wieder auf und strafft sich. „Ich will, dass der Leichnam meines Freundes hergerichtet wird, wie es sich für einen Edelmann gebührt. Morgen früh werden wir bei Sonnenaufgang den letzten Wunsch des Toten erfüllen."

Die Sonne geht gerade auf, als am Rheinufer auf Höhe des Mainzer Fischtores eine Barke ablegt. An Bord des flachen Schiffes haben auf den schmalen Sitzbänken Kaiser Friedrich, der Benediktinermönch Ludger, seine Mitbrüder Simon und Georg, der junge Gunther von Katzenelnbogen und zwanzig Sarazenen der kaiserlichen Leibgarde Platz genommen. In der leichten Brise der morgendlichen Kühle nimmt das Schiff Kurs auf die Maaraue. Keiner sagt ein Wort, auch dann nicht, als die Barke nach einer knappen halben Stunde am anderen Ufer anlegt. Auf ein kurzes Kopfnicken des Kaisers hin heben vier Sarazenen den in graues Leinen eingewickelten Leichnam Wolframs von Rheinbod aus dem Boot. In einer stummen Prozession gehen alle auf die gut acht Ellen tiefe Grube zu, die unweit der Anlegestelle bereits ausgehoben ist. Vorsichtig lassen die vier Sarazenen den Leichnam mit Hilfe von dicken Seilen in die Grube hinab.

Von einem anderen Sarazenen lässt sich Friedrich eine samtene, mit wertvollen Stickarbeiten versehene Decke geben. Ohne in diesem ergreifenden Moment ein einziges Wort zu sagen, legt der Kaiser den von arabischen Tuchhändlern gefertigten Stoff auf den Leichnam. Es ist Gunther eine Ehre, darauf das Schwert seines Großvaters, das Wolfram einst von Gunthers Vater geschenkt bekam, niederzulegen. Jetzt verharren die Männer christlichen Glaubens stumm vor dem offenen Grab, und auch von den Sarazenen sagt keiner ein Wort.

Erst nach einer Weile ist es der Kaiser, der in die Hocke geht, und nach der trockenen Erde greift, die neben der Grube aufgetürmt ist. Eine Handvoll davon wirft er auf den roten Samtmantel, der die Leiche Wolframs bedeckt. „Hier hat vor mehr als einem halben Jahrhundert alles angefangen, und hier soll sich nach deinem Wunsch der Kreis schließen. Leb wohl, mein Freund."

Nachtrag

Kaiser Friedrich erlässt in Mainz wichtige Gesetze, auch gelingt ihm hier die Aussöhnung mit den Welfen. Zusammen mit Simon verlässt er im September 1236 Deutschland und zieht in die Lombardei. Vier Jahre später scheitert der Versuch des Kaisers, den Kirchenstaat einzunehmen. In den Folgejahren gelingt es ihm nicht, sich mit dem Papst auszusöhnen. Ludger bleibt in Mainz, wo er am 26. Oktober 1235 einer Lungenentzündung erliegt. Am 13. Dezember 1250 stirbt Friedrich II. in seinem apulischen Kastell Fiorentino und wird in Palermo beigesetzt. Am 10. Februar 1242 stirbt in Gefangenschaft Friedrichs Sohn, der deutsche König Heinrich VII. Dessen Halbbruder Manfred, König von Sizilien, stirbt am 26. Februar 1266. Am 29. Oktober 1268 wird Konradin, Enkel Friedrichs II. und letzter staufischer Thronanwärter, in Neapel hingerichtet. Damit ist das Herrschergeschlecht der Staufer ausgelöscht. Friedrich II. gilt als der letzte Kaiser des Hochmittelalters. Der Mönch Simon kehrt 1255 in das Kloster im Hunsrück, das er einst verließ, zurück. Dort lebt er bis zu seinem Tod im Jahr 1272.

Um das Raubritterunwesen auf Reichenstein auszumerzen, lässt König Rudolf I. (1273 bis 1291) die Burg am Mittelrhein belagern, bis die Bewohner 1282 aufgeben. Burg Reichenstein wird niedergebrannt und um 1300 wieder aufgebaut. Im 16. Jahrhundert verfällt die jetzt militärisch unwichtige Anlage. Erst 1899 geben die neuen Eigentümer den Wiederaufbau unter Einbeziehung der mittelalterlichen Bausubstanz in Auftrag. Heute gehört Burg Reichenstein bei Trechtingshausen einer Hotelgesellschaft, die dort ein Restaurant mit Hotel bewirtschaftet. Die Burganlage und die zum Museum umfunktionierten Räume können besichtigt werden.

Die heutige Burgruine Rheinfels ist der Nachfolgebau einer Zollburg, die die Grafen von Katzenelnbogen im 12. Jahrhundert bei St. Goar errichten ließen. Im Laufe der Jahrhunderte ist Rheinfels immer wieder Schauplatz von politischen Umwälzungen und Machtkämpfen. 1797 wird die Burg bei der Belagerung durch die französischen Truppen schwer beschädigt, kommt danach in Privatbesitz und wird als „Steinbruch“ für andere Bauvorhaben ausgeschlachtet. 1843 erwirbt Prinz Wilhelm von Preußen die Burgruine, die 1925 von der Stadt St. Goar gekauft wird. Die weitläufige Anlage kann besichtigt werden.

Auf der zwischen Mainz und Kostheim gelegenen Rheininsel Maaraue – zu erreichen über Kostheim und Kastel – erinnert heute eine Sandsteinstele an Kaiser Friedrich Barbarossas Pfingsthoftag des Jahres 1184. Auf der Maaraue, wo vor mehr als achthundert Jahren viele Tausend Ritter lagerten, befinden sich heute unter anderem eine Kleingartenkolonie, ein Campingplatz und drei Sportanlangen. An der Stelle, wo Kaiser Friedrich Barbarossa im Fluss Saleph ertrank, erinnert seit den Siebzigerjahren des 20. Jahrhunderts eine Gedenktafel an das Unglück.

Bitte beachten Sie auch die folgenden Buchhinweise.

Buchhinweis

Zeitsprünge **Weisenau** bei Mainz

Barbara Hof-Barocke und Udo Mosbach

ISBN-10: 3-89702-937-5
ISBN-13: 978-3-89702-937-8
17,90 € [D]

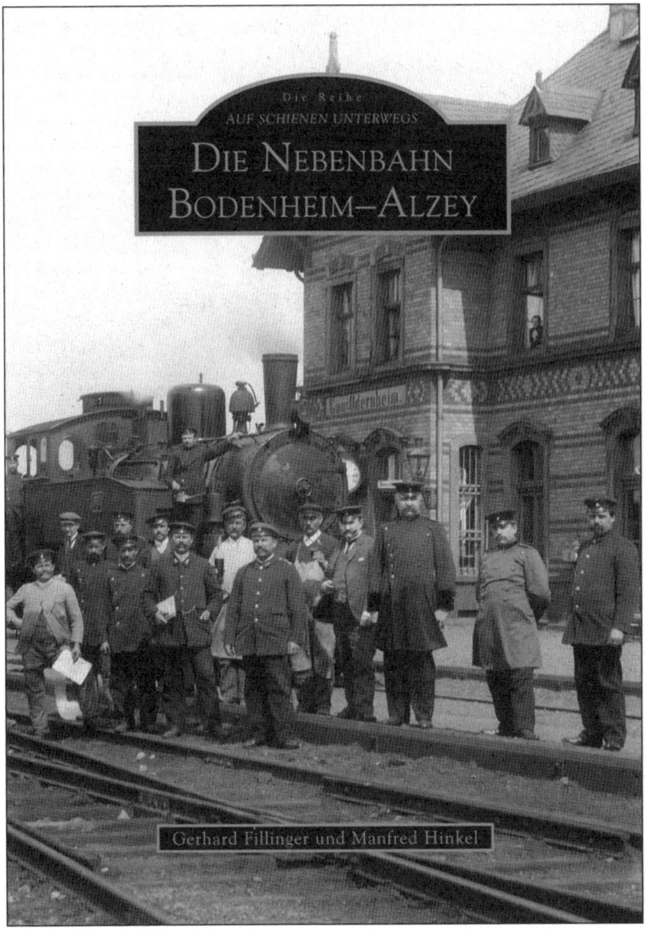

Die Nebenbahn **Bodenheim–Alzey**

Gerhard Fillinger und Manfred Hinkel

ISBN-10: 3-86680-071-1
ISBN-13: 978-3-86680-071-7
17,90 € [D]

Buchhinweis

Wiesbaden. Eine kleine Stadtgeschichte

Detlev Huber und Sibilla Friedrich

ISBN-10: 3-89702-579-5
ISBN-13: 978-3-89702-579-0
12,90 € [D]